아담과
에블린

모던 클래식
057

Adam und Evelyn
Ingo Schulze

아담과 에블린

잉고 슐체

노선정 옮김

민음사

클라라와 프란치스카를 위하여

우리 존재의 깊은 내면에서 우리는 영원한 삶을 누리는 것이
당연하다고 믿는다. 우리는 스스로가 가변성과 사멸성을
강제로 짊어진 운명이라고 느낀다. 파라다이스만이 진실이고
세상은 그렇지 못한 곳이다. 세상은 언제나 임시로 존재하는
곳일 뿐이다. 그런 까닭으로 원죄에 관한 이야기가 우리
마음에 와 닿아 그토록 매력적으로 느껴지는 것이다. 마치
예전의 지혜가 가물가물한 기억 속에서 되살아나는 듯.

— 체스와프 미워시, 「내 에이비시(ABC)」 중에서

아우구스티누스 외에도 교부(教父)들은 아담과 하와가
영원히 저주받았다고 주장하는 것을 이단으로 선포했다.
아담과 하와는 성인이며 12월 24일이 그들의 축성일이다.
그들은 나중에는 수호성인이 되었는데, 사람들이 예상하듯 과
일나무를 지키는 수호성인이 아니라 재단사 조합의 수호성인
이다. 그들이야말로 옷을 입은 최초의 인간이었기 때문이다.
그리고 그들의 옷은 신이 손수 만든 것이었다.

— 쿠르트 플라슈, 「하와와 아담」 중에서

차 례

1
암실

돌연 여자들이 있었다. 여자들은 아담이 만든 드레스와 바지, 치마, 블라우스, 외투를 입고 무(無)로부터 나타났다. 그는 때때로 생각했다. 그들은 하얀 인화지에서 솟아났거나 아니면 그야말로 돌연 나타난 거라고. 여자들은 흡사 인화지 표면을 뚫고 모습을 드러낸 것 같았다. 현상액이 담긴 용기를 조금 기울이기만 하면 되었다. 그것으로 족했다. 처음엔 아무것도 없다가 무엇인가가 나타났다. 순식간의 일이었다. 하지만 아무것도 없었던 시점과 무엇인가가 나타난 시점 사이의 찰나를 포착하기는 어려웠다. 마치 그런 찰나란 존재하지도 않은 것 같았다.

커다란 인화지가 용기 안으로 미끄러져 들어갔다. 아담은 플라스틱 집게로 그것을 뒤집어 좀 더 깊숙이 담갔다가 한 번 더 뒤집은 다음 하얀 인화지를 응시했다. 그러고는 긴 드레스를 입은 한 여자를 주의 깊게 관찰했다. 한쪽 어깨를 드러내도록 재단된 드레스는 풍성한 육체를 나선형으로 휘감으며 내려왔다. 그는 그게 기적이라도 되는 양, 마치 자신이 정령으로 하여금 실체로서 현현하도록 강요했다는 듯 넋을 놓고 바라보았다.

아담은 사진을 집게로 집어 잠시 높이 들어 올렸다. 배경을 이루는 검은 평면은 이제 더 밝아졌지만 드레스와 겨드랑이 윤곽선은 여전했다. 그는 재떨이 가장자리에 놓인 시가를 집어 한 모금 빤 뒤 젖은 사진 위로 연기를 내뿜었다. 그러고 나서 사진을 정지액에 담갔다가 정착액이 든 용기로 옮겨 넣었다.

정원 입구에서 나는 삐걱대는 소리가 그를 불안하게 만들었다. 그는 점점 더 커지는 발자국 소리를 들었다. 계단을 세 개 오르는 소리에 이어 문을 여는 동안 쇼핑백이 문을 때리는 둔탁한 소리까지도 들렸다.

"아담, 당신 거기 있어?"

"응!" 그는 그녀가 겨우 알아들을 정도의 목소리로 대답했다. "여기야!"

그가 음화를 후후 불어 말려 가죽 자투리로 닦은 뒤 다시 사진 확대기에 끼우는 동안 그녀의 구두 굽은 그의 머리 위를 지나갔다. 그는 초점을 맞추고 기계의 불을 껐다. 부엌에서는 수도꼭지를 틀었다가 잠그는 소리가 났고 발소리가 다시 가까워졌다. 갑자기 그녀가 한쪽 발로 껑충 뛰며 샌들을 벗었다. 바구니에 넣어 둔 빈 병들이 지하실 문 뒤에서 덜컹거렸다.

"아담?"

"응." 그는 포장을 뜯고 18×24짜리 인화지 한 장을 뽑아 확대기 안에 똑바로 놓았다.

한 계단 한 계단 에블린이 내려오고 있었다. 그녀의 손가락엔 또 먼지가 묻을 게 뻔했다. 천장이 낮아 머리를 부딪치지 않으려고 손을 짚으며 내려오기 때문이었다.

그는 한 번 더 시가를 잠깐 집어 자욱한 연기 속에 싸일 때까지 여러 번 빨아들였다.

그는 타이머에 15초를 입력한 다음 커다란 사각 단추를 눌렀다. 불이 다시 들어왔고 타이머가 부르릉대기 시작했다.

아담은 마치 무언가를 젓는 것처럼 여자의 머리 위로 납작한 알루미늄 숟가락을 움직였고 고양이처럼 재빠른 동작으로 그것을 다시 꺼냈다. 그는 물을 찰싹 때릴 때처럼 손가락을 앞으로 뻗어 여자의 몸 위를 가렸다가 기계의 불이 꺼지기 전에 이내 손가락을 거두었다. 부르릉거리는 소리가 멈췄다.

"푸우! 냄새가 고약해. 참, 아담. 여기서까지 피워야 돼?!"

아담은 인화지를 집게로 집어 현상액에 담갔다.

그는 사진 작업을 할 때 방해받는 것을 좋아하지 않았다.

여기선 라디오 소리조차 참을 수가 없었다.

신발을 벗고서도 아담보다 머리 절반이나 키가 큰 에블린이 그를 찾아 손을 더듬었고 그의 어깨를 건드렸다. "당신이 식사 준비를 할 줄 알았는데?"

"이 무더위에? 난 내내 잔디를 깎았다고."

"난 이제 나가 봐야 해."

하얀 종이 위에 또다시 긴 드레스를 입은 여자가 나타났다. 아담은 그녀가 힘을 주어 배를 안으로 당긴 것에 화가 났다. 살짝 미소를 짓는 것으로 보아 숨을 들이마신 게 분명했다. 하지만 어쩌면 그의 착각일지도 몰랐다. 그는 집게로 사진을 정지액에 담근 다음 곧

장 정착액으로 바꾸어 넣었다. 그러고는 새 종이를 한 장 빼 반을 접은 뒤 책상 모서리에 대고 찢었다. 반쪽은 도로 상자에 집어넣었다.

"뭘 먹고 있는 거야?"라고 그가 물었다.

"눈 감아. 아니, 그렇게 실눈으로 보지 말고."

"그거 씻은 거야?"

"그럼. 당신한테 독 안 먹이니까 걱정 마셔."라고 에블린이 말하며 그의 입안에 포도 알을 하나 넣어 주었다.

"이거 어디서 났어?"

"크레치만네에서. 그 노인이 봉지 하나를 더 줬는데 난 그 안에 뭐가 들었는지도 몰랐어."

확대기에 불이 들어왔다.

"가브리엘한테 뭐라고 하지?"

"시간을 좀 끌어 봐."

"오늘은 말을 해 줘야 돼. 그녀가 내게 8월에 휴가를 준다면 받아들일 수밖에."

"그 여자 미친 거 아냐. 우린 언제든지 원할 때 떠날 거야."

불이 꺼졌다.

"우리 8월에 갈 생각이었잖아. 당신이 8월이라고 그랬어. 페피도 8월이 더 좋다고 그랬고. 원래대로라면 8월에는 휴가를 안 준다고. 게다가 비자 기간도 곧 끝나잖아."

"그건 비자가 아니야."

"알 게 뭐야. 그걸 뭐라고 부르든. 아무튼 우린 8월로 신청했어."

"그건 9월 10일까지 유효해."

아담은 용기에서 종이를 끌어 두 번 뒤집었다.

"선명하게 잘 나왔네." 손을 허리에 받치고 가슴을 앞으로 한껏 내민 바지 정장 차림 여자가 나타나자 에블린이 말했다.

"우편물 온 거 있었어?"라고 아담이 물었다.

"아니."라고 에블린이 말했다. "우리 기차 타고 가면 안 돼?"

"난 똑같은 장소에서 쪼그리고 앉아 있는 게 싫어. 자동차 없이는 너무 지루해. 그거 좀 더 줄래?"

에블린이 나머지 포도 알을 그의 입에 넣어 주고 젖은 손을 청바지에 문질러 닦았다. "그럼 이제 가브리엘한테 뭐라고 할까?"

"적어도 일주일. 일주일만 더 우리한테 시간을 달라고 해."

"그럼 8월이 다 지난 거나 다름없는데."

"이젠 불을 켜도 돼." 아담이 샘플 사진을 정착액에 넣으면서 말했다. 그는 건너편에 있는 각진 세면대로 갔다. 그 안에는 이미 사진 여러 장이 떠 있었다. 그는 한 장을 건져 내 다른 사진들 옆에 걸었다.

"이게 누구야?"

"릴리."

"진짜 이름은 뭔데?"

"레나테 호른. 마르크클레베르크 출신이야. 그거 좀 더 줘."

"당신이 올라가 봐. 여기 이 여잔?"

"알잖아, 데스데모나."

"누구라고?"

"알브레히트 씨 말이야. 종합진료소. 그 산부인과 여의사."

"알제리 남자하고 산다는 여자 말이지?"

"알제리 남자 같은 건 없는데. 당신하고 그 여자 악수도 나눈 적 있잖아." 아담은 줄에 걸린 사진을 가리켰다. "이 옷은 내가 6월에 만든 거야."

"저기……." 에블린이 사진 앞으로 바짝 다가섰다. "이 여자가 내 신발을 신고 있는 거 같은데, 이거 진짜 내 신발이잖아?!"

"뭐?"

"이거 내 신발이야. 이 뾰족한 부분하며, 여기 이 긁힌 자국하며, 당신 정말 미쳤어?"

"그 여자들이 신발에 대해선 통 아는 게 없더라고. 늘 그런 편안한 신발만 신고 와서 그림을 다 망쳐 놓걸랑. 그래서 딱 삼십 초만……."

"당신 여자들이 내 신발 신는 거, 난 정말 싫어. 당신이 그 여자들을 정원에 세워 놓고 사진 찍는 것도 싫은데, 하물며 거실이라니!"

"저 위가 너무 더운 걸 어떡해."

"난 정말 싫다고!" 에블린은 이제 다른 사진들도 꼼꼼히 들여다보았다. "우리 모레 떠나는 거지?"

"우리 차가 준비되는 즉시 떠나자."

"그 말 벌써 삼 주째 들어."

"내가 전화를 걸었다고. 나더러 어쩌란 말이야?"

"우린 절대 못 떠날 거야. 내기해도 좋아."

"그럼 당신이 내기에서 질 거야." 아담은 물속에서 사진을 한 장 한 장 꺼내 줄에 걸었다. "장담하는데 당신이 지는 내기야."

"우린 다시는 비자를 못 받을 거야. 그들이 더 이상 우리한테 비자를 주지 않을 거야. 요즘 들어서는 적어도 쉰은 되어야 준다고 가브리엘이 그랬어."

"가브리엘이, 가브리엘이. 그 여잔 말이 너무 많아. 해가 너무 길어서 그런가.”

“여기 이거 예쁘다. 이거 빨간색이야?”

“파란색, 실크야.”

“왜 컬러사진을 안 찍어?”

“이 옷감은 그녀가 직접 가지고 왔어. 실크고, 여기 이건…….” 아담은 한 젊은 여자가 짧은 치마에 헐렁한 블라우스를 입고 있는 사진을 높이 들었다.

“이거 되게 비싼 거야. 서쪽에서조차. 하지만 피부에 닿는다는 느낌도 안 들어. 그 정도로 섬세한 옷감이거든.”

아담은 젖은 사진을 한 장 접더니 휴지통으로 던져 넣었다.

“뭘 하는 거야?”

“망쳤어.”

“왜 망쳤다는 건데?”

“너무 어두워.”

에블린이 휴지통으로 손을 뻗었다.

“배경 가득 검은 구멍들이 생겼어.”라고 아담이 말했다.

“이 여자가 릴리야?”

“맞아!”

에블린은 사진을 도로 던져 넣곤 과일 병조림이 놓인 선반이 있는 앞방으로 갔다.

“이것 역시 통 줄어들질 않네. 배 먹을래, 사과 먹을래?”

“모과도 있나? 문 좀 닫아!”

아담은 불을 끄고 문이 닫힐 때까지 기다렸다.

“1985년 거야, 이게 5자가 맞다면.” 에블린이 밖에서 외쳤다.

"상관없지, 뭘." 그는 반쪽짜리 종이를 상자에서 꺼내 기계 아래에 놓은 다음 새로운 음화를 골라 초점을 맞추고 타이머의 단추를 눌렀다. 아담은 기계가 부르릉대는 소리를 똑같이 흉내 내며 '부르릉.'이라고 흥얼거렸다.

"당신도 한쪽 줄까?"

"나중에."

"오늘 박물관에 갈 거야?"

"박물관 안내를 벌써 또 시작했나?"

"응, 난 또 시간을 놓치고 말 거야."

"나도 못 가. 오늘 가봉한 옷을 입어 볼 손님이 한 명 올 거야."라고 아담이 말했다. 얼마간 정적이 흘렀다. 그는 종이를 용액에 담그고 아래쪽으로 눌렀다. 앞방에서 전등 스위치가 찰칵하고 켜지는 소리가 들려왔다.

"에비?"

그는 또 한 번 빈 병들이 덜커덩대며 부딪치는 소리를 들었다.

"에비!"라고 외치며 그는 그녀를 따라 위층으로 올라가려고 했다. 하지만 바로 다음 순간 그는 막 환하게 웃으며 팔을 벌리고 나타난 여자가 정말로 자신을 응시하는지 확인이라도 하려는 듯 용기 위로 상체를 숙였다.

2

릴리

그로부터 몇 시간 후, 1989년 8월 19일 토요일, 아담은 가봉 핀 대여섯 개를 입에 물고 줄자를 목에 두른 채 사십 대 중반쯤 되어 보이는 여자의 발치에 무릎을 꿇고 있었다. 그녀는 블라우스를 벗고 《마가진》 잡지로 부채질을 해 댔다. 박공창과 채광창이 열려 있는데도 새로 공사를 해서 확장한 천장에 무더위가 본격적으로 자리를 잡았다. 재봉틀에는 이미 덮개가 씌었고 작업대 역시 말끔히 정리된 뒤였다. 가위는 크기대로 가지런히 놓였고 그 옆으로는 실패, 끈, 삼각자, 자, 틀, 재단 분필, 시가 갑과 면도날, 단추를 담아 두는 작은 통이 있었는데 그 통은 사진 한 장을 받치고 있었다. 차가 반쯤 든 잔 두 개와 설탕 통이 담긴 쟁반조차도 탁자 모서리와 평행선을 이루며 나란히 놓여 있었다. 작업대 밑에는 옷감 두루마리들이 쌓여 있었다. 레코드판 기기에서 중간중간 날카로운 잡음이 섞인 음악이 흘렀다.

"이거 비발딘가?"라고 릴리가 물었다.

"하이든!" 아담이 입술 사이로 겨우 그 말을 내뱉었다. "배 집어넣지 마!"

"뭐라고?"

"배에 힘줘서 집어넣지 말라고!" 아담은 새로 가봉 핀을 꽂아 치맛단을 고정했다.

"왜 다니엘라를 부르지 않은 건지 모르겠네. 예쁘고 젊은 데다가 당신이 달라는 대로 돈도 잘 내는데. 멋진 옷 좀 한번 입어 보고 싶어 환장인 여자고. 게다가 아버지에겐 공장이 있고. 슈코다 회사를 위한 거긴 하지만. 그래도 무슨 일이 있을 땐 그들이 당신을 도와준단 말이지. 뭐, 그리 서두를 것도 없는데. 다니엘라는 저 뒷줄에 있단 말이야." 그녀가 《마가진》을 작업대 위로 던졌다. "당신네들 언제 떠난다고 했지? 그동안 새 라다 차를 구했어?"

아담이 고개를 흔들었다. 릴리는 거울에 비친 왼쪽 팔을 들여다보았다. 그녀는 팔을 반쯤 들어 올리고 머리카락을 잡아당기기도 하며 머리 모양을 매만졌다. 아담의 손가락이 치맛단을 따라 조금 움직였다.

"그렇게 그르렁거릴 필요 없어."라고 그녀가 말했다. "배 안 집어넣을 테니까. 나 초보자 아니거든!"

그들의 시선이 거울 속에서 마주쳤다.

"더 짧게. 내가 보기엔 그래."라고 릴리가 말했다.

아담은 옷자락을 뒤집고 거울을 들여다보며 고개를 흔들었다.

"아니라고? 그럼 다리가 전혀 안 보이잖아."라고 릴리가 말했다.

아담은 길이를 표시하며 미소를 지었다. 어쩐지 슬픔이 묻어나는 미소였다.

"뭘?" 그녀가 외쳤다. "허리띠 고리가 좀 더 커도 될 것 같은데."

아담은 릴리의 허리에 손을 갖다 대 그녀의 몸을 돌리곤 입에 물었던 가봉 핀을 빼냈다. "여기에 틈새를 낼 거야. 틈 말이야. 이해하겠어? 사람들이 그 안을 엿보다가 목을 삐겠지. 당신은 좀 가는 허리띠나 구하라고. 우아한 모양으로. 여기, 20센티미터를 가를 거야. 여기서부터 시작해서 한 20센티미터쯤." 그는 다시 가봉 핀을 꽂은 뒤 드디어 자리에서 일어났다. "자, 이젠 신발. 몇 바퀴 좀 돌아 봐."

릴리는 갈색 펌프스를 신고 창가로 다가가 발끝을 딛고 선 뒤, 빠른 동작으로 몸을 돌려 반대편 박공벽으로 가 다시 한 번 몸을 돌렸다.

아담은 동으로 만든 재떨이에서 시가를 집어 들어 끄트머리가 빨갛게 탈 때까지 한 모금 빨아들였다.

릴리는 허리에 손을 갖다 댄 채 그의 앞에 멈춰 섰다.

"저기 저게 나라는 걸 도저히 믿을 수 없어. 아담 씨가 찍으면 나 같은 여자도 사진발을 잘 받는군!"

"계속해, 계속해."라고 그가 말했다.

릴리가 또 한 번 그를 스치며 지나갔을 때 그녀는 손으로 부채질을 해 댔고 아담은 입에 물었던 시가를 빼고 그녀 목 쪽으로 연기를 내뿜었다. "이제 됐어. 이리 와!"라고 그가 외쳤다. "또 배를 집어넣었군." 아담이 손가락으로 치마 허리 부분 위로 솟아나온 작은 배를 건드리려고 하자 릴리가 흠칫 뒤로 물러났다. 그녀는 그의 말을 못 들은 척하며 머리카락을 뒤로 쓸어 넘겼다. 그녀 역시 땀을 흘렸다.

아담이 두 번째 거울을 가까이 끌어당겼다. "여기, 이 주름. 이걸 빼 버려야겠어. 그 외엔 아주 좋아."

아담의 손안에서 그녀의 엉덩이가 팽팽하게 긴장했다. "사실은 당신이 다니엘라를 택하지 않아서 기뻐. 나중에는 그렇게 젊고 발랄한 여자도 좋아하게 될 거야. 안감이 참 좋네. 감촉이 좋아. 이거 어디서 났어? 금방이라도 질식하거나 아니면 숨이 막혀 그르렁댈지도 몰라. 그 악취 나는 담배 좀 저리 치울 수 없어! 당신 그러다가 폐암 걸릴 거야."

"여기 이 옷감이 잘못 짜인 곳. 이건 안으로 집어넣을 거야. 그럼 거의 안 보이지."라고 말하며 그는 주름에 가봉 핀을 몇 개 꽂았다.

"당신하고 있다가 집에 가면 늘 냄새가 나. 매번 머리를 새로 감아야 한다고."

아담은 조심스럽게 치마를 당겼다. "옷이 날개라더니!"라고 그가 말했다. "뒤로 돌아봐." 그녀가 묻는 듯한 시선으로 그를 바라보자 아담이 반복했다. "뒤로 좀 돌아 봐! 이건 제발 좀 빼 버려!"

릴리는 브래지어의 고리를 풀고 어깨끈을 끌어내린 다음 엄지와 검지 사이에 브래지어를 걸고 흔들었다. "이제 맘에 들어?"라고 말하며 그녀는 브래지어를 바닥에 떨어뜨렸다. 아담은 커다란 재봉용 마네킹이 입고 있던 재킷을 벗겼다. 릴리가 팔을 뒤로 뻗어 소매에 끼우고 재킷을 어깨 위로 당겨 입은 뒤 몸을 돌렸다. 그가 재킷에 가봉 핀을 꽂아 여미는 중에도 그녀는 그의 눈에서 시선을 돌리지 않았다. "여기에 잘 맞는 단추를 구했어. 골동품상에서. 아주 희귀한 물건이지. 전쟁 전 물건이고 진짜 진주로 된 거야. 아버지라면 꼭 그렇게 말씀하셨을 거야." 아담이 한 발자국 뒤로 물러났다.

"자, 이제 어때? 팔을 좀 앞으로 뻗어 봐. 양쪽 다. 옆으로도······. 허리 곡선을 넣었는데, 너무 꼭 끼나?"

"왜!"라고 말하며 릴리는 두 번째 거울을 들여다보았다.

"좀 좋은 브래지어를 하나 사든지 아니면 아예 입지 마. 옷 속엔 아무것도 입지 않는 게 제일 좋겠어. 중간 단추를 조금 높이 달고 여기 이걸 좀 빼고 위를 아래처럼 똑같이 맞추면. 이것 봐, 금세 완벽한 모양새를 갖추잖아." 그는 옆으로 비켜서며 릴리가 두 거울 사이에서 이리저리 돌며 손바닥을 허리에 올리고 옷감을 쓸어내리는 모습을 지켜보았다.

"참, 아담." 마지막 이중주곡이 시작될 때 릴리가 말했다.

"당신한테 매번 장미라도 한 다발 선사해야 할 거 같아!"

아담이 작은 연기를 천장 쪽으로 뿜었다. 한동안 음악 소리만이 들렸고 두 사람은 마치 노랫소리에만 귀를 기울이는 듯했다.

"장미 정원을 통째로 받아 마땅해!"

아담은 시가를 창턱에 놓았다. 끄트머리는 창턱 모서리 밖으로 향하게 놓았다. "내가 장담하는데."라고 그가 말했다. "누구나 뭔가 볼 게 있지. 앞이랑 뒤랑, 옆모습도 그렇고." 그는 반쯤 찬 찻잔을 들더니 다시 한 번 휘저은 다음 숟가락을 빨았다. 그는 남은 차를 다 마신 뒤 릴리 뒤로 바짝 다가섰다. 잠깐 동안 그는 거울에 비쳐 헤아리기 힘들 정도로 많아진 그녀의 모습을 관찰했다. 그러곤 그녀의 양쪽 가슴 사이 팬 골에 찻숟가락을 꽂았다. 숟가락은 거기 가만히 꽂혀 있었다.

"거봐, 내가 뭐라고 했어? 아무것도 입을 필요 없댔잖아."

릴리가 등을 작업대에 받치고 눕고 아담이 조심스레 치마를 들추며 그녀 안에서 움직였을 때에도 숟가락은 여전히 그녀 가슴 사이에 꽂혀 있었다.

"그렇게 서두르지 마."라고 릴리가 말했다. "내 옷에 당신 땀이 떨어지겠어!"

아담은 소매로 이마를 훔치곤 단추 통과 그녀 사진을 좀 더 뒤쪽으로 밀쳤다. 마지막 합창곡의 마지막 소절에서 릴리는 아직도 아담의 목에 걸려 있는 줄자를 잡아 자신 쪽으로 가까이 당겼다. 그의 두 눈이 그녀 앞에 아주 가까이 있었다. "아담." 그녀가 속삭였다. "아담, 그냥 그렇게 떠나 버리진 않겠지. 그렇지?" 그녀가 숨을 헐떡였다. "돌아올 거지, 아담? 이곳에 남을 거지?"

"그게 무슨 말도 안 되는 소리야?"라고 아담이 말했다. 그는 릴리의 윗입술에 맺힌 땀을 보았고 그녀의 입김이 얼굴에 와 닿는 것을 느꼈다. 그의 오른쪽 손 아래에서 그녀의 심장이 거칠게 뛰고 있었다. "약속해 줘, 아담. 약속해 줘." 릴리는 그가 반사적으로 그녀의 입을 막아야 할 정도로 갑자기 큰 소리를 질렀다. 그때 숟가락이 가슴에서 빠져나왔다. 아담은 그것을 그녀의 어깨에서 집어 올려 자신의 찻잔에 다시 꽂았다. 잔에서는 이제 떨리는 종소리와도 같이 가볍게 댕그랑거리는 소리가 들렸다.

3
아담, 어디 있어?

아담이 그녀의 목소리와 나무 계단에서 삐걱대는 그녀의 발소리를 들었을 때 그 일이 일어났다. 그가 문 오른쪽에 있는 옷장 뒤로 숨었던 것이다. 욕조 안에서 쪼그리고 앉은 릴리는 두려운 얼굴로 그를 쳐다보았다. 문 두드리는 소리가 나고 릴리가 샤워기를 잠그자 에블린이 안으로 들어섰다.

"나."라고 그녀가 말했다. 거의 높낮이가 변하지 않는 음성이었다. "일 그만뒀어."

팔과 어깨에 비누 거품을 잔뜩 묻힌 릴리는 욕조 밖으로 나왔다.

"실례합니다."라고 에블린이 말하고는 몸을 돌렸다.

"아담?" 그녀는 밖에서 외쳤다. "아담, 어디 있어?"

그녀는 위층 아틀리에로 올라갔다. 그는 위층이 어떤 광경일지 잘 알았다. 릴리는 무릎께에서 돌돌 감겨 있는 슬립을 끌어 올리려고 애를 썼다. 그녀의 번들거리는 등 너머로 아담은 정원을 내다보았다. 새로 깎은 잔디 위에서 지빠귀와 참새 들 그리고 까치 한 마리가 종종거리며 돌아다녔다. 그는 최근에 울타리를 두른 꽃밭에서 잡초를 뽑았고 5월에는 울타리를 새로 칠했다. 차고 앞 모닥불을 지피는 장소에는 호스가 잘 감겨 있었다. 거북이는 작은 우리 안에 숨어 있었다. 에블린이 천천히 계단을 내려왔다. 욕실 밖 문 앞에 그녀가 멈춰 섰다.

"아담, 여기 안에 있어?" 그녀가 문을 열었다. "아담?"

"미안해요."라고 릴리가 속삭였다. 그녀는 슬립을 위로 잡아당겼고 이제 슬립은 똘똘 말린 채 엉덩이 아래에 걸쳐져 있었다. 가슴을 가리기 위해 수건을 겨드랑이에 끼운 그녀가 똑같은 말을 반복했다. "미안해요."

"아담 못 보셨어요?"

릴리는 마치 그가 정원에 있다는 양 창문 쪽을 바라보았다. 왜 그녀는 아무 말도 하지 않는 것일까? 내가 멀리 가고 없다고. 멀리 멀리. 아담은 생각했다. 그때 에블린이 이미 그의 앞에 와 서 있었다. 여전히 하얀 블라우스에 까만 치마, 게다가 앞치마까지도 그대로 두른 그녀를 보며 그는 미소를 짓지 않을 수 없었다.

"누구지?"라고 에블린이 물으며 고갯짓으로 릴리를 가리켰다. 그녀는 세면대에 걸린 수건을 집어 들어 아담의 가슴에다 던졌다. 수건이 바닥으로 떨어졌다.

"이 여자 누구야?"

그는 수건을 집어 들고 열대 지방 사람들처럼 허리에 둘렀다.

"미안해요."라고 릴리가 속삭였다.

"이게 당신이 한다는 가봉이야?"

릴리는 잠깐 위를 올려다보았다가 이내 바닥으로 시선을 떨어뜨렸다.

"날이 너무 더웠어."라고 아담이 말했다.

"저 여자더러 비누 거품이나 헹구라고 해. 이젠 볼 장 다 봤잖아."

에블린은 잠시 문 앞에 멈춰 서더니, 상체를 조금 앞으로 숙이고서 돌돌 말린 슬립을 풀어 엉덩이 위로 끌어올리려고 애쓰는 릴리를 지켜보았다.

아담은 에블린의 발자국 수를 셌다. 그녀가 문지방 위에 멈춰 선 모양이었다. 그는 그녀가 다시 몸을 돌려서 욕실로 돌아올까 두려웠다. 하지만 그때 문이 쾅 닫혔다. 오래된 소파의 삐걱대는 소리가 집 안에 감도는 침묵 속에서 아주 또렷하게 들렸다.

아담은 식탁에 앉아 손가락으로 빵 부스러기를 옆으로 치웠다. 머리를 손으로 받치니 편안했다. 열린 모과 병 옆, 그의 앞에는 연보라색 과일이 가득 든 종이봉투가 놓여 있었다. 과일은 작은 양파처럼 생겼는데 종이를 통해 부드러운 감촉이 느껴졌다. 그는 감히 과일을 꺼내 보지 못했다. 어쩌면 계단에 있던 종이봉투를 부엌으로 가져온 것만으로도 지나친 행동이었는지 몰랐다.

아담은 맨발로 수건을 허리에 두르고서 아틀리에로 올라가 자신과 릴리의 물건들을 가져왔다. 하지만 그녀는 그를 도로 위로 올려보냈다. 그가 브래지어와 사진을 가지고 오지 않았기 때문이다. 다시 한 번 그는 에블린의 방을 지나가야 했고 다시 한 번 삐걱거리는 계단을 올라갔다가 내려왔다. 하지만 이번에는 사진만 가지고 왔을 뿐이었다. 에블린이 분명 자기의 새 브래지어를 버렸을 거라고 릴리가 신경질적으로 부르짖으며 금세 눈물을 쏟아 냈다.

그녀가 연신 "어떻게 하면 좋지?"라고 말하는 바람에 아담은 한심하게도 "괜찮아."라는 대답을 속삭이고 말았다. "괜찮아."

그때 그는 사실 릴리가 그만 입을 좀 다물기만을 바랐다. 한마디 한마디 늘어놓을 때마다 그는 점점 더 릴리에게 속박될 뿐이었다. 아니, 그는 분명 이성적인 판단을 할 수 없는 상태였다. 그렇지 않다면 그가 왜 도로 옷을 입기는커녕 목욕 가운을 걸친 채 릴리를 따라나갔단 말인가. 그는 거기서 모과나무 둥치에 쓰러져 있던 에블린의 자전거를 세우려고 했고 그 바람에 그의 목욕가운이 열렸다. 그 직전에 무슨 일이 일어났는지를 이웃들에게 그보다 더 잘 알려 줄 수 있는 방법은 아마 없었을 것이다. 릴리는 그 전에 입을 열었어야 했다. 이미 다 늦은 후가 아니라. "그는 정원에 있어요. 내 생각에 그는 정원에 있을 거예요."라고. 더 이상은 필요 없었다. 그럼 그는 아틀리에로 살짝 빠져나갔을 것이고 모든 일은 다 잘됐을 터였다. 아무 일도 일어나지 않았을 터였다. 아무 일도.

집 안으로 돌아온 아담은 잠깐 동안이나마, 예전에 집 안으로 발을 들여놓을 때마다 그랬던 것처럼 진짜로 모든 게 다 정상일 거라고 믿었다. 그래서 그는 에블린의 열쇠 꾸러미를 걸고 종이봉투를 부엌으로 가져왔던 것이다. 그녀는 항상 물건들을 아무 데나 놔두곤 했다. 그는 빵을 담아 두는 상자에서 모과 콩포트가 반쯤 든 그릇을 발견하자 냉장고에 넣었다. 도마를 꺼내는 대신 그녀는 신문지 위에서 빵을 잘랐다. 요즘 그녀는 자꾸만 이 한심한 신문지 쪼가리를 사 들고 왔다. 신문지를 세면대 위에서 턴 다음 차곡차곡 접어 지하실 폐지 모으는 곳에 가져다 놓는 건 언제나 그의 관심사였다. 분명 시간이 없을 걸 알 텐데도 에블린이 박물관 전시 기사 「라오콘 군상의 역사」에 색연필로 표시를 해 둔 것을 보자 그는 잠시 멈칫거렸다.

에블린은 2층에서 이리저리 서성였다. 그녀는 문을 닫았다가 다시 열었고 책들이 방바닥으로 와르르 쏟아졌다. 위층으로 올라가 첫 발자국을 떼는 게 그의 의무가 아니었을까?

이젠 다시 정적이 감돌았다. 냉장고만 윙윙거릴 뿐이었다. 이따금씩 아담은 빵 부스러기를 쓸어 옆으로 치웠는데, 그러다가도 곧 다시 이전 자세로 돌아갈 뿐이었다. 그는 매 순간 그렇게 식탁 앞에 앉아 아무 말도 하지 않아도 되는 것에 감사했다.

갑자기 그는 통증을 느꼈다. 무엇인가 딱딱한 것이 꽂혀 있는 것처럼 갈비뼈 아래가 욱신거리며 쑤셨다. 아담은 자신이 바닥에 기절한 채 쓰러져 있고 에블린이 문 앞에 서 있는 광경을 그려 보았다.

갑자기 그는 겁이 났다. 에블린이 스스로에게 무슨 몹쓸 짓이라도 하면 어쩌나. 곧이어 화장실 물 내리는 소리가 났고 그 후 들려온 그녀의 발자국 소리 역시 그를 두려움에 빠뜨렸다. 아담은 일어났다. 한 손에는 봉투를 들고 다른 한 손으로는 가슴을 쓰다듬으면서 그는 마치 에블린을 볼 수 있다는 듯 천장을 바라보았다. 그의 머릿속에 떠오른 생각이라곤 그녀에게 용서를 구하는 것뿐이었다. 그는 계단으로 가서 두 번째 계단에 앉아 옆에 봉투를 놓았다. 통증이 덜하자 아담은 적이 실망한 듯 반응했다. 그는 팔꿈치를 무릎에 올리고 양손으로 머리를 받쳤다. 그런 자세를 고집하면 할수록 머리는 비정상적으로 무겁게 느껴졌다.

4
가출

아담은 결투 신청에 응하는 사람처럼 결연하게 일어났다. 에블린은 몇 계단 위에 멈춰 서서 여행 가방을 내려놓았다. 그녀는 초록색 텐트를 겨드랑이에 끼고 있었다. 그녀가 미소 지었다. "지모네 집으로 갈게. 일단은."

"'일단은'이라고?"

"글쎄, 뭐. 두고 봐야지. 그녀 역시 비자가 있으니까. 어쩌면 우리 둘이 함께 갈지도 몰라."

아담은 그녀의 신분증에 찍힌 건 비자가 아니라고 정정할 참이었다. 하지만 다만 "어디로?"라고만 묻고 말았다.

"어디긴, 참! 카리브 해지!"

아담은 붙잡고 있던 계단 난간 꼭지를 놓았다. 그녀의 길을 가로막는다는 인상을 주지 않기 위해서였다. 양손을 바지 주머니에 넣고 싶었지만 일어날 때 쥐었던 과일 봉투가 왼손에 들려 있었다. "좀 기다리면 안 돼?"

"뭘 기다려?"

"우리 얘기 좀 할까?"

"무슨 얘기?"

아담은 괴로운 듯 입을 일그러뜨렸다. "아까 일어난 일에 대해서." 그는 밝은 빨간색으로 칠한 그녀의 발톱에서 거의 한시도 시선을 떼지 못했다. 발톱은 샌들 밖으로 나와 반짝거리고 있었다.

"뭐 나한테 얘기할 게 있다면." 그녀는 텐트를 갓난아이처럼 품에 안고 여행 가방 위에 반쯤 걸터앉았다.

"미안해. 용서해 줘." 그는 겨우 그녀의 목을 알아보기까지 잠깐 동안만 힐끗 그녀의 얼굴을 보았다. 그러고 나선 시선을 도로 그녀의 발치로 떨어뜨렸다. 좀 전에 그녀가 스스로에게 뭔가 나쁜 짓을 할 거라는 두려움이 그를 괴롭히는 동안 그녀는 발톱에 매니큐어를 칠했던 모양이다.

"너무너무 미안해."

"나 역시 너무너무 미안해. 아담." 에블린은 어린아이와 대화를 나눌 때처럼 과장된 태도로 고개를 끄덕였다.

"지금이라도 말해 두는데, 당신이 생각하는 그런 일은 전혀, 결단코 없었어. 릴리하고 난 전부터 아는 사이……."

"지금 무슨 말을 하는 거야?" 그녀가 그의 말을 중간에서 잘랐다.

"왜?"

"당신, 그거 거짓말이야." 마치 이런 상황을 이미 예상하고 두려워했다는 듯한 체념 어린 목소리로 그녀가 말했다. "당신이 헛소리를 더 늘어놓기 전에 나 이제 갈래."

"나더러 그럼 무슨 말을 하란 거야?!"

"당신이 말을 하고 싶다며." 에블린이 일어났다.

"이렇게 그냥 떠나겠다는 거야?"

"'이렇게 그냥'이라고. 말 한번 참 잘한다. 난 여기서 더 큰일 당하기 전에 얼른 떠나려는 것뿐이야."

"무슨 더 큰일?"

"무슨 일이 일어났던 건지 내가 진짜로 이해하기 전에 말이야."

"아무 의미도 없는 일이었어. 전혀 아무런 의미가 없다고!"

"아, 그래?"

"내가 그렇다면 그런 거라고!"

"나한테 그 일은 모든 것을 의미해."

"구석구석 뒤져 보라고. 아무 일도 아니었어. 아무 일도. 알겠어? 당신, 나한테 뭐든지 물어봐도 좋아!"

"뭘? 얼마나 계속된 사이냐, 뭐 그런 거? 마르크클레베르크 출신 레나테 호른이 유일한 여자였던 거야? 풍만한 몸에 끌리는 거야? 당신은 성적으로 흥분하려면 뭔가 화냥년 같은 느낌이 필요한 거야? 나한테서는 잘 안 돼? 기분 전환 같은 거야? 창조주라 보상을 받길 바라시는 건가? 당신, 옷 만들어 주는 일로 그 여자들을 고분고분하게 만드는 거야? 아니면 그 여자들이 자기들 집에서는 더 이상 누리지 못하는 걸 당신한테서 얻으려고 오는 거야?"

아담이 입술을 오므리고는 봉투를 들지 않은 손으로 가슴을 문질렀다.

"난 언제나 바랐어. 내가 제발이지 그 꼴을 보지 않기를. 내가 어쩔 수 없이 그 문제를 진지하게 생각하는 날이 오지 않기를. 당신 창조물들이 벌거벗은 피부에 실크 블라우스나 그 괴물 같은 깊게 파인 옷을 걸칠 때 당신네들이 뭘 하는 건지. 당신은 어떤 외과 의사보다 그 여자들 궁둥이를 더 작게 해 주지……."

"에비……."라고 말하며 그가 오른손으로 계단 난간 꼭지를 쳤다.

"난 나에 대한 배신이 그저 신발 문제로만 끝나기를 바랐어. 아니면 정원이나 그도 아니면 안락의자나. 그렇게 원한다면 그 여자 당신한테……. 당신이 그게 그렇게까지 필요하다면 말이야. 그렇게 원하는 일이라면 눈감아 줄 수도 있었다고! 하지만 난 알고 싶지 않았어. 보고 싶지도, 감 잡고 싶지도 않았다고. 알겠어? 내가 시청 지하 식당에서 달려나갔을 때, 갑자기 내면의 목소리가 들렸어. 조심해, 조심하라고! 하지만 난 그 소릴 듣지도 않았어. 하지만 이젠 다 알아 버렸고, 봤어. 이걸로 끝이야. 전달 사항 끝이라고!"

가방 손잡이를 잡고 텐트를 왼쪽 옆구리에 낀 에블린은 맨 마지막 계단까지 내려가 아담 몸에 거의 닿을 정도로 가까워졌다. 그녀의 시선은 그를 피해 먼 곳을 향했다. 그녀는 그가 비켜서 길을 터줄 때까지 기다렸다.

아담은 옆으로 비켜나며 과일 봉지가 마치 꽃다발이라도 되는 양 가슴 앞에서 부여잡았다.

"일은 왜 그만둔 거지?"

"지금 말하고 싶지 않아."

"그러지 말고, 얘길 좀 해 봐." 아담이 벽에 몸을 기댔다.

"당신이 이유를 굳이 알고 싶다면 말해 주지. 그들이 내 물건을 훔쳤어. 그러고는 내가 그 일로 지나치게 흥분한다면서 도리어 나무랐거든."

"뭘? 그들이 뭘 훔쳤는데?"

"향수."

"당신 향수를?"

"내 향수를."

"내가 당신한테……."

"아니. 내가 얼마 전에 선물로 받은 거야."

"아, 그래."

"지모네도 거기 있었어. 그녀의 사촌도 같이. 그가 나한테 그걸 갖다줬는데, 왜냐하면……."

"작년에 봤던 그 사람? 그 잘난 체하는 원숭이 같은 놈? 가방 좀 내려봐."

"어쨌든 내가 그 향수를 마음에 들어 한다는 걸 그가 알았거든. 난 그걸 사물함에 넣어 놨었는데 없어졌어."

"이 물건도 그 작자한테 받은 거야?" 아담이 봉투를 들어 보였다.

"그렇게 역겹다는 듯 행동할 필요 없어. 싱싱한 무화과일 뿐이야."

"그놈이 당신을 꼬였듯, 당신이 직접 그렇게 말했어……."

"왜, 날 좀 꼬이면 안 될 게 뭐 있어."

"그놈한테서?"

"당신 말은, 서독에 나랑 연락을 주고받는 사람이 있다는 걸 당신한테 신고라도 했어야 한단 거야? 난 사실 그러려고 했어. 하지만 당신은 늘 바빴잖아! 애석하게도! 아무것도 할 수가 없었잖아!"

"내가 당신한테 말했잖아……."

"내가 말했지. 모든 것에 대해서 기꺼이 대화를 할 수 있다고. 하지만 난 일단 내 물건을 돌려받아야겠다고. 그런데 그때 가브리엘이 그런 의심은 정말이지 사절이라고 말하는 거야. 난 그녀에게 할 말

다했냐고 물었어. 그런데도 그녀가 계속 버티기에 난 이제 휴가를 좀 가져야겠다고 말했지. 그녀는 나더러 오늘 순번 일을 다 마쳐 달라는 거야. 내일도. 그래서 난 그만두겠다고 했지. 끝장을 내자고.”

“그 멋진 사촌이란 놈은 밖에 앉아 있다가 미소를 지으며 당신을 맞아 줬겠군!”

“말도 안 되는 소리. 그들은 이미 가고 없었어.”

“난 당신이 그 작자가 너무 치근댄다고 생각하는 줄 알았는데?”

“내가 그럼, 선물은 받을 수가 없다, 난 먼저 남자 친구랑 사장님께 물어봐야 한다, 그렇게 말해야 된단 말이야?”

“지금 당신 그놈한테 가는 거야?”

“아, 아담. 당신 머리에 떠오르는 생각이 더 이상 없다면 이만.” 에블린은 현관에서 열쇠를 꺼내 들고 현관문을 열었다.

“적어도 적절한 의상 정도는 입었어야 해.”라고 그가 말했다.

“뭐라고?”

“초록색, 파란색, 너무 총천연색이잖아.” 아담이 그녀를 따라 나가 가방과 텐트를 짐받이에 꾹꾹 눌러 실어 주었다.

“내가 데려다 줄까?”라고 그가 물었다. “짐이 많아 오래 가진 못할 텐데.”

“잠깐만 기다려.”라고 에블린이 말하곤 뒤쪽 정원으로 갔다. 그녀는 작은 널빤지 위에 앉더니 손가락으로 거북이 목을 쓰다듬었다.

“엘프리데를 잘 좀 보살펴 줘.”라고 말하며 그녀가 오른쪽 바짓단을 한 단 접어 올렸다. “날마다 신선한 물로 갈아 주고. 밤에는 우리에 뚜껑을 꼭 덮어 줘야 해. 담비 때문에.”

아담은 에블린 앞에서 걸어가 정원 문을 열어 주었고 무화과가

든 봉지를 그녀에게 건네주었다.

"고마워."라고 에블린이 말하며 출발했다. 몇 미터 가지 않아 텐트가 옆으로 미끄러져 빠져나왔다. 아담은 에블린이 봉지 든 손을 뒤로 뻗는 것을 보았다. 그는 집 안으로 도로 들어와 문을 조심스럽게 잠갔다. 누군가를 깨울까 봐 겁이라도 난다는 듯이. "오래 가진 못할 거야."라고 불쑥 내뱉은 뒤, 그는 여러 번 그 말을 반복했다. 그러는 동안에도 그는 가슴을 계속해서 문질렀다.

5
왜 아담은 또다시 거짓말을 하지?

아담은 자리에 누워 눈을 감으려고 했다. 적어도 몇 분간 만이라도. 하지만 언젠가는 다시 일어나야 한다는 생각 때문에 그는 누울 수가 없었다.

아담은 아틀리에로 올라갔다. 조심스럽게 릴리의 치마를 매만져 본 후 재단용 마네킹에 대고 고정했다. 그 위에다가는 상의를 입혔다. 레코드판을 도로 집어넣고 전원을 끈 다음 창문을 닫고 채광창은 아주 작은 틈만 남겨 놓은 후 그는 빈 잔들과 설탕 통이 든 쟁반을 들고 몸을 돌려 걸어갔다. 그때 갑자기 벽과 열린 문 사이에서 눈부시게 하얀 물건이 그의 시야에 들어왔다. 릴리의 브래지어였다. 브래지어 컵 위쪽에 시커먼 반원이 보였는데 그의 신발 자국이었다.

아담은 쟁반을 손에 든 채 균형을 잡으며, 마치 옷감 질이라도 확인하려는 듯 손가락으로 브래지어를 들어 올린 뒤 마스크처럼 얼굴에 대고 눌렀다. 아무 냄새도 나지 않았다. 그는 브래지어를 도로 문 손잡이에 걸었다.

에블린의 방 앞을 지날 때 그는 안을 들여다보았다. 방은 정돈되어 있었다. 그녀는 하얀 블라우스와 검정 치마, 그리고 앞치마를 차곡차곡 접어서 소파 위에 놓아두었다. 그 아래에는 그녀가 카페에서 일할 때 신는 신발이 있었다.

부엌에서 그는 하마터면 무화과를 밟을 뻔했다. 봉지에서 떨어져 나온 게 분명했다. 설거지를 하는 동안에도 그는 에블린이 자신을 쳐다보던 모습과 릴리를 떠올렸다. 그는 잔 자장자리에 묻었던 릴리의 립스틱 자국이 없어진 후에도 계속해서 잔을 문질렀다. 이젠 다 소용없는 짓이야라고 그는 생각하며 자신의 입에서 새나가는 신음 소리를 들었다. 신음 소리 같기도 절규 같기도 했는데 또 한 번 그런 소리를 내고 싶었다. 이번엔 좀 더 크게, 얼굴을 천장으로 향하고 소리를 지르고 싶었다. 설거지통의 물을 첨벙 때리자 릴리의 잔이 개수대 바닥에서 큰 소리를 냈다.

아담은 손의 물기조차 닦지 않았다. 그는 문을 닫고 차고로 갔다. 오래된 바르트부르크를 후진하여 빼냈다.

그는 차고에서 발견한 제일 좋은 걸레로 20리터짜리 기름통들에서 먼지와 거미줄을 닦아 낸 후 그것들을 트렁크에 실었다.

아담은 푸시킨 거리까지 갔다가 옛 시가 주위로 반원을 그리며 좌회전했다. 그가 박물관을 지났을 때 한 무리 사람들이 그 안에서 나왔다. 막 전시 안내가 끝난 모양이었다. 때론 이곳에서 길게 늘어선 자동차 행렬의 끝을 볼 수도 있었다. 하지만 이번에 아담은 운이 좋았다. 분에 넘치는 행운이라 할 수 있었다. 에블린이라면 분명 그렇게 말했을 것이다. 앞에 늘어선 자동차는 단 일곱 대뿐이었다. 시동이 꺼지고 핸드브레이크를 당기기가 무섭게 그는 계속해서 앞으로 나아갈 수 있었다.

빨간색과 흰색이 섞인 아담의 바르트부르크 311은 주유소 직원이 좋아하는 차들 중 하나였다. 머리카락이 검고 안경을 낀 키 작은 남자였다. 지난가을 그는 아담에게 묻지도 않고 빠지고 없던 바퀴 덮개 하나를 구해다 주었고 아담이 둘로 접은 지폐를 내밀자 확인해 보지도 않은 채 파란색 작업용 멜빵바지의 가슴 주머니에 집어넣었다.

"자, 아직 인생이 살 만한 거죠?"

아담이 고개를 끄덕였다. 그는 서둘렀다. 뒤에 다른 차가 없을 때 얼른 기름통을 트렁크에서 꺼내야 했다. 그는 마개를 열고 기름통을 급유기 옆에 세웠다.

"어디로 가시는데요?"

"바르네뮌데."라고 아담이 말했다. 왜 자신이 거짓말을 하는지 스스로도 알 수가 없었다.

"부럽군요. 혹시 '넵툰' 호텔*에 가시는 건가요?"

"가정집에 묵기로 했어요."라고 아담이 대답하곤 트렁크로 돌아가 뭔가를 찾는 척했다. 낡은 덮개 아래에서 그는 아버지의 조류도감과 식물도감을 발견했다. 그는 덮개를 접어 놓고 미소를 지으며 책을 옆구리에 낀 채 다시 자세를 바로잡았다.

"성에 뭐 새로운 소식이라도 있나요?"라고 아담이 물었다. 이곳에서 사람들은 이 년 전 화재가 남긴 구멍을 볼 수 있었다.

"사십 년 안에 융커**들이 다시 돌아온답니다." 주유소 직원이 기

---

* 발트 해 연안에 있는 5성 호텔.
** 근대 독일, 특히 동프로이센의 보수적인 지주 귀족층을 이르던 말.

름통에서 시선을 떼지 않은 채 말했다.

"타이히 거리에는······." 하고 아담이 말했다. "전쟁 후에도 술집이 스무 개는 있었답니다. 우리 아버지는 각 술집마다 한 번씩 맥주를 마시겠다고 작정하셨죠. 하지만 한 번도 이루지 못했습니다. 지금은요? 지금은 딱 한 군데뿐이죠." 갑자기 아담은 주유소 직원이 그 이야기를 해 주었던 장본인이 아니었을까 하는 의심이 들었다.

"그나마 하나뿐인 그 술집도 곧 사라질 겁니다."라고 주유소 직원이 말하며 엄지로 두 번째 기름통을 닫아 주더니 귀에 꽂고 있던 볼펜을 끄집어내 금액을 적었다. 그는 급유기 계기판을 영으로 돌리곤 자동차에 기름을 넣기 시작했다.

"그것 말고는요?"라고 아담이 물었다.

주유소 직원은 그 질문에 대해서 곰곰이 생각을 해 봐야겠다는 듯 앞을 멍하니 바라보았다. "사실 난 휴가를 떠나고 싶어요."라고 그가 마침내 말을 꺼냈다. "하지만 지금은 같이 일하는 사람이 자리를 비워서······."

아담은 그에게 2마르크를 팁으로 주었다.

"잠깐만요."라고 주유소 직원이 말했다. 바지 다리 부분에 달린 주머니 위에 손을 얹은 채 그가 사무실에서 돌아왔다.

"혹시 그거 아세요?" 그는 그들 뒤에 있던 슈코다 앞에 가 서더니 스프레이 통을 하나 꺼내 흔든 후 냉각기 앞에 쪼그리고 앉아 크롬을 입힌 범퍼에 대고 칙 하며 한 번 거품을 뿌린 다음 문질렀다. "자, 어때요?" 그 부분은 실제로 더 밝게 빛났다. 아담은 주유소 직원이 이제부터 범퍼 나머지 부분도 다 처리하면 좋겠다고 생각했지만 그는 곧 몸을 일으켰다.

"이런 거 한 통 더 있나요?"

"없죠오!" 주유소 직원이 신경질적으로 말했다. "체코 사람들한 테서 산 거예요. 선생님한테 지금 물으려던 참인데요. 혹시 거기 들를 거라면 이런 거 하나만 사다 주시면 안 되겠느냐고요."

"우린 바르네뮌데로 간다니까요."라고 아담이 말했다.

"만에 하나, 혹시라도 생각이 난다면 말입니다. 잊어 먹지 마시고……."

"그러죠."라고 아담이 고개를 끄덕이며 말했다. "잊지 않을게요. 혹시 깔때기 같은 거 하나 있나요?"

"선생님을 위해서라면 뭐든지 다 있죠."

바지 다리에 달린 주머니에 스프레이 통을 꽂고 주유소 직원이 또 한 번 사라졌다. 아담은 넉넉하게 반올림한 액수를 셈해 주었다. 주유소 직원은 말없이 돈을 받아 가슴 주머니에 넣었다. 그들은 악수를 나누며 헤어졌다. 아담은 백미러를 통해 주유소 직원이 빨간색과 흰색이 섞인 사슬을 입구에 걸면서도 마치 자동차 번호판이라도 외우려는 듯 계속해서 자신의 차 뒤를 바라보는 것을 목격했다.

아담은 바르톨로메이 교회 뒤에서 우회전해 에버트 거리로 들어선 다음 독토르퀼츠 거리를 지나 왼쪽으로 가서 드디어 마르틴루터 거리로 접어들었다. 15번지라고 새겨진 건물 현관 옆에 에블린의 자전거가 세워져 있었다. 바로 맞은편, 도로 건너편에는 서독 번호판을 단 빨간색 파사트콤비가 한 대 서 있었다. 번호판은 HH라는 알파벳으로 시작되었다. 그는 두 번이나 H가 들어가는 도시 이름을 도무지 생각해 낼 수가 없었다.

아담은 배가 고팠다. 집에 돌아온 그는 억지로 온갖 정성을 기울였다. 소시지 조각들에 절인 오이를 곁들여 접시를 장식하고 겨자와 고추냉이, 모과 콤포트가 담긴 접시를 쟁반에 놓았고 그 위에 접시 두 개를 더 놓은 다음, 헝겊 냅킨을 은빛 고리에 끼워 가지런히 놓았다.

정원 탁자 위에 있는 식탁보를 닦고 난 후 그는 작은 우리에서 거북이를 꺼내 에블린이 늘 하던 대로 탁자 위에 놓았다. 거북이가 접시 쪽으로 기어왔다. 아담은 일부터 천천히 먹고 천천히 마시려고 애썼다. 저녁 바람이 기분 좋게 불어왔고 지붕 용마루에서는 지빠귀 한 마리가 울었다. 마지막으로 그는 무화과 껍질을 벗기려고 하다가 결국은 반으로 자르고 숟가락으로 퍼 먹었다. 남은 무화과는 거북이 앞에 놓아 주었다. 거북이가 즉시 그것을 갉아 먹기 시작했다. 이미 아주 오랫동안 혼자 산 사람인 양, 동물을 마주하고 있다는 게 그는 어쩐지 좋았다.

아담이 정원 호스를 들고 꽃밭과 덤불에 물을 주기 시작했을 때 사방에 벌써 어스름이 깔리고 있었다. 정원 일을 돌볼 때마다 가장 좋은 생각이 떠오르곤 했으므로 그는 창고에도 공책을 한 권 두고 생각이 떠오를 때마다 목공 연필로 스케치를 해 두었다.

그동안 그는 거북이를 잔디에 도로 놓아주었고 이웃들과 대화를 나누고 작은 연못을 청소했다. 연못 둘레에는 사암으로 만든 개구리 네 마리가 가는 물줄기를 토해 내고 있었다. 그는 봄에 연못 한가운데 놓았던 납작한 바위를 보며 다시금 기뻐했다. 수면보다 살짝 아래에 있어 새들에게는 아주 안성맞춤인 바위였다. 정원 일이 다 끝나고 거북이도 우리로 도로 기어 들어간 후 그는 이제 두 병째 맥주와 시가를 즐겨도 되겠다고 생각했다. 에블린이 온다면 자신이 그녀를 기다렸을 뿐만 아니라 아틀리에 안이나 실외에서만 담배를 피우겠다고 한 약속도 잘 지키고 있다는 것을 보게 되리라.

생각 하나하나가 아담에게는 정당화 과정이었다. 마치 심문이라도 당하는 듯, 그 어떤 불확실한 요소나 모순이 머릿속에 남아 있어서도 안 된다는 듯. 그는 자신이 이곳에 앉아 시가를 피우는 일조차도 시간과 날짜를 기입한 보고서에 기록될 것이라고 상상했다. 그는 쓰레기통을 비워야 했고 창문 단속도 해야 했다. 지하실 창문도 마찬가지였다. 방문들은 전부 열어 놓아야 했으며 전기 플러그를 뽑고 냉장고 안에 고인 물을 닦아 내고 짐을 챙기고 거북이가 들어갈 만한 상자를 구해야 했다. 그 모든 일에 대한 보상으로 그는 마지막으로 면도를 하고 샤워를 할 작정이었다.

현관문에서 초인종 소리가 났을 때 아담은 막 자명종 시계를 맞추고 있었다. 주유소 직원이다. 그의 머리에 불쑥 떠오른 생각이었다. 하지만 하필이면 왜 주유소 직원이란 말인가? 에블린이다! 그는 현관문 밖 전등을 켜고 문을 열었다.

"아, 전 또 뭐라고요!"라고 그가 말했다. 전보 배달원이 인사를 하며 봉투를 건네주었다. 지갑을 찾느라 아담은 옷장 속에 걸어 둔 재킷을 더듬었다. 아담은 전보 배달원의 손에 1마르크를 쥐어 주고 그가 엔진을 끄지 않은 바람에 부질없이 통통거리는 모페드를 타고 떠날 때까지 기다렸다.

"급한 일로 일요일 약속 취소. 월요일 오후? 모니카."

아담이 입술을 일그러뜨리며 계단에 앉았다. 다른 건 다 챙겼지만 여자들 생각만은 미처 하지 못했다.

그는 문 옆 벽장 속, 자신의 정원용 신발 사이에 들어 있던 마분지를 들어 부채질을 했다. "난 정원에 있습니다."라고 그는 몇 년 전 그 종이에 빨간 연필로 써 넣었다. 혹시라도 그가 초인종 소리를 듣지 못했을 때 여자 고객들이 바람맞았다고 생각하지 않도록 하기 위해서였다. 그중에는 라이프치히, 게라 혹은 카를마르크스슈타트 같이 먼 곳에서 찾아온 여자들도 있었다.

엽서를 스무 통 정도 써야 했다. "9월 초까지 휴가입니다. 아담 올림." 시간은 넉넉했다. 짐은 이미 다 챙겨 두었다. 신문은 어차피 연초에 이미 다 해약했다. 다른 모든 것들을 위해서라면 충분히 큰 우편함이 있었다. 그는 마분지 표지판을 무거운 신발 사이에 도로 끼워 두었다.

"거짓말하지 않는 사람은 숨을 필요가 없다."라고 그가 갑자기 말했다. 그는 일어나 안에서 문을 잠갔다. 잠시 동안 그는 열쇠를 꽂아 둘까 고민했다. 그러곤 결국은 늘 그랬듯이 열쇠를 빼냈다. 그는 에블린이 늦게 귀가하는 데 익숙했다. 아담은 그녀의 밀짚모자 역시 옷장에서 집어내어 여행 가방 위에 놓았다. 정원 일을 할 때 그가 가끔 쓰기도 하는 모자였다. 거북이를 넣을 상자에는 남은 옷감 조각을 깔고 물그릇을 집어넣었다.

12시가 조금 넘기까지는 창문에 불빛들이 여전히 많이 켜져 있었다. 라고 아담은 이를 닦는 동안 상상 속 보고서에 기입했다. 그는 입안을 헹구고 잠깐 목을 가신 뒤 잠자리에 들었다.

6
다음 날 아침

이미 오래전부터 자명종을 사용하지 않았지만 아담은 예전에 자명종이 울리기 바로 직전에 잠에서 깼듯 일어나야 할 시간 직전에 잠에서 깼다. 날마다 아침이면 늘 그랬듯이 그는 자신의 죽음을 상상했다. 하지만 어쩐지 오늘만큼은 그런 생각이 그를 위로하기보다는 불안하게 했다.

그는 잠옷 바람으로 거실로 내려가 오래된 책꽂이를 열고 보석함을 꺼내 글라스휘테 손목시계를 찼다. 서른두 살 생일에 에블린이 선물해 준 시계였다. 보석함을 여행 가방에 넣으려면 두 번째 신발도 도로 꺼내야 했다. 아침밥으로 그는 모과 콤포트를 먹었고 빈 잔을 씻었다. 숟가락의 물기를 행주로 닦아 수저통에 도로 집어넣었다.

자동차에 짐을 다 싣자 그는 집 안 배전함의 나사를 풀었다.

마르틴루터 거리에서부터 그는 벌써 멀리 빨간색 파사트콤비를 알아보았다. 에블린의 자전거는 더 이상 집 앞에 없었다.

아담은 차창을 열어 고개를 밖으로 내밀고는 열린 3층 창문을 올려다보았다. 천장 석고 장식이며 유겐트 양식* 미닫이문을 갖춘 저 높은 공간에 비한다면 1930년대에 지어진 자신의 집은 천박하고 누추한 창고같이 느껴졌다. 아담은 거리 끝까지 갔다가 방향을 돌려 다음번 빈자리에 주차했다. 그 집 문으로부터 자동차 세 대 거리쯤이었다. 덤불 너머로 집 문을 지켜보려면 똑바로 앉는 수밖에 없었다. 거북이는 꼼짝도 하지 않았다. 그는 차에서 내려 시가에 불을 붙였다. 까마득히 먼 곳에서 들려오는 도로의 소음 외에는 새소리만이 들릴 뿐이었다.

아담은 파사트를 조사했다. 뒷좌석은 사탕 종이와 부스러기로 뒤덮여 있었다. 운전석에는 나무 구슬로 엮인 덮개가 씌워져 있었는데 그걸 보자 아담은 얼굴을 찡그렸다. 좌석을 뒤로 뺀 나머지 뒷좌석에는 아이나 겨우 앉을 수 있을 정도의 공간만이 남았다. 아담은 인도에서 빠져나와 앞바퀴로 갔다. 주머니칼을 뽑아 두 번만 무릎을 꿇었다 펴기만 하면 될 일이었다. 그럼 그들은 꼼짝도 못 하고 이곳에 붙잡혀 있어야 할 터였다. 그는 차 문 열쇠와 시동 열쇠를 검지에 걸어 돌리며 거리를 따라 배회했다. 그는 우체통에 엽서 뭉치를 던져 넣은 뒤 다시 돌아와 바르트부르크에 몸을 기댄 채 시가를 피웠다. 꽁초를 땅에 떨어뜨리자 맨홀 구멍의 철창살을 건드리지 않은 채 용케도 지하수로 빠져 들어갔다.

아담은 보온병 뚜껑을 빼내 반 정도만 채웠다. 그는 커피를 조심스럽게 홀짝홀짝 마시며 훌훌 불고는 다시 홀짝거리며 마시고 그 플라스틱 컵을 코앞에 바짝 대며 미소를 지었다. 이게 바로 휴가 냄

* 19세기 말부터 20세기 초에 걸쳐 독일에서 유행한 미술 양식. 꽃, 잎 등 식물적 요소들을 미끈한 곡선으로 추상화, 장식화한 것이 특색이다.

새였다. 휴가 냄새는 예전부터 항상 이랬다. 그는 언제 마지막으로 보온병에 든 커피를 마셨는지 기억을 떠올려 보았다. 이 냄새 말고 아담에게 더 잘 맞는 냄새는 없었다. 휴가, 여자 친구 그리고 자유를 뜻하는 이 냄새.

마치 무겁던 관자놀이가 한결 나아진 듯, 다시 숨을 쉴 수 있기라도 한 듯 느껴졌다. "이제부터 대장정을 떠나는 거야, 엘피."라고 그가 말하며 밀짚모자를 썼다. 그리고 검지로 모자를 이마 위로 밀어 올렸다. 갑자기 모든 게 쉽게만 느껴졌다.

7
출발

아담은 뭔가 두드리는 소리에 잠에서 깼다. "내가 뭐라 그랬니? 어쩐지 냄새가 나더라니까……." 지모네와 에블린이 그가 있는 차 안을 들여다보고 있었다. 그가 일어나 앉았는데도 지모네는 계속해서 유리창을 두드렸다. 얼마나 오랫동안 잠을 잤는지 몰랐다.

아담이 모자를 벗어들고 문을 열었다. "안녕." 하고 그가 말했다.

"이게 무슨 짓이야?"라고 에블린이 물었다. "스파이 노릇이라도 한 거야?"

"내 이럴 줄 알았다니까!" 지모네가 손바닥으로 차 지붕을 때렸다. "이 사람, 아담이지. 이 아래 서서 시가를 피우고 있었네."

"길에서야 피워도 되는 거 아냐!?"

"이게 무슨 짓이야, 아담?"

"당신을 깨우고 싶지 않았어. 당신이 언제 일어나는지 몰랐으니까. 하지만 이 밀짚모자. 당신, 이걸 가져가야 해."

"고마워."라고 에블린이 말했다. "뭐가 또 남았어?"

"당신을 다시 보니 기뻐."

"어제는 그렇지 않아 보이던데."

"어젠 아주 끔찍한 날이었어."

"의외네. 당신 말이 이번에는 전적으로 맞으니까."

두 사람은 서로를 응시했다.

"뭐 또 다른 할 얘기가 남았어?"

"사실은." 아담은 그녀에게서 지모네에게로, 지모네에게서 다시 그녀에게로 시선을 옮겼다.

"나 금방 갈게."라고 에블린이 말했다.

지모네가 눈을 흘겼다. "저 사람 말 다 듣지 마!"라고 그녀가 말하며 지붕이 열린 빨간 파사트로 다가갔다.

"뜸 좀 그만 들여, 아담. 뭐야?"

"난 당신한테 묻고 싶어. 아니, 좀 더 정확히 말하자면 당신한테 부탁을 하려는 거야. 나랑 같이 헝가리로 가자고."

에블린이 웃음을 터뜨렸다. "지금 농담하는 거야?"

"아니야. 준비는 다 됐어. 엘피도 데리고 왔어."

"미쳤어!"

"여기 우리 하인리히가⋯⋯." 아담이 말하며 바르트부르크 지붕을 손가락으로 가볍게 두드렸다. "잘 견뎌 줄 거야. 정말이야. 나하고 약속했다고."

"싫어. 나한텐 너무 불안한 일이야. 모든 면에서 그래. 잘 있어."

"그럼 당신이 말했던 대로 기차로 가면 되잖아. 에비, 제발."

"딱 하루 늦어 버린 부탁이야. 이젠 소용없어. 아담, 안녕. 우린 떠날 거야."

에블린은 뒤로 돌아서 가 버렸다.

"에비!" 아담이 불렀다. "에비!" 그는 왜 그녀가 지모네의 치마를 입고 있는지 묻고 싶었다. 에블린이 모자를 뒷좌석에 던지자 파사트 지붕이 내려갔다. 이젠 아담도 그 사촌이라는 남자를 보았고 그의 얼굴을 알아보았다. 그의 이름은 미하엘이었다. 미하엘은 훤칠한 키에 사십 대 중반쯤 돼 보였다. 그는 청바지에 헐렁한 하얀 셔츠를 받쳐 입었고 그 하얀색 때문에 얼굴 홍조가 더욱더 두드러져 보였다. 차 지붕은 몇 번의 시도 끝에 겨우 닫혔다. 미하엘의 라이터에서 불꽃이 높이 솟구쳤다. 그는 불꽃이 거의 사라질 때까지 라이터를 이리저리 매만지더니 담배에 불을 붙이고 담뱃갑을 도로 가슴 주머니에 밀어 넣었다. 그는 양팔을 벌려 차 문 두 개를 동시에 열었다. 지모네가 에블린보다 먼저 힘겹게 차 안으로 들어가 뒷좌석에 앉았다. 에블린은 항의했고 둘은 서로 싸우다가 웃음을 터뜨렸다. 미하엘은 하인처럼 말없이 기다렸다.

아담은 운전대 앞에 앉았다. 그는 정면을 똑바로 보고 있었는데도 지나치는 동안 그들이 자신을 응시한다는 것을 감지했다. 미하엘은 그에게 고개를 끄덕이기조차 했다.

아담은 다음 교차로에서 차를 돌리려고 애썼다. 그는 어쩔 수 없이 차선을 변경해야 했다. 하지만 빨간 파사트가 움직이기 시작했을 때 아담은 마침 또 한 번 마르틴루터 거리로 돌아들었고 규정상 앞차와 유지해야 하는 안전거리보다 더 가까이 그들에게 다가가 있었다.

그는 그들을 종합진료소까지 따라갔다. 그들은 주유소에서 우회전해 성 아랫길을 따라 극장을 통과하여 좌회전해 노동자연합 거리를 따라 그로서타이히 연못으로 향했다. 신호등에 노란불이 들어오자 파사트가 갑자기 멈췄다. 아담은 쾅 하는 큰 소리를 들은 것 같았다. 하지만 아무 일도 일어나지 않았다. 그는 차에서 내려 앞쪽으로 갔고 운전석 옆 차창을 두드렸다. 음악 소리가 너무 커서 그들은 그 소리를 듣지 못했다. 에블린까지도 담배를 피웠다. 지모네가 아담을 보자 외마디 비명을 질렀다.

"모자. 당신네들, 밀짚모자를 다 찌그러뜨리겠어!"라고 아담이 소리쳤다. 그들이 그가 오는 것을 알아채지 못했다는 게 너무나도 이상했다. 적어도 미하엘은 백미러를 통해 그가 오는 것을 알아봤어야 했다. 아담은 차로 돌아가 기어를 1단으로 올리고서 가만히 기다렸다.

파사트가 출발하여 도시로 들어가는 언덕길을 올라가며 속력을 냈을 때 아담은 뒤처졌다. 하지만 그는 길을 잘 알았다. 그들은 괴스니츠를 통과해 메라네에서는 고속도로를 지나가고 그러고 나면 츠비카우 방향으로 계속해서 갈 것이 분명했다. 그는 그들이 바트브람바흐를 지나 국경을 넘을 것이라고 점쳤다. 체코슬로바키아로 들어서면 틀림없이 헤프를 통과할 터였다. 아니면 좀 더 동쪽 루트를 택해 오버비젠탈과 카를로비바리를 지날지도 몰랐다. 그곳은 그가 부모님과 처음 방문한 외국 도시였다. 그도 아니라면 또 다른 길이 있던가? 미하엘이 과속으로 이긴 경주를 그는 꾸준한 주행으로 만회하려고 했다.

빨간 파사트는 화물차 뒤에서 괴스니츠의 신호등이 바뀔 기다리고 있었다. 밀짚모자는 아직도 뒤창 유리에 끼어 있었다. 다시금 앞으로 나가면서 아담은 화물차에서 나오는 매연을 피하기 위해 거리를 넓혔다.

도시를 빠져나가자마자 파사트가 깜박이도 켜지 않은 채 도로변에 멈췄다. 아담 역시 오른쪽으로 빠졌다. 에블린이 뛰어나와 그에게로 다가왔다. 굽이 높지 않은 그녀의 샌들 역시 새로 산 거였다.

"너무 한심한 행동이야. 아담, 이게 무슨 짓이야?"

아담은 내리려고 했지만 에블린이 너무 가까이 서 있었으므로 그녀를 밀어내지 않으면 안 되는 형국이었다.

"우리를 미행하겠다는 거야? 그게 당신 진심이야?"

자동차 한 대가 경적을 울리며 지나갔다. 에블린이 바르트부르크에 바짝 다가섰다.

"나 좀 내리게 해 줘."라고 아담이 외쳤다. 에블린은 계속 뭔가를 말하려고 했지만 머리카락이 바람에 날려 그녀의 입에 휘감겼다.

"아담." 그들이 마주보고 섰을 때 그녀가 말했다. "이거 하나도 안 웃겨. 당신이 지금 하는 짓."

"나더러 그럼 어떻게 하란 말이야?!"

"아무것도 하지 마. 전혀, 아무것도! 어제 무슨 일이 일어난 건지 이해를 못 하겠다는 거야? 당신이 무슨 짓을 했는지?"

"사랑해."

"참, 이제야 그 사실이 떠오른 모양이군."

"난 당신하고 함께 살고 싶어!"

"하지만 난 당신하고 살기 싫어!" 아담은 에블린이 더 이상 도로에 서 있지 않도록 그녀를 차 쪽으로 밀었다.

"이젠 나 좀 가만히 내버려 둬. 알겠어?! 그리고 이건 동물 학대야! 바람이라도 들어가면 죽을 수도 있단 말이야."

에블린은 지나가는 자동차들이 내는 소음 속에서 말을 하며 머리카락을 땋았다. 아담은 팔을 뻗어 그녀를 잡아당기지 않기 위해 자제심을 발휘해야만 했다.

"우리 네 사람이 다 같이 휴가를 떠나도 되잖아. 저 두 사람하고……."

"나 좀 그냥 내버려 둬! 내가 당신한테 바라는 건 오직 그거뿐이야."

"그가 당신한테 샌들도 사 준 거야?"

에블린이 크게 소리쳤다. "그게 당신하고 무슨 상관이야!"

"담배를 다시 피워?"

"당신하고 상관없는 일이라고!" 그녀가 손가락을 튕겼다. "그렇게 많이 피우는 건 아니야." 그녀는 다시 한 번 손가락을 튕겼지만 잘 되지 않았다. 그녀는 파사트로 도로 돌아갔다.

"너희들이 모자를 찌그러뜨리고 있어!"

에블린이 돌아보지도 않은 채 손짓으로 거부의 표시를 보였고 땋았던 머리카락이 풀렸다.

"소용없어. 전혀 아무런 소용도 없어!" 그는 그녀가 차에 오르며 그렇게 말하는 소리를 들었다.

그녀는 차 문을 거칠게 닫았고 파사트가 쏜살같이 질주했다. 두 자동차 사이의 거리는 빠르게 벌어졌다. 하지만 아담은 그래도 유리창에서 모자가 사라지는 것만큼은 큰 만족감을 느끼며 목격할 수 있었다.

8
우회로

미하엘이 속도제한 규정을 철저히 지키는 것을 보며 아담이 미소를 지었다. 그들은 메라네를 지났고 줄줄이 늘어선 집들을 지나쳤다. 언제나 그로 하여금 장난감 철도 부속품을 상기시키는 집들이었다. 파사트가 깜빡대기 시작하자 아담은 흠칫 놀랐다. 그들은 카를마르크스슈타트로 향하는 고속도로로 진입했다. 고속도로라면 그들의 흔적을 놓칠지도 몰랐다. 하지만 그를 이곳에서 따돌리거나 혹은 체코슬로바키아에서 따돌리거나 그게 무슨 큰 대수랴. 그들이 사촌이란 남자의 서독마르크를 가지고 벌러톤 호수에서 페피네가 아니라 혹시 다른 곳에 숙소를 정한다 해도 아담은 그들을 찾아낼 수 있을 터였다. 바로 그것만이 문제였다. 언젠가 에블린도 그의 마음이 진심이라는 것을 이해하리라.

진입로 커브에서 그는 하마터면 길을 벗어날 뻔했다. 그 후에는 자동차 한 소대가 다 줄줄이 지나가도록 차를 세우지 않으면 안 되었다. 그런데도 글라우하우를 지나 몇 킬로미터쯤 가서 그는 빨간 파사트 뒤를 다시 바짝 따라잡을 수 있었다. 파사트의 속력은 시속 100킬로미터도 안 되었으므로 아담은 추월하기까지 했다. 처음에 그는 그들을 못 본 척하려 했으나 결국은 고개를 돌리고 손을 들어 인사를 하고 말았다. 미하엘이 미소를 지었고 여자들은 서로 이야기를 주고받으며 또 한 번 담배를 피웠다.

산길에서 그는 가속 페달을 힘껏 밟았다. 그들이 고갯길을 넘어서고 카를마르크스슈타트를 향하게 되었을 때 아담은 속도를 높였다. 빨간 파사트가 뒤따랐다. 아담은 갑자기 속도를 줄이고 백미러를 주시했다. 마지막 순간에 파사트와 같은 길로 빠지기 위해 만반의 태세를 갖춘 채.

드레스덴에 도착하기 전 빌스드루프 주유소에서 미하엘이 제시간보다 일찍 깜빡이를 켰다. 아담은 오른쪽 줄 뒤로 들어섰고 파사트는 왼쪽 줄에 섰으므로 에블린은 바로 그의 옆에서 내렸다. 그녀는 지모네와 어디론가 사라졌다.

아담은 시동을 끄고 문을 열었다. 기름을 넣을 필요가 전혀 없었지만 만일의 경우를 대비해 몇 리터라도 더 넣어 두는 게 나쁠 이유는 없었다.

"우리, 한번 본 적 있지."라고 미하엘이 외쳤다. 그는 조수석으로 몸을 구부리고서 열린 창문을 통해 손을 내밀었다. "미하엘. 모나의 사촌이야."

"나도 알아."라고 아담이 말하며 두 발자국 그에게 다가갔다. "반가워." 서독에서 온 남자들과 이야기를 나누는 건 아담에게는 늘 불쾌한 일이었다. 그들이 나이가 더 많아도 마찬가지였다.

"우리 이제부터 멋진 여행을 눈앞에 두고 있는 거네."라고 미하엘이 말했다.

"그렇다고 볼 수 있지." 아담은 미하엘의 손을 바라보았다. 손가락 끝이 열린 유리창을 건드리고 있었다. 검지와 중지의 얼룩이 유리창에 동그란 자국을 만들었다. 그 정도로 니코틴 얼룩이 심한 사람이 에블린의 상대라니 안 될 말이었다.

"나중에 봐."라고 미하엘이 말했다.

"어디로 가는데?"

"드레스덴. 중앙역. 모나가 길을 잘 알아."

"응, 그럼."이라고 아담이 말하고는 시동을 켜지 않은 채 바르트부르크를 밀었다. 여자들이 돌아왔을 때 그는 에블린의 팔 아래쪽에 소름이 돋은 것을 보았다.

아담은 파사트가 먼저 떠나도록 가만히 기다렸다.

그는 엘베 계곡으로 차를 굴려 내려갔다. 그는 드레스덴의 교회 첨탑을 보았고 시청사 첨탑과 심지어는 상류 쪽 구릉지 위에 서 있는 텔레비전 송신탑도 보았다. 그곳에는 안개가 자욱해서 강 오른쪽과 왼쪽에서 엘베 사암 산맥의 입구를 이루는 산 정상의 두 바위를 대략 가늠할 수 있을 뿐이었다.

아담은 첫 번째 출구를 택했고 도로 표지판을 따라가다가 길을 잃었다. 이슬람 사원같이 생긴 담배 공장 첨탑이 앞에 나타났을 때에야 그는 다시 위치를 파악할 수 있었다.

중앙역 광장에서 그는 주차할 장소를 발견했다. 그는 창문을 조금 열고 어깨에 메는 가방에 사진기를 집어넣었다. 빨간 파사트는 어디에도 보이지 않았다.

부다페스트를 경유해 소피아로 가는 파노니아 기차는 3시 조금 지나, 그러니까 약 삼십 분 후에 떠나고 부다페스트 행 메트로폴 기차는 저녁 7시 30분에나 있었다. 그는 손가락으로 기차 시간표를 짚어 가며 다시 한 번 꼼꼼히 확인했다. 그가 잘못 본 건 없었다.

아담은 간이 식당 앞에서 줄을 섰다. 분명 그 세 사람은 드레스덴에서 즐거운 오후를 보내고 저녁에야 떠날 게 틀림없었다. 왜냐하면 그들이 파노니아로 간다면 한밤중에야 도착할 것이기 때문이었다. 이제 그는 그들이 너무 늦게 출발하는 것에 화가 났다. 벌러톤 호수까지는 꼬박 하루가 걸렸다. 그는 혼자서 계속 가기로, 페피네에서 에블린을 기다리기로 결심했다. 페피는 그녀만의 친구가 아니었다.

아담은 복부르스트*를 두 개 주문하고 받침 접시에서 잔돈을 집어 들었다. 그리고 가방을 메고 계산대에서 소시지가 담긴 종이 접시와 빵을 들었다. 그때 세 사람이 서둘러 지나가는 모습이 보였다. 에블린은 모자를 쓰고 초록색 텐트를 옆구리에 끼고 있었다. 그녀의 굽이 또각거렸다. 미하엘은 그녀의 여행 가방을 둘러멨다. 아담이 옛날 영화에서나 보았던 장면이다. 지모네는 샌들을 신고서 타일바닥을 미끄러지듯 걸었다. 그들은 남쪽 고층 승강장으로 향했고 곧장 첫 번째 계단에 올랐다. 프라하 행, 14시 39분 발. 왜 그는 프라하를 생각하지 못했던 걸까? 잠시 동안 그는 멍청하게 제자리에 서 있었다.

나이가 지긋한 남자 한 명이 헉헉대며 그를 지나 계단을 올랐다. 그는 여행 가방들을 계단 위에 비스듬히 놓은 채 갑자기 상체를 숙이고 쉬었다. 한순간 그는 마치 몸의 균형을 잃은 듯 보였다. 빵 한

---

* 물에 데쳐 조리하는 작고 굵은 소시지.

개는 입에 물고 나머지 다른 빵들은 소시지가 담긴 종이 접시 위에 꾹 눌러 쥔 채, 아담은 여행 가방 하나를 번쩍 들어 계단 위로 올려다 주었다. 남자는 나머지 가방 한 개를 양손으로 끌어올렸다. 위층에 도착했을 때 아담은 기차 출발을 알리는 호루라기 소리를 들었다. 그는 가장 가까운 객차 문을 열어젖히고 여행 가방을 털썩 올려놓았다. 그러곤 두 번째 가방도 실은 뒤 회색 양복을 입은 남자가 타도록 도와주고 문을 닫아 주었다. 아담은 입에 물었던 빵을 빼냈다. 기차는 출발했으며 유리 창문 너머로 남자의 양손이 움직였다.

미하엘이 그를 향해 다가왔다. 미하엘은 에블린의 밀짚모자를 집게손가락에 걸어 빙글빙글 돌렸다. 아담은 미하엘이 자신을 알아볼 때까지 기다렸다.

"이것 좀 먹을래?" 미하엘은 고개를 흔들었지만 결국은 손을 뻗었고 이어서 빵 하나를 더 가져갔다.

그들은 벤치에 앉았다. 아담이 권하는 시늉을 해야만 미하엘이 마지못해 겨자에 소시지를 찍어 먹었는데도 아담은 종이 접시를 재떨이마냥 손에 계속 들고 있었다.

"이젠 어디로 가지?"

"우린 프라하에서 만나기로 했어."

"친발트를 지나서?"

"모나 말이, 바트샨다우로 가는 게 더 낫다던데."

"모두들 엘베 강을 따라가지."

"난 여기 길을 잘 모르니까."라고 미하엘이 말했다.

"에블린이 모자를 안 가지겠다고 하던가?"

"아니."

"잃어버릴까 봐 걱정이 되었나 봐?"

"흠. 그러니까 친발트로 가는 편이 낫다는 말이지?"

아담은 고개를 끄덕이며 소시지 끄트머리로 남은 겨자를 말끔히 닦아 먹은 후 이미 가득 차다 못해 넘치는 쓰레기통에 종이 접시를 꽂아 넣었다.

중앙역 홀에서 아담은 기차 시간표 앞에 멈춰 섰다.

"벤첼의 기마상 아래서 매 시 정각마다 한 번씩."이라고 미하엘이 말했다.

그들은 드레스덴을 떠나 남쪽으로 향했다. 마지막 교차로에서 신호를 기다려야 했을 때 아담은 서둘러 하얀 컵에 커피를 따라 마셨다. 일부러 불러낸 것처럼 휴가를 가는 듯한 기분이 다시 찾아들었다. 그 때문에 아담의 머릿속에는 지금 자신이 이렇게 자동차에 앉아 벌러톤 호수로 운전해 가는 것 외에 더 바랄 것이 무엇이겠는가 하는 생각 외에는 떠오르는 것이 없었다. 오로지 엘피가 걱정될 뿐이었다.

9
첫 번째 국경

알텐베르크와 친발트 사이, 꼬불꼬불한 산길이 동쪽 에르츠 산맥 능선을 향해 굽이쳐 올라가는 곳에서 아담은 휴게소에 들렀다. 탁자 하나를 사이에 두고 두 남자가 쪼그리고 앉아 있었는데 아담은 처음에 그중 한 명을 주유소 직원으로 착각했다. 그 남자가 마치 아는 사람처럼 시선을 고정한 채 자신을 쳐다보았기 때문이다.

미하엘은 아담과 함께 숲으로 갔다. 둘은 나란히 서서 비탈 아래를 향해 오줌을 누었는데 그 아래로부터 악취가 올라왔다.

"에블린 가방 하나를 가지고 있어." 미하엘이 고개를 돌리지 않은 채 말했다.

"좋은 생각이 아니네."

"그렇게 생각해?"

"응."

"그럼 내가 뭘 어떻게 해야 하지?"

"뭘 하기엔 어쩌면 이미 늦었는지도 모르겠네."

"아담 씨 생각엔 그들이 우리 사진을 찍을 것 같아?"

"저기 두 작자 좌천된 거야. 저 사람들 날마다 여기 죽치면서 소풍을 즐기지."

"메르드."*라고 미하엘이 말했다.

자동차로 돌아가자 아담은 보온병과 챙겨 온 음식들이 든 주머니를 나무 탁자에 올렸다. 탁자는 들러붙은 먼지와 벌레들로 찐득거렸다. 두 남자는 흰색 라다 차 안으로 자리를 옮긴 뒤였다.

"미하엘 씨도 뭐가 있다면 꺼내." 아담은 보온병 뚜껑을 돌려 열면서 그렇게 소곤거렸다. 미하엘은 가방을 의자에 놓았고 에블린의 모자를 그 위에 올렸다. "여행 가방 속에 이게 있었어."

한 줄기 바람이 불어와 소나무와 전나무를 흔들었다. 나무 꼭대기는 갈색에 앙상했다.

"참, 그거 냄새가 심하군." 하고 아담이 말했다.

미하엘은 입술로 필터 없는 담배 한 개비를 포장에서 꺼내더니 은색 라이터 뚜껑을 젖혀 열었다. 이번에도 너무나 큰 불꽃이었다.

"이거 커피야?" 미하엘이 연기를 아담의 머리 위로 뿜었다.

"마실래?"

"진짜 커피?" 미하엘은 보온병에 코를 대고 냄새를 맡았다.

"좋은 거야."라고 아담이 말했다. 미하엘은 조심스럽게 컵을 받아 들어 홀짝거리며 마셨다.

"에비 생각이 짧았어. 그들이 틀림없이 당신을 수색할 거야."

"모나 말로는 그들은 나 같은 사람한텐 관심도 없을 거라던데. 동

---

* Merde, 프랑스어로 '빌어먹을', '젠장'이라는 뜻의 비속어.

쪽 사람들한테서 조사할 게 더 많으니까. 나도 잘은 모르지만."

"난 저 작자들을 너무 늦게 봤어. 여기서 차를 멈추는 게 아니었는데."

"그럼 저들이 가방을 발견하면 난 뭐라고 해야 하지?"

"히치하이크로 태워 준 여자가 놓고 갔다고 말하면 되지."

"그렇게 해도 되는지 모르겠네."

"뭘?"

"히치하이크 하는 사람을 태워 주는 거."

"그게 뭐 어때서? 안을 들여다봤어?"

미하엘은 고개를 흔들고 컵을 도로 내밀었다.

"좋은 커피군."

아담이 또 한 잔을 따랐다.

"고마워. 내일 또 마실게."

"충분히 있어."

입술 사이로 담배를 문 미하엘은 양손에 허리를 받치고 상체를 빙글빙글 돌렸다. 그다음에는 손을 어깨 위에 얹고 팔을 움직였다. 두 남자를 태운 라다는 그들을 지나쳐 국경 쪽으로 출발했다. 마지막으로 미하엘은 수영 연습을 할 때처럼 팔을 앞으로 뻗었다. 그의 손가락이 떨렸다.

"혹시 밀입국 도우미는 아니겠지?"

"담배를 너무 많이 피워서 그래."

"잘하려고 애쓰다가 오히려 일을 더 망치는 수가 있어."라고 아담이 말하며 에블린의 모자를 쓰고 에블린의 스포츠 가방을 들었다. 가방은 깃털처럼 가벼웠다. 그는 가방을 운전석 뒤에 실었다.

"안을 한번 들여다보지 않을 거야?"

"에비가 싫어할걸."

"알겠어."

"그녀가 뭐라고 했어? 내 말은, 나에 대해서 말이야."

"모나한테만."

"뭐라고 했는데?"

"다른 여자가 있었다고. 아담 씨와 또 ……."

"난 옷을 한 벌 만들어 줬어. 그 무더위에……. 에비가 완전히 이성을 잃었지."

미하엘이 고개를 끄덕였다. "하지만 그들이 아담 씨를 수색한다면 어쩔 셈이지?"

아담은 어깨를 으쓱 들어 올릴 뿐이었다. "생각하지 말자고. 그들은 동물하고 똑같아. 그들은 두려움의 냄새를 맡지. 두려워하는 사람을 정확히 알아내는 후각이 발달했어."

"잘 훈련된 개들이군. 그렇지?"라고 미하엘이 물었다.

"어디로 갈 계획이었는데?"

"플라텐 호수.* 모나한테 그렇게 약속했으니까."

"우리 국경을 통과한 후 첫 번째 휴게소에서 봅시다."라고 아담이 말했다.

"아담 씨가 통과하지 못한다면?"

"그럼 난 바르네뮌데로 갈 거야."

"에비의 가방은 어쩌고?"

---

* 벌러톤 호수의 독일식 명칭.

"무슨 일이 일어나는지 두고 봐. 형씨는 자유로운 인간이라는 걸 잊지 마. 프롤레타리아의 고국을 방문하고 형씨의 자연스러운 우방인…… 마을에 들어서면 절대 60킬로미터를 넘으면 안 되고 국도에서는 90이야!"

아담은 거북이가 든 상자를 들어 트렁크에 넣었다. "미안해, 엘피." 그는 트렁크 덮개를 닫았다. "서둘러!"라고 그가 외치며 저 아래 거리를 가리켰다.

컨테이너 화물차가 커브를 돌고 있었고 그 뒤로는 승용차들이 길게 줄을 이었다.

국경 검문소에서 그는 드레스덴 번호판을 단 하얀 라다 뒤에 멈췄다. 두 남자가 타고 있었다. 그는 시동을 끄고 내려서 시가에 불을 붙였다. 그리고 운전석 문에 기댄 채 눈을 감았다. 이 고지대 공기는 확실히 한결 시원했다.

차가 다시 앞으로 빠졌을 때 아담은 핸드브레이크만으로 빨간 파사트 앞에서 국경 쪽으로 차를 몰았다. 하지만 그는 자신이 속한 줄에서 두 여자가 조사를 하고 있는 광경을 목격했다. 이미 너무 늦었다.

10
누군가는 통과한다

올리브그린 군복을 입은 금발 여자가 그의 신분증을 뒤적였다. 그녀의 풍성한 곱슬머리가 군모 아래로 흘러내렸다. 다리가 예뻤지만 짧은 치마를 입은 그녀는 뻣뻣하고 불안하게 느껴졌다.

"헝가리인민공화국으로 가십니까?"

"원래는 그럴 작정이었죠. 하지만 휴가 기간이 모자라요. 자동차가 고장났었거든요. 그래서 이 차를 끌고 그렇게 멀리까지 갈 엄두가 나질 않아요. 이제 전 체코의 파라다이스로 가요. 산책도 좀 하고 뭐 그래야죠."

갈색 파마 머리 여자가 자동차 주위를 한 바퀴 돌았다. 매니큐어를 칠한 손톱이 보닛 위를 잠깐 두드렸다.

"세관 검문입니다."라고 그녀가 말하곤 조금 전 금발이 펼쳐 보았던 신분증을 받아들었다.

"코루나와 포린트를 바꾸셨죠."

"벌써 6월에 환전했어요. 포린트는 나중에 도로 환전할 겁니다."

"뭘 가지고 나가시나요?"

"아무것도 없습니다. 전부 내 물건들이에요. 싸 온 음식과 시가 열한 개비. 내가 피울 거예요."

"선물은 없나요?"

"네."

잠시 시선을 교환한 후 금발이 그의 신분증에 도장을 찍어 그에게 건네주며 느긋하게 경례를 붙였다.

"고맙습니다."라고 아담이 말했다. 그는 신분증을 가슴 주머니에 찔러 넣었다. 밖에 있는 거울을 통해서 그는 곱슬머리에 짧은 치마를 입은 두 여자가 빨간 파사트로 다가가는 것을 보았다. 미하엘의 얼굴이 전면 유리에 딱 붙은 것처럼 보였다. 아담은 자동차 시동을 걸고 체코슬로바키아 편 국경 검문소로 향했다.

"도브리 덴."* 아담이 대답하며 신분증을 내밀었다. 그가 백미러의 방향을 바꾸었다.

아담은 국경수비대원이 "나 스흘레다노우."**라고 한 말을 반복했다. 차 앞을 가로막았던 차단기가 올라갔다. 그가 뒤를 돌아보았을 때 빨간 파사트는 줄 밖으로 나오라는 신호를 받고 있었다. 미하엘이 차에서 내렸다. 군복 차림을 한 무리가 그를 둘러쌌다.

첫 번째 커브를 돌고 나자 아담은 차를 멈추고 상자를 트렁크에서 꺼내 조수석으로 옮기곤 덮개를 열었다. 거북이는 꼼짝하지 않았다. 테플리체로 향하는 꼬불꼬불한 산길, 아스팔트가 깔린 이 멋진 도로를 그는 견습생 시절에 자전거를 타고 질주해 내려간 적이 있

---

* Dobrý den, 체코어로 '안녕하세요.'라는 뜻.
** Na shledanou, 체코어로 '안녕히 가세요.'라는 뜻.

었다. 아래에는 작은 식료품 상점과 주차장이 있었는데 상점은 문이 닫혀 있었다.

아담은 보닛 위에 지도를 펼치고 보온병을 제일 위쪽 가장자리에 올렸다. 테플리체로부터 로보시체로 가야 했다. 무조건 E 15번 도로를 따라 프라하로 가면 되었다. 그 길은 간선 도로 8번이기도 했다. 도심에서도 역시 8번 도로를 따라가면 되었다. 그는 블타바 강을 두 번 가로지르게 될 터였다. 출구를 옳게 찾는다면 그는 그 길로 곧장 바츨라프 광장에 닿을 터였다. 그는 손에 휴대할 수 있도록 지도를 접어 상자 밑으로 반쯤 찔러 넣었다.

아담은 나머지 커피를 컵에 따랐다. 그가 시간 약속을 잡았더라면 프라하가 아니라 분명 이 근처에서, 가령 우스티나트라벰 역으로 약속을 잡았을 것이다. 그래야 모두가 되도록 빨리 함께 만날 수 있었을 것이다. 그는 계속해서 가기로 마음을 먹었는데 미하엘이 오기까지는 몇 시간이 걸릴지도 모르기 때문이었다.

테레친을 지나 그는 여자 두 명을 차에 태워 주었는데, 그보다 나이가 훨씬 더 많지는 않을 성싶었지만 금니 때문에 마치 할머니처럼 느껴지는 여자들이었다. 여자들은 저마다 아주 커다란 깡통 하나씩을 무릎 위에 놓았다. 깡통에는 넘치도록 가득 버찌가 들어 있었다.

여자들은 거북이 때문에 제정신이 아니었다. 아담은 그들더러 가만히 있으라고, 거북이를 상자 안에 가만히 두라고 몸짓했다. '티호.'*라는 단어가 그의 머리에 문득 떠올랐다. "티호." 그러자 여자들이 웃음을 터뜨리며 역시 "티호, 티호."라고 외쳤다. 뒷좌석에 앉

---

* Ticho, 체코어로 '조용'이라는 뜻.

은 여자가 거북이를 가슴에 갖다 댔다. 그들은 두 목소리로 그를 위해 노래를 불러 주기도 했고 이따금씩 버찌를 소매에 문질러 그의 입안에 넣어 주었다. 거북이가 움직이기 시작하며 고개를 빼 들었다. 독사니에서 여자들은 내렸다. 조수석에 앉았던 여자는 손바닥을 쫙 펴 앞을 가리키며 "프라하, 프라하."라고 외쳤다. 그러더니 그들은 웃음을 터트렸다. 아담은 영문을 알 수가 없었다. 그가 창문 밖으로 줄줄이 버찌 씨를 뱉어 내자 또 한 번 그들의 금니 웃음이 터졌다. 여자들은 작별 인사 한 마디 없이 깡통을 들고 유유히 사라졌다. 그는 그들을 따라가려고 했다. 거북이가 없어졌기 때문이다. 하지만 상자를 들어 올리자 거북이가 보였다. 거북이가 머리를 등껍질에 파묻자 "엘피, 절대 겁낼 필요 없어."라고 그가 말했다.

그는 에블린과 지모네보다 너무 늦게 프라하에 도착하지 않기를 바랐지만 도시 외곽에서 우회로를 만나고 말았다. 블타바 강과 흐라친 위치로 방향을 가늠하려고 부질없이 애를 쓰며 도시를 방황하던 중 그는 자신이 이미 바츨라프 광장을 지나쳐 왔음을 깨달았다. 그가 마침내 주차할 장소를 발견했을 때는 주위가 이미 어둑해지고 있었다.

아담은 거북이를 진정시키기 위해 머리 아래를 간질여 준 뒤 상자에 도로 놓고 에비의 가방을 열려고 애썼다. 몇 센티미터도 가지 못해 지퍼가 걸렸고 그는 고장이라도 날까 봐 걱정이 되었다. 그는 모든 여성 고객에게 제발이지 지퍼를 사용하지 말라고 권하곤 했다. 그러곤 다시 지퍼를 아무 일 없이 닫을 수 있게 되어 기뻐했다.

그는 사진기가 들어 있는 가방을 팔 아래에 낀 채 스포츠 가방을 어깨에 메고 머리에는 모자를 쓰고 자동차 문을 잠근 뒤 걷기 시작했다.

따뜻한 저녁이었다. 아담은 아이스크림을 살까 생각해 보았으나 줄을 서는 게 귀찮아 그만두었다.

에블린과 지모네는 동상 받침대 맨 꼭대기에 앉아 있었다. 그들의 머리 위로는 말 머리가 솟아 있었고 여행 가방과 텐트와 배낭은 그들 앞에 놓여 있었다. 그들은 광장을 내려다보았다.

에블린은 마치 아담이 누구인지를 기억해 내야 하는 듯 그를 유심히 보았다. 지모네가 벌떡 일어났다. "어디에서 오는 길이야?"

"독일민주공화국에서지. 그들이 미하엘을 데려갔어."

"개새끼들, 개새끼들, 개 같은 새끼들!"이라고 지모네가 부르짖었다.

"이 가방 어디서 난 거야?"라고 에블린이 물었다.

"그렇게 됐어. 내 생각에······."

"뭐가 그렇게 됐단 거야?"

"이 가방 때문에 불편했던 거야. 그래서 내가 이걸 맡았지. 그들은 누군가 두려워하면 금방 냄새를 맡잖아."

"통 무슨 말인지 못 알아듣겠어."라고 에블린이 말했다.

"국경 못 미쳐서 오줌을 누느라고 차를 세웠는데, 그때 가방을 받았어. 우리를 염탐한 건 거기 작은 천사 둘이었을 거야. 게다가 노상 그놈의 모욕당했다는 듯한 표정이라니. 자기네들이 그런 데서 어슬렁거려야 하는 게 우리 잘못이라는 듯 말이야."

"이야길 좀 정확하게 해 봐!"

"난 처음에 기다렸어. 하지만 너희들한테 알려 주는 게 더 나을 것 같아서 먼저 빨리 오는 게 좋겠다고 생각한 거야."

"그들이 미하엘을 체포했어?"라고 지모네가 물었다.

"믿을 수가 없어. 하필이면 그이만 잡아가다니."

에블린은 자신의 가방을 받았다. 아담은 그녀에게 모자를 씌워 주려고 했다. 그녀는 피했다. "당신한테 아무 짓도 안 해."라고 그가 말하며 모자를 무릎에 걸어 주었다.

"그들이 당신더러 우리를 쫓으라고 독촉이라도 했어, 아담?" 지모네가 그와 에블린 사이에 끼어들었다. "그게 아담 씨가 맡은 임무야?"

아담은 에블린이 뭐라고 좀 말을 해 주기를 바랐다. 그녀는 가방과 모자를 품에 안은 채 아무런 반응을 보이지 않았다.

"그럼. 당신네들을 겨냥하고 왔지. 특히 지모네 씨를!"

"그런 일로 농담하는 게 아니야. 그럼 안 되는 거야."

"내가 이 일을 맡은 걸 기뻐해. 안 그랬다면 나한테 따귀라도 한 대 맞았을걸."

"아담 씨에게는 우리를 뒤쫓을 권한이 없어. 안 그래, 에비? 이 사람에겐 그럴 권한이 없다고. 네 일만 더욱더 망치잖아!"

에블린은 멍하니 앞만 바라보았다.

"적어도 나하고는 얘기할 수 있잖아."라고 지모네가 말하며 그녀 옆에 앉았다.

비둘기들이 어떤 남자의 손에 내려앉았다. 그가 비둘기들에게 빵 부스러기를 나누어 주었다. 지모네는 역겹다는 듯 얼굴을 찌푸렸다.

"바트샨다우에서 여기까지 얼마나 걸리지?"

"우린 친발트로 왔어."

"왜 친발트로? 그거 아담 씨 생각이었어?"

"내 생각이라니. 난 내가 친발트로 갈 거라고 말했을 뿐이야. 그 사람은 내 뒤만 따라오면 되니까 좋아했지."

지모네가 고개를 흔들었다. 아담은 대각선 방향으로 에블린 아래에 앉았다. 얼마 후 그는 일어나 아이스크림 가게로 갔다. 그는 펩시콜라 세 병과 바닐라 초콜릿 아이스크림 세 개를 들고 돌아왔다.

"날 좀 그냥 가만히 내버려 둬."라고 에블린이 올려다보지도 않은 채 말했다. 지모네는 아이스크림을 받아들었다. 아담은 아이스크림 두 개를 다 먹고 나자 주머니칼을 꺼내 펩시 병을 땄다.

"그렇게들 얼굴 찌푸리지 마." 그는 그들을 향해 병을 들며 건배한 후 말했다. "아무 일도 안 일어났잖아. 두 사람이 원한다면 하인리히 안에서 자면 돼. 엘피가 좋아할 거야."

"엘프리데야."라고 에블린이 말했다.

"엘피가 더 잘 어울려. 엘페*에서 유래한 이름이니까. 둘 다 걱정할 필요 없다고. 그들이 그 사람한테 무슨 짓을 하겠어? 아무 일 없을 거야! 그냥 약간 귀찮게 하는 정도겠지. 그게 다야."

아담은 동상 앞에 서서 사진기를 넣은 가죽 케이스를 열었다. 하지만 그가 조리개를 맞추기도 전에 두 여자가 벌떡 일어났다.

"그만둬!"

"미쳤어, 아담?!"

"어떻게 그냥 그런 식으로 우리 사진을 찍을 수가 있지?!"

아담은 사진기를 내렸다. "왜 안 된다는 거지?"

"왜냐하면 내가 사진 찍히고 싶지 않으니까! 우린 그거 싫단 말

---

* Elfe, 동화 속 요정이나 정령을 일컬음.

이야."라고 에블린이 말했다.

"그거 들고 저리로 꺼져 버려!"

아담은 가죽 케이스의 단추를 눌러 닫고는 자리에 도로 털썩 주저앉았다.

그는 갑자기 금니를 한 두 여자가 버찌를 자신의 입술에 갖다 대주던 생각이 났다. 짙푸른 구름 장막 뒤로 하늘이 진홍빛으로 타오르며 다음 날 비가 오지 않을 것임을 약속하고 있었다.

11
의혹

아담은 한기를 느꼈다. 그는 이미 경찰에게 신분증을 보여 줘야 했고 주위에 자리를 잡은 몇몇 젊은이들의 청에 못 이겨 그들과 함께 노래를 부르기도 했다. 그중 한 명은 그에게 기타를 건네주기까지 했다.

그들 역시 다 떠나 버린 후, 아담은 손마다 맥주병을 들고 차에서 풀오버를 가져오려고 자리에서 일어났다. 그때 그는 자동차 불빛 안에서 미하엘을 보았다. 그는 여행 가방을 들고 있었다.

아담이 그에게 다가갔다. "드디어 왔군!"

"두 사람은 어디 갔지?" 미하엘의 목소리는 건조하게, 아니 거의 갈라지는 듯 들렸다.

"자동차 안에서 자." 아담이 두 번째 맥주병을 따 그에게 내밀었다. "아주 심하게 굴던가?"

"내 옷을 벗기고 몸수색까지 했어."

"그 두 천사들이?"

"내 똥구멍까지 들여다봤지."

"몰래 국경 넘는 일을 돕는 사람은 원래 그런 대우를 받는 거야. 건배!"

"왜 날 기다리지 않은 거지?"

"둘 다 안 오는 것보다는 그래도 한 사람이라도 오는 게 낫겠다 싶어서. 일단 건배부터!"

그들은 병을 맞부딪쳤다. 아담이 턱으로 저 아래 광장을 가리켰다.

"몇 발자국이면 돼."

"기다리기로 했잖아!"

"그랬다면 저 두 사람은 아직도 기다리고 있었을 테고 형씨가 사고라도 났거나 가방 때문에 체포되었을 거라고 생각했겠지."

"난 거의 필젠까지 갔어."

"어떻게 저걸 무사히 가지고 나올 수 있었지?"

미하엘이 여행 가방을 내려놓고 맥주를 한 모금 마셨다.

"내가 들어 줄까?"라고 아담이 물었다.

지모네는 조수석에 몸을 웅크리고 앉아 있었다. 에블린은 뒷좌석에서 한쪽 팔을 이마에 올리고 무릎을 당긴 자세로 누워 있었다. 거북이가 든 상자는 열린 채 그녀 배 위에 놓여 있었다.

미하엘이 보닛을 두드렸다. 지모네는 조수석 문을 열고 나왔는데 문이 옆에 있던 차와 부딪쳤다. 에블린이 치마를 무릎 위로 갑자기 끌어당기는 바람에 거북이가 든 상자가 미끄러져 앞좌석 등받이에 부딪쳤다. 미하엘은 마치 아담에게 좀 받아 달라는 듯 맥주병을 든 팔을 옆으로 뻗더니 무릎을 굽히며 지모네를 안았다.

"괜찮아?"라고 그녀가 얼마 후 물었다.

"괜찮아."라고 미하엘이 말했다.

에블린을 안으려면 무릎을 꿇을 필요가 없었다. 미하엘은 그녀의 입술 근처에 입을 맞추었다.

"이렇게 와서 너무 기뻐."라고 에블린이 말했다. "나한테 화난 건 아니지?"

"뭘?"

"내가 가방을 주는 바람에."

미하엘은 에블린의 머리카락을 쓸었다. "그들이 누군가에게서 정보를 얻은 모양이야. 어디에서 들었는지는 모르지만 그들 행동으로 봐서는."이라고 말하며 그는 맥주병을 보도블록 위에 놓았다. "심지어는 기름 탱크 안까지도 불을 비춰 보더라니까."

"웃지 마, 아담."이라고 지모네가 외쳤다. "너무 역겨워."

"그들은 나사를 돌려서 분해할 수 있는 건 전부 다 분해를 했어. 스페어 바퀴에 끼워져 있던 오래된 신문지, 몇 년도 더 된 케케묵은 신문만 압수해 갔어. 그런데 당신들은?"

"우린 아무 일도 없었어. 한심스러운 질문만 잔뜩 받은 거 외에는." 에블린이 말했다.

"하지만 다음 객차에서 그들은 한 가족을 걸고 넘어졌지. 그들은 짐을 다 풀어 보여야 했어. 전부 다."

"이곳에 아는 호텔이 있나?"

"호텔 하인리히!"라고 아담이 말했다.

"그럼 가지!"라고 미하엘이 말하고 에블린의 가방을 들었다. "안디아모!"*

---

* Andiamo, 이탈리아어로 '출발'이라는 뜻.

에블린은 베개로 사용했던 풀오버를 털어 등에 걸친 뒤 소매를 목 앞에서 묶었다.

"엘프리데한테 물이 다 떨어졌어."라고 그녀가 말하곤 텐트를 옆구리에 낀 다음 가방을 잠깐 높이 들어 올려 보였다.

"고마워."라고 그녀는 아담을 쳐다보지 않은 채 말했다.

"뭘. 잘 자."라고 대답하며 아담은 그녀에게 자리를 비켜 주는 것 같은 몸짓을 취했다.

"잘 자. 집에도 잘 돌아가고!"

배낭을 등에 메고 기다리던 지모네는 가방끈 하나를 잡았다. 그들은 미하엘에게서 너무 멀리 뒤처지지 않기 위해 빨리빨리 걸었다. 가방이 두 사람 사이에서 춤추듯 이리저리 흔들거렸다.

아담은 거북이를 상자에 도로 집어넣고 그들 뒤를 밟았다.

바츨라프 광장에서 세 사람은 갑자기 호텔 '얄타'로 들어가 사라졌다. 아담은 잠시 그 앞에 서 있었다. 그가 현관에 들어서자 내부는 거의 텅 비어 있었고 아직은 기분 좋은 온기가 남아 있었다. 호텔 관리인 뒤에는 열쇠 여러 개가 걸려 있었고 여권들이 몇몇 서랍에 꽂혀 있었다.

"도브리 베체르."*라고 아담이 말했다. "1인실은 얼맙니까?"

관리인이 미소를 지었다. "800코루나입니다, 선생님."

"하룻밤에요?"

관리인이 고개를 끄덕였다.

"데쿠이, 고마워요."**라고 아담이 말하고는 떠났다.

---

* Dobrý večer, 체코어로 '안녕하세요.'(저녁 인사)라는 뜻.
** Děkuji, 체코어로 '고마워요.'라는 뜻.

그는 바츨라프 광장으로 걸어 올라갔다가 왼쪽으로 꺾어 역으로 향했다. 화장실 세면대에서 한 땅딸막한 남자가 면도를 하며 큰 소리로 흥얼거리고 있었다. 그의 가슴에 난 검은 털이 러닝 밖으로 삐져나왔고 허리띠 버클이 풀려 있었다. 아담이 변기에 쭈그리고 앉았다. 그는 그 남자가 흥얼거리는 곡조를 들었고 얼굴 씻는 소리를 들었다. 수도꼭지가 잠겼다. 그 남자가 뭐라고 외쳤고 한 번 더 반복했다. 아마도 대답을 기다리는 모양이었다. 하지만 갑자기 그는 노래를 부르기 시작했다. 노래를 부르며 그가 화장실에서 나갔다.

아담이 세면대로 다가갔을 때 가장자리에 작은 비누가 있었다. 포장을 뜯지 않은 새 비누였다. 오로지 그만을 위한 비누.

바르트부르크 앞에는 여전히 미하엘의 맥주병이 서 있었다. 아담은 병이 비었는지 확인이라도 하려는 양 병을 높이 들어 본 다음 맥주를 하수구에 쏟아부었다.

무릎을 구부린 채 그는 뒷좌석에 누웠다. 운전석 바로 뒤에 에블린의 밀짚모자가 보였다. 피곤했지만 잠을 이룰 수가 없었다. 그렇게 시끄럽다는 게 놀라웠다. 유리창에 자꾸만 얼굴들이 나타나 안을 들여다보았다. 구형 차에 이끌렸기 때문이었다. 누군가가 그렇게 말했듯이. 그들은 아담을 발견할 때마다 깜짝 놀랐다.

아침에는 요란한 소리 때문에 잠이 깼다. 그는 일어나 앉았다. 청소차가 멀어졌고 출근길 교통 체증이 이미 시작되었다.

호텔 문은 열려 있었다. 하지만 어제 봤던 관리인이 아니라 지푸라기같은 밝은 금발을 한 젊은 여자가 앉아 있었다. 그녀는 힐끗 올려다보기만 했을 뿐 그의 인사에 반응하지 않았다.

그는 현관에 있는 볼품없는 안락의자에 앉았다. 그 밝은 금발 여자가 체코어로 호통치자 그는 "기다리는 사람이 있어요."라고 말하며 다리를 포갰다. 그는 승강기 문이 열리거나 누군가가 식당에서 나올 때만 고개를 들었다. 커피 향이 향긋했다. 그는 여자가 접수처 옆 대형 화분에 물을 주며 길고 하얀 손톱으로 말라 버린 이파리를 뜯어내는 모습을 지켜보았다.

뼈가 불거진 손이 어깨를 흔드는 바람에 아담은 깼다. "난 에블린 슈만을 기다립니다. 내 아내예요."라고 그가 말했다.

그는 그 종업원의 입에서 에블린의 이름을 들었다. 하지만 밝은 금발은 접수대 뒤에서 고개를 저었다. 아담은 그녀에게로 가 미하엘이 있는지도 물었다. "미하엘, 미하엘."이라고 그가 여러 번 말했다. 결국 금발은 접수대 위에서 그에게 커다란 책자를 주며 한 곳을 가리켰는데 그곳에는 "1+2"라고 기입된 글자 위에 빨간색 대각선 줄이 그어져 있었다.

"그 사람들은 떠났어요."라고 종업원이 말했다. "다른 곳에 가서 찾아보셔야겠어요."

아담이 그를 쳐다보았다. 종업원은 아무 말도 하지 않은 채 어깨를 들어 올려 보였다.

"거참. 그렇다면 다른 곳으로 가서 찾아봐야겠군요."라고 아담이 말했다. 그리고 굳게 악수하며 그와 작별했다.

12
또 한 명의 여자

브르노에서 한 20킬로미터쯤 못 미쳐, 데베트크르지주 휴게소에서 아담은 기름을 넣을 요량으로 차를 세웠다. 그는 셀프서비스 코너와 멀지 않은 곳에 주차할 자리를 발견했다. 그는 사진기가 든 가방을 멘 채 면도기와 새 셔츠를 들고 화장실로 갔다. 세면실은 아담 같은 사람들을 위해 마련된 듯 보였다. 비누도 있었고 거울 밑에는 선반도 있었다. 차가운 물밖에 나오지 않는다는 것만이 유일한 흠이었다. 그는 조심스럽게 면도를 하기 시작했다. 어떤 건장한 남자가 손에 묻은 물을 털어 내면서 팔꿈치로 그를 치는 바람에 그는 하마터면 턱을 벨 뻔했다. 그들의 시선이 거울 속에서 잠깐 마주쳤다. 젖가슴이 커다란 물의 요정 닉세를 팔에 문신한 사내가 뭐라고 중얼댔는데 아담은 그것을 사과로 받아들였다. 그는 겨드랑이를 씻고 셔츠를 갈아입은 뒤 벗은 셔츠를 허리에 둘렀다.

요리하느라 생긴 김으로 가득 찬 레스토랑에 들어서자 그는 땀을 흘리기 시작했다. 식당 안은 사람들 머리 위로 담배 연기가 자욱했으며 맥주 냄새가 물씬 났다. 아담이 쟁반을 집어 들었다. 쟁반이 젖어 있었지만 그는 수저를 그 위에 놓았고 길게 늘어선 줄이 줄어들기만을 기다렸다. 사람들이 다 들어찬 테이블들 사이에 한 가족이 서 있었다. 양손에 음식을 넘치도록 가득 담은 쟁반을 들고 그들은 어쩔 줄 몰라 한 자리에서 맴돌고 있었다. 한데 합쳐진 소란스러운 목소리는 갑자기 터지는 웃음에 계속해서 중단되었다. 마치 축제 분위기 같았다. 아담은 돼지고기가 든 크뇌델*을 주문했고 마지막으로 남은 살라미 빵 두 개와 크림 케이크, 초록색 레모네이드를 쟁반에 놓았다. 살라미 빵은 마요네즈 단 한 방울로 장식되어 있었다. 창가 자리에서 그는 빈 의자 하나를 뒤로 빼내며 "모주노?"**라고 물었다. 아무도 대답을 하지 않았으므로 그는 자리에 앉았다. 쟁반을 일단 무릎에 놓고서 그는 테이블 위 잔들을 옆으로 밀고 접시를 하나하나 자기 앞에 차려 놓았다. 레모네이드는 마실 수 없을 정도로 달았다.

"절 좀 태워다 주실 수 있어요?" 짧은 머리에 눈은 담갈색인 한 젊은 여자가 그를 쳐다보고 있었다. "아주 급해요." 그녀는 등에 지는 파란색 바구니를 그의 옆에 내려놓았다.

"어디로요?"

"프라하요."

"전 다른 방향으로 가는데요."

"괜찮아요."

탁자 두 개쯤을 사이에 두고 베이지색 인조 가죽조끼를 걸친 땅

---

* 감자 전분으로 만든 완자.

** Možno, 체코어로 '혹시'라는 뜻.

딸막한 사내가 그녀에게 뭐라고 외쳤다. 그가 손가방 하나를 높이 들었다. 그녀가 그쪽으로 갔다. 그녀가 가방을 잡으려고 하자 그가 가방을 뒤로 뺐다. 하지만 그녀는 다시 한 번 시도하여 가방을 억지로 낚아챘고 그는 와락 웃음을 터뜨렸다.

"절 태워 주실 건가요?"

아담이 고개를 끄덕였다.

"고마워요."라고 그녀가 말하며 그의 앞에 우두커니 서 있었다.

그녀가 보는 앞에서 계속 음식을 혼자 먹기란 거북한 노릇이었다.

"뭣 좀 드실래요?"라고 물으며 그는 빵이 담긴 접시를 높이 들어 보였다.

"네."라고 말하며 그녀는 살라미 빵을 입에 쑤셔 넣었다. 아담은 그녀에게 레모네이드도 권했고 의자에서 약간 옆쪽으로 몸을 뺐다.

"크뇌델 더 안 드실 건가요?"

그녀가 의자에 앉으며 함께 먹기 시작했다.

그는 운동으로 단련된 듯 실한 몸에 비해서 그녀의 머리통이 작다고 생각했다.

가죽조끼를 입은 남자가 갑자기 그들 옆에 와 섰다. 목소리는 우렁우렁했으며 뭔가를 설명하듯이 집게손가락을 위아래로 움직였다. 아담은 여자가 계속해서 음식을 먹으며 아무것도 듣지도 보지도 못하는 척하면서도 자신에게 바짝 몸을 붙이는 것을 느꼈다. 마침내 남자가 입을 다물자 아담은 실내 전체가 다 입을 다문 것같이 느꼈다. 그는 오른팔을 의자 등받이에 올렸다. 조끼를 입은 남자는 뭔가 묻더니 똑같은 질문을 반복했다. 아담이 팔을 그녀의 어깨에 올릴까 말까 망설이고 있을 때 옆에서 남자가 웃음을 터뜨리더니 지갑을 꺼내 지폐를 빈 접시 옆에 탕 하고 내려놓은 뒤 자기 자리로 돌아갔다.

"어휴, 다행이다."라고 그녀가 소곤거리며 돈을 집어넣었다.

아담은 그녀 대신 무거운 바구니를 들고 밖으로 나와 트렁크에 실었다.

"고마워요. 전 카탸라고 해요." 두 사람은 악수했다.

"아담입니다."라고 그가 말하며 조수석 문을 열어 줬다. 그는 그녀가 자리에 앉아 도보용 신발 두 짝을 맞부딪치며 밑창에 묻은 오물을 대충 털어낼 때까지 가만히 기다렸다.

"어머."라고 카탸가 외쳤다. "셋이 여행하는 거네요!"

휴게소 창문에서 사람들이 보는 가운데 아담은 차를 움직였고 별어려움 없이 후진할 수 있었다.

"다시 한 번 고마워요."라고 카탸가 말했다.

"아까 그 소도둑 같은 남자는 왜 그러는 겁니까?"

"그 사람들이 저를 차에 태워 줬거든요." 그녀가 기침을 했다. "늘 그렇고 그런 오해죠."

"그럼 어디에서 오는 길이에요?"

"저쪽 어딘가에서요."라고 카탸가 말하며 정면 유리 너머를 가리켰다.

"그럼 어디로 가는 길인데요?"

"저도 아직 잘 몰라요."라고 카탸가 말하며 다시 한 번 기침을 하더니 최대한 옆으로 몸을 돌려 핸드백을 문과 머리 사이에 베개처럼 끼우고서 눈을 감았다.

아담은 그녀와 이야기를 좀 더 나누고 싶었다. 하지만 혼자 가는

게 아닌 것만으로도 충분히 기뻤다. 그래서 그는 심지어 그녀에게서
나는 퀴퀴한 냄새까지도 기꺼이 감수했다. 옷을 빨지 않고 오래 그
대로 입은 모양이었다.

13
협상

"추워요?" 아담은 그녀의 왼손을 잡았다. "불편하신 데라도?"

그녀가 기침을 하더니 미소를 지었다. 하지만 그가 이마를 짚어 보려 하자 고개를 돌렸다.

"여기가 어디죠?"

"브라티슬라바에서 멀지 않은 곳입니다. 좀 쉬었다 가야겠네요." 그는 옆에 보이는 화장실을 고갯짓으로 가리켰다.

"저도요."라고 카탸가 말하며 백미러를 보기 위해 그가 있는 쪽으로 몸을 기울였다. "어머나, 세상에. 귀신이 따로 없네요!"

"옷을 좀 갈아입으셔야겠어요."

"퀴퀴한 냄새가 나나요?" 카탸가 왼팔을 들고 겨드랑이 냄새를 맡았다.

"옷이 축축하군요. 비가 많이 내렸나 보죠?"

카탸가 고개를 흔들었다.

"제 옷을 좀 빌려 드릴게요. 도대체 뭘 한 거예요?"

"아, 어리석은 장난이었어요. 전부 물에 빠졌죠. 여기 어디 옷을 빨 만한 데가 없을까요?"

"어디서요?"

"텐트촌요. 여기 근처에 한 군데 있을 거예요."

"헝가리가 아니고요?"

"참 좋은 텐트촌이에요. 국경에서 멀지 않고 세탁기도 있거든요."

"전 오늘 벌러톤 호수로 가고 싶은데요."

"전 몸이 별로 안 좋아요."

아담이 차에서 내렸다. 그는 트렁크에서 풀오버와 바지, 그리고 속옷과 양말도 꺼냈다.

"여기요. 입어 보세요."라고 그가 말했다. "정말 이거라도 입는 게 낫겠어요."

카탸가 차에서 내려 화장실로 들어갔다. 거북이가 물그릇을 밀며 미끄러져 상자가 젖기 일보직전이었다. 아담은 운전대 위에 지도를 펼쳤다.

"그래도 꽤 어울리죠?"라고 그가 말했다. 풀오버는 너무 짧았고 바지 맨 위 단추는 잠기지 않았다. 카탸가 바구니에서 봉지를 꺼내 자기 옷을 그 안에 밀어 넣었다. 양말을 신은 채로 그녀는 조수석에 쪼그리고 앉았다.

"혹시 마실 거 좀 있나요? 차나 뭐 그런 거?"

"샌드위치밖에 없어요."

"과일도 없어요? 사과 같은 거라도?"

뒷좌석에서 그는 음식이 든 망사 주머니를 꺼냈다.

"빵집에서 산 빵이랑 진짜 레버부르스트.* 토요일에 산 거긴 하지만요. 아니면 메트부르스트**도 있어요." 그가 그녀에게 망사 주머니를 건넸다.

"우리 지금 어디죠?"

"대충 여기요."라고 아담이 말하며 초록색으로 그려진 고속도로를 여러 차례 두드렸다.

"여기도요."라고 카탸가 말했다. 그러면서 그녀는 지도 위에 놓인 아담의 손가락 끝을 스치고 지나가 작은 손가락을 더 멀리 파란 천막 표시에 놓았다. "여기 가면 세탁기가 있어요."

"여긴 우리나라 사람들뿐이잖아요."라고 코마르노에서 멀지 않은 곳, 도나우 강가 즐라트나 텐트촌으로 들어가는 동안 아담이 말했다.

"저 앞으로 가서 오른쪽으로. 저기가 좋겠네요."라고 카탸가 지시했다.

하지만 그들이 길을 꺾으려 했을 때 캠핑카 두 대가 앞을 막았다.

"운이 없네요. 텐트 어디 건가요?"라고 아담이 물었다.

"피히텔베르크요. 약간 구식 모델이긴 하지만요."

"우리도 그런 거 가지고 있는데."

그들은 방향을 돌렸고 한복판에서 빈자리를 발견했다. 아담은 텐트를 치기 시작했다. 카탸는 바구니를 들고 세탁실로 갔다. 그녀가 온통 매듭이 진 초록색 플라스틱 빨랫줄 여분과 낡은 신문지 몇 장을 들고 왔을 때 텐트는 이미 완성되어 있었다.

---

* 돼지 간으로 만든 소시지. 훈연 돼지고기의 일종.
** 저민 돼지고기나 소고기로 만든 소시지.

"이 안에서는 아무도 못 잘 겁니다."라고 아담이 말했다. "신경통 걸릴 거예요."

"옆줄을 좀 팽팽하게 매야 해요."

"그래 봤자 소용없어요."

그들은 말없이 축축한 텐트를 쳐다보았다.

"방법을 찾아 보죠."라고 아담이 말하곤 별다른 설명도 없이 텐트촌 입구로 걸어갔다.

돌아왔을 때 그의 손에는 열쇠가 달린 팔뚝만 한 나무토막이 들려 있었다. 카탸가 신문지 한 장을 반으로 갈라 각각 구겨 공 모양으로 만든 뒤 신발에 채워 넣었다. 초록색 빨랫줄은 텐트 앞쪽 막대와 오른쪽 백미러 사이에 걸었다.

"거북이를 위해 새 상자를 구했어요."라고 카탸가 말했다. "이거라면 차가 가는 동안에도 이리저리 미끄러지지 않을 거예요."

"마지막 남은 통나무집이에요."라고 아담이 말하며 그녀에게 열쇠가 달린 나무토막을 건네주었다. "작은 선물이라고 생각하세요. 완쾌하시라고요. 이틀치 돈을 지불해 놓았습니다."

"떠나실 거예요?"

아담이 고개를 끄덕였다.

"부탁이에요."라고 카탸가 말하며 가까이 다가섰다. "제발 내일 아침까지, 하룻밤만 여기 계시면 안 될까요? 저기서 우리 둘 다 잘 수 있잖아요. 2인용인데요."

"네 명도 잘 수 있죠."라고 아담이 말했다. "하지만 그게 문제가 아니에요."

"제발요."

"사람들이 날 기다리거든요."

"그래도요. 딱 하룻밤만. 내일 아침 일찍 떠나면 되잖아요."

"하지만 왜요?"

"우리, 말 놓으면 안 될까요?"

"그러지."

"우리 저거 좀 도와주면 어떨까?"라고 카탸가 말하며 옆 텐트 여자를 보았다. 그녀는 말뚝을 땅 깊이 박느라 애를 먹고 있었다.

"거북이도 좀 쉬어 가야 해. 물에 넣어 주니까 좋아하더라고. 얘도 좀 움직일 필요가 있어. 봐, 잘 돌아다니잖아. 얘 이름도 있어?"

"엘피."라고 아담이 말하며 거북이 뒤에 앉았다.

"엘피."라고 카탸가 말하며 무릎을 꿇었다. "엘피라, 이름이 예쁘네."

식료품 가게 앞 탁자 네 개는 사람들로 북적였다. 아담은 자신이 나타나자 그들이 목소리를 낮췄다는 느낌이 들었다. 모두가 독일어를 했고 주문까지도 독일어로 주고받았다. 가게엔 소시지를 끼운 흑빵밖에 없었다. 아담은 겨자 한 병을 샀고 맥주를 큰 잔으로 주문한 뒤 서서 빵을 먹었다.

"자네, 여자를 오래 기다리게 했구먼. 어딜 가서 그렇게 오래 안 왔던 거요?" 아담 앞에 삼십 대 중반 남자가 빨간색과 하얀색이 섞인 빛바랜 모자를 쓰고 서 있었다.

"일단 밥이나 천천히 먹으라고. 그들이 못 넘어가게 한 건가?"

그 낡은 모자에서 아담은 '에메르송 피티팔디'*라는 글자를 겨우

---

* Emerson Fittipaldi, 브라질의 유명 포뮬러원 선수.

알아보았다. "할 일이 좀 있어서요."라고 말하며 그가 빵을 꿀꺽 삼켰다. 그는 다른 사람들도 그들 이야기에 귀를 기울인다는 것을 감지했다.

"차 한번 기막히게 멋있네."라고 누군가 뒤에서 말했다.

"이젠 어쩔 작정이지?"

"글쎄, 한번 두고 봐야죠. 휴가나 즐기는 거지."

상대방이 빙긋이 웃었다. 아담은 그들에게로 잔을 들어 올려 보였다가 잔을 입에 대고는 마시고, 또 마셨다. 그는 잔 바닥에 나타난 초록색 얼룩을 보곤 계속해서 마시며 주위에서 오고 가는 대화들을 들었다. 그리고 잔을 비운 다음에도 아직 가득 찬 잔인 양 조심스럽게 내려놓았다.

"어, 그 사람 참. 목이 되게 말랐나 보군."이라고 피티팔디 모자를 쓴 남자가 말했다.

아담은 냅킨으로 입을 훔친 다음 종이 접시 위에 접어 놓았다. "그럼, 잘들 있어요." 여자 점원이 그의 손에 맥주잔 보증금 2코루나를 쥐어 주었다.

"한 잔 더 안 마셔요?"

"아니요. 더 마시면 오줌을 너무 많이 누게 되거든요. 안녕히 계세요."라고 아담이 말하며 겨자 병을 들고 평소보다 서둘러 걷지 않으려고 애썼다.

그가 통나무집 안으로 들어서자 카탸는 벽을 보고 누워 이불을 귀까지 뒤집어쓰고 있었다. 거북이를 담은 새 상자는 두 침대 사이 머리맡에 놓여 있었다.

"국경을 넘어 탈출하려는 거구나."라고 그가 말했다.

카탸는 꼼짝하지 않았다.

"괜찮아. 나도 이해해. 나한테 초면부터 너무 부담을 주지 않으려고 아무 말 안 했다는 거. 하지만 저 남자들은 뭐야? 그 사람들한테 뭐라고 한 거야?"

그는 바지를 벗고 빈 침대에 가 누웠다.

"아담." 그녀가 소곤거렸다. "나 땡전 한 푼 없어."

"내가 빌려 줄게."

"아무것도 없다고. 아무것도. 돈을 빌려도 갚을 수 없을 거야. 내일 헝가리로 가면 나 좀 데리고 가면 안 돼?"

"물론 데리고 가지……."

"내 말은 그러니까, 트렁크에 숨어서. 안 그러면 난 국경을 넘어갈 수가 없어."

아담은 아무 말도 하지 않았다. 그는 침대 모서리에 미동도 없이 걸쳐진 그녀의 손을 보았다.

"그 말은 그러니까, 저 밖에 있는 사람들도 헝가리로 넘어가지 못한다는 거지? 그래서 모두들 여기 모여 기다리고 있는 거야? 뭘 기다리는 거지?"

"나한테 뭔가 대가를 요구해도 돼."라고 카탸가 말했다.

"한번 도나우 강을 건너려고 했어. 셋이서."

"그럼 다른 사람들은?"

"몰라. 사라져 버렸어. 그냥 사라져 버렸어."

아담은 천천히 손을 뻗었지만 그의 손이 카탸에 닿았을 때에도 그녀는 돌아누워 그를 보지 않았다.

14
감행

"정말로 그렇게 해 줄 거야?" 아담이 눈을 뜨자 카탸가 물었다. 누워서 한 손을 뺨 아래에 대고 그를 쳐다보는 그녀 모습이 마치 어린아이 같았다. 그는 발기를 감추기 위해 옆으로 돌아누웠다. 그는 거의 아홉 시간이나 잤다. 거북이가 빵 부스러기를 먹고 있었다.

"이제 좀 괜찮아?"라고 그가 물었다.

"그런 거 같아."

"왜 헝가리에 가지 못하는 건데?"

"신청도 안 했거든. 내가 아는 사람은 아무도 비자를 받지 못했어. 딱 한 명을 제외하곤. 하지만 그다음 날 당장 그 여자 것도 도로 뺏어갔어. 집으로 와서 초인종을 울리고, 그걸로 끝이었어. 아무런 이유도 대지 않고."

"여기 자연국경*은 없나?"

---

* 산, 강, 호수 따위의 자연적 지형에 의해 정해진 국경.

"도나우 강뿐이야."

"땅으로 된 국경 말이야. 그게 훨씬 길 텐데?"

"그런 데가 더 어려워. 거긴 그들이 더 잘 지키니까. 여기저기 철조망에다. 아무도 그런 데선 길을 잘 못 찾잖아. 왜 저 사람들이 죄다 여기 있겠어? 도나우 강을 건너기가 겁나서 그런 거지 뭐."

"그들이 우리를 체포하면 어쩌지?"

"그러진 않을 거야." 카탸 역시 아담처럼 팔꿈치를 괴었다.

"헝가리인들은 괜찮아. 그들은 우리더러 빠져나오라고 손짓을 해주는걸. 체코슬로바키아인들은 신분증 검사만 하고. 자동차 수색 같은 건 안 해."

"그런 걸 어떻게 다 알지?"

"누구나 다 듣는 얘긴걸. 여기 있는 사람들이 아는 거라곤 그런 것들뿐이야."

아담은 일어나 문을 열었다. 하늘에는 구름이 잔뜩 껴 있었다. 한 텐트에서 아이들 소리가 들려왔다. 고무장화를 신은 한 남자가 물통에 물을 가득 채워 캠핑카로 나르는 중이었다.

"나 말고 다른 사람한테 부탁한 적은 없고?"

"응."

아담은 세면실로 갔다. 돌아오는 길에 그는 우유 두 병과 회른헨* 두 개, 그리고 딸기 잼 한 병을 샀다. 카탸가 잼 병을 받아들었다. 거북이는 얇은 잔디 사이를 기어 다녔다.

"세수하러 가. 나머지는 내가 할게."

---

* 뿔 모양으로 구부러진 빵.

"너무 서두르지 않아도 돼. 이렇게 일찍 가서 좋을 게 없거든."

"신분증만 검사하는 거 아니었나?"

"10시쯤엔 대게 줄이 길거든. 그러면 별로 엄격하게 검사하지 않아. 여기 사람들이 염탐한 결과야. 망원경으로." 아담은 통나무집 앞 벤치에 그녀와 나란히 앉았다.

"건배."라고 그가 말했다. 그들은 우유병을 맞부딪쳤다.

"고마워."

"우리 그 얘긴 그만두자고. 제일 좋은 건, 아주 잊어버리는 거야."

"잊어버린다고?!" 카탸가 그를 물끄러미 바라보았다.

"조용히 해." 아담이 낮은 목소리로 말했다. "그런 말이 아니야. 난 이제 그 생각은 하지도 않아. 그게 제일 좋단 말이야. 우리가 그 생각을 하면 그들이 금세 알아챈다니까."

"우린 내일까지 기다릴 수도 있어."

"빨래 때문에? 거의 다 말랐는데 뭘."

"마음의 준비를 하기 위해서."

"여기선 안 돼. 이 원숭이들 소굴에선 안 돼. 나한테는 너무 위험한 일이야."

"멍청한 사람들은 어디 가나 있는걸."

아담은 회른헨을 잼에 찍었다. 잼이 빵 끝에서 도로 다 흘러내렸다. 그는 한 번 더 잼을 찍었고 상체를 깊이 숙여 얼른 한 입 베어 물었다.

카탸는 날이 커다란 스위스제 주머니칼을 빼더니 회른헨을 잘라 갔다.

"이야. 이 아가씨. 서독에 연줄이 있었네."

"내 남자 친구가 준 거야."

"스위스 사람?"

"아니. 일본 사람."

"일본 사람? 일본 남자들이라면 당신한테 좀 작지 않나?"

"왜?"

"서로 어울려야 좋은 거야. 게다가 당신이 남자보다도 머리 하나만큼 더 크다면, 그건 말이지 그 남자한테도……."

"말도 안 돼. 내 남자친구는 아담 씨만 한걸. 아니, 조금 더 크지."

카탸가 회른헨을 반으로 잘라 잼을 바르고 그에게 반쪽을 내밀었다.

"일본으로 갈 거야?"

"두고 봐야지."

"그 남자랑 결혼하면 안 돼? 그 편이 훨씬 간단할 텐데."

"유부남이야."

"어이쿠, 축하해. 그래서 그 남자 때문에 국경을 넘으려는 거야?"

"아담 씨는 아닌가?"

"난 아냐. 난 그냥 휴가 가는 거야."

카탸가 웃었다. "1장 1절. 공모 죄." 그녀가 한쪽 다리를 뻗는 바람에 발가락이 거북이 바로 앞에 나타났다. "도망가지 마."라고 카탸가 말했다.

"난 정말 국경을 넘고 싶지 않아."라고 아담이 말했다. "가능한 일도 아니고. 당신, 헝가리가 국경을 열 거라고 생각해?"

"벌써 한 번 열었잖아. 사람들이 그리로 다 넘어갔고."

"누가 넘어갔는데?"

"우리 쪽 사람들이지. 몰랐어? 헝가리인들이 국경을 열었고 수백명이 달려가고 또 달려가고, 그렇게 넘어가 버린 거지."

"그게 언제였는데?"

"토요일. 사흘 전에."

"국경은 닫혀 있잖아!"

"아무튼 한 번 열린 적은 있어. 왜 그러는데? 그게 기분 나쁜가? 대사관 사람들도 이미 다 빠져 나갔는걸."

아담은 고개를 흔들고 우유를 아주 조금 남기고 다 마셨다.

"서쪽에 가면 뭘 할 건데? 아니 일본인가?"

"무슨 그런 질문이 다 있어! 더 잘 사는 거지. 아니 이제부터 진짜로 사는 거지."

"그럼 지금까진, 사는 게 아니었나?"

"이제 더 이상 이렇게 살기는 싫어. 연금을 받을 때까지 관 속에 갇혀서 아무것도 할 수가 없잖아. 전혀, 아무것도."

"그렇게 생각해?"

카탸가 땅바닥을 내려다보았다. "할 말이 있어."

"그럼 말하면 되지."

"나 도나우 강에서 혼자였어."

"다른 사람들이란 게 그러니까, 아무도 사라진 게 아니란 말이야?"

카탸가 고개를 끄덕였다. "그냥 내 생각에……."

"뭘?"

"사실 아무 생각 없었어. 내가 왜 그런 말을 했는지도 모르겠고."

"저쪽으로 넘어가고 나면 도움 받을 사람은 있어?"

"친척들이 전부 다 거기 있어. 난 대학에 다닐 거야. 공부와 병행해서 뭔가 일을 할 수도 있을 거야. 그게 뭐 그렇게 이상해?"

"그게 말이지. 트렁크에 누군가를 싣고 가려면 그게 그냥 실없는 소리가 아닌지 확인해 봐야 하지 않겠어?"

"아담 씨는? 헝가리에 숙소가 있어?"

"응. 버더초니에. 벌러톤 호수 근처. 에비 친구들이 있지."

"아내야?"

"그렇다고 할 수 있지."

"그런데 아내는 지금 어디 있어?" 카탸가 나머지 반쪽 회른헨을 그에게 내밀었다.

"그녀가 거기서 기다려."

"정말로 휴가란 말이야?"

"그럼. 에비는 9월에 다시 일을 해야 하는걸. 나는 할 일이 있었거든. 그래서 그녀는 친구랑 먼저 떠났어."

"그렇군."

한동안 말없이 먹기만 하던 그녀에게 아담이 물었다.

"그런데 왜 나를 믿는 거지?"

"깊이 생각해 보지 않았어. 선택의 여지가 없었거든."

"선택의 여지가 있었잖아."

"난 아담 씨를 봤어. 모두들 밖을 내다봤어. 바르트부르크 때문에. 그런 구식 차를 타고 다니는 프락치는 없거든."

"아니지. 바로 그러니까 더욱더 의심을 했어야지! 위장 같은 게 아닐까 하고. 혹시 처음 들어 보나? 적으로 위장하는 기술?"

"에이, 무슨. 난 그렇게까지 바보는 아니야. 게다가 엘피도 있었고. 프락치라면 보통 거북이를 데리고 다니지는 않으니까. 이건 당신도 인정해야 해."

"그러니까 그것도 위장이라고."

"그러는 당신은 왜 날 믿는 건데? 어쩌면 내가 프락치일 수도 있잖아. 여행하는 남자한테 젊은 여자가 달라붙어서 그를 고발하는 거지. 거봐. 눈이 동그래졌네."

"말도 안 돼."

"뭐가? 누가 누구한테 먼저 말을 걸었는데?"

"그러니까, 보호 본능을 유발하는 젊은 여자가……."

카탸가 어깨를 으쓱 들어 보였다. "왜 아니겠어?"

아담은 잼 병을 닫고 우유를 다 마신 뒤 입가를 훔치곤 카탸를 쳐다보았다.

"이제야 알겠네. 사건 전모를. 우리 두 사람 다 비밀경찰 요원이고 동료가 믿을 만한지 떠 보는 중이군."

"그래도 변하는 건 하나도 없어."라고 그녀가 말했다.

"물론이지. 우리한테는 이러나저러나 아무 일도 일어나지 않지. 내가 당신을 저 너머로 데려다 주는 거지. 왜냐하면 난 계속 염탐해야 하니까. 저기 가서는 어떻게 되는지, 누굴 만나며, 어디서 국경을 넘을 건지, 그리고……."

"참, 이제 그만둬." 카탸는 거북이를 뒤따라가 도로 상자에 집어넣었다.

"그렇다면 그냥 벌러톤 호수나 킬리만자로 산 생각이나 하라고."

"킬리만자로 산?"

"눈 덮인 산 있잖아. 이름이 뭐더라?"

"후지 산 말이야?"

"그래. 후지 산을 생각하라고."

"텐트 좀 정리해 줄래? 내가 빨래를 가져올게. 그들이 아담 씨에게 돈을 돌려줘야 하는데. 적어도 반만이라도."

"내가 그렇게 전하지."라고 아담이 말하며 자신의 풀오버와 바지를 입고 도보용 신발을 신은 채 세탁실로 가는 그녀의 뒷모습을 바라보았다.

몇 킬로미터 가지 않아 노바스트라즈 마을을 지나자 그들은 들길에서 차를 세웠다. 키 큰 풀과 덤불이 우거진 곳이었다. 아담은 완만한 커브에 이를 때까지 차를 뒤로 몰았다. 거기서 그는 트렁크를 열고 기름통 둘을 들어 좌석 뒤 긴 공간에 넣었다. 그러곤 기름통이 보이지 않도록 여행가방과 공기를 넣는 매트리스, 침낭, 주머니로 가렸다.

카탸는 이불을 반으로 접어 스페어타이어를 넣는 반원형 칸에 깔았다. 빨래가 든 비닐봉지는 베개처럼 똑바로 놓거나 아니면 트렁크를 완전히 밀폐하기라도 하려는 듯 측면 공간에 차곡차곡 밀어 넣었다.

"그럼, 후지 산을 생각하라고." 아담은 그녀가 트렁크 안으로 올라타는 것을 도와주려고 손을 내밀었다.

"나 볼일 한 번만 더 봐야겠어."라고 말하며 그녀가 길을 약간 걸어갔다. "뒤로 돌아서!"

아담은 풀이 높이 자란 잔디밭에 서서 마찬가지로 오줌을 누며 드문드문 지나가는 차들을 구경했다.

그가 돌아왔을 때 카탸는 트렁크 안에서 이미 무릎을 굽히고 누워 있었다. 그녀는 몸을 돌렸다가 곧 다른 쪽으로 돌아누웠다. "생각했던 것보다 넓은데."라고 그녀가 말했다.

"답답할 거야."라고 그가 말하고 그녀에게 파란 바구니를 건네주었다.

카탸는 바구니를 안으려다가 턱을 부딪쳤다.

"그래 가지고는 안 될걸. 이거 좀 봐 봐."라고 그가 말했다.

아담은 바구니를 차 옆에 놓고 봉지에서 빨래를 꺼내 카탸를 덮은 다음 마지막으로 비옷으로 신발을 가렸다. "아무도 발견하지 못할 거야."라고 그가 말했다.

"아담, 지금 말하는 게 낫겠어. 고마워!"

"노래를 한다거나 소리를 고래고래 지르거나 차를 흔들면 안 돼. 알겠지? 아무 걱정하지 마. 이제 깜깜해질 거야." 그가 트렁크를 닫았다. 차체가 뒤쪽으로 기우뚱 내려앉았다. "앞으로 조금 더 들어가 봐." 트렁크를 다시 열고 그가 말했다. "최대한 이쪽으로."

"이렇게?"라고 카탸가 물었고 등과 어깨를 트렁크 안으로 밀며 몸을 조금 움직였다.

"엘피를 여기 둬도 될까?"

카탸가 머리에서 티셔츠를 끌어내리고 고개를 끄덕였다. "응. 이리 줘. 좋아."

아담은 거북이가 든 상자를 안에 넣어 주었다. 카탸가 상자를 끌어안았다.

"아담?" 그녀가 눈을 살짝 깜박거렸다. "만일 일이 잘못되면, 사실대로 말해. 그게 제일 좋아."

"사실대로 말할 것, 사실 아닌 건 아무것도 말하지 않을 것임을 맹세."

"바로 그거야."

"이따 보자."라고 아담이 말했다. 그는 운전대에 앉아 시동을 걸었다. "내 말 들려?"

"뭐?"

"내 말 들리냐고."

"빨리 가."라고 카탸가 소리쳤다. 아담은 고개를 끄덕이고 출발했다.

15
빈손으로

코마르노 국경 검문소 앞에 둘로 늘어선 자동차 행렬은 똑같이 길었다. 아담은 마지막 순간에 오른쪽으로 차선을 바꾸었는데, 그곳에 캠핑카 두 대가 버티고 서 있었기 때문이다. 아담의 시계는 멈춰 있었다. 그는 차창을 내리고서 옆 차 조수석에 앉은 여자에게 시간을 물었다. 운전대를 잡은 남자가 왼쪽 팔을 들자 여자가 그 팔을 잡아 조금 돌리면서 외쳤다. "10시 8분! 이제 곧 9분이에요."

아담은 고맙다고 말하며 시계를 10시 10분으로 맞추고 밥을 주었다. 자동차들은 대부분 동독 번호판을 달고 있었다.

앞에는 헝가리 트라반트에 탄 두 노인이 보였다. 그들은 인형마냥 차 안에 가만히 앉아 있었다. 왼쪽에는 귀가 쫑긋하고 머리가 각진 남자가 앉아 있었고, 옆에 앉은 여자는 머리에 수건을 두르고 있었다. 그 부부는 정직과 질박함을 상징하는 듯 보였다. 그런 인상이 아담에게도 옮겨 오지는 않을까? 아니면 아담과 그 부부 사이의 바로 그런 대조가 그를 옭아매는 운명이 되지나 않을까? 뒤를 따르는 슈코다에 앉은 가족 역시 꼼짝 않고 앞을 응시하고 있었다. 아마 자신의 모습 역시 그들과 별반 다르게 보이지는 않으리라.

그가 이 시점에서 소원을 하나 빌 수 있다면, 그것은 빨간 파사트 앞줄에 서는 것이며 에블린이 그 모든 일의 증인이 되는 것이었다. 그들이 트렁크를 열라고 요구해도 그는 얼굴색 하나 변하지 않으리라. 그들이 그와 카탸를 연행해 간다 하더라도 그의 시선은 고집스럽게 바닥만을 향하리라.

앞에 가는 트라반트 역시 뒤쪽 차체가 내려앉아 그는 안심이 되었다.

오른쪽 차선의 행렬이 더 빨리 앞으로 움직였으므로 이제 그는 네덜란드에서 온 폭스바겐 버스 옆에서 앞차에 탄 헝가리 사람들이 신분증을 내미는 광경을 보며 차례를 기다리게 되었다. 그들은 국경 검문소 요원을 개의치 않는 것 같았다. 그들은 시동조차 끄지 않았고 질문을 받지도 않았으며 금세 부릉거리는 소리를 남기며 출발했다.

국경 검문소 요원이 아담에게 얼른 오라고 손짓을 하곤 살짝 무릎을 구부리더니 엄지를 세워 보이며 "예드노?"*라고 물었다. 아담은 고개를 끄덕였고 신분증을 건네주었다. 얼굴에서 미소가 채 사라지기도 전에 그는 넓은 철제 도장이 신분증 뒷면에 닿았다가 착 소리를 내며 찍히는 것을 보았다.

"도비데니아."**라고 국경 검문소 요원이 말했다.

"도비데니아."라고 아담이 대답하며 자동차에 시동을 건 후 천천히 앞으로 향했다. 어디선가 세관원이 나타날 것을 대비해서였다.

---

* Jedno, 슬로바키아어로 '한 명인가요?'라는 뜻.
** Dovidenia, 슬로바키아어로 '안녕히 가세요.'라는 뜻.

앞에는 다리가 있었다. 그는 도나우 강을 지났다. 그는 소리라도 지르고 싶었다.

"이 바르트부르크 제조 연도가 언제인가요?" 헝가리 국경 검문소 요원 둘 중 키 작고 나이 많은 남자가 물었다.

"1961년 산입니다."

"요즘은 보기 드물죠. 이젠 아무도 이런 차는 타지 않죠. 제 말이 맞죠?"라고 다른 남자가 말하며 신분증에 도장을 눌렀다.

"맞습니다."라고 아담이 말했다. "그래도 아직 잘 나갑니다. 첫 엔진도 그대로 달려 있고요. 한 번도 바꾸지 않았죠. 모든 게 다 오리지널입니다."

두 남자가 자동차 안을 살폈다. 무엇보다도 운전대를 자세히 들여다보았는데 운전대 아랫부분 절반이 윗부분보다 직경이 더 작았다. 그 옆에 달린 작은 변속기어 역시 그들의 흥미를 끌었다.

"모터를 좀 열어 보실 수 있나요?"

"네."라고 아담이 말했다. 하지만 그가 차에서 내리려고 하자 국경 검문소 요원이 손짓했다.

"열어 보기만 할게요."라고 그가 말했다. "시동을 거세요." 두 남자는 엔진 덮개 뒤로 사라졌다. 아담은 가속 페달을 여러 번 밟아 그들이 시동 걸리는 소리를 들을 수 있도록 해 주었다. 자동차 세 대가 벌써 뒤에서 기다리고 있었다. 그들이 엔진 덮개를 닫았을 때 폭스바겐 버스 한 대가 더 다가왔다. 아담은 국경 검문소 요원에게 덮개를 꼭 닫으라는 신호를 보냈지만 키 작은 남자는 다만 "비손틀라타슈러."*

---

* Viszontlátásra, 헝가리어로 '안녕히 가세요.'라는 뜻.

라고만 외쳤다.

아담은 기어를 넣고 천천히 차를 몰아 국경 검문소를 빠져나와 거리로 나섰다. 그는 차창을 닫았다. 몇백 미터 지나 그가 외쳤다. "해냈어! 해냈다고!"

얼마 후 아담은 도로변으로 차를 몰았다. 그가 트렁크를 열었다. 카탸가 티셔츠를 옆으로 치우며 눈이 부신 듯 그를 쳐다보았다. 그녀는 아까와 똑같은 자세로 누워 있었다. "얼른 나와. 누가 볼라." 그는 거북이가 든 상자를 들어냈다. 하지만 카탸는 슬로모션으로 움직였다.

"팔에 쥐가 났어."라고 그녀가 작은 목소리로 말하며 자세를 바로잡으려고 애썼다. 갑자기 온몸에 힘이 빠진 듯 그녀는 아담에게 몸을 의지했다. 아담은 자동차가 오는 소리를 듣자 그녀를 번쩍 안아 들어내 꼭 끌어안았다. "축하해!" 그가 그녀의 뺨에 입을 맞췄다.

카탸는 아무 말도 하지 않았다. 그녀는 뻣뻣해진 다리로 걸어가 조수석에 앉았다. 그는 뒷좌석에 상자를 놓고 엔진 덮개를 꼭 눌러 닫았다.

"헝가리인민공화국에 온 걸 환영해. 당신도 들었어? 그들은 모터에 관심이 있었던 거야. 그 장난꾸러기들이!"

아담이 경적을 울리자 카탸가 움찔 놀랐다. 그는 출발했다. 백미러에서 폭스바겐 버스를 알아보았을 때 그는 가속 페달에서 발을 뗐다.

"그거 알아? 이 일 계속해도 아주 재밌을 거 같아. 취미로 밀입국자 도우미 경력을 좀 쌓는 거지. 바늘구멍을 통과하는 기분이잖아."

네덜란드인들이 추월하자 아담이 또 한 번 경적을 울렸다.

"저것 좀 봐. 눈이 휘둥그레졌네!" 아담이 그들에게 손짓했다. "왜 그러는 거야? 무슨 일이야?"

눈물이 그녀의 뺨을 타고 턱까지 흘러내렸고 풀오버 위로 방울져 떨어졌다. 아담은 그녀에게 파란 체크무늬 손수건을 내밀었다. 그녀가 손수건을 받지 않았으므로, 아니 손수건을 보지도 못한 것 같았으므로 그는 그녀 무릎 위로 손수건을 떨어뜨렸다. 위를 향한 채 반쯤 쥔 그녀의 양손 사이로.

16
영웅의 생애

"미안해."라고 아담이 말했다. "그런 줄 몰랐어!"

카탸가 손수건에 코를 풀었다. 그녀는 마치 둥근 탁자나 그 위에 놓인 빈 커피 잔이라도 들여다보는 것처럼 고개를 숙였다.

"물에 빠져 죽는다는 게 그렇게 쉬운 일은 아니야."

"아무것도 모르면서. 강은 달라. 칠흑같이 어두운 밤인 데다 이런 걸 등에 메고 있으면. 일단 머리가 물속에 잠기고 몸이 가라앉으면 엄청난 공포를 느끼게 돼. 이게 나보다 강하구나라는 것만 알 수 있어."

"나라면 강에 안 들어갈 거야. 난 그냥 잡히고 말래."

"저 건너편을 바라보면 반대편 강가가 보여. 강은 점점 작아 보이지. 그럼 생각하는 거야. 자, 얼른. 뛰어들어. 지금 빨리. 앞뒤 생각은 하지도 않아. 오로지 국경 검문소 사람들과 개가 두려울 뿐이지."

아담은 그녀의 손을 어루만지려 했다. 다른 탁자들에 앉은 사람들이 두 사람을 쳐다보고 있었다. 그가 카탸에게 좀 더 가까이 다가 갔다.

"거역할 수가 없어. 전혀. 사악한 천사처럼 당신을 덮쳐 뒤틀어 버리는 거야. 완전히 무력하게……."

"이젠 다 해냈는데 뭘."

"난 단순히 운이 좋았던 거야." 그녀는 눈물을 닦고 콧물을 들이마셨다. 갑자기 그녀가 그에게 기대며 머리를 그의 어깨에 갖다 댔다. 그는 조금 더 가까이 다가가 팔을 들어 그녀의 어깨를 감쌌다. 그리고 그녀의 머리카락을 뒤로 넘겨 주었다. 그는 그녀의 목과 얇은 은빛 목걸이의 고리를 보았다. 종업원이 조금만 더 늦게 왔더라도 그는 그녀에게 입을 맞췄을지도 몰랐다. 바로 그 고리 아래에. 그는 여성 고객의 치수를 잴 때마다 바로 그 튀어나온 목선 부분에서 시작했다.

종업원은 하얀 냅킨으로 돌돌 만 수저를 접시 옆에 놓고 겨자 병 뚜껑을 연 뒤 마치 다른 손님들은 보아서는 안 되는 장면이라는 듯 작은 케첩 봉지 두 개를 아담 접시 가장자리 아래에 끼우고서 자리를 떠났다.

카탸가 자세를 똑바로 하고 앉았다.

"여기 이거." 아담은 그렇게 말하며 광천수가 든 잔을 그녀 앞으로 밀어 주었다. 카탸는 물을 한 모금 마시고 나서는 잔을 들고 있다가 나머지 물을 한 번에 다 마셨다. 그녀는 또 한 번 코를 풀었고 손수건을 바지 주머니에 넣었다. 아담은 수저를 꺼내 그녀에게 건네주었다.

"자, 이젠 일단 좀 기운을 내야지."

"이제 어디로 갈 거야?"

"어디로 가고 싶은데?"

"대사관. 우리 편 대사관 말이야. 물론 부다페스트에 있는 거."

"내가 데려다 줄게."

아담은 빨간색과 흰색이 섞인 케첩 포장을 뜯으려고 애썼다. 그는 케첩을 도로 제자리에 놓은 뒤 손을 닦고 다시 한 번 뜯으려 했다. 결국 그는 케첩 봉지를 이로 물어뜯었다.

"못 봐 주겠네."라고 카탸가 말하며 다른 케첩 봉지를 들어 아주 쉽게 열어 보였다.

아담은 조그만 틈으로 케첩을 짜내 소시지 위에 묻혔다. 몇 방울이 탁자 위에 튀었다.

"도대체 직업이 뭐야?"

"재단사. 여성복 맞춤 재단사."

"그렇담 이런 기술쯤은 능통해야 하는 것 아닌가?"

"원한다면 옷 한 벌 싹 새로 지어 줄 수도 있어."

"거기 그 굳은살 그래서 박힌 거야?" 그녀가 그의 오른손 엄지를 가리켰다. "난 기타를 치는가 보다 하고 생각했어."

그들은 말없이 음식을 먹었다. 아담은 카탸의 목에 입을 맞추지 않아 다행이라고 생각했다.

"여기 초콜릿도 팔까?"라고 그녀가 물었다.

아담은 뷔페 코너를 향해 몸을 돌렸다. 그들은 자리에서 일어났다. 카탸는 계산대 근처 유리 진열장에 양쪽 집게손가락을 눌렀다.

"킨더쇼콜라데?* 킨더쇼콜라데!"라고 그가 말하며 고개를 젓거나 끄덕여 가며 종업원의 손을 지휘했다.

---

* 초콜릿 상표명.

"케퇴!"* 아담이 손가락 두 개를 펼쳐 보였다. 그는 물 네 병을 더 사고 돈을 지불했다.

밖에서 그들은 초콜릿을 하나씩 들고 벤치에 앉았다. 그들은 그 초콜릿 바를 빨아먹었다. 그들은 하나씩 하나씩 초콜릿을 벗겨 입에 넣었는데 아담은 한 번에 통째로, 카탸는 반씩 깨물어 먹었다.

"왜 그래?" 카탸가 초콜릿을 씹다 말고 보도블록을 응시하자 아담이 물었다.

"뭐 그리 아쉬울 것도 없었겠지. 그 영화가 상영되었다 해도."

아담은 그녀가 계속 말하기를 기다렸다. 그러다가 결국 그는 "카탸가 물에 빠져 익사하는 영화 말이지?"라고 물었다.

"내 발이 다시 바닥에 닿았던 건 순전히 우연이었어. 그다음 문제라면, 난 사실 충분히 오랫동안 훈련을 했거든."

"수영?"

"조정. 처음엔 1인승, 그리고 2인승, 그다음엔 4인승. 열일곱 살까지, 그러고 나선 그만 싫증이 났지."

"전혀 상관없는 훈련을 했군그래."

"다시 물에서 빠져나오려고 얼마나 한심하게 허우적댔는지 몰라."

"그런데 원래 어디 출신이지?"

"포츠담. 온몸을 헐떡거리고 난 다음에는 얼어 죽을 뻔했어. 폭삭 다 젖었고 가슴에 맸던 주머니는 어디론지 떨어져 나갔고 돈도 없고 신분증도 없어졌고. 싹 다 없어진 거야!"

---

* Kettő, 헝가리어로 '두 개'라는 뜻.

"그게 다 그 일본인 유부남 때문이란 거지?"

"그게 왜?"

"그렇게 말했잖아."

"아니야."

"정말로 그렇게 말해 놓고서 그러네!"

"참, 난 원래부터 늘 탈출하고 싶었어."

아담은 그녀에게 자신의 마지막 초콜릿을 줬다.

"고마워. 갖고 있을게. 비상식량으로. 이제 부다페스트로 갈 거야?"

"그래야겠지."

"꼭 그래야 하는 건 아니잖아."

"당신을 지켜보고 있지 않으면 무슨 일이 일어나는지 몸소 겪어 보고도 그런 소릴 하면 안 되지."

카탸는 포장 종이를 빈 상자에 밀어넣었다. "나 너무 한심한 것 같아. 어제 내가 한 행동을 생각하면. 뭐 한 가지 털어놔도 될까?"

"그래, 얼른 말해 봐. 나한테 다 털어놓으라고."

"엘피가 내내 무슨 소리를 냈어. 마치 나를 안심시키려는 듯. 못 믿겠지?"

"아냐, 믿어. 믿어."라고 아담이 말했다. "자, 이제 가자. 원한다면 내가 안고 갈 수도 있어."

"그럼 좋겠네. 적어도 얼마간만이라도."

두 사람은 일어났다. 각자 물 두 병씩을 들고 빈 상자는 벤치 위에 그대로 놓아둔 채 그들은 자동차로 걸어갔다.

17
작별을 위한 준비

그들은 중심부를 가리키는 도로 표지판을 따라 갔고 도나우 강가, 케텐 다리와 엘리자베트 다리 사이에서 주차장을 발견했다. 바치우트처 거리의 한 아이스크림 차 앞에서 그들은 차를 세웠다. 아담은 판매원이 아이스크림 기계 손잡이를 아래로 누르는 것을 지켜보았다. 아이스크림은 빙빙 감기며 과자 안으로 들어가다가 점점 위로 타고 오르며 순식간에 아슬아슬한 높이로 솟아올랐다. 결국 아이스크림 꼭대기가 갑자기 조금 꺾이며 정지했다.

카탸의 입술이 아이스크림 꼭대기 뾰족한 부분을 감쌌고 그녀는 천천히 아이스크림을 빨아들인 후 빙빙 돌리며 점점 아래로 내려갔다. 가방을 옆구리에 낀 아담은 그녀의 왼쪽 팔에 난 동그란 흉터를 계속해서 보았다. 색 바랜 브라질 국기를 가슴에 새긴 검정색 민소매 티셔츠였는데 그녀에게 잘 어울렸다.

"하나 더 먹었으면 좋겠다."라고 그녀가 말했다.

그녀가 또 나타나자 아이스크림 판매원이 미소를 지었다.

"저 사람이 특별히 많이 담아 줬네."라고 아담이 말했다. 그들은 바치우트처 거리를 따라 뵈뢰슈머르치 광장 쪽으로 걸었다. 그는 기념품 가게에 들렀다. 아담이 지도를 사는 동안 카탸는 쇼윈도를 둘러보았다.

"이것 좀 봐. 여기 이런 게 있어."라고 그녀가 말하며 손가락으로 유리를 짚었다.

"눈보라가 들어 있는 구슬 말이야?"

"아니. 저거."

"파이프?"

"주사위 말이야. 루빅큐브. 돌려서 색을 맞추는 주사위."

아담이 도로 안으로 들어가 주사위를 들고 나왔다. 카탸가 그를 한 번 짧게 안았다. 그녀의 어깨가 햇빛을 받아 뜨거웠다.

"미안해."라고 카탸가 말했다. "나 원래 이렇게 버릇없이 자란 사람도, 유치한 사람도 아닌데. 이거 가질래?"

"난 그런 거 안 가져! 여기 이거. 아주 실용적인 물건이지. 핸드백 안에 뭘 좀 다시 넣고 다녀야 할 테니까." 아담이 그녀에게 작은 지갑을 줬다.

"아, 뭐가 들었는데! 이렇게나 많이!"

"겨우 300인걸. 또 아이스크림을 사 먹고 싶을 때를 대비해서."

그는 막 빈 벤치를 향해 앞장서 걸었다. 가방을 무릎 위에 올리고서 그는 지도를 펼쳤다.

"아담, 고마워." 카탸가 옆에 앉았다. 그녀는 남은 과자를 입안에 넣고 주사위를 돌렸다.

"거리 이름이 뭐지?"

"넵슈터디온 어쩌고라고 그랬어. 하지만 그곳과 나란히 난 거리로 가야 해. 안 그러면 다른 쪽 대사관으로 가게 돼. 몇 주 전부터 내내 난 여기 이렇게 앉아 아이스크림 먹는 걸 상상했어."

"후지 산 풍경이 아니고?"

"그거나 저거나 뭐 거의 매한가지야."

"사진 한 장 찍을게."

"아니. 싫어."

"왜 안 돼. 나만 볼 거야!" 아담은 사진기 가죽 덮개의 단추를 풀었다.

"그래도 난 싫어." 카탸가 몸을 돌렸다.

"뭐가 어때서 그래? 딱 한 장만. 나를 위해서야!"

카탸가 고개를 흔들었다.

아담이 다시 그녀 옆에 앉아 거리 이름 목록을 뒤적일 때에야 그녀가 다시 돌아앉았다.

"대사관을 헝가리어로 뭐라고 하는지 알면 좋을 텐데."

"내가 물어볼까?"

"아니."라고 말하며 아담이 다시 기념품점으로 들어갔다. 유리창을 통해 그는 카탸를 지켜보았다. 그녀는 다리를 모으고 발을 벤치에 올린 다음 무릎을 끌어안았다. 누군가 그녀 옆에 앉자 그녀가 일어나 가게 문 앞으로 어슬렁거리며 걸어왔다.

"대사관을 뭐라고 하냐면."이라고 말하며 아담은 판매원이 그에게 내밀었던 쪽지를 보았다. "너지쾨베트 아니면 뭐 그런 비슷한 단어야." 그가 동전을 짤랑거렸다.

카탸가 공중전화 부스로 그를 뒤따랐다. 아담은 수화기를 들었다가 금세 도로 내려놓았다. "고장 안 났어."

그는 선반에 매달린 전화번호부를 양손으로 받쳐 들고 활짝 펼친 뒤 한참 동안이나 뒤적거리며 페이지를 넘겼다.

"이런!" 그가 갑자기 외치며 줄에 달린 전화번호부를 손에서 놓았다. "멍청한 작자들이 아예 그 페이지를 뜯어 갔어……. 카탸?"

아담은 공중전화 부스 앞으로 나가 주위를 돌아보았다. 한동안 그는 그대로 서 있었다. 그러곤 그들이 걸어왔던 방향으로 가 보았다.

카탸는 헤르메스 동상 아래 분수대 가장자리에 앉아 있었다. 그녀 옆에는 그녀와 똑같이 도보용 가죽 신발을 신은 젊은 남녀 한 쌍이 바구니를 앞에 두고 앉아 있었다.

"안녕." 아담이 말했다.

"내 친구야."라고 카탸가 말했다. 여자는 머리를 뒤로 굵게 묶었고 자른 청바지를 입고 있었는데 막 카탸의 손등에 전화번호를 적고 있었다.

"대사관은 문을 닫았어."라고 카탸가 설명했다. "아무도 들여보내 주지 않는대. 우린 자원봉사 구조대 막사로 가야 해. 산 위에 있대."

"왜 대사관이 아무도 들여보내 주지 않는 건데? 사람들을 그냥 막 돌려보낼 순 없는 거잖아."라고 아담이 물었다.

"부다로 가세요. 주글리게트라고 부르는 지역이에요. 성당 마당에 천막을 쳤어요. 그들이 돌봐 줄 겁니다."라고 젊은 남자가 말하며 붉은 기가 도는 볼품없는 수염을 잡아당겼다. "거기 신부 이름이 코즈머예요. 두 분은 서르버시가보르 거리로 가는 길을 물어 성당과 코즈머 신부를 찾으셔야 해요. 그곳에선 누구나 다 안다는군요."

"두 분은요?"라고 아담이 물었다.

"우린 마르가레텐 섬에서 잘 거예요."라고 여자가 말하며 남자 친구의 손을 잡았다. "그 편이 더 나아요."

"우린 돈이 떨어지기 전까지는 휴가를 즐길 겁니다."라고 그가 말했다. "시장에선 저녁엔 뭐든 싸게 살 수 있어요. 가끔 아예 공짜로 주기도 해요. 무슨 일이 일어나는지 그들도 잘 아니까요."

"이상한 치들이네." 그들과 작별한 후 아담이 말했다.

"왜? 지극히 괜찮은 사람들이었는데."

"그럴 지도 모르지. 하지만 네 얼굴을 한 번도 보지 않던데. 아니, 그러니까 내 얼굴 말이야."

"아담 씨 얼굴 쳐다봤어!"

"안 봤다니까. 내가 아예 그 자리에 없는 것처럼. 내가 세상에서 정말 질색하는 게 있다면 저렇게 뚝 자른 청바지랑 묶은 머리, 그런 어린애 같은 수염이거든."

"저것 봐. 헤르메스가 가리키는 방향이 서쪽인 거지?"

"응." 아담이 대답했다. "저쪽이 부다 방향이야."

"그 신부한테 데려다 줄 거지?"

그들은 바치우트처 거리로 돌아갔다.

"작별 인사로 아이스크림 하나만 더 사 줄래?"

"사진 한 장만 찍도록 허락해 준다면."

"싫어, 그럼 안 먹을래."

아까보다 줄이 더 길었다. 카탸는 루빅큐브를 아담의 가방에 넣고 양손을 그의 오른쪽 어깨에 놓고는 마치 잠이라도 자려는 듯 머리를 그 위에 기댔다.

"들어 봐, 아담." 그녀가 작은 목소리로 말했다. "중요한 일은 아니지만. 국경에 도착하기 전에 혹시 내 바구니를 놓고 온 거 아냐?"

아담은 대답하지 않았다.

"뒷좌석에는 없었어."라고 카탸가 말했다. "트렁크에도 없었고."

"그럴지도 몰라."라고 아담이 머리를 돌리지 않은 채 말했다. "카탸 말이 맞는지도 몰라."

"괜찮아. 정말이야. 말했잖아. 정말로 괜찮아."

"내 침낭을 써도 돼. 공기를 넣는 매트리스도 있어."라고 아담이 말하며 자세를 꼿꼿이 가다듬었다. 그가 아주 좁은 보폭으로 걸었으므로 카탸는 그의 어깨에서 손을 치우지 않고도 그의 걸음을 따라갈 수 있었다. 그런 식으로 그들은 차례가 될 때까지 아주 꼭 붙어 그 자리에 함께 서 있었다.

18
작별 실패

아담은 자동차 지붕 위에 놓인 지도를 붙잡긴 했지만 바람이 윗부분 반절을 뒤집어 버렸다. 저녁 해가 부다의 구릉 위에 걸려 있었다. 부두에는 유람선 한 대가 정박해 있었다. 조그만 전등들이 화환같이 줄줄이 이어지며 배 난간을 장식했다. 배와 육지를 잇는 다리를 건너려면 먼저 널빤지 위를 통과해야 했는데, 한 무리 사람들이 앞을 막은 사슬이 풀리고 배 안으로 입장할 수 있는 순간만을 기다리고 있었다. 갈매기 소리가 요란했다. 페스트의 제방이 갑자기 색을 띠며 빛을 내뿜는 것처럼 보였다.

"어쩐지 마음에 들지 않아."라고 아담이 말하며 지도를 더 작게 접으려고 애썼다. "우린 그래도 대사관 위치를 물어봤어야 해. 그게 어떻게 생겨 먹은 막사인지 누가 알겠어?"

카탸는 여전히 아이스크림을 핥고 있었다.

"그 사람들이 카탸한테 말을 건 거야, 아니면 카탸가 먼저 말을 건 거야?"

"어쩌다 보니 그렇게 됐어."

"어쩌다 보니라고 말하지 마. 당신이 그들한테 물어봤던 거야?"

"그들은 우리 편이 분명해. 그들은 불가리아로 가려는 중이었는데 이곳에서 무슨 일이 일어났는지 들었던 거고. 그래서 대사관에 갔던 거야."

"그러니까 카탸가 그들에게 말을 건 거란 말이지?"

"상관없잖아! 뭔가 낌새가 이상했다면 내가 눈치 못 챘을까 봐?"

"영 마음에 안 드는 애들이었어. 마치 미끼를 던져 유인하려는 것 같았어. 사실 유인하는 데 성공하기도 했잖아."

"나 아직 당신 손수건을 가지고 있어."

"가져. 날 기억하는 뜻으로."

"이젠 어차피 필요도 없는걸." 그녀는 손수건으로 손을 닦았다. "깨끗이 빨아서 다린 다음, 파란 체크무늬 그대로 고이 돌려줄게. 맹세해."

"도쿄에서 등기로 부쳐."

"좀 더 멋지게, 후지 산 위에서 전해 주거나 뭐 그런 거. 내가 비행기 값도 부칠게."

아담은 지도를 작게 꼬깃꼬깃 접었고 마지막에는 직사각형 두 개만이 나란히 남았다.

그들은 쇠사슬이 묶인 다리를 지났다. 카탸가 상자에서 거북이를 꺼냈다. "지금 보트를 탄다면 아마 제일 신날 거야. 그렇지, 엘피?"

바르트부르크 한 대가 추월하며 경적을 울렸다.

"저 사람들한테 시간을 물어봤어. 카탸가 트렁크에 있을 때."

"뒤를 따라가 봐."

"저 사람들도 그리로 갈 거라고 생각해?"

"저렇게 빨리 달리는 사람이라면 길을 잘 알거야."

다리 반대편에서 두 사람은 터널을 통과하며 바르트부르크 뒤를 따라 달렸다.

"지도를 좀 봐 주면 좋겠어."

"우리한테 질투가 나서 저런 요구를 하는 거야. 엘피."라고 말하며 카탸는 자리에서 뒤쪽으로 몸을 돌려 무릎을 꿇고 손바닥에 올린 거북이를 상자 속으로 집어넣었다. 그들이 터널을 빠져나왔을 때 아담이 그녀에게 지도를 주며 검지로 지도 위를 짚었다.

"여기 어딘가일 거야. 내가 동그라미를 쳐 놨어. 우린 그리로 가야 돼."

"저 사람들, 언젠가 오른쪽으로 돌아 들어가야 해. 아, 벌써 저 앞이네."

"우회전 안 하는걸, 뭐."

"우회전해. 다음 길에서 우회전."

카탸가 아담에게 지시했다. 십 분 후 그들은 주도로에서 빠져나와 언덕을 올랐다. 그곳 집들에는 마당이 딸려 있었다. 나무와 덤불 뒤로 저택이 보였고 간간히 새 건물들과 다세대주택들도 보였다. 도로변은 동독 번호판을 단 트라반트와 바르트부르크로 넘쳐났다.

"누가 우리 뒤에서 느릿느릿 오는지 알아 맞춰 봐."라고 아담이 말했다. "우리들을 추월해 가던 사람들이야."

서르버시가보르 거리에는 나무들이 너무도 빽빽하게 들어차 카탸는 그들이 바로 앞에 도착했을 때에야 비로소 왼쪽에 선 성당을 알아보았다. 성당 앞마당은 사람들로 북적였다. 길은 급경사를 이뤘고 그보다 좀 더 위쪽에 천막들이 있었다.

카탸는 마지막 킨더쇼콜라데를 꺼내 포장을 벗기고는 반으로 부러뜨렸다.

"비상식량을 먹을 때가 된 건가?"라고 아담이 말하며 초콜릿 반쪽을 입안에 집어넣었다. 바르트부르크에 탄 가족들 역시 그들 뒤에서 내릴까 망설이고 있었다.

"기다려 봐."라고 아담이 말하며 이미 문을 연 카탸의 팔을 잡았다. "내가 좀 먼저 살펴봐야겠어." 계단 발치에 선 기둥은 체스 말과 닮았다. 정원에는 긴 탁자가 있었고 그 위에 커다란 냄비와 빵이 담긴 바구니가 놓여 있었다. 아담이 교회로 올라갔다.

"안녕하세요. 코즈머 신부님을 좀 뵈려고 하는데요……." 하지만 그를 향해 마주 다가오던 여자는 그를 그대로 스쳐 지나가 계단 아래 정원으로 내려가 버렸다. 그녀는 급식소 앞에서 빠른 속도로 늘어나는 사람들 뒤로 가 줄을 섰다.

아담이 성당에 들어섰다. 빛이 잘 드는 중앙식 교회 건물이었다. 십자가에 매달린 조그만 예수상과 과자점 양식의 성합을 제외하면 거의 아무런 장식도 없었다.

"우린 대사관에서 이곳 주소를 알았습니다."라고 아담이 어떤 여자에게 말을 걸었다. 그녀는 마치 문지기인 양 입구 왼쪽 작은 탁자 뒤에 앉아 있었다. 그녀가 문을 가리켰는데 그 문을 통해서 나가자 책장이 잔뜩 들어찬 통로가 이어졌다. 그곳에서도 음식 냄새가 났다.

"무슨 일로 오셨나요?" 머리가 반쯤 벗은 키 작은 남자가 물었다.

"코즈머 신부님을 뵙고 싶습니다."

"접니다만."

"이곳에서 묵을 수 있습니까?"

"원하신다면요."

"제가 아닙니다. 자동차에 한 사람이 있습니다. 그 여자가 묵고 싶어 합니다. 그녀는 도나우 강을 헤엄쳐 건너려다가⋯⋯."

"이리로 오라고 하세요."라고 코즈머가 말했다.

바로 그 순간 다른 바르트부르크에 탔던 남자가 손에 번호표 두 장을 들고 들어왔다.

"우린 다섯 명입니다."라고 그가 말하며 코즈머와 아담을 번갈아 보았다.

"들어오세요."라고 코즈머가 말했다.

"좀 둘러봐도 되겠습니까?"라고 아담이 물었다.

"보세요."라고 말하는 코즈머의 손은 성당 의자 측면 모서리에 놓여 있었다. 그의 엄지가 조각된 문양을 문질렀다. 십자가를 둘러싼 오메가 문양이었다.

정원으로 내려가는 계단에는 어린아이들이 앉아 있었다. 개중에 나이가 좀 많은 여자아이 둘은 배드민턴을 쳤고 음식을 받으러 가지 않은 사람들은 삼삼오오 무리를 지어 서성이고 있었다. 더욱더 높은 곳에는 운동복을 입은 한 여자가 빨래를 너는 중이었다.

아담이 밖으로 나가자 마침 바르트부르크에 탔던 가족은 모두 안으로 들어가는 길이었다. 부모는 여행 가방을 들었고 아이들은 캠핑 가방을 등에 멨으며 손에는 동물 봉제 인형을 들고 있었다.

"행운을 빕니다."라고 아담이 말했지만 아무도 그의 말을 알아듣지 못한 것 같았다. 마치 추격자가 따라올까 봐 겁이 난다는 듯 여자만이 어깨 너머로 힐끗 쳐다보았을 뿐이다.

"순수한 단체인 거 같기는 해."라고 아담이 말했다. "천막이 있어. 아주 커다란 천막. 새것 같아 보였어."

아담이 트렁크를 열었다. 그는 피히텔베르크 텐트를 꺼내고 그녀의 물건들이 든 보따리 두 개를 꺼냈다. 거기에는 바구니에 넣지 않은 나머지 물건들이 들어 있었다.

성당 현관에서 두 남자가 다가왔다. 그들은 맨발로 타일 위를 걸었는데 카탸를 응시하고 비죽이며 밖으로 나갔다. 코즈머는 더 이상 보이지 않았다.

"부디 저 사람들한테 가는 게 아니면 좋겠네."라고 카탸가 소곤거렸다. "약간 임간학교 같은 냄새가 나."

"그럼 잘 있어."라고 아담이 말했다. "내 주소 알지?"

"여기서 하룻밤 자고 내일 아침에 떠나면 안 돼?" 아담이 고개를 흔들었다. 그들은 악수를 나누었다. 그리고 카탸가 그의 목을 끌어안았다. 그녀가 무언가를 말했는데, 하도 작은 목소리였기 때문에 그는 알아듣지 못했다.

아담이 거북이가 든 상자를 조수석에 놓고 자동차에 시동을 걸었을 때 루빅큐브가 그의 머리에 번쩍 떠올랐다.

그가 차에서 내리자 마침 카탸가 계단에서 내려오는 중이었다.

"아담." 그녀가 외쳤다. "아담!" 그녀는 마치 도둑처럼 텐트와 보따리를 꼭 끌어안은 채 계단을 뛰어 내려왔다.

19
야영

아담은 교차로를 지나서 멈췄다. "저 글씨를 읽을 수 있겠어? 뭐라고 쓰였지?"

카탸가 몸을 숙였다. 왼손에는 아담이 접어 둔 지도를, 오른손에는 주사위를 들었으며 무릎에는 헝가리 지도가 놓여 있었다.

"어쩐 일인지 그 거리를 못 찾겠어. 지도에 안 나와. 뒤로 돌아가."라고 그녀가 말했다. "어디선가 길을 잘못 들어선 거 같아. 표지판이 있는 곳으로 되돌아가."

"'어쩐 일인지', '어디선가'라고." 아담이 그녀 말을 따라 되뇌었다. 그는 뒷문을 열고 20리터짜리 기름통을 잡아 빼 기름 탱크를 연뒤 깔때기를 꽂았다. 그는 기름통을 거의 가슴 높이까지 들고 있어야 했다. 맨 처음 나온 기름 줄기는 옆으로 흘러내렸다.

"좀 도와줄까?"라고 카탸가 외쳤다.

"안에 가만히 앉아 있어." 힘에 부쳐 얼굴을 찡그린 채 아담은 겨우 그렇게 내뱉었다. 그의 상체는 벤진이 들어가는 것과 똑같은 리듬으로 움직였고 기름통에선 그때마다 콸콸콸 소리가 났다. 하지만 둔탁한 소리가 어느새 점점 작아지면서 벤진은 거의 소리 없이 탱크로 흘러 들어갔고 아담의 표정도 차츰 편안해졌다. 기름이 방울방울 다 떨어지고 난 뒤에도 아담은 기름통을 수직으로 들고 있었다. 어디선가 귀뚜라미가 울었다.

"할 얘기라도 있어?"라고 아담이 자동차에 도로 타며 물었다. 그의 손에서 나는 벤진 냄새가 차 안으로 퍼졌다.

"나를 도로 데려다 줘도 돼."

아담이 시동을 걸고 방향을 바꿨다.

"내가 너무 유치했어."라고 카탸가 말했다. "나도 왜 그랬는지 잘 모르겠어. 갑자기 너무나 무서웠어."

아담이 손목시계를 보았다.

"여기 그냥 내려 줘. 나 혼자 돌아갈 수 있어."

"이제 좀 그만해."

"아담 씨만 따라다닐 수도 없고 늘 아이스크림 사 주기만 바랄 수도 없잖아."

"그들이 거기 있는 사람들을 도로 다 돌려보내면?"

"그렇다면 벌러톤 호수고 뭐고 다 소용없는 일이 되는 거지."

"어쩌면 기적이 또 한 번 일어날지도 모르잖아."

"돈 좀 많이 있어?"

아담이 어깨를 들어 올려 보였다.

"나한테 돈 좀 빌려 줄래? 갚을게. 서쪽에 가면. 일대일로. 가능하면 빠른 시일 안에."

"돈 안 돌려줘도 돼. 그보다 내가 어디로 차를 몰아야 하는지나 말해 줘!"

그들은 교차로에서 차를 멈췄다. 뒤에 오던 자동차가 경적을 울렸다.

"오른쪽. 오른쪽으로 돌아야 해. 저기 표지판이 있잖아! 돈도 없고 신분증도 없고 아무것도 없으니. 정말로 빌어먹을 상황이야!"

"나도 얼마 없어. 포린트가 조금 남았을 뿐이지. 그게 얼마나 갈지, 카탸가 더 잘 알잖아?"

"미안해."

"이제 벌러톤 호수로 가는 거야. 그다음 일은 내일 아침 일찍 생각하자고. 우린 거기 아는 사람이 있어. 굶어 죽지는 않을 거야. 걱정 하지 말라고. 그 때문이라면 걱정하지 않아도 돼."

"많이 필요한 건 아니야."

"나한테 서독마르크로 200이 더 있어. 탱크를 가득 채우고 나면 떠나기 전에 내가 나머지 돈을 다 줄게."

"여기 어디 중간에서 내려 줘, 아담. 걱정하지 않아도 돼. 번거롭게 안 할게. 당신 아내가 날 볼 필요 전혀 없잖아. 그게 마음에 걸린다면."

"아, 이제 정말 그만 좀 해! 뭐 먹을 게 좀 남았나?"

"회른헨하고 잼이랑 겨자."

"그렇다면 그거나 내놔!"

"난 배 안 고파."

"그래도!"라고 아담이 말했다. "이제 뭘 좀 먹으라고. 예비 차원에서."

해가 지평선에서 모습을 감춘 순간 그들은 막 도시를 벗어났다.

11시쯤 그들은 버더초니 텐트촌에 도착했다. 차단기가 내려져 있었고 관리인은 보이지 않았다.

　"아, 너무 비싸!"라고 카탸가 말했다. "하룻밤에 30마르크래."

　"서독마르크로!"라고 아담이 말하며 텐트촌으로 막 돌아오고 있는 작은 무리 쪽을 보며 고개를 끄덕였다.

　"저들이 가격을 다 망쳐놨군."

　"나 그냥 들어갈래."라고 카탸가 말했다. "내일 우리 다시 만나는 거지?"

　"내일?"

　"아니면 모레?"

　"이리 와. 우리 다른 데를 찾아보자고."

　"아내한테 안 가고?"

　"너무 늦었어."

　"왜 늦어?"

　아담은 자동차에 다시 올랐다. "왜 그래? 같이 안 갈 거야?"

　카탸가 망설였다. "여기 길 잘 알아?"

　"빨리 타."

　계속 가다가 아담이 갑자기 멈추고 도로를 빠져나갔다.

　"저것 봐."라고 말하며 그가 상향등을 켰으므로 그들은 이제 들판과 물을 알아볼 수 있었다. "딱 우리를 위해 마련된 곳이네." 그는 상향등을 도로 끄고 문을 열었다. "수영 좀 할까? 괜찮겠지?"

　"그럼, 물론."이라고 카탸가 말했다. "여기 너무 깜깜한데."

　"사람 하나 없네. 귀뚜라미뿐이야."

　"좀 익숙해져야겠어."

아담은 곧 매트리스에 공기를 넣기 시작했다. 카탸는 텐트를 펴고 자동차 안에서 흘러나오는 불빛에 의지해 말뚝을 꽂았다. 아담이 그녀를 도와 텐트를 세웠다. "들어 봐, 개구리 소리야."라고 그가 말했다.

아담은 일이 다 끝나자 옷을 벗고 물속으로 들어갔다.

"수영 안 할래? 여기 좋은데. 너무 차지도 않고 너무 따뜻하지도 않고."

물은 아주 조금씩만 깊어졌다. "카탸, 거기 있어?" 아무 대답도 듣지 못하자 그는 물속으로 미끄러져 들어갔고 헤엄쳐 나갔다. 그는 가능한 한 소리 없이 움직이려고 애썼다. 다른 모든 소리들은 아주 멀게만 느껴졌다. 호수는 불빛으로 둘러싸여 있었다. 오로지 그의 뒤쪽만 깜깜했다.

"이거 웅덩인가 봐! 이젠 내 몸에서 벤진이 아니라 물비린내가 나."라고 그가 말했다. 카탸가 그에게 수건을 건네주었다. 아담은 자동차 반대편으로 가 몸을 닦고 여행 가방에서 새 옷을 꺼냈다. "맥주 한잔 할까?"

"싫어."

"난 자동차 안에서 잘게."

"가 버릴 거야?"

"아니."라고 그가 말했다. "엘피 좀 돌봐줬어?"

"빵을 조금 적셔서 줬어."

"뭐야, 무슨 일 있어?"

"잘 자."라고 카탸가 말하며 텐트로 들어가 지퍼를 잠갔다.

20
첫 번째 재회

"안녕, 잘 잤어?" 카탸는 텐트 말뚝 두 개를 손으로 쥐고 마주 때린 다음 거기 붙은 흙을 긁어냈다. 그녀는 비키니 수영복 위에 브라질 티셔츠를 걸치고 있었다. "우리 이제 여길 떠나는 게 좋겠어."

아담이 일어나 앉았다. 그들 주위에 이미 몇몇 가족들이 수건이며 자리를 펼치고 있었고 선크림 냄새가 났다.

"소년 소녀 단원은 자연을 사랑하며 보호한다."라고 아담이 말했다. "악몽을 꿨어." 그는 마치 세수를 하듯 얼굴을 양손으로 문질렀다.

"시간이 얼마나 됐지?"

"시계 있잖아."

"적어도 수영이나 한 번 하고 가자고." 그녀가 물건을 모두 챙겨 자동차에 실은 후 아담이 말했다.

"넉살도 좋네." 카탸가 티셔츠를 벗었다. 어린아이들이 강가에서 뛰놀고 있었다.

"아아아, 미끈적거려."라고 카탸가 외치며 뒤로 헤엄쳐 밖으로 나왔다.

"코끼리 똥. 진짜 헝가리 산 코끼리 똥이야. 서쪽으로 가려면 여길 건너야 해. 저 반대편 강가로 헤엄쳐야 한다고."라고 그가 조용히 말했다.

"저 반대편은 서쪽이 아닌데!"

"내가 이 코끼리 똥 밭을 건너 당신을 데려다 주고 현상금을 좀 챙겨야겠어."

"현상금?"

"그럼, 카탸가 국가에 끼친 손해가 얼만데. 그러니 저쪽 사람들은 대신에 얼마나 돈을 많이 모았겠어."

"그게 얼만데?"

"2만 정도?"

"겨우?"

"5만인가? 그걸로 난 옷감을 사야지! 제일 고급스러운 옷감으로다가 골라서. 그러니 자, 얼른 와."

"싫어."

"일단 물 안에 들어오면 괜찮거든."

"안 돼."

"왜 안 돼? 그날인가?"

"그렇게 큰 소리로 말하지 마!"

"뭘?"

"내가 이미 다 설명했잖아. 못 해."

아담은 도로 물가로 점벙점벙 걸어 나왔다. "얼른 와."라고 그가 말하며 그녀에게 손을 내밀었다. "계속해서 그렇게 불길하네 어쩌네 하면서 미신에 매달리면 다시는 그 기억으로부터 빠져나오지 못해. 자, 얼른. 꼭 붙잡아."

그녀는 마지못해 발걸음을 아주 조금씩 떼며 물에 들어가다가 그의 손을 뿌리친 다음 뒤로 달려갔다.

"내가 안아서 데려다 줄게."

"아니야. 너무 무거울걸."

"얼른, 내 목에 한쪽 팔을 감고. 지금, 지금이야. 자, 풀쩍!" 아담은 잠시 휘청거리다가 곧 안정된 자세로 물속으로 들어갔다. 카탸는 양팔로 꽉 버텼다.

"겁내지 마." 아담은 카탸를 고쳐 들며 헉헉거렸다. "떨어뜨리지 않을 테니까."

"돌아가, 아담. 제발, 그만 돌아가."

"니엣."*이라고 말하며 아담은 가능한 한 빨리 가려고 애를 쓰며 계속해서 저벅저벅 걸어 들어갔다.

"제발. 무섭단 말이야!"

"무서워할 필요 없다니까. 이제 괜찮아. 다 괜찮아." 아담은 물이 수영복 바지를 적실 정도 높이에 다다를 때까지 거의 뛰다시피 걸었다. "후지 산이나, 엘피나 뭐 그런 걸 생각하라고……. 이제 아주 조금 차가워질 뿐이야."

카탸는 비명을 질렀지만 바로 그 순간 배를 물 쪽으로 돌리곤 유연하게 헤엄쳐 나갔다. 아담이 물속으로 미끄러져 들어갔다. 카탸는 헤엄을 치며 그의 주위를 한 바퀴 돌았다.

---

* Njet, 러시아어로 '아니.'라는 뜻.

"거봐, 되잖아?"라고 그가 외치며 여러 번 풍덩거리며 헤엄쳤다. "이제 다 괜찮지?"

대답 대신 그녀가 멀찍이 물러났다. 아담은 조금 더 이리저리 헤엄치다가 멈춰 섰다. 물이 그의 배꼽까지 닿았다. 그가 그녀 쪽을 보았다.

허리에 팔을 받치고 그는 볕을 쬐었다. 그는 이따금씩 눈을 떴는데 그녀는 어느새 돛단배 뒤로 사라지고 없었다.

그녀가 자신에게 헤엄쳐 오는 것을 보았을 때 그 역시 그녀를 향해 헤엄쳤다.

"여긴 이제 그렇게 역겹지 않지."

"썩 좋은 기분은 아니야."라고 그녀가 말하곤 잠깐 동안 몸을 돌려 비키니 상의를 고쳐 입었다.

"뭐 하나 물어봐도 돼?"

"뭔데?" 그녀가 짧은 머리카락을 쓸어 넘겼다.

"어제 무슨 일 있었어? 내가 뭔가 말을 잘못 했나?"

"아니. 직접적으론 아니야."

"그러니까 잘못한 게 있긴 있다는 말이네?"

"생각해 보면 알 텐데."

"뭘 생각하란 말이지?"

"내가 꼭 그 얘길 해야 돼?"

"꼭 그런 건 아니지. 다만 머릿속에 여러 가지가 좀 복잡하네."

"여기 어딘가에 당신 부인이 있는 줄 알았어. 그런데 갑자기 웬 젊은 여자와 야영을 하겠다는 거잖아. 아담 씨한테 뭔가를 약속하는 여자랑 말이지."

"약속?"

"까먹었다고 말하지는 마."

"그러니까 내가 진짜 대가라도 바랐다고 생각한 거야?"

"대충 뭐, 그런 거지. 그게 뭐가 그렇게 우스워? 일반적인 일은 아니잖아. 아내를 그렇게 기다리게 하는 건!"

"그게 내 아내랑 무슨 상관인데?"

"아내가 여기 있다면서?!"

카탸는 천천히 물가로 수영해 나갔다. 아담은 그녀 옆에서 저벅저벅 걸었다.

"그게 말이야, 좀 복잡해."라고 그가 말했다. "그렇게 쉽게 설명할 수 없는 문제거든."

"나도 이해해. 내가 여기서 이렇게 아담 씨한테 붙어서 따라다니면 당연히 곤란하겠지."

"에블린은 혼자가 아니야. 여자 친구하고 함께 있어."

"레즈비언이란 말이야?"

"아니, 그런 게 아니고."

"그럴 수도 있지, 뭘."

"그녀에게 별로 유익한 교제가 아니야. 그 여자. 정말로 아니야."

"그런 말, 우리 아버지께서도 가끔 하셨어. '유익한 교제가 아니다.'라고."

"예전 직장 동료였던 여자야. 말이 어찌나 많은지. 전부 다 엄청난 사건인 양 떠벌리지. 에비가 대학 공부를 때려치운 것도 다 그 여자 때문이었어."

"지금은 뭘 하는데?"

"식당 종업원이 되려고 직업 교육을 받아. 원래는 교사가 되려고 했어."

"교육학?"

"독일어하고 지리학. 하지만 주로 독일어."

"나도 교사가 될 뻔했는데. 하지만 난 하고 싶지 않아서 안 했어."

"그럼 뭘 배웠는데?"

"목수 일. 직업 교육 자격증도 땄는걸."

"에비는 책을 무지 많이 읽어. 틈만 나면 책을 읽지."

"교사가 되면 남자아이들을 설득해서 그들이 장교가 되거나 직업군인이 되거나 혹은 최소 삼 년간 군대에 가도록 해야 돼! 그렇게 되면 책 읽을 여유도 전혀 없어!"

"적어도 대학 과정은 마쳤어야 했는데."

"그런데 그게 당신과 아내 관계랑 무슨 상관인데?"

"그녀는 내가 여기 있는 줄 전혀 몰라."

"놀라게 해 줄 생각이었어?"

"그렇다고 할 수도 있겠지."

"그녀를 염탐하는 거야?"

"우리 싸웠거든. 그녀가 오해하는 바람에. 난 그녀가 뭔가 어리석은 짓을 할까 봐 겁이 나는 거고."

"탈출?"

"아니, 그건 아니야. 하지만 스물한 살 나이에……."

"나도 스물한 살인데! 아담 씨는?"

"12월에 만으로 서른세 살이 돼."

"몸 관리를 아주 잘했네."

"내가 그렇게 부담스러웠어?"

"뭐가 부담스럽단 거야?"

"참, 지난밤에 말이야."

"그런 문제가 전혀 아니야."

"그럼 뭐가 문젠데?"

"그냥 내가 하고 싶지 않았나 봐."

"흠." 물이 무릎까지밖에 닿지 않았는데도 그의 발이 보이지 않았다.

"좀 더 정확히 알고 싶다면, 사실 피임약을 잃어버렸거든. 가슴 주머니에 들어 있었는데. 지금은 임신하고 싶지 않아. 아담 씨라면 더더욱."이라고 그녀가 말하며 몸을 일으켰다.

"저 여자 저기서 뭘 하는 거지? 저 여자 알아?"

한 젊은 여자가 바르트부르크 문에 기대고 있었다. 그녀는 팔을 뻗어 차 지붕 모서리에 올리고 얼굴은 해를 향하고 있었다.

"아니, 이런 빌어먹을." 아담이 중얼거렸다.

"당신 아내야?"

"아니야."

"사실대로 말해, 아담. 사실 말고는 아무 소용없어."

21
일종의 초대

한 시간 후 아담과 카탸는 야영지 매점 앞에 앉아 랑고슈*를 먹으며 커피와 콜라를 마셨다. 카탸는 밀짚모자를 썼고 거북이가 든 상자가 그들의 의자 사이에 놓여 있었다.

"나한테 화났어?"

"이야기하지 않는 편이 나았어. 그 여잔 어차피 믿지도 않을걸."

"아담 씨의 영웅담 말이야?"

"난 그 여자를 믿지 않아. 그런 거 그 여잔 알 필요도 없어. 게다가 카탸가 꼭 이야기를 지어내는 것처럼 들렸거든."

"하지만 그 여자 분 얼마나 친절했는데."

"친절한 척 연극하는 거야. 조심해야 돼."

"이해가 안 가네. 왜 유익한 교제가 아니라고 한 건지. 난 진짜로 친구인 줄 알았어."

---

* 넓은 반죽을 튀겨 그 위에 여러 재료를 올려 먹는 음식.

"나도 모르지. 왜 그 여자가 갑자기 그렇게 살갑게 구는 건지."

"미하엘은? 그게 누구야?"

"그 여자 사촌이야. 서독에 사는 사촌. 결혼해서 서독으로 데려갈 건가 봐. 아무튼 그들이 우리를 결혼식에 초대했어."

"언제?"

"아, 죄다 허풍이야."

스피커에서는 「돈 워리, 비 해피(Don't worry, be happy)」가 흘러 나왔고, 옆 탁자에 앉은 사람들은 박자에 맞춰 손가락을 튕기고 있었다.

"그 남자 잘 생겼어?"

"나이가 많아. 사십 대 중반쯤 될 거야. 말이 많은 작자지. 대접을 좀 못 받는다 싶으면 금세 잘난 척하느라 바쁘지. 여성들에겐 향수를 선물하고 뭐 마음에 안 드는 게 있으면 '메르드.'라고 외치면서. 그 작자만 없었더라도 그렇게 한심한 꼴은 당하지 않았을 거야."

"한심한 꼴이라니?"

"그들이 에비의 향수를 훔쳐 갔어. 사물함에서, 아니면 아무튼 그녀가 그걸 놓아 뒀던 데서……. 아, 얘기하자면 너무 길어."

"이해를 못 하겠네."

"나도 못 해. 그녀는 일을 그만뒀어. 그 자리에서 당장. 난 여전히 할 일이 많았고 새 자동차를 기다리는 사이에 그녀가 그와 함께 떠나 버린 거야. 아까 그 여자와 그 남자, 그리고 에블린. 그렇게 셋이서 다 함께."

"그 후 아담 씨가 뒤를 쫓아온 거야?"

"내가 뒤를 쫓아왔지."

"그런데 왜 그녀가 기다려 주지 않은 거지?"

"내 말이 바로 그 말이잖아. 그녀가 뭔가 오해했다니까."

"그래서 지금은 그 세 사람이 전부 다 아담 씨 아는 사람 집에 묵고 있다는 거고?"

"원래는 에비 친구네야. 난 한 번도 여기 와 본 적 없어. 그녀가 예나에서 페피를 알게 되었지. 첫 학기에. 지난해에는 페피가 이 주 동안 우리 집에 놀러 왔었던 적도 있고."

카탸는 잔을 들여다보았다. "옛날에는 이런 걸 모카라고 불렀어."

"한 잔 더 마실래?"

"응, 그래도 된다면. 우유를 넣어서. 조금만 더."

아담이 다시 매점으로 갔다. 그의 앞에 선 여자는 다른 곳의 피부는 하얀데 유독 어깨와 귀만 빨갛게 타 있었다. 그는 커피를 주문했고 빵과 소시지, 치즈와 물을 샀다.

그가 돌아오자 그들의 탁자에 주근깨가 나고 머리카락이 붉은 두 남자가 앉아 있었다. 그들은 아이스크림을 먹었다.

"여기서 그런 물건 절대 사면 안 돼."라고 그중 짧은 곱슬머리 남자가 말했다. "코피가 가는 곳 같은 데로 가야 돼. 점점 더 물가가 올라가고 있어. 하지만 여기 이건, 진짜 말도 안 돼. 전에는 소시지 한 개에 83포린트였는데, 그건 사회주의 시절 얘기란 말씀이야. 그런데 지금은 그 세 배를 받잖아!"

"여긴 아직도 지난 토요일에 국경을 뛰어넘은 사람들의 텐트가 남아 있어."라고 카탸가 말했다.

"우린 그들이 남겨둔 트라비를 타고 돌아다닐 때가 많아. 시동 열쇠가 그대로 꽂혀 있는 경우가 많으니까. 우린 차를 텐트 앞에 세워

두곤 하지. 하지만 아무도 찾으러 오는 사람은 없어. 차 안에 있는 게 다 썩어 들어가는데도!"

"우린 자동차 한 대를 열기도 했어. 그 안에 든 새 때문에."라고 다른 남자가 말했다. 그는 말할 때 얼굴을 붉혔다.

"안 그랬으면 그 새는 아마 목이 말라 죽었을 거야."라고 곱슬머리가 말했다.

"나 이제 간다." 카탸가 커피를 다 마시자 아담이 말했다. 그는 거북이가 든 상자를 들었다.

"내일 또 올게."

"내가 조금 바래다 줄게."라고 카탸가 말하고 탁자 위에 있는 물건들을 집어 들었다. "안녕." 그녀가 두 청년에게 인사했다.

"안녕."이라고 그들도 대답하곤 자리에서 일어나 카탸에게 악수를 청하려고 했지만 그녀의 양손에는 모두 물건이 들려 있었다.

"돈은 모자라지 않아?"라고 아담이 물었다.

"두고 봐야지. 여기 사람들이 얼마나 엄격하게 감독을 하는지. 일단 하룻밤치는 낼 수 있어."

"내일 이때쯤 또 들를게."

"두고 봐. 형편이 어려우면 난 아주 자린고비처럼 살 수 있거든."

아담은 그녀에게서 받은 물병을 다시 위로 올렸다.

"보고 싶을 거야. 엘피."라고 카탸가 말했다.

"엘피도 그럴 거야."라고 아담이 말했다.

주소를 적은 쪽지 뒷면에 지모네가 약도를 그려 줬다. 그는 주도로로 다시 빠져나가 좌회전한 다음 교회 앞 좁다란 모퉁이를 돌아 또 한 번 좌회전한 후 로머이 거리로 나섰다.

이미 멀리서부터 아담은 에블린의 포플린 치마를 알아보았다. 하얀 바탕에 빨간 점이 찍힌 그 치마는 그가 부활절 때 만들어 준 것이었다. 원래는 머리끈도 같이 만들어 주었다. 그건 데스데모나가 그에게 준 옷감이었다. 에블린 옆에는 미하엘이 함께 가고 있었다. 아담은 고개를 돌리지 않은 채 그들을 추월한 후 숫자 8이 적힌 초록색 말뚝에서 오른쪽으로 꺾어 진입로에 들어섰다. 그 오르막길에서 그는 덤불과 나무, 그리고 창고를 지났다.

아담은 집 앞에서 차를 멈추고 내렸다. 그는 두 사람과 마주 보았다. 그들은 서로 아무 말도 하지 않았다. 에블린이 조금 더 빨리 걸었다. 아담이 그녀를 안으려고 하자 그녀는 무뚝뚝한 표정으로 몸을 피했다.

"안녕." 아담이 말했다. "지모네 말이, 내가 우리 텐트를 좀 써도 좋을 거라고 해서. 침낭이랑 매트리스도. 너희들한테는 방이 있으니까."

"그래서. 지금 당장 그게 필요하단 말이야?"

"난 그저 여기 이 정원에서……."

"여기서?"

미하엘이 다가왔다. 아담은 그가 뻗은 손을 마주 잡았다.

"텐트촌은 굉장히 비싸."

"설마 진심은 아니겠지?"

"어째서?"

"모르겠어? 난 정말이지 당신을 보고 싶지 않다고. 나를 좀 내버려 둬. 당신이 언제 어느 구석에서 나타날지 몰라 늘 겁내고 싶지 않다고!"

"그럼, 나더러 뭘 어쩌라는 건데?"

"당신은." 에블린이 단어 하나하나 힘을 주며 말했다. "그냥 가버리면 돼!" 그녀는 그를 내버려둔 채 집 안으로 사라졌다. 미하엘은 바닥을 내려다보더니 짧게 목례를 한 다음 수영 가방을 든 채 그녀를 따라 집으로 들어갔다.

아담은 자동차에 올랐다. 그는 방향을 돌리고 천천히 차를 몰았다. 주유소에는 이미 사람들이 조금 줄을 서 있었다. 셸 유조차가 급유기 사이에 서 있었다. 아담은 마지막 차 뒤에 멈췄다. 그는 창문을 열고 심호흡한 다음 가슴을 문질렀다. 그는 적어도 자신이 다음 몇 시간 동안 무엇을 하며 지낼지만은 잘 알았다.

22
또 한 번의 시도

아담은 창고가 있는 곳을 지나 진입로 끝부분을 올라갔다. 석양 속에서 우편함 뚜껑이 반짝거렸다. 오른쪽으론 양철 푯말에 8번지라고 적혀 있고 초인종 위에는 아무런 명패가 없었다. 작은 포석이 깔린 길은 집을 한 바퀴 빙 돌며 나 있었다. 아담은 호수에서 바람이 불어오는데도 벌써부터 등에 착 달라붙은 셔츠를 잡아당겼다. 햇빛에 그은 어깨가 쓰라렸다. 땀 때문에 생긴 얼룩이 마를 때까지 기다리고 싶었다. 하지만 그들은 분명 이미 자신을 보았을 것이므로 우물쭈물하는 것은 더욱더 이상하게 보일 터였다. 그는 불필요하다 싶은 만큼 길게 초인종을 눌렀다.

비스듬히 열린 지하실 창문을 제외하곤 창문들은 다 닫혀 있었다. 한 여자가 초록색 앞치마를 두르고 집을 한 바퀴 빙 돌아 그에게로 바삐 다가왔을 때, 그는 막 두 번째로 초인종을 누르려던 참이었다. 그녀의 팔 움직임이 슬리퍼를 신은 작은 발걸음을 더욱더 재촉하는 듯 보였다. 그녀는 미소를 지었고 그에게 손을 내밀기 전에 팔로 콧잔등을 훔쳤다.

"아담 씨죠."라고 그가 미처 자신을 소개하기도 전에 그녀가 말했다.

"들어오세요. 난 페피 엄마예요. 아담 씨인 줄 금방 알아봤어요, 어서 들어가세요, 들어가세요."

"페피는 집에 있나요?"

"아니요. 그거 아세요? 그 아인 지금 페치에 갔어요. 그 애 이모와 사촌이 사는 데죠. 하지만 방에 들어가셔도 돼요. 그 애가 그렇게 말했어요. 아담 씨와 에블린 씨가 자기 방에 들어가도 된다고……."

그녀가 집 안으로 앞장서 들어갔다.

"고마운 일이군요. 언절 부인, 하지만 전 페피를……."

"페피는 다음 주에나 와요. 하지만 그동안 그 아이 방에 들어가셔도 돼요. 어서 가세요, 어서 가세요."

집 뒤의 땅은 오르막이었다. 문 맞은편 통로 아래 커다란 탁자가 있었다. 문 앞에는 오색 비닐 리본이 드리웠고 퍼걸러*는 온통 포도 덩굴로 휘감겨 있었다. 근처 작은 풀밭에는 나무 막대기가 빨랫줄을 받치고 있고 거기 걸린 셔츠와 수건 들이 바람에 펄럭였다.

"앉으세요, 앉으세요."라고 언절 부인이 말하며 탁자를 가리켰다. 그러더니 자신은 집 안으로 사라졌다. 그녀는 누군가와 이야기를 주고받았는데 상대의 목소리는 거의 들리지 않았다. 세제와 오믈렛, 커피 냄새가 났다.

병 두 개와 잔들을 들고 액자 몇 개를 겨드랑이에 낀 채 밖으로

---

* 뜰이나 평평한 지붕 위에 나무를 가로와 세로로 얹어 놓고 등나무 따위의 덩굴식물을 올려 만든 서양식 정자나 길. 장식과 차양 역할을 한다.

나온 언절 부인을 거들기 위해 아담은 자리에서 일어났다.

"자, 드세요, 드세요. 아담 씨. 이것 좀 마셔 보세요. 이런 무더위에는 수분을 많이 섭취해야 해요. 난 하루 종일 물을 마신답니다." 그녀는 잔 하나에는 물을 따르고 다른 잔에는 백포도주를 따랐다. 와인의 냉기로 잔에 잠시 김이 서렸으므로 아담은 먼저 와인 잔을 집어 들었고 언절 부인을 향해 건배했다. 그러곤 물이 담긴 잔을 들고 단숨에 들이켰다.

"아이, 참. 폐피가요."라고 언절 부인이 말했다. 그녀는 액자에 끼운 사진들을 그의 앞에 진열하는 중이었다. "그 아이가 당신들 이야길 많이 했죠. 정말이에요, 아담 씨. 그 옷, 폐피한테 아담 씨가 만들어 줬던 옷 말이에요. 그 아이가 제일 아끼는……. 뭐라더라. 제일 아끼는 옷이랍니다. 이것 좀 보세요. 폐피가 대학 세미나를 하고 있어요. 지난 10월이었어요. 아, 그거 아세요? 그 옷을 입으면 뚱뚱해지질 않아요. 농담하는 게 아니에요. 농담이 아닙니다. 아니지, 아니. 폐피 말이, 내가 이걸 수선하게 된다면, 그걸로 만사 다 끝장이다, 그렇게 되면 그 옷은 더 이상 아담 씨 작품이 아니라는 거예요. 그러느니 난 밥을 먹지 않겠다. 그렇게 폐피가 말했답니다."

아담은 두 손으로 사진을 들고 있었다. 언절 부인은 그에게 와인과 물을 좀 더 따라 주었다. "마셔요, 마셔." 에블린이 막 집 모서리를 돌아 그녀에게 미소를 지으며 다가왔을 때 언절 부인이 말했다.

"네, 에블린 씨. 왜 나한테 말해 주지 않은 거지요?"

언절 부인은 잔을 가지러 서둘러 집 안으로 들어갔다.

"안녕, 아담." 에블린이 말했다. "아주 잘 지내고 있군." 그녀는 그의 맞은편에 앉았다.

"난 텐트를 가지러 온 것뿐이야. 그러곤 금방 사라질 거야."

"그렇게는 안 될 거야. 아담. 잘 알면서 뭘 그래. 이젠 더 이상 달 아날 수 없어."

"왜 안 되는 거지?"

"고마워요."라고 에블린이 말하며 잔 두 개를 그녀 앞에 놓아 주는 언절 부인을 향해 미소를 지어 보였다. 언절 부인은 자신이 마실 초록색 병과 리큐어 잔을 가지고 왔다.

"아름다운 휴가를 위하여. 아담 씨, 에블린 씨. 건배!"

"건배!"라고 두 사람은 말하며 마셨다.

그들이 다시 잔을 탁자에 놓은 뒤에는 침묵이 흘렀다. 언절 부인은 와인과 물을 더 따랐다.

"페피 방에서 주무시면 되겠네요. 매트리스를 하나 깐다면……."

"아니에요, 아닙니다."라고 아담이 말했다. "그렇게 수고하실 것 없습니다. 안 그래도 전 텐트를 정원에 세워도 될까 여쭤 볼 작정이었어요. 그럴 생각이었거든요. 페피한테도 그렇게 하겠다고 말했습니다."

언절 부인은 얼굴을 찡그리며 고개를 흔들었다.

"언절 부인."이라고 에블린이 말했다. "전 모나를 혼자 두기 싫어요. 우리 둘이 함께 왔으니까요. 우린 아담한테 시간이 날지도 잘 몰랐거든요. 이제 와서 그녀를 그냥 혼자 내버려 둘 수는……."

언절 부인은 심각한 얼굴로 허공을 응시하더니 잔에 리큐어를 따랐다. "좋으실 대로 하세요."라고 그녀가 말했다. "좋으실 대로 하세요, 에블린 씨. 하지만 페피가 없는 동안에는……." 그러면서 그녀가 일어서더니 더 이상 아무 말도 듣고 싶지 않다는 듯 집 안으로 들어가 버렸다.

"제기랄."이라고 에블린이 중얼거렸다. "축하해!"

"방금 나한테 당신이 직접 그랬잖아. 지금 가면 안 된다고. 도대체 어쩌라고?!"

"난 당신이 할 일이 너무 많아서 아마 못 올 거라고 언절 부인한테 말했단 말이야."

에블린이 벌떡 일어났다. 그녀는 텐트를 가지고 집을 나갔다. 그녀는 텐트 주머니의 끈을 풀고 내용물을 풀밭에 쏟아 냈다. "당신 고집에는 정말 넌덜머리가 나!"

"우리 여기서 너무 소란 떨면 안 돼."라고 아담이 말했다.

"소란 떨 작정이 아니라면 당신이 원하는 게 뭔데?"

"당신, 오로지 당신."

"엘프리데는 어디 있어?"

"적어도 우리 대화라도 좀 나눌 수 없을까?"

"7시 30분에 식사야. 목욕탕과 화장실은 모두가 다 같이 쓰는 거고. 엘프리데는 자동차에 있어? 아직 살아 있기나 한 거야?"

아담은 자동차 열쇠를 탁자 위에 놓았다.

텐트를 세운 뒤 그는 지퍼를 열고 안으로 기어 들어갔다. 한쪽 구석에서 그는 솔잎 몇 개를 발견했다. 그는 그것들을 손으로 쓸어 모아 냄새를 맡아 본 다음 셔츠 가슴에 달린 호주머니에 넣었다.

23
첫 번째 날에 관한 기록

다음 날 오후, 아담은 카탸의 텐트가 닫힌 것을 보았다. 텐트 앞에 놓인 커다란 수영 신발을 알아보았을 때에 그는 막 물로 가려던 참이었다.

"카탸?" 그는 작은 기침 소리를 들었다. "카탸? 거기 있어?"

손 하나 혹은 팔꿈치 하나가 텐트 지붕 위로 불룩 튀어나왔다. 서걱대는 소리와 함께 지퍼가 조금 내려가는가 싶더니 겨우 머리통 하나가 들어올 수 있을 정도에서 멈췄다.

"안녕, 지금 몇 시야?"

"10시 30분."

"잠깐만." 그녀가 다시 사라졌다. 아담은 열린 틈으로 안을 들여다보려고 애를 썼지만 그가 본 거라곤 그녀의 벌거벗은 어깨뿐이었다. 그녀는 작은 소리로 말했다. 다행히도 아담은 카탸가 티셔츠와 치마를 입고 텐트 밖으로 나왔을 때 때맞춰 뒤로 물러났다. 그녀는 기지개를 켜며 하품과 환호성 중간쯤 되는 소리를 냈다. 파란 하늘에 몇 점 구름만이 호수 위를 떠가고 있을 뿐이었다. 구름이라기보다 오히려 하얀 연기에 가까웠다.

"피임약을 다시 찾았나 보지?"라고 아담이 물었다.

카탸는 텐트에서 밀짚모자를 꺼내 머리에 썼다. "어젯밤엔 몹시 늦었잖아. 어땠어?"

아담은 다만 어깨를 들어 올려 보였을 뿐이었다. "뭐, 별로 특별한 일은 없었어. 여긴?"

"여기 사람들은 모두 이곳을 떠나고 싶어 해. 거의 모두가. 드러내 놓고 이야기하진 않지만. 전부 한 가족 같은 사이가 된걸."

"그중 한 사람을 알면 다 알게 된다는 얘기군."

"커피 한잔 할까? 내가 살게. 어제 난 아이들을 돌봐 줬어. 저 앞에, 울름에서 온 가족이야. 시간당 5서독마르크를 받아. 일주일 내내 아이들을 돌봐 주기로 했거든."

"무슨 말인지 모르겠네."

"1서독마르크 당 그들은 25포린트를 바꿔 줘. 어떨 땐 더 많이."

"그 울름 사람들 말이야. 그들이 카탸를 잘 알지도 못하는데 낯선 사람이 아이들하고 있도록 그냥 내버려 둔단 말이야?"

"이지(easy)한 사람들이야."

"이지?"

"응, 그들은 연신 이지라고 말해. 난 아무것도 할 필요가 없어. 아이들은 이미 잠든걸. 다만 혹시라도 아이들이 깨면 내가 거기 있어 줘야 해."

"하지만 그들은 카탸가 어떤 사람인지 모르잖아!"

"우린 같이 수영을 했고 저녁을 함께 먹었어."

"다른 사람들은 어떻게 하는데? 전부 보모를 쓰나?"

"몰라. 가능한 한 우린 여기 계속해서 머무를 거고 그다음엔……."

"우리가 누군데?"

"아이, 참. 모두지! 어떤 사람들은 6월부터 와 있었대. 무슨 일이 일어나기만을 기다리고 있어. 전혀 아무 일도 일어나지 않는다면 그들은 개척자 텐트촌, 잔커에 들어갈 거래. 거기엔 인명 구조 요원들도 있어. 내일이나 모레 돈도 갚을 수 있을 거야."

"뇌 둬. 기름통도 탱크도 꽉 찼어. 그거면 난 돌아갈 수 있어."

"당신들 돌아갈 거야?"

"왜 안 돌아가겠어?"

"당신 아내도?"

"내가 데려가야지."

"데려갈 거야?"

"그럼. 안 그럼 어떻게 해."

"사이가 다시 좋아진 거야?"

"거의 그런 셈이지."

"아내를 사랑해?"

"그게 아니라면 내가 여기 왜 있겠어."

"난 아담 씨를 설득할 수 있을 거라고 생각했는데."

"이미 한 명 설득했잖아." 아담이 엄지로 어깨 너머 텐트를 가리켰다.

"주자네 말이야? 우리가 가지 말라고 그녀를 붙잡았어. 이미 얼근히 취한 상태였거든."

"수영 슬리퍼가 그럼 여자 거였단 말이야?"

"주자네 거?"

"그 여자 거구인 모양이네."

그들은 매점 앞에서 멈춰 섰다.

"그 헝가리 여자랑은 어떻게 됐어?"

"페피는 집에 없어. 하지만 그녀의 어머니가 계시지. 우리를 위해 얼마나 상다리가 부러져라 차리시는지. 아침저녁으로. 내가 나왔을 때 페피 어머니는 어느새 또 부엌에 서 계시더라니까! 다른 사람들은 점심도 거기서 먹어."

"유익하지 않은 교제인가 하는 여자랑 사촌은 어떻게 됐고?"

"그 사촌이란 작자는 오늘 아침 화장실에서 족히 삼십 분은 쭈그리고 앉아 있었어. 그러곤 향수를 잔뜩 뿌려 댔지. 집 안 전체가 향수 냄새에, 똥 냄새에. 그 슈퍼 두뇌란 작자의 똥 말이지."

"그가 슈퍼 두뇌를 가졌어?"

"연구를 한다나, 뭐라나. 그러면서 대학에서 강의까지 한다더군."

"그도 같이 기다리는 거야?"

"원래는 아니야. 그는 며칠 안에 돌아가야 해. 내일 그들은 국경으로 가 볼 작정인가 봐. 다른 사람들이 건너간 그 지점으로."

"거기라면 잊어버리는 게 좋을 거야. 더 이상 아무도 통과시켜 주지 않아."

"그는 헝가리 사람들이 눈감아 줄 거래."

"그 말도 믿을 수가 없어."

"라디오에서 들었다던걸. 저녁 내내 그 이야기만 지껄여 댔어."

"무슨 얘기?"

"그리로 넘어간 여자 이야기였어. '여기가 오스트리아인가요?'라고 그녀가 물었대. 오스트리아 사람들은 그 여자가 미친 줄 알았고. 그래서 '아니요, 달나라입니다.'라고 대답했다는군. 그랬더니 그 여자가 소리를 지르면서 미친 사람처럼 펄쩍펄쩍 뛰더라지."

"나라도 그랬을 거야."라고 카탸가 말했다.

"우리 차례야."

아담은 요구르트 잔과 커피를 쟁반에 담아 작은 담장 옆 탁자로 갔다. 전날 앉았던 자리였다.

"어쩌면 남자 사촌이랑 여자 사촌이랑 다 떠날 수도 있겠네."

"그럴지도 모르지."

"여기 사람들은 연신 그런 이야기만 해. 아무도 어디에 도착할지 알 수가 없대. 오스트리아가 될지 아니면 비밀경찰 감옥이 될지."

"참, 아무렇게나 지껄이도록 내버려 둬. 여기서 그냥 휴가를 즐긴다고 생각해 보라고."

"아담 씨는 웃겠지만 사실은 나도 그럴 작정이야."라고 카탸가 말했다.

"하지만 목소리가 영 그렇지 않은걸."

"어쩐지 좀 으스스하잖아. 안 그래?"

"나 역시 여기서 휴가를 즐기려고 애쓰고 있다고."

카탸가 웃음을 터뜨렸다. "휴가 때문에 여기 있는 거라면서?!"

"동독 탈출자를 계속해서 물심양면으로 지원해야 하는데 어떻게 맘 편히 휴가를 즐길 수가 있겠어?"

"건배."라고 카탸가 말하며 요구르트 잔을 높이 들었다.

"숟가락을 잊어 먹었네."

"필요 없어." 카탸가 요구르트 잔을 입술에 갖다 대고 마셨다. 그러곤 "휴가."라고 그녀가 말했다. "휴가를 위하여."

"거의 서독 분위기다. 그렇지?"

"비밀 하나 말해 줄까? 우린 저쪽에서 반드시 다시 만날 거야. 빈이든 베를린이든 혹은 도쿄든. 내기해도 좋아."

"그렇게 생각 안 해. 난 정말 그렇게 생각 안 해."

카탸가 그에게 손을 내밀었다.

"자, 내기하자고."

"그만둬. 나 내기 안 해."

"자, 그렇게 비겁하게 굴지 마. 아무것도 안 걸고 내기하자고. 난 꼭 그럴 거라고 믿어."

아담은 머리를 흔들었다. "말도 안 되는 소리."라고 그가 말하긴 했지만 결국 그녀 손에 자기 손을 갖다 댔다.

카탸가 그의 손을 꼭 잡았다. "건배."라고 그녀가 말하며 요구르트 잔을 또 한 번 높이 들었다.

"건배!"라고 아담이 말했다. 그들은 서로 마주보며 요구르트를 마셨다. 요구르트 잔이 비었을 때에도 그녀는 아담의 손을 놓지 않았다. 그녀는 왼손마저 그의 손 위에 포개더니 비밀스러운 이야기라도 털어놓으려는 듯 몸을 숙였다.

24
보물

"저기, 내 말 좀 들어 봐. 우리 이제 간다!"

아담이 소스라치게 놀랐다.

"잠들었던 거야?"

"그랬나 봐." 그는 바지를 끌어당겨 주머니 안에 든 시계를 꺼냈다. "이제 4신데?"

"곧 6시 30분이야."

"기다려, 에비. 잠깐만."

그녀는 그를 돌아보지 않은 채 멈춰 서더니 다른 사람들에게는 먼저 가라고 손짓했다.

아담은 이불을 개고 샌들을 신었다.

"그 치마 당신한테 참 잘 어울려. 머리끈이 빠졌다는 것만 빼면."

그들을 풀밭을 가로질러 걸어갔는데 그곳에는 거의 모두 다 쌍쌍이 온 사람들뿐이었다. 아담은 계속해서 반보쯤 뒤에서 그녀를 따라갔다. 지모네와 미하엘이 도로변에서 기다리고 있었다.

"십 분 정도 우리끼리만 얘기 좀 할까?"

"왜?"

"난 우리 관계가 아직 가까운지 알고 싶어. 당신이 다른 사람 등을 문질러 주고 있는 걸 보면……."

"아담, 이미 백번도 더 말했잖아. 내 잘못이 아니야. 당신더러 나를 따라오라고 부탁한 적도 없고."

"좋아, 내 잘못이야. 이미 결정 난 얘기지. 그래서 내가 사과했잖아. 그것도 여러 번이나, 계속해서."

에블린은 미소를 머금은 얼굴로 머리를 흔들더니 몸을 돌려 계속해서 걸어갔다.

"에비. 참, 이렇게 난리를 치는 이유가 뭐야?"

"제일 기분 나쁜 일이 뭔 줄 알아?" 그녀가 그에게로 몸을 돌렸다. "당신은 진짜 문제가 뭔지 아예 파악조차 못 한다는 거야. 그러고도 뻔뻔하게 내 눈을 똑바로 쳐다볼 수가 있다니! 옷장 뒤에 숨어 있던 당신이! 만일 내가 거기 서 있었고 욕탕 안에 그런 뚱뚱한 남자가 들어 있었더라면. 그런 상황에서 당신은 어떻게 했을까? 그래도 여전히 나를 신뢰했을까?"

"내가 아는 건 오직 하나, 내가 당신을 사랑한다는 것뿐이야. 당신, 당신 말고는 아무도 아니야."

"아주 빨리도 마음이 변하셨군."

"난 그녀를 조금 도와줬을 뿐이야. 그 이상은 아니라고. 난 그녀를 트렁크에 싣고 국경을 넘게 해 줬던 것뿐이라고. 그게 진실이야."

"나더러 그 말을 믿으라고?"

"사실이야. 당신이 직접 물어보라고. 내가 당신을 사랑한 게 아니라면 난 지금 여기 와 있지도 않을 거야."

"난 그 촌구석으로부터, 그 시청 술집으로부터, 당신으로부터 떠나고 싶었어. 정말이지, 나만 생각하며 살고 싶었다고."

"모나와 미하엘하고 함께?"

"그건 좀 다른 문제야."

"생각하는 데 내가 있으면 방해가 돼?"

"당신이 내 말을 이해하지 못하겠다는 데야……." 에블린은 어깨를 들어 올려 보였다. 그녀는 이제 더 빨리 걸었다. 지모네와 미하엘은 거리를 가로질러 로머이 거리로 올라가는 지름길로 접어들었다.

아담은 담요를 겨드랑이에 끼고 그녀 뒤를 따랐다.

"그렇게 당신이 난리를 치는 것 외에 뭘 내가 더 겪어야 되는 거지?"

"언제든지 집으로 돌아가도 돼, 아담. 언제든지!"

"그럼 당신은? 당신은 언제 돌아갈 건데?"

그들은 나란히 길가에 서 있었다. 하지만 차들이 계속 줄지어 지나갔다.

"나도 몰라."

"왜?"

"그게 무슨 상관이야. 내가 언제 돌아가든지 말든지. 일도 그만 뒀는데. 벌써 잊어버렸어?"

"페피 부모님한테 노상 얻어먹으면서 지낼 거야?"

"아니."

"이제 곧 또 시작될 텐데 뭘. 먹자판."

"미하엘이 돈을 내. 그가 세를 내고 빌린 거야. 이 주간. 그와 모나가. 난 초대된 거고. 당신은 그냥 제 발로 찾아온 거고.”

“뭐?”

“몰랐어?”

“난 불청객이 되고 싶지 않아.”

“이 주 동안 난 일단 여기 있을 거야.”

“그다음엔? 어떻게 돌아올 건데?”

“어쩌면 아예 돌아가지 않을지도 몰라.”

“탈출하려는 거야?”

“더 크게 말해. 좀 더 크게 말해 보라고!”

“당신, 그거 진심이야?”

“멍청한 질문을 던진 자에겐 멍청한 답이 돌아가는 법이지.”

에블린이 도로로 나서더니 중앙선에 멈춰서 기다렸다.

“빨리 와. 이리 와.”

“난 같이 안 갈래.” 아담은 도로를 건넌 뒤 말했다.

“어딜 같이 안 가겠다는 거야?”

“저녁 식사에.”

“바보 같은 소리 좀 작작해. 어차피 음식을 많이 할 텐데, 뭘.”

“왜 그렇게 신세 지는 거야?”

“페피도 우리 집에 이 주나 있었잖아. 손님 대접이라고 생각하면 되는 거지.”

“언절 가족의 손님이라고?”

“당신도 페피를 위해서 공짜로 재단을 해 줬잖아.”

그들은 나란히 집들과 정원들 사이에 난 작은 길을 따라 올라간 뒤 로머이 거리에서 왼쪽으로 꺾어 초록색 대문 집으로 향했다.

지모네와 미하엘은 진입로 오르막길, 창고가 있는 곳에 멈춰 서 있었다. 얼핏 보기에 그들은 대화를 나누는 것처럼 보였다. 하지만 말을 하고 있는 사람은 지모네뿐이었다. 아담과 에블린이 가까이 다가가자 그들은 입을 다물었다. 미하엘이 에블린에게 미소를 지어 보였다. 갑자기 지모네는 말없이 손가방을 흔들며 에블린과 아담을 지나 거리로 성큼성큼 되돌아갔다.

"모나!?"라고 에블린이 외쳤다. "무슨 일이야? 모나?!"

지모네가 몸을 돌려 무슨 말을 하려는 듯 잠시 멈춰 섰다. 하지만 그녀는 손가락으로 선글라스를 건드렸을 뿐, 다시금 계속해서 앞으로 걸어갔다.

"모나!"

"모나는 자기가 뭘 하려는지도 잘 몰라."라고 미하엘이 말하며 집을 돌아 뒤채로 걸어 들어갔다.

"나, 당신한테 줄 게 있어."라고 아담이 조용히 말했다. "아주 좋은 거."

"하지만 난 당신한테 아무것도 받고 싶지 않은데."

"아니야. 자동차에 타기만 하면 돼."

"싫어."

"그럼 당신은 그걸 받을 수가 없지."

"아무것도 원하지 않는다고 내가 이미 말했잖아."

아담은 트렁크를 열고 보석함을 꺼냈다.

"핀트아이젠 집에 작년 여름 사람들이 침입했거든." 그는 그렇게 말하며 뒷좌석에 앉았다. "그래서 난, 우리 집이 비어 있으면 누군가가 들어올 수도 있다, 도둑들이 노리기 쉬울 거다, 그렇게 생각했어. 그래서 이걸 챙긴 거야."

"내 장신구들을?"

"원래는 이렇게 그냥 당신한테 건네주려던 게 아니었는데."

"당신 미쳤어? 그거 다 내 거야!"

"이리 와, 그러지 말고 일 분만, 딱 일 분만."

아담은 차 안에서 다른 쪽 문을 열었다.

"여기, 당신 보물."

에블린이 그의 옆자리에 앉아 작은 열쇠를 돌리고 보석함을 열었다.

"전부 다 제자리에 잘 있는지 살펴보라고."

"참 배짱도 좋아, 아담. 이걸 가지고 국경을 넘다니. 이걸 트렁크에 넣다니. 정신 나갔어!"

"그것 말고는 할 말 없어?"

"무슨 생각을 한 거야?"

"당신을 자동차로 유인할 수 있겠다고 생각했지."

에블린은 맨 위칸 덮개를 열었다.

"다 잘 들어 있네. 걱정할 거 없어."

그녀는 금빛으로 반짝거리는 짧은 목걸이와 물방울 모양 홍옥색 귀걸이를 걸었다.

"당신하고 이렇게 다시 가까이 있으니까 너무 좋다."라고 아담이 말했다.

퍼걸러 아래 차려진 상에는 벌써 미하엘과 이마에 안경을 얹은 언절 씨가 앉아 있었다.

"아담이 이걸 트렁크에서 우연히 발견했대요."라고 에블린이 말했다. 그녀는 머리카락을 뒤로 넘기며 머리를 이리저리 흔들어 보였다.

뒤이은 침묵을 뚫고 마침내 아담이 말했다. "네, 맞아요."

25
요란한 소리

"아담 씨, 잘 잤나요? 아담 씨?"

"아주 잘 잤습니다. 아브라함 품에서처럼요. 엘피도 벌러톤 호수에 온 걸 기뻐합니다."

아담은 언절 씨가 거북이를 위해 만든 작은 우리 옆에 섰다.

"내가 엘피에게 당근을 좀 줬어요."

"벌써 싹 먹어 치웠죠."라고 아담이 말하며 식탁에 앉았다.

"커피 드릴까요?" 언절 부인은 따뜻한 우유가 든 단지를 비스듬히 기울인 후 그 안에서 거품기를 돌렸다. 아담은 설탕 통 뚜껑을 열고 커피 잔에 찻숟가락으로 세 번 설탕을 퍼 넣었다.

"전 제가 제일 마지막일 거라고 생각했어요." 그는 수프 접시에 담긴 짙은 색 작은 포도송이를 한 움큼 집어 들었다.

"그런데 오늘이 무슨 요일이지요?"

언절 부인은 그의 말을 듣지 않았다. 그녀의 상반신 전체가 움직이기 시작했고 얼굴은 상기되었다. 조용히 신음을 내뱉은 뒤 그녀는 잠시 헉헉대더니 막간을 이용해 이마 위 머리카락을 훅 불었다.

"다 됐어요!"라고 언절 부인이 말하며 숟가락을 들고서 거품을 낸 우유를 우유 단지 주둥이로 흘려 부었다. 얇은 우유 줄기가 아담의 잔으로 떨어졌다. 그의 어깨에 스친 그녀의 팔 윗부분은 끈적끈적하고 뜨거웠다.

"남편 분은 벌써부터 일을 나가십니까?"

"페피를 데리러 가는 거예요. 두 사람은 내일 같이 돌아오죠."

"커피가 잘 되었네요. 숟가락이 거기 꽂힌 채 서 있을 정도예요."

"아주 친절한 분이세요, 아담 씨는. 항상 친절하세요."라고 언절 부인이 말하며 한숨을 내쉬었다.

"저희를 이렇게 성대히 대접해 주시는데요. 파라다이스가 따로 있겠습니까."

"제가 뭘 좀 보여 드려도 될까요? 아니지, 거기 가만히 앉아 계세요. 내가 가져올게요. 거기 그 자리에 가만있어요."

언절 부인은 집 안으로 서둘러 들어갔고 아담은 또 한 번 설탕 통을 열고 우유 거품 위에 골고루 설탕을 뿌린 후 회른헨을 커피에 담갔다. 바람이 분다는 것을 알리는 유일한 증거인 나뭇잎 바스락거리는 소리와 귀뚜라미 소리, 포도나무 위에 앉은 종달새의 지저귐 말고는 사위가 조용했다.

"이것 좀 보세요, 아담 씨. 너무나 화려하지 않나요? 만져 보세요!" 언절 부인이 와인처럼 붉은 두루마리 옷감을 팔에 안고 자랑스러운 듯 즐거워하며 몸을 흔들었다.

"이런 걸 어디서 구하셨어요?"

"제 친구 거랍니다. 스위스에서 가지고 온 거예요. 오빠한테서요.

자, 여기!"

아담은 냅킨에 손을 닦고 옷감을 만져 보았다. "크레프드신?* 이거 굉장히 좋은 크레프드신이네요. 저도 한 번 사용해 본 적 있긴 하지만 이렇게 좋은 품질은 아니었어요. 이렇게 많지도 않았고, 이런 색깔도 아니었어요. 몇 미터나 되죠? 10 혹은 12?"

"12미터요. 친구가 그렇게 말했어요. 우리 전부를 위해서 충분할 거래요. 그녀가 그렇게 말했어요."

"그렇다면 뭘 만드실 생각이래요?"

"뭔가 아주 성대한 옷요. 아들 결혼식이 있거든요. 그때 친구가 입을 옷이죠. 자, 여기요!"

아담은 인정한다는 듯 입을 찡그리며 옷감을 받아들었다.

"아담 씨. 감히 말씀드리기가 어렵네요. 하지만 그래도 여쭤 봐야겠어요. 휴가 중이시긴 하지만, 아담 씨가 해 주실 수는 없는지. 제 친구를 위해 옷을 지어 주신다면 너무 좋겠어요. 그녀가 저한테도 약속했거든요. 옷감이 남으면 가지라고요. 괜찮으시다면, 휴가 중이시긴 하지만, 그래서……."

"재봉틀 있나요?"

"네, 네, 네. 머그더한테 전기 재봉틀이 있어요. 그것도 텍스티마 표랍니다."

"제가 적합한 재단사라고 여기신다면. 물론 기꺼이 해 드리죠."

"정말이에요, 아담 씨? 정말이에요? 저한테 화 안 나셨어요?"

"아니요, 전 뭐라도 할 수 있게 된다면 너무나 좋은걸요. 그분더

---

* 오글오글한 잔주름이 많은 얇고 부드러운 비단의 하나.

러 이리로 오라고 하세요. 아니면 우리가 가야 하나요? 좋으실 대로 하세요."

"아, 너무 기뻐요. 아담 씨. 이렇게 기쁜 일이! 전화를 해야겠어요. 빨리 전화를 해야지."

언절 부인은 플라스틱 발을 통과해 집 안으로 사라졌다. 아담은 두루마리 옷감을 든 채 탁자에 앉아 있었다. 그는 옷감을 옆에 내려 놓을까 주저했다.

"누구 아기를 안고 있는 거지?"라고 지모네가 물었다.

"안녕."이라고 아담이 말하며 지모네가 앞을 지나 그녀의 자리로 들어갈 수 있도록 옷감을 꼭 끌어안았다. "맛있게 먹어!"

"입맛이 없어."라고 그녀가 말했다.

"봉주르."* 아담을 쳐다보지 않은 채 미하엘이 말했다. 그는 에블린과 함께 맞은편 자리에 앉았다.

"안녕하신지요, 여러분." 아담은 마치 안전한 데 둬야겠다는 듯 옷감을 들고 집 안으로 들어갔다. 그는 반쯤 열린 방문을 두드렸다. 문 뒤에서 언절 부인이 흥분해서 떠들고 있었다. 그녀가 들어오라고 손짓하자 그는 마치 물건을 팔려고 내놓는 행상인처럼 옷감을 든 채 몸을 굽혔다. 언절 부인이 탁자를 가리켰다. 그는 코바늘뜨기로 만든 탁자 보 위 크리스털 꽃병 옆에 옷감 두루마리를 내려놓았다.

"내일 오전?" 언절 부인이 묻더니 수화기를 손으로 막고 소곤거렸다. "그녀가 너무너무 행복해한답니다. 아담 씨."

밖에 있는 세 사람은 아무 말도 없이 마주 보고 앉아 있었다.

---

* Bonjour, 프랑스어로 '안녕하세요.'라는 뜻.

"날 기다리는 거야? 먼저 먹어."라고 아담이 말했다. "아니면 배탈이라도 난 건가?"

"그렇게 말할 수도 있겠네."라고 지모네가 말했다. "너희들이 말할래, 아니면 내가 말할까?"

"나중에 한 번 더 상의하면 안 될까?"라고 에블린이 물었다.

"나중에? 그러지, 뭐. 난 이제 다 알고 있는데 뭐."

"그렇게 간단한 문제가 아냐, 모나."

"아냐, 간단해. 아주 간단해. 이건 도대체 어디서 난 거야? 체코슬로바키아 잼이잖아. 이건 겨자네? 아침 식사에 겨자라니."

아담은 자리에 앉아 베어 먹다 만 회른헨을 잔에 담갔다.

"여전히 맛이 있나 봐. 여기 아담 씨는."이라고 지모네가 말했다.

"괜히 일부러 비극을 연출하지 마!"

"그냥 확인한 것뿐이야. 그것뿐이라고."

"너무 유치해, 모나."라고 미하엘이 말했다. "정말로 유치해."

"그들이 아담 씨한테 직접 얘기할 모양이네. 아담 씨. 조금 시간이 걸리는 것뿐이니까. 난 이제 더 이상 같이 안 갈 거야."

그녀가 커피를 마셨다. 이어서 미하엘이 에블린과 자기 잔에 커피를 따랐다.

"마실래?"라고 물으며 그는 커피 주전자를 아담에게 내밀었다.

"죄송해요, 죄송해요." 언절 부인이 집 안에서 서둘러 나오며 외쳤다. 그녀는 우유 단지가 아직 따뜻한지 확인하기 위해 팔을 갖다 댔고 단지를 가슴으로 끌어안으며 다시금 거품기를 젓기 시작했다. "전 아주 행복해요, 아담 씨." 그녀는 계속해서 거품을 저으며 말했다. "너무너무 행복해요!"

"적어도 한 사람은 행복하네." 지모네가 한숨을 쉬며 말했다. "날 기차 타는 데까지 좀 데려다 줄래, 아담 씨? 난 이 생생한 행복을 방해하고 싶지 않아."

"언제?"라고 아담이 물었다.

그는 대답을 듣지 못했지만 사실 아무 대답도 기대하지는 않는 것 같았다. 다른 사람들과 마찬가지로 그 역시 허공을 응시하며 천천히 음식을 씹었고 거품기 젓는 소리와 언절 부인의 깊은 신음 소리에 귀를 기울였다.

26
쌍쌍이

"페피, 아담 씨야. 이리 와!" 언절 부인의 목소리가 복도를 쩌렁쩌렁 울렸다. "아담 씨가 오셨다니까, 페피!"

"안녕히 주무셨는지요, 여러분." 아담이 말했다.

미하엘은 음식을 씹으면서 고개를 끄덕였다. "안녕."이라고 에블린이 말했다.

열린 문 앞에 쳐 놓은 오색 플라스틱 발 사이에서 언절 부인의 팔이 나타났다. "안녕히 주무셨나요? 언제 오셨어요, 아담 씨? 우린 아무 소리도 듣지 못했는데!"

"12시 정도? 지금은 몇 신가요?"

"10시 3분."이라고 미하엘이 말했다.

"페피!" 언절 부인이 집 안에다 대고 외쳤다.

"어땠어?"

"그녀는 '작소니아' 기차를 탔어. 오후 6시 25분 기차. 이제 막 라이프치히에서 내렸을 거야. 마지막 자리만 빼고 다 예약되어 있었지. 하지만 사람이 거의 없어 객실을 혼자 다 차지했어."

"그녀가 뭔가 다른 이야기도 했어?"

아담은 엄지와 검지로 눈을 비비고 터져 나오는 하품을 눌러 참았다. "내가 보고할 건 더 이상 없어."

"그녀가 또…… 우린 당신이 그녀를 다시 데리고 올 줄 알았어."

"참 일찍도 생각을 해냈네."라고 아담이 말하며 몸을 돌렸다. 누군가가 계단을 내려오고 있었다.

"여기 왔네." 페피가 플라스틱 발을 헤치고 나타나자 에블린이 말했다. 아담이 그녀에게 다가갔고 그들은 서로 뺨에 입을 맞췄다.

"점점 더 예뻐지네."라고 그가 말했다.

"너희들이 와 줘서 기뻐."라고 페피가 말했다.

"응."이라고 아담이 말했다. "나도 기뻐."

"내 생각엔." 에블린이 말했다. "페피 옷이 작년보다 지금 더 잘 어울리는 것 같아. 안 그래?"

아담은 분명 어떻게 말하고 행동해야 할지 몰라 당황하고 있을 페피를 쳐다보았다.

"뭣 좀 먹었어?"라고 그가 물었다.

페피가 고개를 끄덕였다. "나도 여기 같이 앉아도 돼?"

"절대 안 돼."라고 아담이 말하며 그녀의 손을 잡고 탁자 앞으로 이끌었다.

"잔을 하나 더 가져올게."라고 페피가 말했다.

"잔은 여기 있습니다."라고 미하엘이 외쳤다. "벌써 내가 따랐는걸요."

페피는 아담 옆에 앉았다.

"어머니가 라슬로 머그더 일로 아담 씨에게 폐를 끼친다는 얘길 들으니 굉장히 괴롭네. 지금 휴가 중인데. 믿을 수가 없어. 정말⋯⋯."

"아니야, 정말 아니야!"

"그렇게 말할 수밖에 없겠지. 아담 씨는 너무 공손하니까⋯⋯."

"아니야." 아담은 입에 음식을 한 가득 문 채 말했다. "오히려 정반대야. 나한테는 재미있는 일이 될 거야!"

페피가 고개를 흔들었다.

"페피, 그의 말을 믿어 줘. 아담은 휴가 같은 거 즐기지 못하는 성격이야. 뭔가 할 일이 없으면 불행해져. 직접 봤잖아?"

"그렇지만 여기서도? 여기서 그러면 안 되지. 아직도 담배 피워?"

"그럼."

"이 옷 한 번 세탁소에 갖다 줘야 했어. 그런 다음에는 전혀 냄새가 나질 않는 거야. 아담 씨와 에블린 냄새가. 너희 집 냄새가. 달걀하나 먹을래? 닭장에서 금방 가져온 싱싱한 달걀이야. 사 분 삼십초 반숙? 난 잊어 먹지 않았어. 사 분 삼십 초! 이 케이크는 엄마가 구웠어. 아담 씨 때문에 엄마는 교회에도 안 가셨는걸." 페피는 빈 우유 단지를 들고 집 안으로 들어갔다.

"케이크도 있단 말이지? 거봐, 거봐."라고 미하엘이 말하며 커피 주전자를 높이 들었다.

"고마워."라고 아담이 말했다. "우유가 아직도 좀 남았나?"

"만드는 중일 거야." 에블린이 설탕 통을 밀어 주었다.

"당신, 절대 모나 얘길 다 믿어서는 안 돼."

"뭘 믿지 말라는 거야?"

"아니, 뭐. 아무래도 상관없어. 중요한 건, 집에 돌아가고 나면 여기서처럼 그렇게까지 난리 치며 화를 내진 않겠지."

"그 점은 안심해도 돼."

"모나가 그렇게 말했어?"

"아무튼 화가 난 건 당신 때문이 아니래."

"나 때문이 아니라고? 하지만 전혀 그렇게 들리지 않던데."

"이제 좀 다른 얘길 할 순 없을까?" 미하엘은 회른헨에 버터를 바르며 말했다. "모나는 이제 가고 없다고! 다행스럽게도! 그녀가 그렇게 화를 내며 길길이 뛴 걸로 충분하다고."

"모나가 너무 지나쳤어. 스스로도 인정했을 정도니까."

"정말이야?" 에블린이 물었다.

"그걸 나한테 물어? 당신이 알아야 하는 거잖아! 미하엘 씨가, 그러니까 네가 그녀와 결혼하려던 거, 그거 나도 알고 있었어."

"아니, 아담. 여기서 그런 말을 하다니……."

"그의 말이 옳아."라고 미하엘이 말했다. "내가 모나에게 약속했어. 내가 그녀와 결혼해서 동독으로부터 빼내 주겠다고 했어. 하지만 그녀가 그 약속을 가지고 뭔가 더 다른 것을 요구한다면, 그녀가 나한테 이래라저래라 하며 내 행동을 결정할 수 있다고 생각한다면, 게다가 마지막엔 나한테 고발하겠다고 협박까지 하다니. 그건 안 될 말이지. 그래선 안 돼."

"그녀가 그랬어?"라고 아담이 물었다. "협박을 했단 말이야?"

"에브, 에블린도 그때 같이 있었어." 미하엘이 담배에 불을 붙였다.

"당신 새 여자 친구가 말해 주지 않은 모양이군. 그래서 난 당신하고 그녀가 함께 돌아오기를 바랐던 거야. 무슨 일이라도 저지를 수 있는 여자니까. 가브리엘도 모나 앞에선 꼼짝 못 해. 생각해 봐.

사장이 종업원을 무서워한다면 말 다 했지."

아담은 흰 빵 위에 살라미와 치즈 한 장을 얹었다.

"아무튼 난 기뻐. 하인리히가 잘 견뎌 줘서. 언제든지 믿을 수 있다니까."

"하인리히?"

"아담의 바르트부르크 말이야. 아버지가 쓰던 이름을 그대로 물려받았대."

"자동차를 하인리히라고 부른다고?"

"왜 웃는 거지?"

"한 번도 그런 경우를 들은 적이 없어서."

"서독 사람들이야 몇 년에 한 번씩 새 차를 사고 옛날 차는 고물상에 넘겨 버리니까 그렇겠지. 우리 나라에서 자동차는 한 식구나 다름없어."

"내 차는 30만을 달렸어. 그리고 난……."

"30만 킬로미터?"

"바로 그 말이야." 미하엘은 접시 위 달걀 껍데기에 담뱃재를 떨었다.

"그렇다면 그 자동차에도 이름을 붙여 줄 만해. 가브리엘라가 어떨까? 어쩐지 잘 어울리는데. 빨간 가브리엘라? 우리한텐 이자벨라가 있었지. 우리 첫 번째 트라비였는데, 회색 하늘 같은 색이었어. 서독 사람들이라면 분명 상아색이라고 했겠지만."

"요 너포트!"* 그들이 앉은 탁자 앞에 모자를 쓰고 입술이 선홍색

---

* Jó napot, 헝가리어로 '안녕하세요.'라는 뜻.

으로 반짝거리는 여자가 서 있었다. 닭 발자국 무늬를 새긴 옷이 너무 꽉 조여 보였다.

그녀가 헝가리어로 무언가 물었다. 그녀가 에르지라는 이름을 말하며 열린 문을 가리켰을 때 겨드랑이에 끼고 있던 잡지 꾸러미가 보도에 와르르 떨어졌다.

"오시자마자 이 무슨."이라고 아담이 말하며 벌떡 일어나 그녀를 도와주었다.

"쾨쇠넘, 쾨쇠넘 세펜."* 그녀는 반은 울먹이며 반은 웃으며 그렇게 말했다. 그리고 잡지들을 다 줍고 나서 페피와 언절 부인이 그녀에게 인사했을 때도 그 말을 멈추지 않았다.

"쾨쇠넘."

"머그더예요."라고 페피가 소개했다. "우리 가족과 모두 친하죠."

머그더는 모두에게 손을 내밀어 악수를 청했고 그들은 그녀에게 자리를 내주었다. 언절 부인은 그녀에게도 잔을 가져다주었다. 페피는 달걀 그릇을 식탁 위에 놓았다. 아담은 잡지들을 팔에 끼고 그 자리에서 서 있었다. 그는 맨 위에 있는 잡지를 이리저리 넘겨보며 이따금씩 머그더를 쳐다보았다. 그녀가 모자를 고쳐 쓰려 했다. 하지만 모자가 너무 오른쪽으로 미끄러지는 바람에 그녀는 어쩐지 당돌하게 보였다.

미하엘이 커피 주전자를 들어 그녀에게 한 잔 따라 주었고 주전자를 데워 주던 촛불을 훅 불어 끈 다음 설탕 통을 열었다.

머그더가 미하엘을 보며 환하게 웃었고 페피에게 뭔가 말했다.

---

* Köszönöm szépen, 헝가리어로 '매우 고맙습니다.'라는 뜻.

"라슬로 부인은 미하엘 씨가 여기 계셔서 몹시 기쁘다네요."

"저 역시 그렇습니다. 이곳은 참 좋은 곳입니다!" 미하엘이 에블린을 향해 미소를 지어 보였다.

페피가 통역을 맡았다. 따라서 그들은 다시 머그더가 페피에게 몸을 굽히고 귓속말로 속삭일 때까지 아무 말도 하지 않았다. 말이 길어질수록 그녀는 점점 더 많이 키득거렸다. 그와는 반대로 처음에 그녀에게 몸을 숙였던 페피는 이젠 촛대처럼 똑바로 앉아 진지하게 허공을 응시하고 있었다. 깔깔거리는 웃음과 함께 머그더가 말을 마쳤다.

"라슬로 부인이."라고 페피가 말했다. "미하엘 씨 얘길 많이 들었다는데요."

"바라건대 다 좋은 이야기였기를."이라고 미하엘이 외치곤 라슬로 부인과 함께 웃었다. "바라건대 좋은 이야기만."이라고 그가 반복하면서 뭔가 묻는 것처럼 페피를 바라보았다. 그녀는 그의 대답을 통역하고 싶지 않은 듯했다.

"라슬로 부인은……."이라고 페피가 말하며 마치 하늘에서 뭔가 발견하려는 사람처럼 시선을 위로 향했다. "그녀는 옷을 지어 줄 재단사가 미하엘 씨인 줄 아세요."

27
아담의 작업

"아, 머그더가 행복해하는 것 좀 보세요. 굳이 통역해 드리지 않아도 되겠죠. 머그더를 좀 보세요!"

"그녀는 다만."이라고 페피가 덧붙였다. "예술가에게 보수를 제대로 줄 수 있기만을 바라고 있어. 온통 그 생각뿐이야."

아담은 머그더에게 미소를 지어 보였다. 그녀는 옷감을 붙잡은 채 계속해서 수다를 떨었고 펼쳐 놓은 잡지와 그가 그린 옷본을 번갈아 보았다.

"난 아직 시작도 하지 않았는데. 그런데 그녀는 일이 다 끝난 것처럼 행동하는군."

"하지만 아담 씨. 당신이 하는 얘길 듣고 말하는 것을 들으면 우린 아주 특별할 거라고 생각한답니다. 뭔가 아주 특별한 작품일 거예요."

"그녀에게 드레스를 짓지 말자고 한 건 아주 좋은 생각이었어."

"드레스를 만들면 옷장 속에 걸려만 있기 십상이니까."라고 아담이 말했다.

"치마라면 다른 옷들하고 잘 받쳐 입을 수 있어."

"그 말도 통역할까?"

"몸매가 예쁘다고 얘기해 줘."

"몸매가 예뻐?"라고 페피가 물었다. 언절 부인 역시 놀라서 그를 쳐다보았다. 머그더가 몸을 돌리고 당황한 듯 그들을 번갈아 보았다.

"그렇게 말해 줘. 조금 풍만하기는 하지만 비율이 좋다고. 그게 제일 중요하거든. 언절 부인처럼요. 안 그래요?"

페피와 언절 부인이 시선을 교환하더니 동시에 말을 하기 시작했다. 언절 부인이 뱀 같은 선을 허공에 그린 다음 그녀 몸에다 대고 비슷한 선을 그렸다. 머그더가 그 말을 확인해 보겠다는 듯 거울을 응시하며 턱을 들고 꼼짝도 하지 않았다.

"이젠 그녀에게 말해요. 두 분이 돈을 다 냈다고. 내 작업은 선물이라고. 받지 않겠다면 옷감을 그냥 가지고 가라고……."

"선물?" 언절 가의 두 여자가 동시에 그를 쳐다보았다.

"어차피 값을 지불할 수도 없을 거야. 하지만 두 사람은 내 친구니까 나를 설득할 수도 있는 위치이고……. 왜 그러세요. 이건 제가 드리는 텐트 숙박료예요."

"아무 대가도 받지 않겠다고?"

"나머지 옷감이나 여기 두라고 해. 정말 최상품 옷감이거든! 이런 거 또 구하기 힘들 거야."

"하지만 아담 씨……."

그는 창턱에 앉아 가슴 주머니에서 시가를 꺼내 잠시 잘려 나간 끄트머리를 본 다음 불을 붙였다. 그가 첫 연기를 창밖으로 내뿜었을 때 세 여자가 모두 벌써 그의 앞에 와 서 있었다.

"그녀는 행복해해요."라고 언절 부인이 말했다. "하지만 그녀는 선생님 제안을 즉각 받아들였어요. 너무나 당연하다는 듯이. 난 좀 화가 나요, 아담 씨. 그러면 안 되는 거예요. 그런 제안은 하지 말았어야 해요."

"그녀가 진짜 우리 말을 못 알아듣습니까?"라고 아담이 물으며 머그더를 향해 고개를 끄덕였다.

"머그더는 구두쇠예요."

"수전노."라고 페피가 말하며 머그더를 향해 몸을 돌렸다.

아담이 연기를 날려 버리기 위해 손으로 허공을 저었다. 그는 다시 시가를 한 모금 빤 후 창밖으로 몸을 뺐다.

"괜찮아요, 아담 씨. 우리 그 냄새 괜찮아요. 아담 씨 작업의 일부잖아요. 페피 말이……."

"잘됐다, 잘됐다."라고 페피가 속삭였다. "남는 건 우리더러 다 가지래."

"나한테 벌써 좋은 구상이 있어."

"아담 씨가 와 있어서 얼마나 행복한지 몰라."라고 페피가 말했다. "방 안에서 피워. 집 안에 온통 냄새가 퍼지도록."

"어머니가 도대체 뭐라고 하시는 거야?"

"어머니는 머그더에게 옷감을 그냥 그렇게 받을 수가 없다고 말하시는 중이야. 엄마가 조심하지 않으면 머그더가 곧 그 말에 설득될지도 몰라."

"그녀에게 사흘 후에 다시 오라고 해. 사흘 후에 첫 가봉을 할 거야. 저 여자 좀 봐!"

머그더는 배를 집어넣고 뺨을 홀쭉하게 한 채 팔을 허리에 대고서 거울 앞에 비스듬히 서 있었다. 반쯤 감은 눈꺼풀 때문에 그녀는 약간 멍청하게 보였다.

그녀는 작별할 때 당황스러운 듯 무릎을 구부리며 절하는 시늉을 해 보였다. 페피가 머그더를 집까지 데려다 주기로 했다. 언절 부인은 페피에게 장 볼 물건을 적은 쪽지를 쥐어 주고 그들을 문 앞까지 배웅했다.

아담은 시가를 입에 문 채 한 손으로 옷감 두루마리를 탁자 위에 펼쳤다. 옷감이 출렁거렸다.

"우린 정말 불평할 이유가 없습니다."라고 말하며 그가 언절 부인을 맞았다. "그녀에게 블라우스 한 벌을 더 지어 준다 해도 반 이상이나 남아요. 페피 옷까지도 지을 수 있습니다."

"정말이에요? 내가 선생님 앞에서 그렇게 욕을 하다니. 부끄러워요. 하지만 머그더는 진짜로 구두쇠예요."

"저한테 벌써 좋은 생각이 떠올랐습니다."라고 아담이 말했다. "시작할까요?"

"지금 당장요? 여기서?"

그는 고개를 끄덕이곤 천장을 향해 연기를 뿜었다. 그는 시가를 창턱 모서리에 조심스럽게 놓고 목에 걸린 줄자를 당겼다. "싫으세요?"

언절 부인은 탁자에서 의자를 하나 끌어당겨 모서리에 걸터앉았다. "일이 어떻게 돌아가는 거예요, 아담 씨? 너무 끔찍해요. 어떻게 되어 가는 건지 얘길 좀 해 보세요. 에비 씨는 아름다운 아가씨예요. 정말로 예쁘죠. 말해 주세요. 그녀는 그에게 뭘 바라는 거예요? 왜 그런 짓을 하는 거죠?"

아담이 쓴웃음을 지었다. "저도 몰라요."라고 그가 말했다. "열흘 정도면 될 겁니다. 그러면 전 그녀와 함께 집으로 돌아갑니다."

"그렇게 생각하세요? 그녀를 다시 받아들일 각오인 거예요?"

아담이 어깨를 들어 올려 보였다. "멍청한 한 순간의 실수일 뿐이에요."

"정말이에요? 난 잘 모르겠네."

"곧 보게 될 겁니다. 지금 중요한 문제는 제가 여기 있어도 되냐는 거예요."

"여기 계세요. 물론 여기 계셔도 되죠. 원하시는 만큼. 언제든지요. 아담 씨가……."

"고맙습니다. 이거……."

"잘 아시면서요. 이곳에 언제든지 계실 수 있어요."

"고맙습니다." 아담이 그렇게 말하며 줄자를 양손으로 잡고 언절 부인을 쳐다보았다. 그녀는 매니큐어를 칠한 손톱을 관찰하는 듯 보였다.

"페피가 다 얘기해 줬어요."라고 그녀가 갑자기 말했다. "우리라면 아이를 기꺼이 맡았을 거예요. 페피는 아이를 가지고 싶어 했어요."

"뭘요? 페피가 무슨 말을 했는데요?"

"그래서는 안 되었던 거예요, 그 당시에. 하지만 그 아이는 언제나 아담 씨네 이야길 했어요. 페피에겐 아담 씨네 정원에 있던 때가 제일 아름다운 시간이었거든요."

"저한테도 역시 좋은 시간이었습니다."라고 아담이 말했다. "페피한테는 남자 친구가 없나요? 남자 친구 있죠?"

"아니요. 그는 그녀에게 별로 좋은 사람이 아니었어요. 그놈이랑 있는 동안에는 늘 손해만 봤어요. 그녀가 돌아온 다음, 그길로 끝 났어요. 난 너무나 기뻤죠."

"페피가 아이를 가지고 싶어 했나요?"

언절 부인이 고개를 끄덕였다. "그랬죠, 그랬어요. 하지만 나만 아는 사실이에요. 이젠 아담 씨도."

아담은 줄자를 왼손 엄지에 돌려 감았다. 집 밖에서는 톱 소리가 들려왔다.

"이제 시작할까요?"라고 아담이 물었다.

"그럼요, 네. 그런데 뭘 하나요?" 언절 부인이 의자에서 일어났다.

"부인 치수도 어차피 필요하니까요."

"어떻게 해야 되죠? 이걸 벗어야 하나요?"

"그냥 계셔도 됩니다."

언절 부인이 옆으로 몸을 돌리곤 앞치마 단추를 풀었다. 넓고 날카로운 주름이 잡힌 하얀 속치마 차림으로 그녀가 그의 앞에 섰다. "샌들도 신고 있을까요?"

"반드시 신고 계셔야 해요."라고 아담이 말했다. 그는 그녀 뒤로 다가가 줄자를 목에 갖다 댄 다음 어깨를 지나 손목까지 당겼다. 그런 다음 그는 그녀의 엉덩이, 허리와 가슴둘레를 쟀고…… "전 제가 어떤 옷을 만들지 처음부터 알았습니다."라고 말하며 그는 연필과 메모지를 다시 제자리에 꽂았다. "하지만 혹시 뭔가 다른 걸 원하시는 건 아닌가요? 언절 부인?"

"아담 씨, 절 좀 꼭 안아 주시겠어요? 한 번만요. 아니면 제가 안아도 될까요?"

아담이 헛기침을 했다. "네."라고 대답하며 그는 줄자를 바지 주
머니에 밀어 넣었다.

언절 부인이 가까이 다가와 팔을 그의 목에 둘렀다. 그의 양손이
그녀 등에 닿았을 때 그녀가 그를 바짝 끌어당겼다. "실크예요. 진
짜 실크."라고 아담이 속삭였다. 그의 손가락 끝이 그녀의 어깻죽지
를 쓰다듬으며 아래로 내려가 엉덩이에 닿았다. 그녀는 발끝으로 서
서 그의 품에 몸을 파묻으며 쾌감 어린 신음을 한 번 토했다. 그와
동시에 아담은 문득 자신이 그녀와 단둘이 있음을 알아차렸다.

28
그림자놀이

"잠깐만 여기 더 있어. 오 분만 더. 널 보고 싶단 말이야."

"날 보고 있잖아, 뭘. 내내 날 봤으면서."

"진짜로 잘 본 게 아니잖아. 이리 와."

"싫어! 창문 좀 제발 닫아!"

"왜?"

"이 소리 안 들려? 침대가 삐걱거리고 난린데!"

"안 좋았어?"

"좋았어."라고 에블린이 말하며 그의 입에 키스했다. "그것도 아주 좋았어."

"그런데 내가 왜 창문을 닫아야 하는 거지?"

"날 위해서 그렇게 해야 돼. 내가 원하니까."

그는 그녀의 두 다리 사이에서 일어나 그녀의 허리를 두 팔로 감싸며 머리를 그녀의 가슴 위에 올렸다. "너, 네가 아까 이 방으로 살짝 들어왔을 때 어떤 모습이었는지 알아? 미라 같았어. 미라처럼 둘

둘 감고서."

"벌거벗고 온 집 안을 뛰어다닐 순 없으니까."

"그제야 난 그들이 수건 대신 커다란 천을 줬던 걸 생각해 냈지. 옛날 냄새가 나. 다리미 냄새."

"맞아, 냄새 참 좋지."라고 에블린이 말하며 그의 머리카락을 쓸어 넘겼다.

"그거 알아? 무엇이 제일 나를 흥분시키는지?"

"흥분시킨다고? 그게 무슨 말이지?"

"성적으로 흥분시키는 거!"

"그 단어 너무 끔찍스러워!"

미하엘은 조금 더 위로 몸을 움직이곤 입술로 그녀의 겨드랑이 털을 잡아당겼다. "이것 때문에 난 짐승처럼 완전히 반했어. 이렇게 하는 게 더 좋아?

"응."

"전혀 안 깎아?"

"그래야 돼?" 에블린은 팔을 머리 뒤로 가져가 받쳤다. 로머이 거리의 가로등 불빛이 벽에다 벚나무 그림자를 그렸다. 아주 부드러운 한 줄기 바람이 가지 사이를 통과하는 모양이었다. "혹시 이젠 창문을 닫으면 안 될까?"

"누가 우리 소리를 듣는다는 거야?"

"왜 이해를 못 하는 거지!?"

"난 네가 왜 도로 저쪽 방으로 돌아가려는 것인지도 이해할 수가 없는걸!"

"우린 여기 손님으로 왔고……."

"내가 제대로 숙박료를 내잖아. 어디서나 그렇듯이. 아주 지극히 평범한 관광객으로서."

"다들 내가 아는 사람이잖아. 저 밖에는 아담이 누워 있고."

"그가 어디 있는지 그걸 네가 어떻게 알아?"

"그가 우리 소리를 들으면 어떡해!"

"그게 뭐 어때서? 저승사자만 아니면 다 들어오라 그래!"

"그런 바보 같은 소리를."

"우리가 그를 초대했나? 그가 먼저 바람을 피웠던 거 아냐? 몇 년간이나. 그런데 이젠 우리가 숨을 죽여야 한단 말이야? 오로지 그가 저 밖에서 자고 있다는 이유로?" 미하엘이 등을 대고 그녀 옆에 똑바로 누웠다.

"그렇게 기분 상하지 마. 당신한텐 내가 있잖아." 에블린이 팔꿈치를 받치고서 그의 가슴을 손으로 쓸었다.

"이 숨바꼭질 놀이……."

"화내지 마."

"난 '화'가 난 게 아니야. 난 네가 왜 하필 언절 가족 집에 묵으려고 하는지 그걸 모르겠어."

"난 일단 좀 적응이 필요해."

"적응? 무엇에 적응을 한단 말이지?"

"당신한테 적응해야 한단 말이야. 이 모든 갑작스러운 상황도 그렇고."

"왜 그게 적응이야?"

"여기 벌러톤 호수에서 당신하고 있는 이 시간."

"적응이라니! 난 일 년 전부터 늘 네 생각을 했어!"

"그 말 안 믿어."

"안 믿어? 지난해 모나 생일에 네가 그 꽈배기 모양 옷을 입고 왔잖아. 난 늘 그 옷을 입은 널 생각했어. 항상 그 생각을 했다고. 항상."

"항상?"

"어떤 상황에서도."

"다른 여자들이랑 있을 때도……?"

"다른 여자들이랑 있은 적이 뭐 있기나 해야 말이지. 바로 저 여자가 내가 찾는 그 여자다 싶으면……."

"그래서 날 생각했다고?"

"그래."

"정말로?"

"그래. 나 역시 몇 가지 적응이 필요해."

"아, 갑자기 왜?"

"'집어넣어.' 그런 말을 나한테 한 여자는 여태껏 아무도 없었어. '집어넣어.'라고."

에블린은 손으로 그의 입을 막으려고 애썼지만 미하엘이 그녀의 손을 잡았다. "집어넣어."라고 그가 또 한 번 말했다. "집어넣어."

에블린은 몸을 뿌리쳤고 미하엘이 그녀의 손을 꽉 잡았다.

"그렇게 순진한 목소리로 그런 말을 할 수 있는 사람은 아무도 없어. 내 위에 앉아. 이리 와, 내 위에 앉아."

"바보. 이거 놔."

"이리 와, 내가 뭐 보여 줄게."

"놔 줘. 제발, 놔 줘."

미하엘은 그녀의 손이 자신의 물건에 닿을 때까지 아래로 잡아끌었다. "부탁이야." 그가 말했다. "네 손이라도. 손만이라도."

에블린이 손을 잡아 뺐다.

"제발, 작별 인사로. 아주 조금만."

에블린은 얼굴에서 머리카락을 쓸어 올렸다. "당신 참 난폭한 거 알아?"

"그게 뭐 나쁜 일이라고!"

"칭찬한 거 아니야. 전혀."

"알았어. 그럼 원하는 대로 하라고."

"그럴 거야."

"그래, 그럼 가. 남녀가 유별하니 각방을 써야지."

"남녀는 특별한 일이 없는 한 각방을 써야 해. 맞아."라고 말하며 그녀가 손으로 그의 물건과 불알을 쓰다듬었다. "이거 어차피 잠들었네, 뭐."

"기다려 봐."

"이거 느껴져?"

"뭐?"

"여기 이 달걀 같은 것들. 돌아다니잖아."

"돌아다녀?"

"이거 못 느껴? 움직이잖아."

"그것들이 뭘 하는지 나야 알 수 없지."

"그것 봐. 그것들이 뭘 하는지 내가 이야길 해 줘야 되잖아."

에블린은 그의 가슴에 입을 맞췄다. "가만히 누워 있어."라고 말하며 그녀가 입술로 그의 겨드랑이 털을 당겼다. "이러면 기분 좋아?"

"응. 일단 여행을 조금 하고 늦어도 성탄절에는 뉴욕에 가자. 빅

애플에! 아니면 네가 그 편이 더 좋겠다고 생각하면 리오로 가자. 이파네마 백사장으로. 거기선 성탄절 날 수영을 할 수도 있어. 네가 한 번도 본 적 없는 파도를 볼 수도 있고! 아니면 멕시코에 가는 거야. 멕시코에 친구들이 있거든."

"함부르크에 눈이 내릴 때도 있어?"

"왜 없겠어? 산악 지역이나 그런 데처럼은 아니지만, 그래도 가끔 천지가 하얗게 될 때가 있지."

"눈이 내릴 때 성탄절 선물 사러 가는 게 제일 좋아."

"원한다면 뭐든지 하자고."

"나한테는 상상만으로도 충분해. 난 그냥 상상이라도 할 수 있음 좋겠어."

"상상하는 것보다도 훨씬 더 멋있을 거야."

"내가 무슨 상상을 하는지도 모르면서."

"하지만 넌 얼마나 좋은지 모르잖아. 얼마나 멋진지! 우리 쪽에선 넌 훨씬 더 잘살 거고, 훨씬 더 오래 살 거야."

"그럴지도 모르지. 공 모양 왕과 이야기를 생각해 낸다는 기계 얘기나 좀 더 들려줘."

"용기를 좀 낼 필요가 있어. 요즘 내내 듣잖아. 날마다 몇 명이 해낸다고."

"난 위험을 무릅쓰고 싶지 않아. 체포당하고 싶지 않아."

"거봐. 이게 이제 깨어났지. 내가 뭐라 그랬어. 넌 그냥 이걸 다정하게 대하기만 하면 돼."

"허풍쟁이."라고 에블린이 말하며 수건을 집어 들고 일어났다.

"이봐! 무슨 일이야?"

에블린이 창가로 가 조용히 창문을 닫았다. 그러곤 수건을 카펫 위에 깔고 등을 바닥에 댄 채 똑바로 누워 다시 팔을 머리 뒤에 대고 미소를 지었다. 미하엘이 침대에서 일어나 그녀에게로 미끄러져 내려갔고 그녀 몸에 바짝 붙었다. 그가 애무하는 동안, 에블린은 창문을 닫은 후에도 벽에 그대로 걸려 있는 그림자에서 눈길을 떼지 않은 채 몸을 뒤척였다.

29
계집들

"같이 갈래, 페피?"라고 에블린이 물었다. "우리 호숫가에 갈 건데."

페피는 아담 옆에 앉아서 잡지를 뒤적이고 있었고 그들 맞은편에는 언절 부인이 앉아 있었다. "페피, 에블린 씨가 묻잖니!"

"우리랑 같이 갈래?"

"아니, 난 여기 있을래."라고 페피가 말하곤 페이지를 넘겼다. 에블린이 한 번 짧게 손을 흔들었다. 수영 가방을 메고 겨드랑이에는 돗자리를 낀 채 미하엘이 외쳤다. "이따 봐요!"

"이따 봐요!"라고 언절 부인이 대답하긴 했지만 그녀 역시 그들을 쳐다보지 않았다.

에블린이 앞장서고 미하엘이 그 뒤를 따랐다. 그들은 말없이 집을 돌아 거리로 나섰다.

갑자기 에블린이 멈춰 서더니 몸을 뒤로 돌렸다.

"미안해. 달리 어쩔 수가 없었어. 어쩌다 그 말이 입 밖으로 나와 버렸어."

"뭐가?"

"나한테 화낼 거야?"

"무슨 말인지 통 이해를 못 하겠네⋯⋯."

"내가 이 바보 같은 놀이를 한다는 거. 내가⋯⋯ 아이, 참. 알잖
아!"

"좀 더 앞으로 가서 말하자고. 여기서 이러지 말고."

"나한텐 너무 버거운 상황이야."

"무리도 아니지. 이리 와, 에브."

"그 망할 년. 그 망할 년이 대답조차 안 하잖아."

"애당초 왜 그녀에게 물어본 거야?"

"그러게. 그냥 입에서 그런 말이 튀어나왔다니까."

미하엘이 고개를 끄덕였다.

"나한텐 정말 너무 버거운 상황이야. 그 증오!"

"내가 처음부터 말했잖아. 우리⋯⋯."

"그들한테 난 이제 그저 행실 나쁜 여자일 뿐이야. 바람난 계집
애⋯⋯."

"에브, 스스로를 괴롭히지 말라고."

"서독 사람이랑 놀아나는 매춘부, 그렇게들 생각한다고. 내 말을
믿어 줘. 그들이 그렇게 열광하는 아담을 버린 것으로도 모자라 그
것도 서독 사람하고 바람이 나다니!"

"돈 내는 손님."

"그게 상황을 더 나쁘게 만들어. 그것 때문에도 그들이 당신을 미
워한다고."

"진정해. 에브! 아무도 우릴 미워하지 않아. 난 그저 네가 왜 여기 머물려고 하는지 그 이유를 모르겠어. 언절 가족한테서. 내내 그게 의문이야!"

"바보같이. 정에 매이는 성격 때문에. 난 그들을 다시 만나서 정말 기뻤단 말이야. 페피, 페피 부모님, 이 집."

"다른 데 묵었더라면 아담이 우릴 찾아내지도 못했을 거야."

"아담을 몰라서 하는 말이야. 그는 찾아다녔을 거고……. 계집애들이란! 그것들이 한 명을 정해 놓고 따돌리기로 작정하면 그보다 더 냉정할 수가 없어. 저 위에서 아래를 내려다보면서 말이야!"

"우리 좋은 데를 한번 찾아보자고. 어딘가 훨씬 더 좋은 데로. 아주 좋은 데로!"

"제일 기분 나쁜 게 뭔지 알아? 제일 기분 나쁜 건, 내가 진짜로 잘못했다는 이 느낌이야. 나 역시 그들하고 똑같이 생각하니까."

"에브! 그는 몇 년 동안 쭉 널 속여 왔어. 그런데 이제 와서, 새로운 인생을 시작하려는 시점에……."

"하지만 어떻게 시작해? 그들이 국경을 또 한 번 열 거라고 생각해? 헝가리엔 그럴 힘이 더 이상 없어! 여기 있는 사람들 역시 언젠가 다 도로 소환되어 갈 거라고. 모두 다!"

"절대 그렇게 안 될 거야. 내 말을 믿어."

"소식 못 들었어? 벌써 두 명한테 총을 쏘았대. 두 명이나……."

"한 명이야. 그가 달려들었기 때문이야……."

"말도 안 되는 소리. 달려들었다니. 그들은 언제나 그렇게 말하지. 그들이 총을 쏜 거야. 당신이 말하는 그 잘난 헝가리인들이. 우린 지금 여기 동쪽 진영에 와 있다고. 그렇게 보이지 않을지 몰라도.

당신은 그들을 전혀 몰라!"

"상관없어. 에브, 우린 성탄절이 되기 전에 함께 있을 거야."

"동화 같은 얘기 좀 그만둬! 우린 벌써 거의 이 주나 여기 있었어. 그리고 아무 일도 일어나지 않았고."

"믿으라니까."

"뭘 믿으란 말이야?"

"나를."

"당신이라 해도 어쩔 수가 없어. 아무것도 할 수 없다고."

"제일 중요한 건, 겁을 내면 안 된다는 거야. 그게 중요해."

"난 당신이 생각하듯 그렇게 강한 사람이 못 돼. 난 트렁크에 올라타지도 않을 거고, 국경 검문소 요원들 사이에서 뛰어다니지도 않을 거고, 그들이 쏘는 총을 피하느라 몸을 숙이지도 않을 거야."

"넌 있는 그대로 있으면 돼."

"당신한테 난 그저 친절한 식당 종업원일 뿐이지. 당신이 뛰어 하면 팔짝 뛰는 여자지. 난 그런 여자가 아니란 말이야!"

"네가 하는 말, 그게 너야. 내가 지금 보고 있는 대로, 바로 그게 너라고."

"참, 당신은 절대 날 알지 못해!"

"우리 제발 그 집을 나가자! 적어도 마지막 며칠간만이라도 언절네도, 재단사도 없는 곳으로."

"싫어."

"원한다면 '힐튼', 부다페스트로 가자고! 어떻게든 휴가를 일주일 더 연장해 볼게. 여기 함께 있자."

"며칠은 '힐튼'에서, 그다음엔 난 천막촌으로 가야겠지. 천막 하나에 서른 명씩 들어간다는 곳으로. 팔레스타인 난민들처럼! 천막 안은 비밀경찰 요원들로 득시글대고 그들은 언젠가 돌아가게 해 달라고 요청하겠지. 사회주의 조국의 품으로 말이지."

"우리 둘이 함께 대사관으로 가자. 내가 다 알아서 할게. 넌 여기서 기다려. 내가 돈을 낼게. 허가가 떨어지는 즉시……."

"외국 대사관을 통한 망명? 상상력도 풍부하네! 겁을 먹을 지경이야!"

"에브, 그만해. 아무도 이런 꼴을 더 견딜 수는 없어!"

"내 말이 바로 그 말이야. 당신은 나를 모른다니까! 이 정도 가지고 심하다고 생각한다면."

"한 걸음 한 걸음 차근차근 해 보자고. 우리 결혼해도 되잖아. 정 안 될 때를 대비해서 그 방법이 언제나 남아 있어. 지금은 일단 어디 다른 데 숙소나 정하자. 찬성하지?"

"어떤 숙소 말이야?"

"첫째, 우리가 땅바닥에 눕지 않아도 되는 곳. 아무도 우리가 함께 있는 것에 대해 이러쿵저러쿵하지 않는 곳!"

"엘프리데는 어쩌고? 엘프리데를 그냥 데리고 이리저리 돌아다닐 순 없어!"

"그렇다면 언절 네나 아담에게 줘 버려. 사실 그 작자가 거북이를 여기까지 끌고 왔잖아."

"기다려, 잠깐만. 그렇게 하면 그들을 영원히 괴롭히는 꼴이 될 거야."

"왜 그게 괴롭히는 거야? 언절 가족을? 너 참 진짜 천사구나!"

"우리 사이엔 우정이 남아 있어. 지금도 그렇고 아니면 과거의 일

이라 해도. 손님에 대한 친절과도 연관이 있고. 난 그걸 다 감당할
순 없어."

"손님에 대한 친절?"

"당신은 이해 못 해."

"그들이 널 어떻게 대했는지, 원 참. 너도 잘 알잖아. 네 입으로도
직접 말했잖아. 그런데 넌 손님에 대한 친절 운운하다니!"

"이리 와. 계속 가자."

미하엘은 수영 가방과 돗자리를 한 손으로 들고 나머지 한쪽 팔
로 에블린을 안으려고 했지만 가방이 어깨에서 흘러내렸다. 그들은
거리를 건넌 다음 이제 나무가 우거진 오솔길을 걸었다.

"내가 헛것을 보나?"라고 에블린이 물었다. "아니면 정말로 여기
이것들이 날마다 늘고 있는 게 맞나?"

"그들은 국경을 열 수밖에 없어. 다른 도리가 없거든. 동독 사람
거의 절반이 여기서 텐트를 치고 있잖아!"

"어쩌면 나 페피한테 말할까 봐. 그가 여자 고객들하고 놀아난다
는 걸. 내가 집으로 돌아왔을 때 직접 목격까지 했다고."

"원 참, 에브! 그럴 필요 전혀 없어! 그녀는 네가 변명하려는 거
라고 생각할걸. 아무 소용없는 일이야. 내 말을 믿으라고. 아무 소용
없어."

"애석하네. 사진이라도 한 장 찍어둘 걸. 아담과 그 뚱뚱한 릴리
가 욕실에 있던 장면."

"넌 자꾸 그들한테 뭔가 증명해 보여야 할 것처럼 구는데, 왜 그
러는 거지? 그들에게 매인 몸이 아니잖아! 몇 달 후 우린 리오나 파
라치나 그런 데서 그들에게 예쁜 엽서를 보내게 될 거야!"

"난 따돌림 당한 느낌이 들어. 페피는 내 친구지 그의 친구가 아니란 말이야. 내가 아니었다면 서로 알지도 못했을 텐데."

풀밭 갈대 옆에 빈자리가 있었다. 미하엘이 돗자리를 펴고 돌돌 만 수건 두 개를 베개처럼 나란히 놓았다. 에블린은 치마만 벗었고 티셔츠는 그대로 입고 있었다. 미하엘은 다리에 크림을 바르기 시작했다. "하던 얘기나 마저 해 줄까?"

에블린이 고개를 끄덕이곤 머리를 양손 위에 얹고 눈을 감았다.

"하얀 칠을 한 기계가 첫 번째 이야길 마쳤고 이젠 트루를이 두 번째 기계를 오도록 했어. 두 번째 기계가 왕에게로 몸을 굽히고서……."

"하지만 왕은 이야기를 더 하려고 했지."라고 에블린이 조용히 말했다. "왜 자신이 동그란 공 모양인지."

"그래, 좋아."라고 미하엘이 말하며 손을 잔디에 문질러 닦은 다음 담배에 불을 붙였다. "왕이, 즉 게니우스가 이야길 시작했어. 네가 진짜로 알고 싶다면, 그런 일이 일어났던 경위를 말해 주마. 예전에는, 까마득히 먼 태초에는, 우리 모습은 물론 지금과는 달랐다. 처음에 우리 민족은 소위 약골이었지. 물렁물렁하고 축축한 존재들이었고, 자신들의 형상대로 우리 조상을 만든 거야. 그래서 처음에 우리 조상들한테는 머리와 몸통, 팔과 다리가 있었단다. 하지만 우리 인류가 조물주들에게서 해방된 후 그들은 인류가 그 최초의 계보를 가능하면 잊어버리길 원했어. 그래서 각 세대를 거치면서 조금씩 그 모습을 변형했던 거야. 결국 지금에 이르러서는 이렇게 공 모양이 된 거란다. 그러자 인공두뇌 시대의 천재적인 창조자 트루를이 말했지. 제가 보기에 구형에는 좋은 점과 덜 좋은 점이 있습니다라고. 아무튼 사고하는 존재가 자신의 모습을 바꾸지 못하는 편이 더 좋습니다. 그런 자유가 고통이 될 것이기 때문입니다. 너무 선택의 여지가 많아 생기는 고통이죠. 원래 모습 그대로 살 수밖에 없는 사람은 운명을 탓할 것입니다. 하지만 자신의 모습을 언제든지 바꿀 수 있는 힘을 가진 사람은 세상 그 누구에게도 자신의 단점에 관한 책임을 물을 수가 없습니다. 그러므로 자기 자신에게 만족하지 못한다면 그건 전부 자기 책임입니다. 하지만 저는, 왕이시여, 자기를 구성하는 고도의 기술을 가르쳐 드리러 온 것이 아니라 제가 발명한 이야기 지어내는 기계……. 에브, 이봐. 에브?"라고 미하엘이 작은 목소리로 말했다.

머리카락이 에블린의 얼굴을 덮었다. 미하엘이 그녀에게 몸을 굽혔다. 그녀는 아주 작게 코를 골았다. 다리에는 소름이 돋아났다. 미하엘이 치마로 그녀의 허벅지를 덮어 주고 담배꽁초를 잔디에 눌러 끈 후 등을 대고 누웠다. 머리를 에블린 쪽으로 돌렸을 때 그는 그녀의 머리카락 끝에 입 맞출 수 있었다.

30

파란 불빛 속에서 맞은 저녁

"우리 또 수영하러 갈까?"라고 에블린이 물었다. "달이 떴는데."
미하엘은 레스토랑 테라스에 서 있었다. 그곳에는 주름 잡힌 셔츠에
빨간 나비넥타이를 한 밴드가 아바의 곡을 연주했다. 여자 가수의
입술이 마이크에 닿았는데도 그녀의 목소리는 거의 들리지 않았다.

"왜 저런 촌스러운 유행은 사라지지 않고 계속되는 걸까!" 미하
엘이 벌떡 일어나 다리를 털면서 계단을 내려왔다.

에블린은 왼손 주먹이 마이크라도 되는 듯 주먹에 대고 "유 아 댄
싱 퀸(you are dancing queen)……."을 불렀다. 그녀는 오른손 검지를
뻗어 미하엘을 가리켰다. 그가 그녀의 손을 잡고 입을 맞췄다. "고마
워."라고 그가 말했다.

"너무 재미있었어! 도대체 그런 걸 다 어디서 배운 거야?"

"뭘?"

"참, 그 춤들 말이야! 나한테도 좀 가르쳐 줘. 하나씩 하나씩."

"출 줄 알면서!"

"아니야, 하나도 출 줄 몰라."

"내 눈을 똑바로 쳐다보고 출 수 있었잖아."

"네가 손을 놓으면 그걸로 끝이었어."

미하엘이 상체를 숙이고 에블린을 양팔로 안아 올렸다. 그녀가 그의 목을 감고 머리를 그의 어깨에 기댔다. 몇 미터 가서 그녀의 샌들이 떨어졌다.

미하엘은 에블린을 안은 채 무릎을 굽혀 손가락으로 샌들을 집고 다시 일어나 계속 걸어갔다.

그가 멈춰 섰을 때 그녀가 그의 목에 입을 맞췄다. "조금만 더. 아주 조금만 더."라고 에블린이 속삭였다.

"메르드!" 그는 에블린을 내려놓으려고 애썼다. 그녀가 다시 그를 꼭 붙들었다. "자동차."라고 말하며 그가 그녀에게서 몸을 뺐다.

운전석 문이 조금 열려 있었다.

"안 잠갔어?"

미하엘이 자동차 주위를 한 바퀴 돌았다.

에블린은 부서진 유리창을 보자 양손을 입에 갖다 댔다. 미하엘은 조수석에 앉아 서랍을 열었다.

"어때?"라고 그녀가 물었다.

그의 손이 계속해서 서랍 안을 더듬었다. "없어, 다 가져갔어!"

"전부 다?"

"전부 다."라고 미하엘이 말하며 셔츠 가슴에 달린 호주머니에서 포린트 지폐 한 묶음을 꺼냈다. "내가 가진 건 이게 전부야."

"신분증도 없어?"

"신용카드도. 전부 다."

"혹시 뭐라도 방에 놔두지 않았어?"

"방 열쇠."

"라디오도 훔쳐 갔어!"

"라디오라면 공짜로라도 줘 버렸을 거야."

"어떻게 그걸 빼 간 거지?"

"내가 멍청했어! 난 주머니가 불룩한 채 춤추고 싶진 않았거든. 자동차가 여기 호텔 주차장에 있으면 이런 일이 안 일어날 줄 알았어."

"내 잘못이야. 내가 손가방을 챙겼더라면. 하지만 난 손가방 체질이 아니라서. 난……."

"경찰을 불러와야 해."

"이렇게 늦은 시간에?"

커다란 호텔 유리문은 이미 잠겨 있었다. 미하엘이 초인종을 여러 번 눌렀다. 바짝 마른 노인이 지나가면서 커다란 열쇠 다발을 손가락으로 집어냈다. 그들은 유리문을 사이에 두고 한동안 서로 마주 보며 서 있었다. 수위는 안에서, 미하엘은 밖에서 문을 흔들었지만 소용이 없었다. "기가 막혀서, 참! 문이 잠겼잖아. 왜 모르는 거지?" 수위가 사라졌다.

"유감이야. 미안해." 에블린이 미하엘의 손을 쓰다듬었다.

"어쩌면 저자도 같은 패일지 몰라. 주차장이나 지키고, 여기 이건 잠그면 안 되는 건데." 미하엘이 문을 세게 두드렸다. 수위가 뛰어와 열쇠 하나를 높이 들어 보였다.

"확실히 그런 일이 일어난 게 맞습니까?" 수위는 손에 이미 수화기를 들고 번호를 돌리며 물었다.

"유리가 깨진 자동차를 여기 주차하면서 그 안에 돈을 넣어 두지는 않아요!"

미하엘은 이름과 차 번호를 정확히 불러 줘야 했고 마지막에는 자동차 상표를 말해야 했다.

"조사하러 온답니다."라고 수위가 말하며 안락의자를 권했다. 스탠드 형 재떨이 두 개가 안락의자 주위에 서 있었고 재떨이의 은빛 반구가 담배꽁초로 가득했다.

"우리, 밖에서 기다리자."라고 에블린이 말했다.

"자동차가 거기 그대로 있는 것만도 다행이라고 생각하세요." 수위가 문을 붙잡아 주고 나서 그들이 나가자 다시 잠그며 말했다. 미하엘은 맨 위 계단에 앉아 담배에 불을 붙였다. "너도 피울래?"

에블린이 고개를 가로저었다. "그래도 아름다운 시간이었어. 그것만은 아무도 뺏어가지 못할 거야."라고 그녀가 말했다.

"추워?"

그녀가 그에게 몸을 기댔다. "어쩌면 이건 징조일지도 몰라. 뭔가 좋은 일을 예견하는 징조일 거야!"

"좋은 일이란 게 뭔데?"

"어쩌면 이건, 우리보고 함께 국경을 넘으라는 뜻인지도 몰라."

"자연국경을 넘어서? 불법으로?"

"그럼. 우린 이제 가진 게 하나도 없잖아. 그들이 우리를 잡으면 내가 함부르크에서 온 당신 아내라고 말하는 거지."

"그런 말을 누가 믿겠어?"

"그들 역시 더 잘 알지는 못할 거야. 서독 사람들이라면 알아차리겠지만 그래도 어쩌면 머리가 잘 굴러가서 우리 말이 맞다고 대답해 줄지도 모르지."

"그런데 왜 서독에서 온 사람이 그런 일을 불법으로 해야 하는 거지?"

"신분증이 없으니까! 성공할 확률은 적어도 반반이라고 당신이 직접 말했잖아."

"생각하는 거라곤!"

"해 보지 않을래? 우리 둘이 함께. 손에 손을 잡고. 그냥 막 뛰어 넘어가면 되잖아?"

"장담하건대 그들이 나를 잡는다면 내가 스파이나 뭐 그런 사람 인 줄 알 거야."

"그들은 당신이 누군지 몰라."

"알아낼 거야. 그럼 난 동베를린으로 떨어지게 돼."

"우리에겐 좋은 핑곗거리가 있어."

"핑계? 그들이 내 신분증을 훔쳐 갔다고 해서 몰래 국경을 넘는 단 말이야? 그런 건 저 사람들도 믿지 않을 거야."

"누가?"

"오스트리아인들."

에블린이 멍하니 허공을 응시했다. 미하엘이 팔을 둘러 그녀를 안으려고 하자 그녀가 몸을 피했다.

"뭐야? 화났어?"

"그냥 상상을 해 봤어. 당신하고 난민촌으로 가서 우리 두 사람이 처음부터 다시 시작하는 거야. 그러다 어려움에 처하면 우린 손에 손을 잡고 국경을 뛰어넘던 일만 떠올리면 되는 거지."

"에브, 난민촌에는 가지 않아도 돼. 자연국경을 넘을 필요도 없고."

"하지만 당신과 함께라면 난 그렇게 하는 것도 좋을 것 같아."

200

"다른 방법으로도 충분히 낭만적일 수 있어. 조금만 기다려 봐. 우리가 브라질에 갈 때까지."

"그건 낭만과는 상관없는 일이야."

미하엘은 숨을 크게 내쉬었다. "아무튼 지금, 그런 시도는 낭만적이지 않아."

"어쩌면 아담이 우리를 부다페스트까지 태워다 줄지도 몰라."

"이 대목에서 아담이 왜 나와?"

"당신 돈도 없다면서?"

"빌리면 돼."

"누구한테서? 언절 가족한테서? 그리고 깨진 유리창에다가, 운전면허증도 없이 부다페스트로 갈 수 있어?"

"기차로 가도 되지. 아니면 버스로. 네가 그게 더 좋다고 하면."

"나라니! 내 신분증도 없어졌다고!"

그들은 서로를 쳐다보았다. 미하엘이 뭔가를 말하려는 듯했지만 그때 호텔 외등이 꺼졌다.

그들이 어둠에 익숙해지기도 전에 파란 등을 켠 경찰차가 다가와 주차장으로 들어왔다. 서로 손을 잡은 채 에블린과 미하엘은 더듬거리며 계단을 내려가 파란 불빛을 향해 걸었다.

31
차를 함께 타고

"난 뒷자리로 갈게." 아담이 조수석 문을 열고 있을 때 에블린이
말했다.

"그럼 미하엘 씨가 앞에 앉아야 해. 여기 공간이 넓어서 다리 긴
사람이 앉기 좋으니까."

미하엘이 망설이다가 대답을 구하려는 듯 에블린을 쳐다보았다.

"한 명 더 데리고 가야 해. 앞으로 와."라고 아담이 말했다.

"누구? 페피?"

"아니, 천막촌에 있는 카탸."

"'천막촌에 있는 카탸'가 누구야?"

"내가 데리고 온 여자."

"소풍이라도 가는 건가?"라고 미하엘이 물으며 앞좌석에 앉았다.

"그녀도 증이 없어. 이쪽에서도 저쪽에서처럼 증이 필요해."

"뭐가 없다고?"

"신분증 말이야. 그녀한테 신분증이 없다고. 신분증이 없으니 우

리들의 형제 자매들이 어쩌면 그녀를 그냥 헝가리 여자나 러시아 여
잔 줄 알 거야. 그냥 독일어를 굉장히 잘하는 여자인가 보다 하면서."

아담이 자동차에 시동을 걸고 계기판을 세 번 두드렸다. "잘 견뎌
줘, 하인리히. 부다페스트로 갔다가 돌아오는 거야."

"저 사람 원래 늘 저래. 놀라지 마."

미하엘은 아담이 기어를 넣고 핸드브레이크를 푼 다음 출발하는
것을 지켜보았다.

"아담은 미신을 믿어. 날마다 별자리 점을 보고 싶어 할걸."

"소리가 나쁘지 않군. 아담 씨의 이 하인리히. 실린더가 몇 개야?
네 개?"

"세 개야. 1961년 산. 아버지가 애지중지하셨던 차야. 일요일이나
혹은 가끔 극장에 갈 때만 모셨어. 아버지는 이 차를 굉장히 아끼셨
어. 아까워서 잘 타지도 않으셨지."

"이 사람이 그 성격을 고스란히 물려받았어."라고 에블린이 말했다.

"이해할 수 있어. 이런 골동품이라면 당시보다도 지금 가치가 훨
씬 더 높을걸."

"이건 골동품이 아니야. 난 지극히 잘 타고 다니는걸. 보다시피!"

"거의 삼십 년이나 지났으니 그렇게 부를 만하잖아."

"아무 탈 없이 잘 달리는데."

"글쎄, 뭐."라고 에블린이 말했다. "그러기를 바랄 뿐이지."

"날 믿으라고." 그들의 시선이 백미러에서 잠깐 마주쳤다. "하인
리히는 날 배신한 적이 한 번도 없어."

에블린은 조롱 어린 웃음을 머금으며 머리를 유리에 기댔다.

카탸가 이미 거리에 나와 기다리고 있었다.

"아이고야. 저 여자 이사라도 가는 거야?"라고 미하엘이 물었다.

"저 여자 내 모자를 썼잖아!"

카탸는 비닐봉지와 아담의 침낭, 매트리스와 텐트를 집어 올리기 전에 인사 대신 오른쪽 전조등을 손으로 가볍게 토닥였다. 아담이 트렁크를 열고 그녀가 건네주는 물건들을 모두 실었다.

"옷장 하나는 되겠네."라고 미하엘이 중얼거렸다.

"몸매가 예쁘네."라고 에블린이 말했다. 문이 열리고 카탸가 옆에 앉자 그녀는 미소를 지었다.

"안녕, 난 카탸라고 해." 그녀가 에블린에게 손을 내밀고 앞에 앉은 미하엘에게도 손을 뻗었다. "태워 줘서 고마워."

"우린 모두 아담 손아귀에 들어 있는걸. 좋든 싫든. 아담, 그렇지? 당신은 이제 우리 모두를 책임져야 돼."

"내가 원하든 아니든."

"아, 그만둬. 즐기고 있으면서."

"즐긴다는 말은 좀 다른 뜻인 것 같은데. 적어도 이런 날씨에 너희들을 데리고 이리저리 차를 모는 건 아닐 거야."

"늘 기사 노릇을 해야 하는 건 아담 씨 운명이야."라고 카탸가 말했다. "그 일을 더 잘할 수 있는 사람도 없잖아."

"라디오 좀 틀어 볼래? 라디오 다누비우스."라고 에블린이 물었다. "혹시 아직도 고장이야?"

"그러지 말고 노래나 불러 봐."라고 아담이 말하며 백미러를 똑바로 세웠다. 카탸가 미소했다.

"부다페스트에 머물 생각이니?"라고 에블린이 물었다.

"그냥 내 생각엔, 그들이 오늘 그걸 해내지 못하면……. 어디에선

가 잠은 자야 할 테니까."

"우리 쪽 사람들도 역시 마찬가지 일을 하고 있지."라고 미하엘이 말했다.

"여권 사진 있어?"라고 카탸가 물었다.

"아무것도 없어. 돈도 400포린트 정도나 될까."

"나쁘지 않네. 이틀이나 사흘은 살 수 있어."

"시계조차 없어."

"그것도 훔쳐 갔어?"

"호텔에 맡겨야 했어. 담보물인 거지. 전화 요금 때문에."

"가족들에게 알렸어?"라고 아담이 물었다.

"신용카드 때문에. 막아야 하니까."

"이 주 전만 해도 저 사람들이 보모를 구했거든. 때때로 난 저녁에 20서독마르크를 받았어. 600포린트나! 하지만 지금은 서서히 그런 일도 드물어져."라고 카탸가 말했다.

"이젠 돈이 하나도 없어?"라고 아담이 물었다.

"100서독마르크쯤. 하지만 서독에서 온 가족들은 거의 다 떠나 버린걸."

"닷새 밤 동안에 우리가 환전할 수 있는 액수보다 더 많이 벌었네."라고 에블린이 말했다. "정말로 대사관이 하루 만에 신분증을 발급하지 못할 거라고 생각해?"

"나도 잘 몰라, 일이 어떻게 돌아가는지. 중요한 건, 나를 거기 혼자 두지 마."

"부다페스트에?"

"대사관에. 난 비자가 없어. 그들이 내가 원래 여기 있으면 안 되는 사람이라는 걸 알게 되면."

"메르드군."이라고 미하엘이 말하며 몸을 뒤로 돌렸다. "그런데 왜 그런 거지?"

"아담 씨가 얘기 안 했어? 아담 씨가 나를 트렁크에 태워서 국경을 넘어왔어."

"정말?"

"이미 알 거라고 생각했는데."

"참, 그거 곤란해지겠네!"라고 미하엘이 말했다.

"우리 셋이 들어가고 나를 혼자 두지 않으면……."

"그들은 사람들을 납치해 오도록 택시 운전사까지도 매수한다는데, 넌 자진해서 대사관엘 가겠다니."라고 에블린이 말했다. "신분증은 어디 갔는데?"

"도나우 강을 헤엄쳐 건너려고 했거든. 전혀 좋은 생각이 아니었지만."

"그러다가 물에 빠져 죽은 사람도 있어."라고 미하엘이 말했다.

"모르겠어."

"그들이 좀 수상하게 보이거든 사실대로 말해. 단지 사실만을. 이젠 생각을 바꾸었다고 말하라고. 그럼 그들이 심지어 집으로 돌아가는 기차표를 사 줄 거야. 그 정도는 해 줄 거야."라고 아담이 말했다.

"그들은 갑자기 세심하게 신경을 써 주지."라고 에블린이 말했다.

"그 사람들은 언제나 세심하게 신경을 써 주니까."라고 아담이 말했다.

"당신, 아주 높은 당원들 같은 말을 하네!"

"어째서?"

"신경을 써 준다고? 그들은 우리를 무슨 자기네들 재산처럼 취급한다고."

"난 기차표를 말한 거야! 동독으로 돌려보내려면 차표가 있어야 하잖아. 늘 그렇게 해 왔다고. 모든 대사관들이 다 그렇게 해!"

"우리 대사관이 옆으로 슬쩍 몇 명쯤 사라지게 만든다는 것만 빼면야."라고 에블린이 말했다.

"그 동화 같은 말 좀 믿지 마……."

"그들은 심지어 우리 쪽 사람들도 몇 명 사라지게 만들었어."라고 미하엘이 말했다. "그것도 몇 명 정도가 아니지."

"그래도 지금은 아니잖아."

"지금도 마찬가지야."

"아무튼 그들은 카탸를 사라지게 하지는 않을 거야."

"명령대로 하겠습메다, 아담 동무!"

"나 당원이었던 적도 있어."

"뭐? 공산당원?"이라고 미하엘이 물었다.

"거의 이 년 동안이었지. 군대 들어가기 전에 가입해서 군대 마치곤 다시 나왔어. 엄청난 출세 가도지!"

"걱정 마. 아담은 5월 선거에조차 가지 않았어."

"그러곤 무슨 일이 일어났지?"라고 미하엘이 물었다.

"아무 일도 없었어. 그를 걸고넘어질 만한 구실이 없었거든. 내가 그랬다면 견습생 자리에서 쫓겨나 길바닥에 나앉았겠지만."

"곤란한 일을 당하진 않았어?"라고 카탸가 물었다.

"아담한테는 강력한 여자 친구들이 있으니까. 그 여자들은 아담한테서 옷을 지어 입으려고 야단이거든."

"그런 말도 안 되는 소리 좀 하지 마. 그 여자들이 뭐 때문에 나를 보호한단 말이야?"

"순순히 시인하시지. 고위 당 간부들 부인 몇 명이 당신 단골 고객이라는 걸."

"그네들 남편들이 나하고 무슨 상관이란 말이야?"

에블린이 웃었다. "아니, 남편들하고 당신하고야 아무 상관 없지. 그들 때문에 돌아가려는 건 분명 아닐 테니까."

"언제 돌아갈 건데?"라고 카탸가 물었다.

아담은 앞에 가는 화물차를 추월하지 못했기 때문에 기어를 한 단 내렸다. 도로는 좁고 고불고불했다.

"아직 정해지지 않았어."라고 아담이 대답했다. "얼마나 오래 머물 거야?"

"나?"라고 미하엘이 물었다.

아담이 고개를 끄덕였다.

"사흘 더. 난 벌써 휴가 기간을 넘겼어. 하지만 또 올 거야. 주말마다."

"글쎄. 그건 두고 봐야지."라고 아담이 말했다.

"고마워. 당신들이 이것까지 챙겨 줘서."라고 에블린이 말하며 카탸의 무릎 위에 있던 모자를 집어 머리에 썼다.

마치 앞에 가는 화물차의 정전기 방지용 띠에 매료된 듯 네 사람 모두 오로지 앞만 바라봤다. 정전기 방지용 띠는 아스팔트 바닥 위에서 끌려가며 그들을 향해 손짓이라도 하듯 이리저리 흔들렸다.

32
영원을 위한 작업

"보통은 여권을 높이 들어 보이면 통과시켜 주거든. 하지만 이런 식으로는……."

"누구나 다 아는 방법이야."라고 아담이 말하며 병에 든 맥주를 한 모금 마셨다. 미하엘도 맥주를 마셨다. 그들은 부다페스트 마르가레텐 섬, 에블린과 카탸가 누워 있는 초록색 텐트로부터 멀지 않은 곳에 앉아 있었다. 물가 텐트는 풀숲에 가려져 있었다.

"몇 시지?"

"1시나 2시 사이, 그쯤 됐을 거야. 시계 있잖아!"

"밥 주는 걸 잊곤 하거든. 그러면 시간이 맞는지 알 수 없어."

"내 건 자동인데. 자기가 알아서 스스로 밥을 주거든."

"난 집에선 시계가 필요 없어. 이건 에비에게 선물로 받은 거야."

"시계는 항상 필요한 법이야."

"사실 내가 필요한 건 라디야. 어쩌면 차고가 하나 더 있어야 할지도 모르겠지만. 그것 말고는……."

"내 엑스가 늘 말하기를…….."

"누구?"

"내 엑스. 내 전처 말이야, 한 번 결혼한 적이 있거든. 아담 씨가 당에 들었던 기간만큼쯤 결혼 생활을 했지."

"그녀가 뭐라고 했는데? 전처가?"

"누군가를 사랑한다면 그 사람한테 무엇을 선물해야 할지 항상 아는 법이라더군."

"그 말을 믿어?"

"그게 그녀가 말한 제일 훌륭한 격언이었어. 나중에는 그녀에게 뭘 선물해야 할지 정말 더 이상 모르겠더군."

"어쩌면 그녀가 이미 다 가졌나 보지."

"예전엔 거리에 나가기만 하면 즉시 선물할 거리를 발견했거든."

"내가 에비한테 제일 주고 싶은 건 대학생 자리야."

"우리 쪽에 오면 아담 씨도 대학에 다닐 수 있고 영원히 공부를 해도 돼."

"제한 없이?"

"어떤 사람들은 대학에서 십 년 혹은 그 이상도 공부하는걸."

"우리 쪽에선 자리를 얻어야 해. 자리를 얻지 못하면……. 에비는 말도 안 되는 평가를 받았어. 반에서 유일하게 담배를 피우는 여학생이었던 데다가 아주 가까운 곳에 살면서도 이따금 지각을 한다는 이유로. 성적은 좋았어. 하지만 예술사 학과에서 두 번이나 퇴짜를 맞았어."

"예술사는 돈이 안 되는 학문이지."

"어째서? 다른 사람들에 비해서 적게 벌지 않는데."

"그쪽에서나 그런 모양이지. 하지만 일자리가 나야 하니까."

"대학에서 자리가 나면 그 후엔 일자리도 나. 심지어 대학에서 그에 대한 책임을 지거든."

"왜 대학이 책임을 지지?"

"본인이 일자리를 찾는 게 물론 더 좋지. 하지만 아무 일자리도 구하지 못하면 대학이 직업을 구해 주든가 그 학생을 계속 데리고 있어야 해."

"괴상한 제도로군."

"에비한테 물어봐."

"그 임시 서류 언제까지 유효하지?"

"13일까지."라고 아담이 말하며 메고 있던 가방에서 A5 용지만 한 서류 네 장을 꺼냈다. "임시 여권 A 08969. 목적지: 헝가리, 체코슬로바키아사회주의공화국 및 독일민주공화국(바트샨다우). 내가 서쪽에서도 일자리를 얻을 수 있을 거라고 생각해?"

"진짜로 원한다면 뭔들 못 구하겠어?"

"그렇게 간단하지만은 않을 텐데."

"누구나 원하면 뭔가 발견하지."

"하지만 그게 꼭 본인이 원하는 건 아닐 수도 있겠지."

"문제없어. 아이디어가 필요해. 아이디어와 근면과 약간의 행운. 때론 친절 하나만으로도 충분해."

"그쪽 사람들은 원래 다 친절하지 않나? 적어도 뭔가를 팔려는 사람들은?"

"이쪽에서 정말로 뛰어난 사람이라면 우리 쪽에서도 분명 뭔가를 찾을 수 있을 거야. 맨 꼭대기 자리는 언제나 비어 있어! 그런데 그걸 왜 물어?"

"언절 씨 댁에서 영원히 머무를 순 없는 노릇이니까."

"그 사람들이 떠받들고 야단이던걸. 이상적인 사윗감으로."

"에르지도 나쁘지 않지."

"페피 어머니? 진심이야?"

"뭘. 그녀는 아마 미하엘 씨보다도 젊을걸."

"참, 못할 일이 없는 사람이군." 미하엘은 맥주병을 내밀었고 아담이 그와 함께 병을 맞부딪쳤다.

"여기 와 본 적 있어?"

"아니. 동쪽 진영에 흥미가 있었던 적은 한 번도 없었거든. 벌써 이십 년 전부터 뒤처졌을걸."

"경제적으로 말이지?"

"버스를 '이카로스'라고 부르는 사람들이니." 미하엘이 웃음을 터뜨렸다. "그런 사람들한테서 뭘 기대하겠어? 발전은 서쪽 진영 것이지."

"난 그리 못사는 편이 아닌데."

"당신네 높은 사람들, 암 발생률 통계나 좀 한번 공개해야 해. 그럼 그런 말도 더 이상 못 할걸. 로지츠에 있는 것 같은 폐기물 기계, 그런 거 우리 쪽에선 금지야. 도저히 상상도 못 할 일이야. 모나가 나한테 테르 호수*를 보여 준 적 있어. 그건 페스트야! 그런 건 다 범죄란 말이야!"

"원래 직업이 뭐야?"

---

* 로지츠에 있는 호수. 주로 타르 같은 산업 폐기물로 심하게 오염되었다.

"세포생물학."

"그렇군. 계속해 봐?"

미하엘이 미소를 지었다. "우리가 왜 늙는 건지, 왜 죽는 건지 알아내려고 연구해. 언젠가 인류가 더 이상 늙거나 죽지 않도록 하기 위해서."

"그렇다면 우린 왜 늙거나 죽는 건데?"

"정말로 그걸 알고 싶어?"

"그럼, 물론이지."

"세포가 증식한다는 것은 염색체가 복제된다는 말인데, 그때마다 항상 뭔가를 잃지. 매번 한 조각씩 떨어져 나가는 거야. 그 조각들에는 정보가 저장되어 있는데, 언젠가는 하나의 세포가 다 망가져 못 쓰게 될 정도로 정보가 다 소실되지. 대략 염색체 복제가 쉰 번쯤 일어난 후의 일이지. 하지만 반드시 그럴 필요가 없다는 거야. 세포가 손상되는 일 없이 복제되기만 하면 우리는 영원히 사는 거야. 죽지 않아도 되는 거지."

미하엘은 담배를 반딧불처럼 손으로 튕겨 버린 후 새 담배에 불을 붙였다.

"담배 연기를 폐로 들이마시는 사람이 더 일찍 죽어."

"그건 아무 상관없는 얘기야. 아니면 큰 상관이 없든가. 우리 안에 시계가 하나씩 들어 있다고 보면 돼. 그게 다 돌아가고 나면 끝인 거고. 시계에 계속해서 밥을 주는 경우가 아니라면. 원칙적으로 말하자면 현재 의학 기술로도 아담 씨가 얼마나 오래 살지 알아낼 수 있지. 그것도 거의 정확하게."

"그게 가능하단 말이야? 시계태엽을 새로 감는 게?"

"그럼, 물론. 시간문제일 뿐이야. 사십, 혹은 오십 년 안에 우린 거의 대부분을 알아낼 수 있어."

"사십 년 후?"

"대략 그 정도. 적어도 이백 살 혹은 더 오래 살도록 태엽을 감을 수 있을 거야."

"미하엘 씨가 그 열쇠를 찾는 거고?"

"혹시 말단소체라고 들어 본 적 있어?"

"그 작은 물질 말인가?"

"말단소체는 염색체 끝 부분을 말하는데, 구두끈에 달린 비닐 캡 같은 거야. 복제를 할 때마다 짧아져. 비유하자면 바로 똑딱거리며 가는 시계인 셈이지. 선충으로 실험한 결과, 우린 목표에 거의 도달했어."

"그게 가능하단 말인가?"

"미국 사람들이 하겠지."

"모든 게 아주 당연하다는 듯 말하는군. 그 말은 결국 우리가 운이 없는 자들, 즉 마지막으로 죽어 가야 할 자들이란 뜻인가?"

"아니면 행운일지도 모르지. 어떻게 보느냐에 따라 다르겠지. 어쩌면 우리는 끝에서 두 번째 혹은 세 번째 사람들일지도 모르지. 아무튼 백 년 안에는 해낼 거야."

"그런데 왜 연구자들이 그렇게 가까이 갔다면서 우린 아무 소식도 듣지 못하는 거지?"

"그렇게 간단한 문제만은 아니니까. 가령 암세포를 예로 들면, 암세포는 절대 죽지 않아. 암 세포들은 손실 없이 계속 복제되니까. 우린 암세포의 그런 기능을 건강한 세포에 전이해 줘야 하거든. 그러니까 이미 모범 사례가 있는 거지."

"불멸성의 모범 사례로군." 아담은 가슴을 문질렀다. "그렇다면 죽은 사람을 얼려 놨다가 나중에 깨어나게 한다는 이야기가 진짜인 거네!"

"그럴 수도 있지. 충분히 그럴 수 있어."

"나는 엘피 정도만 나이를 먹어도 만족하겠어."

"거북이처럼? 애완용 거북이는 오십 년을 넘기지 않을 거야. 거북이한테는 우리랑 함께 사는 스트레스가 너무 크니까."

"더 오래 살지 않고?"

"야생 거북이라면 백 년도 넘게 살지만, 확신하건대 엘프리데는 아니야. 몰랐어?"

"몰랐어."

"우리가 죽음의 작용을 멈추는 순간을 경험할 수 있다면……. 그거 참 특별하겠지!

"난 잘 모르겠어. 어떤 사람은 죽는데, 다른 사람은 죽지 않거나 혹은 다섯 배는 더 오래 산다면."

"벌써 그렇다니까! 두려움은 우리한테 아무 도움이 안 돼! 우린 가변성, 사멸성으로부터 해방되어야 해. 그게 진정한 의미의 정언명령인 거야. 스스로에게 책임이 있는 사멸성으로부터 벗어나라."

"뭔가 좀 이상하게 들리네."

"그건 일종의 마약 같은 거야. 한번 벗어나고 보면 다시는 그 전 상태로 돌아가고 싶지 않은 거지."

"일하기 위해서 살아, 살기 위해서 일해?"

"그렇게 물어보면 안 되지."

"왜. 평생 영원히 일하게 될 텐데."

"나한테는 일이 곧 삶이야. 아담 씨는 안 그래?"

"물론 그렇긴 해. 하지만 미하엘 씨가 얘기하는 그런 식은 아니야."

"왜 아니지? 아담 씨, 멋진 일을 하잖아."

"내가 하고 싶은 일을 할 수 있기 때문에 그런 거지."

"하지만 어떤 여자가 드레스를 가지고 싶다고 하면 아담 씨는 바지 정장을 만들 수는 없잖아."

"만들 수 있어. 그녀한테 바지 정장이 더 잘 어울린다면."

"자의식이 강하군. 그거 하나는 알아줘야겠어."

"에비를 사랑해?"

"내가 에블린을 사랑하느냐고?"

"응."

"그렇지 않다면 내가 여기 왜 있겠어. 난 이미 함부르크에 있어야 할 사람인데."

"삼 주가 너무 긴가?"

"삼 주 동안 사라진다는 게 무슨 뜻인지 알아? 삼 주면 손에 있는 모든 것을 놓아야 할 수도 있어. 모든 것을. 생계뿐만 아니라 다른 것들까지도 다. 계획을 통째 다!"

"불멸성도."

"그래, 맞아. 불멸성도 포기해야지."

두 사람은 마치 이제야 서로 의견 일치를 보았다는 듯 고개를 끄덕였다.

33
숙녀들의 선택

"난 너무 졸렸어."라고 카탸가 말했다. "하지만 이젠 소용없겠네. 사실 난 일어날 수도 있어."

"어쩌면 남자들이 자고 싶은 게 아닐까?"

"그럼 우리가 보초를 서고? 두 사람 한창 대화 중인 것 같은데."

"뭔가 알아들은 말이 있니?"

"아니. 하지만 아담은 목소리가 참 좋아. 얘, 아담이 진짜 이름을 말했을 때 난 지구의 종말이라도 올 거라고 생각했어."

"그가 널 속인 거라고 생각했구나?"

"잠깐 동안은. 그래."

"난 그의 집으로 들어간 지 한참 지나서까지도 그의 이름을 몰랐는걸. 도처에 그의 성만 붙어 있었으니까."

"이게 툭 튀어나와서?" 카탸가 손가락으로 목젖을 가리켰다.

"어릴 때는 그걸 부끄러워했던 모양이야. 비쩍 마른 목에 그런 목젖이라니. 목젖을 아담의 사과라고 부르잖니? 어쩐지 그는 이미 늘 아담이었어."

"남자답게 보여."

"나도 그렇게 생각했어."

"지금은 아니고?"

"지금도 물론."

"미하엘은?"

"완전히 다른 유형이지. 아담은 그에 비하면 어린아이지."

"그렇게 생각해?"

"미하엘은 자신이 무엇을 원하는지 잘 알아. 그에게서는 뭔가가 계속 앞으로 나아가지. 그의 주위에서는 항상 뭔가 일어나. 진짜 탐구자야. 세상에서 안 가 본 데가 없고, 외국어도 열 개는 할 줄 알 거야. 그 광범위한 세계에서. 그는 훨씬 더 자유롭게 숨을 쉬지. 매년 똑같이 사는 게 아니라."

"손이 참 예쁘더라."

"음, 그는 기발한 생각도 많이 해. 렘*에 대해서라면 소상히 아는데 렘 때문에 심지어는 폴란드어를 배우기까지 했대."

"그 공상과학소설 작가 말이야?"

"그래. 로봇과 기계가 나오는 소설을 쓰는 사람. 미하엘한텐 그 사람이 제일 위대한 인물이야."

"그 사람 우리 쪽 사람이잖아?" 카탸가 에블린을 보기 위해 몸을 일으켜 받치고 누웠다. "미하엘은 좋은 애인이야?" 에블린이 고개를 끄덕였다.

---

* 스타니스와프 렘(1921~2006), 폴란드 공상과학소설 작가.

"첫눈에 반했어?"

"그런 건 생각해 보지 않았어. 그는 내 친구랑 결혼하려고 했거든. 자기 사촌이랑."

"모나?"

"참, 맞아. 너도 모나를 알지."

"유익하지 않은 교제라고."

"아담이 그렇게 말했어?"

"어쩌다 잘못 튀어나온 말이었어. 그런데 왜 아담을 두고 떠났던 거니?"

"당연히 아담이 그 얘긴 안 했겠지." 에블린 역시 몸을 일으켜 팔로 받치고 누우면서 텐트 지붕을 건드렸다. "축축하네."라고 그녀가 말하며 얼굴에서 머리카락을 쓸어 넘겼다.

"아침에 조심해야 돼. 거기 부딪치면 비가 좀 내릴 테니까."라고 카탸가 말했다.

"우리도 이런 거 있어. 비슷한 거."

"그래서 무슨 일이 있었다는 거야?"

"난 오래전부터 알았거든. 그러니까 내 말은, 능히 그럴 수 있을 거라고 생각했단 말이지. 모나가 나만 빼고 다들 아는 사실이라고 했어."

"도대체 뭘?"

"그가 놀아난다는 거. 그의 여자들하고."

"그의 여자들?"

"그의 여자 고객들, 그의 피조물들. 그는 심지어 이름까지 지어준다고. 처음에 그는 자기 창조물 이름이 이러저러하다고 말했어.

하지만 뭐, 처음엔 경박한 아가씨를 칭하는 별명 같은 거였어. 그는 새 옷을 지어 입힌 다음 여자들 사진을 찍어. 사진 속 여자들 눈만 봐도 알아. 얼마나 음탕한지. 그들은 다만 잠깐 쉬고 있는 것처럼 보이지. 마지막으로 실크 블라우스를 입은 여자가 있었지. 그 안엔 물론 아무것도 안 입었는데, 네가 봤다면 그 솟아난 젖꼭지 때문에 눈이 찔리겠다고 생각했을걸."

"너보다 젊은 여자들이었어?"

"아이고. 참, 전혀 아니야! 거리에서 스쳐도 생전 아무도 돌아보지 않을 그런 여자들이야. 완전 애 엄마들이야."

"정말이야?"

"하지만 그가 여자들 몸에 어울리는 옷을 지어 주면, 그 일 하나는 잘하니까, 그러면 그들은 아주 멋져 보이거든. 그걸 보면서 그는 또 달아오르고."

"옷을 입히고 벗기느라 그럴까?"

"아니, 아니. 그렇게 간단하지가 않아. 나한테 한 번 들킨 적 있어. 내가 여자를 봤거든. 난 사실 전혀 알고 싶지 않았단 말이야."

"원, 세상에! 너무 상처 받았겠다."

"난 거만하게 나만 잘났다고 생각하는 여자 아니야. 정말 아니야. 하지만 너도 그 여자를 한번 봤다라면." 에블린의 손이 다시 텐트 지붕을 건드렸다. "미안. 넌 믿을 수도 없을 거야. 정말 못 믿을걸. 벌거벗고 있던 그 여자, 완전 요물기가 뚝뚝 흐르는 노파더라니까."

"아담은?"

"거기 서 있는 꼴이라니. 옷장 뒤에 실오라기 하나 걸치지 않은 몸으로……."

"아담이 아담 복장을 하고 있었군. 아담은 주로 그런 여자를 좋아하나 보지?"

"그렇지는 않아. 모두들 다 그런 여자는 아니니까. 하지만 이론적으론 어떤 여자라도 가능해. 어떤 고객이라도, 어떤 여자라도."

"네가 알고 싶어 할지는 모르겠지만, 아담은 나한테만큼은 행실 바르게 대했어. 정말이야. 완전히 천사였다고."

"네 말 믿어. 정말 네 말을 믿는다고."

"내가 한심한 말을 던진 적이 있어. 뭐든지 그의 소원을 들어주겠다고. 난 그때 그 경우 역시 생각했지. 난 그저 그가 나를 데려다 주기만을 원했거든. 다른 건 아무래도 좋았어. 하지만 넌지시 말을 꺼내거나 뭐 그런 것조차 없었어. 난 그가 동성애자가 아닐까 하고 생각했다니까……."

"아담이?"

"그래, 재단사라니까 말이야. 동성애자 미용사를 하나 알거든. 미용사나 재단사나 뭐 그게 그거잖아."

"그래도 재단사는 좀 다르지!"

"상관없어. 내가 하고 싶은 말은 그저, 그가 동성애자거나 아니면 한 여자를 정말로 사랑하는 남자일 거라고 생각했다는 거야."

"예전에는 그랬겠지."

"만일 어떤 남자가 저런 털털이 차를 끌고 나를 따라온다면, 내가 이미 다른 남자하고 함께 떠났는데도……. 그건 벌써 뭔가를 의미하는 거지."

"그래, 그게 뭔데?"

카탸가 등을 바닥에 대고 누운 뒤 한쪽 손을 머리 밑에 받쳤다.

"정말로 돌아갈 생각이야?"

"제일 기분 나쁜 건, 몇 시간마다 한 번씩 내 생각이 바뀐다는 거야."라고 에블린이 말했다.

"저쪽에 아는 사람 있어?"

"아니, 아무도 없어. 아담이 아는 아주머니 한 분이 계시긴 해. 진짜 친척은 아니고. 그 아주머니가 예전에 자주 찾아오곤 했나 봐. 남편 분이 언젠가 탈출을 하셨대. 동독으로는 돌아오시지 않으려고 하고, 혹은 돌아와선 안 되거나. 아무튼 무슨 높은 자리에 있는 분인가 봐."

"우리 집안사람들은 다들 저쪽에 있어. 우리 식구만 빼고."

"진지하게 생각하기 시작하면, 갑자기 모든 게 현실적으로 보이기 시작하면, 어떻게 살아야 하나, 이제 어떻게 될까 문득 자문해 보면⋯⋯."

"그럼 그때부터 불안해지지. 난 심지어 이런저런 의무감에서 벗어나야 한다고 생각해. 우린 인생이 뭘 뜻하는지 사실 아직 잘 모르잖아."

"아담은 늘 만족해. 저녁에 맥주를 마시고, 정원에 앉아 시가나 피우고, 그럼 이웃들이 울타리로 다가와서 말을 걸고⋯⋯. 그는 심지어 이웃들과도 잘 통한다니까. 난 그런 점에 끌렸어. 그는 아무것에도 매이지 않았어. 그거 알아? 아담은 독특했어. 대학교에서 사귄 친구들은 죄다 조심성 많고 고분고분 말을 잘 듣는 사람들이었지. 하지만 아담은 완전 해방이었어. 그는 의견을 거리낌 없이 말했어. 하지만 이젠 늘 정원에만 앉아 있으니⋯⋯."

"둘이 멀리 여행을 떠난 적은 한 번도 없어?"

"불가리아에 갔던 적은 한 번 있었어. 돈은 있으니까. 그에겐 돈이 지푸라기처럼 많지. 적어도 내가 보기엔 그래. 아담은 아이를 낳고 싶어 하기도 했어. 하지만…… 난…….” 에블린이 텐트 벽을 향해 몸을 돌렸다.

"왜 그래? 얘, 에비?”

카탸는 조심스럽게 그녀의 머리와 어깨를 쓸었다.

"무슨 일이야? 너, 우는 거야?”

"나 한 번 아이를 지운 적 있어.”

"나도 그런 적 있어. 하지만 아주 나쁜 놈이었거든. 완전 악질 범죄자.”

"아담은 전혀 몰라. 너도 아담한테 말하면 절대 안 된다. 절대. 약속해?”

"그래, 그럼.”

"넌 적어도 정당한 이유라도 있었지. 하지만 난, 난 그냥 무조건 기다려야 한다고 생각했어. 지금은, 아이가 없는 게 다행이라고 생각하지만. 아이를 데리고 서독에 가서 도대체 뭘 할 수 있겠어?”

"난 평생 동안 그 남자한테 매여 살긴 싫었어. 하여간 난 너무 자주 그 생각을 해.”

"저 두 사람, 아직도 밖에 있긴 있는 거야?” 에블린이 고개를 들었다.

"네 남자들?”

"내 남자들이라고?”

"그렇지, 뭐. 그런 셈이잖아. 너한텐 남자가 둘이나 있고, 난 아무도 없고.”

에블린이 코를 닦았다. "하나 가져. 그럼 일이 어쩐지 간단해질 것도 같네."

"그렇다면 내일 둘 중에 한 명이 나를 원하는지 물어봐야겠네."

"누구한테 먼저 물을 거니?"

"그야 물론 아담이지."

"하지만 그는 국경을 넘어갈 생각이 전혀 없는데!"

"그래도. 네가 이의를 제기하지 않는다면?"

"어, 들어 봐. 이게 무슨 소리지?!"

"사람들이 떼로 모였나 보네."

"뭣 좀 들리니?"

"「독일의 노래」*지?"

"아니. 저건 우리 노래잖아. 우리 국가(國歌)야."

---

* Das Detschlandlied, '독일인의 노래'라고도 부른다. 1841년 독일 시인 아우구스트 하인리히 호프만이 프란츠 요제프 하이든의 선율에 가사를 붙여 만들었다. 1922년 독일 공식 국가로 채택되었다가 2차 세계 대전 후 자취를 감췄다. 1952년 서독에서 3절만이 국가로 채택되었고 동독에서는 금지되었다. 이후 통일 독일의 국가가 되었다.

34
동화 한 편

에블린과 카탸 그리고 아담은 넵슈터디온 거리의 한 모퉁이 카페에 앉아 있었다. 독일민주공화국 대사관과 독일연방공화국 대사관에서 얼추 비슷하게 떨어진 지점이었다.

카탸는 빈 잔을 멀리 밀었다. "커피만 자꾸 마셨더니 오히려 더 피곤해지네."

"그들의 돈을 여기서 이렇게 뿌리고 있다니 기분이 참 묘하군." 하고 에블린이 말했다.

"왜, 대사관 사람들이 어차피 나중에 나한테서 그 돈 도로 다 받아갈 텐데 뭘." 아담이 말했다.

"아이고. 난 이제야 드디어 아담 씨 돈으로 살지 않게 되었구나 하고 생각했는데."라고 카탸가 말했다.

"바로 그 때문에 돈이란 게 있는 건데 뭘. 돈은 쓰라고 있는 거야."

"큰소리치지 마, 아담. 그 알량한 돈으로 우린 여기서 제대로 된

호텔 방 하나 잡을 수가 없고 제대로 된 밥을 사 먹을 수도 없는데 뭘."

"뭐 더 원하는 게 있어? 난 우리가 지금 하고 싶은 걸 못 해서 꾹꾹 참고 있다고 생각하진 않는데. 이 이상 더 바랄 게 없이 대만족인걸."

"당신은 이게 얼마나 자존심 상하는 일인지조차 깨닫지 못했으니까."

"'힐튼'이 당신을 더 행복하게 하는 거라면 그래, 알았어. 하지만 지난밤처럼 아름다운 시간은 그런 데에선 절대 경험하지 못할걸."

"술 취한 동포 따위는 하나도 반갑지 않아."

"모두가 출국 후보자들이었어. 당신도 들었잖아."

종업원이 와 새 재떨이를 놓고 빈 접시들을 걷어 갔다.

"난 부끄러워."라고 카탸가 말했다. "하지만 신분증이 있으니 한결 마음은 놓여."

"무리도 아니지." 아담은 새 시가를 꺼냈다.

"피워도 될까?"

"난 괜찮아."

"밖으로 나갈 때까지 좀 기다려. 이제 계산해야지?"

"난 뭐 하나 더 마셨으면 좋겠는데. 주스나 뭐 그런 거."

"정말로 기분 나쁜 건……." 카탸는 탁자 위에 팔을 괴고 양손에 얼굴을 묻었다.

"뭔데?"라고 아담이 물었다. 시가를 이미 입에 문 채 그는 성냥갑을 흔들었다.

"나더러 완전히 제정신이 아니라고 하겠지만, 밖으로 나갔을 때

말이야. 난 당장이라도 엉엉 울고 싶은 심정이었어…….”

“어쨌든 난 너에게 무척 감탄했어.”라고 에블린이 말했다. “그런 일을 감당하는 네 용기에.”

“나도 진짜 불안했지.”

“오금이 저릴 지경이었어…….”라고 아담이 말하며 시가에 불을 붙였다.

“중요한 건, 아무튼 너한테 아무 일 안 일어났다는 거야.”라고 에블린이 말했다.

“난 하마터면 울음을 터뜨릴 뻔했다니까. 너무나 익숙한 냄새가 났어.” 카탸가 고개를 흔들었다. “미안해.”

“맞아. 나도 그 냄새 맡으면서 뭔가가 머리에 떠올랐지. 학교나 뭐 그런 거.”

“빵을 넣어 다녔던 도시락 통.”이라고 카탸가 말했다. “마치 모두가 한꺼번에 도시락 통을 연 것 같았어. 그들이 우리를 위로하기도 했잖아.”

“그래. 결코 불친절한 사람들은 아니었어.”라고 아담이 말했다.

“그야 당연하지. 모두들 떠나는 판인데. 누군가 돌아가겠다는 데야, 기쁨에 겨워 천장에라도 닿도록 펄쩍 뛰어오르는 거지. 두고 봐. 네가 집으로 돌아가고 나서도 그들이 계속 그렇게 친절하게 나오는지. 이십 년 동안 국가 가사조차 금지하는 사람들이잖아!”

“난 절대 돌아가지 않을 거야!”라고 카탸가 말했다.

“네가 꼭 그럴 거라는 말이 아니고.”

“갑자기 그 냄새를 다시 맡으니까 별안간 내가 몇 년이라도 떠나 있었던 것처럼 느껴지더라니까.”

아담은 웃다가 기침을 했다. "잘하면 내 '임시 여권'을 팔 수도 있겠네. 돈 많이 받고."

"정말이지 당신을 진지하게 대할 수가 없어, 아담."

"기다려 보라고. 분명 흥미를 보이는 자들이 나타날 거야. 달러 지폐를 세던 그 작자들. 그 사람들에게 물어볼까……."

"저기 미하엘이 있었어!" 카탸가 벌떡 일어나 밖으로 뛰어나갔다.

"부탁 하나 들어줄래, 에비? 돌아가는 길에는 앞좌석에 앉지 않을래?"

"그렇다면 그것 좀 꺼 줘."

아담은 시가를 재떨이에 넣은 다음 몸을 돌려 종업원을 찾았다.

카탸가 문을 열고 들어왔다.

"모두 나오래. 우리한테 할 말이 있대. 무슨 일이 일어났나 봐!"

"나쁜 일이야?"

"그렇진 않을걸."

에블린이 카탸를 따랐다. 아담은 재떨이에서 시가를 집어내어 다시 불이 붙을 때까지 빨아들인 다음 계산대로 갔다. 그는 종업원의 볼펜이 노트 위에서 움직이는 것을 지켜보았고 밑줄을 두 번 그은 액수를 응시했다. 그는 지폐를 세어 본 다음, 작은 목소리로 "비손틀라타슈러."*라고 말하며 계산서 옆에 돈을 놓았다. 종업원은 가볍게 목례를 하며 고맙다고 말했다.

문지방에서 아담은 또 한 번 시가를 빨았고 우윳빛이 감도는 9월의 파란 하늘을 향해 연기를 내뿜었다.

---

* Viszontlátásra, 헝가리어로 '안녕히 계세요.'라는 뜻.

"대사관에 자리라도 하나 내준대?" 카탸와 에블린이 서로를 부둥켜안았다가 떨어지자 아담이 물었다.

"그런 농담을 계속하면 아마 며칠 내로 국경이 열릴 거야."라고 미하엘이 말했다. "확실해."

"불멸성만큼이나 확실한 거겠지."

"이제 국경을 연대!"라고 미하엘이 말했다.

"말도 안 되는 소리."라고 아담이 말했다. "그런 동화 같은 얘길 누가!"

"원하지 않아도 할 수 없어. 며칠만 지나면……."

"왜 내가 원하지 않을 거란 말이지? 그렇게 되면 진짜로 내 여권을 살 사람이 생기겠네."

"지금부턴 전부 다 내가 낼게."라고 미하엘이 말했다.

"오늘 저녁엔 멋진 데로 식사하러 가자!"

아담은 연기를 연신 공중으로 내뿜으며 자동차 쪽으로 앞장서 걸었다. 그는 열쇠로 문을 연 다음 안에서 다른 문들을 열었다. 미하엘은 먼저 카탸를 위해서 그다음은 에블린을 위해 문을 붙잡아 주었다.

"나, 앞에 타도 되지?"라고 에블린이 물었다.

미하엘이 고개를 끄덕이며 그녀가 차에 오를 수 있도록 옆으로 비켜섰다.

그들이 부다페스트를 다 빠져나오기까지는 사십오 분이 걸렸다. 아담이 에블린에게 지도를 줬지만 그녀는 금세 잠이 들었다. 카탸역시 눈을 감았다. 미하엘만은 자세를 꼿꼿이 하고 앉아 사소한 것하나도 놓칠 수 없다는 듯 창밖을 내다보았다.

세케슈페헤르바르에서 그들은 고속도로를 벗어났다. 베스프렘에서 아담은 벌러톤퓌레드로 가는 갈림길로 접어들지 않고 경치를 좀 더 구경할 수 있도록 북쪽 강가를 따라 터폴처 방향으로 달렸다. 도시 순환도로를 벗어나 몇 킬로미터 못 미쳐 모터가 덜컹거리기 시작하더니 급기야 아무 소리도 안 났다. 갑자기 모두가 잠에서 깨어났다.

"문제없어."라고 아담이 말하며 자동차를 도로변으로 몰았다. "점화플러그에 문제가 생겼을 뿐이야."

그는 트렁크에서 연장을 꺼내 보닛 고리를 풀며 미소를 지었다. 에블린에게 그는 지금부터 막 공연을 시작하려는 마술사처럼 보였다. 그는 보닛을 열었다. 그는 벌써 몇 번이나 그녀 앞에서 점화플러그를 꺼내 분리하여 쇠줄로 만든 솔로 닦는 과정을 보여 줬다. 하지만 이번만큼은 달랐다. 차에서 내린 에블린은 그가 아무것도 하지 않고 그대로 서서 손을 자동차에 댄 채 눈을 감고 있는 것을 보았다.

"아담." 그녀가 속삭였다. "무슨 일이야?"

35
견인용 밧줄

마침내 아담이 더 이상 혼자 힘으로는 수리를 할 수 없고 견인차를 불러야 한다는 것을 납득했을 때는 이미 이른 오후였다. 에블린과 카탸는 지나가는 자동차 몇 대를 세웠다. 하지만 그들은 모두 벌러톤 호수로 가는 길이 아니었든지, 혹은 견인용 밧줄이 없든지, 그도 아니면 이해할 수 없는 이유를 대며 거절했다. 결국 에블린과 카탸는 지나가는 차를 세워 타고 가장 가까운 마을로 가 언절 가족에게 전화를 걸었다.

5시쯤에 언절 씨가 도착해 하얀 트라반트에서 내렸다. 미하엘과 두 여자는 길가에 돗자리를 깔고 누워 꾸벅꾸벅 졸고 있었다. "실린더헤드 패킹이 문제였어요!" 아담이 언절 씨를 향해 외쳤다. 그는 막 조수석에서 커다란 그릇을 집어 드는 중이었다. 에블린이 언절 씨에게서 감자 샐러드 그릇을 받아 들었다. 언절 씨는 안경을 이마에 걸치고 몸을 굽혀 모터를 살펴보았다. 카탸는 수저와 접시를 나눠 주었고 미하엘은 큰 백포도주 병을 기울여 와인을 따랐다. 하지만 언절 씨도 아담도 소풍에 동참할 기미를 보이지 않았다.

바르트부르크 꽁무니에 견인 밧줄이 걸렸을 때에야 그들은 마침내 손을 잔디에 문질러 닦고 다른 사람들 옆에 가 앉았다. 아담은 감자 샐러드 그릇을 통째로 들고 먹기 시작했고 남은 완자를 입안에 밀어 넣었다.

"자동차 한 대에 전부 다 탈 수 있을까?"라고 미하엘이 물었다.

"우린 지나가는 차를 얻어 탈 수도 있어."라고 카탸가 말했다.

"모두들 언절 씨 차에 다 타라고."라고 아담이 말했다. "두 번 길게 경적을 울리면 서는 거야. 두 번 짧게 울리면 그건 차가 너무 빨리 달린다는 말이고!"

"세 번 길게 울리면."이라고 미하엘이 말하며 일어났다. "우리를 추월하라는 뜻." 그가 아담에게 손을 내밀자 아담이 그 손을 잡고 몸을 일으켰다.

그들이 자동차에 앉았을 때 언절 씨는 차창을 내리고 안경을 투구 앞부분처럼 아래로 내리더니 팔을 높이 쳐들며 서서히 출발했다.

"너무 털털거리네, 맙소사."라고 미하엘이 말했다. "한참 더 고생해야겠군."

카탸는 뒤를 돌며 아담에게 손을 흔들었다. 하지만 그는 정신을 집중한 채 백미러와 트라반트 뒤편 차체 사이를 이리저리 보고 있었다.

"꼭 동화 나라에 갔던 것 같은 기분이었어."라고 미하엘이 말했다. "내가 얼마나 행복한지 잘 설명할 수가 없군. 아무 걱정할 필요가 없다고, 며칠 후면 모든 게 다 끝난다고 그가 나한테 말했지. 난 널 혼자 두지 않아도 된 게 너무 기뻐!" 미하엘이 반쯤 뒤로 몸을 돌려 에블린의 무릎에 손을 얹었다. "진짜로 꼭 동화 같지, 안 그래?"

"그만둬."라고 에블린이 말했다. "앞을 보는 게 좋겠어."

"난 내가 저쪽으로 완전히 넘어간 다음에라야 믿을 수 있을 거 같아."라고 카탸가 말했다.

"걱정하지 말라고. 다른 때 같으면 대사관 사람들한테서 아무 정보도 얻지 못하는 게 보통인데. 그런데 그들이 자진해서 입을 열었다면……."

"어쩌면 미하엘 씨를 그냥 돌려보내려고 그런 소리를 했는지도 모르지."라고 카탸가 말했다.

"헝가리 사람들이 국제 난민 규약에 서명을 했고 당신네 돌머리 양반들과 협의한 사항을 발표했어. 그들은 아무도 송환하지 않을 거야! 나한테 그렇게 말했다니까! 바이에른에는 야영지가 하나둘 마련되고 있고. 그들은 이제 거대한 군중이 몰려드리라 예상해! 《빌트》에만 난 얘기가 아니야."

"그럼, 우린 국경을 통해 그냥 저쪽으로 넘어가는 거란 말이지?"라고 카탸가 물었다.

"쏜살같이 질주하는 거야. 국경이 열리는 즉시. 우리가 카탸 씨를 데려갈게."

"나는 뮌헨에 내려 주면 돼."

"함부르크로 함께 가도 돼. 그럼 두 사람이 같이 관공서 일을 해결하면 될 테니까. 얼마나 편리해!"

"난 원래 함부르크로 가려던 게 아니었어."

"며칠만 있으면 되지. 우리 집에 가면 혼자 쓸 수 있는 손님방도 하나 있다고!"

"에블린이 찬성할지도 난 잘 모르는걸. 어쩌면 두 사람이……."

"아니. 바로 에블린한테도 좋은 일일 거야! 생각해 봐. 둘이 함께 부두에도 가고, 생선 시장이랑 알스터 강, 박물관에도 같이 가고. 혼자 돌아다니는 것보다야 훨씬 더 재미있을 거야. 주말에는 우리 셋이 다 함께 뭔가 재미있는 일을 하자. 소풍도 가고……."

미하엘이 너무나 몸을 돌려 앉은 나머지 급기야 언절 씨가 그의 어깨를 손가락으로 두드리며 백미러를 가리켰다.

"이제 제발 좀 똑바로 앉아."라고 에블린이 말했다.

"그런데 정말 이게 그냥 한 편의 동화일 뿐이라면?" 하고 카탸가 물었다.

"그들은 자신들이 무슨 말을 하는지 잘 알고 있었어!"

언절 씨는 차양을 내렸다. 도로 바로 위에서 지평선에 구멍이 뚫리도록 햇볕이 내리쬐고 있었다.

"카탸, 네가 원한다면 일단 우리한테로, 그러니까 언절 씨네로 와도 돼. 내 방에 빈 침대 하나가 더 있으니까."라고 에블린이 말했다.

"정말 그래도 된다고? 그렇게 간단히?"

"그럼, 왜 아니겠어?"

"아담이 더 이상 백미러에 보이지 않으면 우스꽝스럽겠는데."라고 미하엘이 말하며 뒤쪽 유리를 바라보았다.

에블린과 카탸 역시 뒤를 돌아보았다. 아담은 견인용 밧줄과 트라반트의 후방 등을 응시하고 있는 모양이었다. 눈썹 사이에 수직으로 팬 주름 두 개가 보였다. 그가 눈을 깜박거렸다.

"차양을 내릴 것이지."라고 카탸가 말하며 다시 몸을 돌려 손가방에서 루빅큐브를 꺼냈다.

"그러게."라고 에블린이 말하며 아담에게 신호를 보냈다. 하지만 그는 알아보지 못했다.

36
어느 일요일

"거기 그냥 두시라니까요."라고 언절 부인이 말하며 아침상을 치우려는 에블린을 식탁에서 밀어냈다. "다들 산에 올라가세요! 아담 씨, 제발. 좋을 거예요."

"예전에 자주 갔어."라고 페피가 말했다. "거기 정말 좋아."

아무도 그보다 더 나은 생각을 해내지는 못했다. 그새 또 텔레비전 앞에 가 앉아 있던 미하엘과 카탸 역시 말 잘 듣는 아이들처럼 얌전히 방으로 들어갔다. 아담은 트렁크에서 여름 이후 한 번도 신지 않은 단화를 꺼내 샌들과 바꿔 신었다.

그들은 배낭을 찾는 페피를 기다려 줘야 했다. 언절 부인이 차를 끓였고 완강히 만류를 했음에도 샌드위치를 만들었다.

자동차나 모페드가 지나갈 때마다 부릉대는 소리를 들을 수 있을 정도로 사방이 조용했다. 간간히 어린 아이들이 서로를 부르거나 외치는 소리가 들려왔다. 때론 멀리서 사격을 하는 듯 큰 소리가 들리기도 했다.

"불쌍한 찌르레기들."이라고 에블린이 말했다.

일요일 미사를 알리는 종소리가 울리기 시작했을 때 페피가 배낭을 들고 나타났다. 그녀는 배낭을 들어 주겠다는 아담과 미하엘의 제의를 모두 사양했다.

그들은 진입로를 따라 내려가 왼쪽으로 돈 다음, 호수로 가려는 듯 로머이 거리를 따라 걸었다.

성 안녠 예배당에서 그들은 방향을 바꿨다.

"이런 거 한 번도 본 적 없어."라고 아담이 말했다. 그는 예배당 앞에 멈춰 섰다.

"뭘 말이야?"라고 미하엘이 물었다.

"아, 저기!" 아담은 문 위에 새겨진 연도를 가리켰다. "1789! 저 아래 가서 서라고. 다들 이리 와. 우리 함께 사진 찍은 적이 한 번도 없잖아. 미샤와 에비는 왼쪽과 오른쪽으로 가고, 거기 두 사람이 중간에."

그들은 별 저항 없이 아담의 지시에 따랐다. 그는 느긋하게 시간을 끌며 여러 번 조리개를 바꿨다.

"내가 '출발'이라고 하면 걸어가기 시작하는 거야. 한 발자국 앞으로 내딛는 거야."

"아니, 왜?"라고 미하엘이 물었다.

"아담 말대로 해 봐. 좋은 효과를 볼 수 있어. 정말이야."라고 에블린이 말했다.

"출발!"이라고 아담이 말하며 셔터를 눌렀다. "좋아. 그럼 이제 한 번만 더."

네 사람은 다시 한 번 "안노 도미니* 1789" 아래에 가 섰다.

"자, 출발!" 아담이 외쳤다. "아주 좋아!"

"이번엔 당신이 가서 서!" 에블린이 그에게서 사진기를 받아 들었다.

"카탸가 바깥쪽으로 가고 당신이 그 옆에 서."라고 그녀가 말했다. 아담은 벌써부터 페피의 어깨 위에 걸쳐진 미하엘의 팔에 닿자 뒤로 흠칫 물러났다. 그는 조심스럽게 팔로 페피의 허리를 감았다.

"그렇게 하지 말고."라고 에블린이 말했다. "그냥 가서 서기만 하면 돼."

"자, 출발!" 아담이 명령을 내렸다. 그들은 또 한 걸음 발을 앞으로 내딛었다. 그러고 나서 페피는 언덕진 오솔길을 앞장서 걸어갔다. 택지와 포도밭을 꾸불꾸불 지나는 오솔길이었다. 위쪽 거리에서 그들은 곧장 다시 방향을 바꾸어 세게디로저하우스라고 적힌 표지판을 따라갔다. "여기 이건 분명 이백 년도 더 됐을 거야." 그 앞에 도달하자 페피가 말했다.

사람들이 여남은 명 레스토랑 테라스 반대쪽에서 기다리고 있었다.

"나중에 우리 여기서 밥을 먹자."라고 미하엘이 말했다. "적어도 한 번은 내가 한 턱 내야겠어."

그 뒤로는 숲이 시작되었다. 그들은 돌투성이 길을 느릿느릿 힘겹게 걸었다. 배낭을 멘 페피가 앞에 갔고 그녀 뒤에는 에블린이, 맨 뒤엔 미하엘이 따랐다.

십오 분쯤 지나자 오르막길이 끝나고 이제 길은 포도밭을 대각선으로 가로질렀다.

---

* Anno Domini, 약자로 AD. 라틴어로 '우리 주님의 해'라는 말로서 서기를 이름.

"벌써 수확기인가?"라고 미하엘이 물었다. 그들은 사람들의 목소리와 포도송이가 플라스틱 양동이에 떨어지는 소리를 들었다.

"저건 츠바이겔트 종이에요."라고 페피가 말했다.

포도밭 주인은 페피를 알아보자 포도 몇 송이를 잘라 냈다. 그는 엄지와 검지 사이에 포도를 들고 울타리 너머로 한 송이씩 건네주었다. 그들 일행은 양손으로 그것을 받아 들었다. 그들은 작고 단 포도를 먹으며 계속해서 걸었다.

날이 또 한 번 8월만큼이나 더웠다. 그들 앞에 펼쳐진 호수와 만에서는 보트들이 교차하고 있었고 무르익다 못해 바닥에 떨어진 자두 위를 벌들이 윙윙대며 날고 있었다. 한 좁다란 돌계단에 이르렀을 때 그들은 계단을 따라 올라갔고 바위를 깎아 만든 벤치에서 휴식을 취했다. 벤치에서는 축축한 냉기가 느껴졌다. 위에 다다르자 멀지 않은 곳에 십자가가 있었다. 1857년에 제작된 돌 십자가였는데 납으로 만든 예수의 몸에서는 무엇보다도 핏방울이 눈에 띄었다. 거기서부터 멀지 않은 곳에 쓰레기통이 넘쳐나 쓰레기가 산을 이루고 있었다.

그들은 십자가 아래 바위에 걸터앉았다. 계곡으로부터 2~3미터쯤 떨어진 곳이었다. 반대편, 벌러톤 호수 남쪽 지역은 구릉 둘을 제외하면 평지였다. 물에 반사된 태양이 빛을 발했고 수면에는 구름 그림자가 땅에서보다 훨씬 더 선명하게 드리워 있었다. 구름은 꼼짝하지 않는 것 같았다. 아래에 있는 포도밭은 마치 눈금이 그려진 제도판처럼 보였다. 연기가 나는 곳을 보면 어디선가 불을 지폈음을 짐작할 수 있었다. 그들과 거의 같은 높이에서 종달새 한 마리가 허공을 날았다.

그들은 차를 담은 보온병을 돌려 마셨고 페피가 비닐로 싼 샌드위치를 나눠 주었다. 아담은 땀에 젖은 셔츠를 벗어 바위 위에 펼쳐 놓은 다음 사진을 몇 장 찍었다.

　　"저 아래로 내려가면 와인 소스에 마늘을 곁들여 석쇠에 구운 메기를 먹을 수가 있는데."라고 미하엘이 말했다.

　　"내일 떠나?"라고 카탸가 물었다.

　　미하엘이 고개를 끄덕였고 사과 조각을 입안으로 밀어 넣었다.

　　"우리를 기다려 줄 거라고 생각했는데."

　　"나도 너무 그러고 싶어. 하지만 안 돼."

　　"그들이 거짓말을 한 거야. 우리를 그냥 빨리 내보내려고 그랬던 거야."

　　"내가 장담해. 절대 지어낸 이야기나 동화가 아니야."

　　"난 도저히 못 참겠어."라고 카탸가 말했다. "날 트렁크에 싣고 가 주면 안 될까?"

　　"차에 트렁크가 없는걸."

　　"그렇다면 덮개나 자루 밑에 숨어서. 어떻게든 될 거야. 검문도 더 이상 안 하잖아. 검문을 한다 하더라도 우릴 통과시켜 줄 거야."

　　"내 말을 믿어. 이제 정말 며칠 안 남았어."

　　"위험을 감수하고 싶지 않은 거지."라고 카탸가 말했다.

　　"무슨 생각을 하는 거야? 나더러 저 여자가 몰래 내 차에 탔는지 전혀 몰랐어요, 그렇게라도 말하라는 거야?"

　　"그렇게 말할 수도 있지."

　　"뭔가 좀 다른 얘길 하면 안 되겠어?"라고 아담이 물었다. "여기보다 더 아름다운 데가 또 어디 있다고." 그는 페피와 함께 기념물이 있는 곳으로 올라갔다.

버더초니 행 기차가 보이기 전, 그들은 사이렌 비슷한 경적 소리를 들었다. 기차 바퀴의 박자가 점점 느려졌다. 기차가 멈추자 역사 안에 안내 방송이 요란하게 울리기 시작했다.

아담은 손으로 짚어 가며 십자가 받침대에 끌질했거나 새긴 이름과 연도를 읽었다. 연도가 오래되면 오래될수록 조각 솜씨가 더욱더 정교했다. "페피."라고 아담이 말하며 반원으로 고부라진 두 월계수 가지 위에 있는 이름을 가리켰다. "키시 가보르, 1889년. 여기 1889년도 사람이 또 한 명 있어. 보도 요제프. 누군가에게 부탁해서 여기 우리 이름을 새겨 달라고 해도 되겠네. 그럼 백 년 뒤 사람들도 여기서 감탄할 거리가 생기겠지."

"그래."라고 페피가 말하며 고개를 끄덕였다. "그럼 우리 밤에 와야 해. 그런 거 할 수 있는 사람을 한 명 알아."

"응." 아담이 고개를 끄덕였다. 그들은 다른 사람들에게로 돌아갔고 그는 셔츠를 다시 입었다.

페피가 계속해서 그들을 전망대로 데리고 갔다. 거기에서 그들은 너른 평야 위에 뾰족이 솟은 구릉을 보았다. 그녀는 로마인들에 대한 이야기를 들려주었고 그들 때문에 아직도 로머이 거리라는 거리 이름이 불리는 것이라 말했다. 또한 화산암이 포도 농사에 적합하다고 설명했다. 그 외에 그들은 비교적 말을 많이 나누지 않았다. 미하엘은 여러 번 팔을 에블린의 어깨에 감았지만 에블린은 그가 하는 말에 언제나 한두 음절로만 대구를 할 뿐이었다. 길이 좁아 모두 어쩔 수 없이 한 줄로 걸어야 할 때가 많았다. 페피는 아담과 거리를 가깝게 유지했다. 마지막 구간에서 에블린은 카탸와 페피 사이에서 걸었고 두 남자는 테라스에 혹시 남아 있을지도 모르는 빈자리를 맡기 위해서 바삐 앞장서 걸었다.

오후에 그들은 호수로 내려가 볕을 쬐며 커피를 마셨다. 카탸만이 물에 들어갔다. 그녀는 페피가 구조 대원에게 알려야겠다고 생각했을 정도로 멀리까지 헤엄쳐 들어갔다.

저녁 7시가 되기 직전, 그들은 음식이 차려진 식탁 앞에서 언절 부부를 기다렸다.

"오늘 참 좋았어."라고 에블린이 말했다.

바로 그 순간 그들은 집 안에서 언절 부인이 외치는 소리를 들었다. 그녀의 팔이 플라스틱 발 아래에서 허우적거렸다. 그녀는 아담이 만든 블라우스를 입고 있었다.

"이리 오세요, 이리 좀 와 보세요!"

카탸와 에블린과 미하엘이 텔레비전 앞으로 뛰어갔다. 아담은 잔에 음료를 더 따랐다. 그는 잔을 들고 일어났다. 하지만 안으로 들어가는 대신 작은 우리 앞에 멈춰 서서 거북이를 관찰했다. 거북이는 물이 든 납작한 그릇 안에 엎드려 있었다.

"아담." 페피가 그를 불렀다.

안에서 언절 부인의 목소리가 들려왔다. 그녀가 통역을 하고 있었다.

"이젠 정말로 다 된 거 같아."라고 페피가 말했다.

카탸와 미하엘이 비명을 지르자 그녀 역시 깜짝 놀랐다.

"잠깐 실례." 아담이 그렇게 말하며 잔을 식탁에 도로 올리고 나서 젖은 손을 바지에 문질러 닦았다.

37
축하의 모닥불

집 앞 진입로에서 아담과 언절 씨는 크고 작은 나뭇가지와 나무 토막들을 모아 높이 쌓아 올렸다. 아담은 미하엘의 라이터를 빌렸고 알코올을 적신 헝겊으로 불을 지폈다. 그 주위 의자에 언절 가족과 손님들이 앉았다.

"아버지한텐 승리의 순간이야. 줄러 호른*을 몹시 싫어하시긴 해도 말이야. 임레 너지**의 6월 장례식만큼이나 중요한 일이지."라고 페피가 통역했다.

"1956년에 남편은 열아홉 살이었어요. 이 사람은 당시 일어난 모든 일을 다 겪었죠."라고 언절 부인이 말했다. "전부 다 겪었어요."

"그 후엔 정말로 한 번도 부다페스트에 가신 적 없어요?"라고 카

---

* 헝가리 정치가(1932~). 1989년 외무부 장관으로 있던 때 오스트리아로 통하는 국경을 열었다.
** 헝가리 정치가(1896~1958). 총리를 지냈으나 1956년 스탈린 체제를 비판한 후 고국에서 추방되었다. 1958년 소련 당국에 연행되어 처형되었다.

탸가 물었다.

"네. 공항에만 두 번 갔어요. 하지만 지금은, 이제는 꼭 갈 거예요. 이젠 그도 가 봐야지."

"부다페스트에서는 어딜 가나 다 마찬가지야. 거의 모든 집 벽에 총탄 자국이 있어. 아니면 그 위에 새로 회칠을 했거나."라고 페피가 말했다.

"1956년의 영웅들을 위하여!" 미하엘이 잔을 높이 들어 보이며 언절 씨를 향해 고개를 끄덕였다.

"내가 만일 이곳에 산다면……." 감자가 꽂힌 꼬챙이를 불 속에 대고 든 채 아담이 말했다. "나 역시 부다페스트에는 죽었다 깨어도 가지 않을 겁니다."

"그렇게 말하면 안 돼요, 아담 씨. 남편한테는 부다페스트가 전부였어요. 친구와 가족, 여자아이들, 카페, 극장, 영화관, 수영장. 그걸 포기해야 한다는 건……. 부다페스트는 세상에서 가장 아름다운 도시였어요."

"난 아빠에 대해서 감탄을 금할 수 없어. 단호한 결정을 내린 후 대학에 진학하려던 결심을 포기하셨거든."

"어째서 아저씨는 서쪽 진영으로 가시지 않았나요? 가능한 일이었을 텐데요, 안 그래요?"라고 카탸가 물었다.

"아무도 이해하지 못하죠. 애석하게도. 내가 아내로서 이렇게 말하면 이상하게 들릴 테지만, 결론적으로 말해서 만일 그랬더라면 난 언드라시를 만나지 못했을 거예요. 부다페스트에서였다면 그가 나 같은 여자를 아내로 맞으려고나 했겠어요?"

"참, 엄마. 두 분은 어디에서라도 만나셨을 거예요. 그런 말씀 하지 마세요."

"부다페스트에 있는 여자들은 완전 달랐지."

"아빠의 제일 친한 친구가 중상을 입어서 다리를 잘라야 했어. 그는 스스로 총을 쏘아 목숨을 끊었지. 그래서 내 원래 이름이 요제퍼, 그러니까 요셰피네래."라고 페피가 말했다.

"그의 단호한 결심을 보며 난 사실 무서웠어요. 그런 사람은 처음 봤으니까요. 페피가 세상에 나왔을 때 난 겨우 열일곱 살이었거든요. 그가 뭘 배웠겠어요? 손가락이나 튕기고 와인 마시고 그걸 여기서 배운 거예요!"

"아빠가 방금 말씀하시길, 모두에게 배신을 당했던 거래. 모두가 아빠와 친구들을 배신했대."

언절 씨가 계속해서 말을 이었다. 그의 목소리는 쩍쩍 갈라지며 마치 매 순간마다 기침을 해야 할 것처럼 들렸다.

"미국인들이, 적어도 그들이 도와줄 줄 알았대. 그들은 무기조차 보내 주지 않았어. 아빠한테 어린 친구가 하나 있었대. 그는 스위스에서 사립 기숙사 학교에 다녔는데 모두가 외교관 자제들이었대. 그때 그는 아무도 감히 헝가리를 도우려고 하지 않을 것임을 알았대."

언절 씨가 일어나 비틀거리는 발걸음으로 집 뒤편으로 사라졌다.

"가만히 계세요. 엄마. 아빠를 그냥 놔두세요."

"네 아빠는 너무 예민해. 아예 그 얘길 시작하지 말걸 그랬구나."

"아빠가 먼저 시작하셨어요. 그런 얼굴 하지 마세요. 아빠는 거의 아무것도 마시지 않았어요."

"미안해요. 우린 그런 얘긴 거의 안 하거든요……. 남편은 아직도 믿어요. 우리 헝가리에서 유럽의 자유가 태동한 거라고."

"그건 아빠 말이 아니에요. 러요시 코수트*의 말이에요."

"그 시가 어떻게 되더라?"라고 언절 여사가 물었다. "마자르**가 버림받아…… 버림받아……."

"'버림받아, 마자르의 비겁한 민중에게서 내팽개쳐져.' 아빠는 심지어 페퇴피 클럽*** 회원이셨어."

"무슨 클럽이라고?"라고 카탸가 물었다.

모두가 언절 씨를 향해 몸을 돌렸다. 그는 왼손으로 무엇인가를 안고 오른손에는 잡지 한 권을 들었다. 그는 잡지를 에블린에게 줬다. 《타임 매거진》1957년 1월호 표지에 지식인으로 보이는 한 젊은 청년이 머리를 조금 숙인 채 손에는 짧은 총을 들고서 무엇인가를 엿보고 있었다. 그의 손가락은 방아쇠를 감고 있다기보다는 가볍게 건드리고 있었다. 제목 아래에는 "Hungarian Freedom Fighter(자유를 위해 싸우는 헝가리 전사)"라는 글씨가 있었고 오른쪽 윗부분 구석 리본 위에는 "Man of the year(올해의 인물)"라고 적혀 있었다.

언절 씨는 그대로 서 있었다. 그가 천을 하나 펼치더니 양손으로 붙잡았다. 한쪽 모서리에는 불에 탄 자국이 있었다.

"국기인가요?"라고 미하엘이 물었다.

"아빠가 구해 냈어요. 만일 발각되었더라면……."

"설명하자면요……." 언절 부인이 손짓을 했다. "가택수색, 진짜

---

* 헝가리 민족주의자(1802~1894).

** 헝가리의 다른 이름.

*** 헝가리 시인 산도즈 페퇴피(1823~1849)의 이름을 따 만들어진 젊은 지식인들의 모임. 처음에는 공산당 엘리트 양성 기관 역할을 했으나 나중에는 자유와 독립을 요구하며 공산주의 체제에 저항했다.

가택수색!"

"정말요? 한 번도 저한테 이야기해 주신 적 없어요!"

"넌 그때 막 태어났어. 네 아빠는 지하실에 있었고. 아이고, 내가 그때만 생각하면. 하지만 그들이 지하실로 내려가는 문을 못 본 거야. 이쪽저쪽, 이쪽저쪽으로 왔다 갔다만 하더라고. 그가 국기에 불을 붙였지만 타지 않았어. 알코올을 들이부었는데도. 그때 그들이 돌아간 거야. 내가 국기를 빨고 또 빨았지만 냄새가 가시지 않았지. 별 도리가 없었어. 그 냄새가 이십 년을 가더라니까."

"그들이 국기를 가지고 있는 아빠를 발견했다면요?"

"감옥행이지, 적어도."

"언절 씨는 국기를 구하기 위해서 태우려고 했던 거야."라고 아담이 말했다.

"그게 무슨 말이지?"라고 미하엘이 물었다.

"그러니까, 태워 버리는 게 낫다는 거지. 잘못된 사람들 손에 들어가기 전에. 그보다 더 극진하게 사랑을 증명할 수 있는 방법은 세상에 없을 거야."

"이게 뭐죠?"라고 에블린이 물었다. "이게 무슨 강이에요?"

"우리 코슈트 군을 대표하는 문양이에요." 언절 부인이 낮은 소리로 중얼거렸다. "네 줄기 강과 세 개의 산." 더욱더 낮은 목소리로 말하며 그녀는 남편에게로 몸을 돌렸다. 그는 그녀에게 단 한 번도 시선을 주지 않았다. 폐피가 부드럽게 아버지를 설득하자 그는 짧고 무뚝뚝하게 대꾸했다. 그때 안경이 그의 이마에서 눈 앞으로 미끄러져 내렸다.

"아빠는 국기를 게양하고 싶으시대. 언젠가 한번 그걸 높이 걸어서 모두가 보도록 하고 싶으신 거야."

"누가 그걸 본단 말이지? 이웃들? 네 아빠 술에 취했어. 또 취한 거야."

"우리 아버지는 1933년에 태어나셨어."라고 아담이 말했다. "1945년 이라면, 그 연령대 사람들은 모든 것에 동참하기에는 아직 너무 어린 나이였지만 무슨 일이 일어났는지를 이해하기에는 충분히 성숙했어. 그들 중에서는 서쪽으로 망명한 사람도 없었고, 당에 가입한 사람도 없었지. 그걸 이해하는 사람 역시 아무도 없었지."

언절 씨는 깃발을 접은 뒤 양손으로 받쳐 들고 입을 맞췄다. 그는 깃발을 무릎 위에 올린 채 의자에 앉아 안경을 다시 이마 위로 올린 다음 잔 위로 몸을 숙였다.

"난 그걸 점점 더 명확하게 이해할 수 있어."라고 아담이 말했다. "아무도 더 이상 그들을 기만할 수는 없었어. 심지가 강한 사람이라면 누구나 모든 것들에 거리를 두게 되지." 그는 감자가 익었는지 만져 보며 시꺼멓게 탄 껍질을 벗겨 내려고 애썼다.

"내가 그걸 이해하지 못하는 이유는 아마 너무 슬프고 희망 없이 들리는 이야기라 그럴지도 몰라. 마치 인생이 처음부터 다 끝나 버린 것처럼 말이야. 적어도 시도는 해 봤어야 하잖아."라고 카탸가 말했다.

"뭘 시도할 건데? 그게 무슨 소용이지?"라고 아담이 물었다.

모두들 카탸를 바라보았다. 잠깐 동안 아무 말도 없다가 그녀가 말했다. "행복해지는 거지 뭐. 어디로든 나아가 보는 것. 어디든 가능한 곳을 찾아. 그런 대로 이성적으로 살 수 있는 데를 찾아. 난 계속해서 시도할 거야. 계속해서. 그게 아니라면 난 창문에서 뛰어내릴 거야."

"세상엔 이거 아니면 저거라는 경우만 있는 게 아니거든."이라고 아담이 감자에서 시선을 떼지 않은 채 말했다. "카탸도 여기 삶이 정말로 아무것도 아니라고 말할 수는 없어. 또 언드라시 씨나 우리 부모님 같은 사람들이 스스로를 팔아넘기지 않은 것만으로도 충분한 거야. 아무도 그들을 매수할 수는 없었다는 사실 하나만으로도. 우린 그걸 진지하게 생각해 봐야 해."

"진정한 철학자시군요. 우리 아담 씨는!" 언절 부인이 부르짖었다.

"난 비판하는 게 아니야, 아담. 내게 그럴 자격이 어디 있어."라고 카탸가 말했다. "그냥 이 느낌, 나라면 그렇게는 살고 싶지 않다는 느낌인 거지. 지금처럼 간절히 떠나고 싶었던 적은 한 번도 없었어. 바로 이 순간처럼. 당장이라도 뛰쳐나가고 싶을 정도야."

"너희들한텐 그 편이 제일 좋을 거야."라고 페피가 말했다.

"적어도 카탸한텐 좋을 거야."라고 아담이 말했다.

"아빠, 한번 큰 소리로 손가락을 튕겨 보세요!" 페피가 헝가리어로 부탁을 반복했다. 언절 부인은 고개를 흔들었다. 갑자기 언절 씨가 손을 들더니, 마치 나무로 만든 손가락인 양 그의 손에서 건조하고 큰 소리가 났다.

"한 번 더요."라고 페피가 외치며 목을 움츠렸다. 하지만 언절 씨는 다시 와인 잔으로 몸을 숙였다. "좋은 여행 되시길 빕니다."라고 그가 독일어로 말하며 에블린을 향해, 그리고 카탸를 향해 잔을 들었다. 뜨거운 감자를 한쪽 손에서 다른 쪽 손으로 옮기고 있던 아담만 빼고는 모든 이들이 잔을 들었다. 에블린의 잔이 또 한 번 비었다. 그렇지만 그녀는 잔을 입에 대고 기울였다.

38
또 한 건의 자동차 여행

"내가 지금 잘 수 있을 거라고 생각하다니, 참 마음도 편하네!"

"하지만 그런 상태에서?!"

"자동차 모는 거, 내가 도저히 못 하겠는 일 중에서도 제일 자신 없는 게 이거야. 겁나?"

"나 때문에 그렇게 질주할 필요는 없어. 게다가 바람이 많이 들어오는데."

"그녀는 후회할 거야! 그녀가 후회한다는 거 난 잘 알아! 그녀는 술에 취했어, 아주 완전히!"

"우리 모두가 다 좀 과음을 했지……."

"내 말은, 밤에 말이야. 밤에 그녀가 완전히 정신을 잃을 정도로 취했단 말이야. 미친 사람처럼 말을 했어. 정말이야. 똑같은 말만 되풀이하면서, 정신을 잃은 사람처럼."

카탸는 담배에 불을 붙여 미하엘에게 건네주었다. 깨진 유리창 때문에 그녀는 풀오버와 겨울 점퍼를 껴입었고 머리에는 티셔츠를 감았다. "돌아가. 정말이야. 돌아가. 난 어떻게든 혼자 넘어갈 수 있으니까."

"그럴 수 없어. 안 된다고!" 미하엘이 운전대를 너무 세게 쳐서 차가 흔들거렸다.

"미쳤어!"라고 카탸가 외쳤다.

"왜 너희들은 내 상황을 이해하지 못하지? 휴가 기간이 끝났단 말이야. 이번 주만 해도 은총이었던 거고, 지난주도 벌써 충분히 자비로운 은총이었단 말이야. 사람들이 나를 기다려! 하지만 너희들은 그런 건 전혀 모르지. 사람은 일도 해야 산다는 것, 그게 너희들한텐 너무나 낯설겠지!"

"그렇진 않아."라고 카탸가 말했다. "하지만 미하엘 씨가 에비를 사랑한다면, 그녀를 진정으로 사랑한다면……. 내가 미하엘 씨와 함께 가면 안 되는 거야."

"그녀를 위해서 내가 제안을 했던 거야. 그녀가 혼자 있지 않도록, 좀 일이 간단해지도록. 그게 어디 나 좋자고 한 말인가? 나한테 그런 비난을 하다니 참, 어처구니없는 일이야!"

"결국 역시!"

"'결국 역시'라니?"

"그러니까 결국 역시 나 때문이었던 거네!"

"아니야."

"두 사람 나에 대해서 이야길 나눴잖아."

"그녀는 카탸 씨가 대단하다고 칭찬을 했어. 즉각 말했다고. 나더러 카탸 씨를 데려가라고."

"나를?"

"그 트렁크 이야기 때문이야. 자기보다 서쪽에 더 잘 어울리는 여자는 카탸 씨라는 둥, 뭐 그런 얘기."

"난 그녀도 같이 갈 줄 알았어."

"나야말로 그렇게 믿었지! 우리가 얼마나 많은 계획을 세웠는데! 그녀는 대학에 들어가기로 했고 즉시 공부를 시작하겠다고 했어. 그녀는 브라질에도 가고 뉴욕에도 가고 이탈리아에도 가고 싶어 했어. 나는 그래, 그렇게 하자, 우리 함께 네가 원하는 건 뭐든지 다 하자, 그랬지."

"그녀에겐 미하엘 씨가 아주 새로운 경험이었어."

"그랬지. 맞아, 그랬어. 지난 일이야. 끝났다고."

"난 그런 뜻으로 말한 게 아니야."

"하지만 난 그래."

"돌아가야 해. 정말로, 돌아가!"

"매일 밤 그녀가 몰래 내 방으로 건너왔어. 매일 밤. 얼마나 많은 동경이 그녀 마음속에 있는지 알 수 있었어. 그야말로 굶주려서……."

"성적으로 말이야?"

"전부 다. 성에도 굶주렸고, 자신을 꼭 붙잡아 주는 것에도, 애무에도, 미래를 위해 계획을 짜는 일에도, 뭐든지 다! 나한테 다 얘길 했어. 무덤 속 같은 그 시골 마을에 매장된 기분이 어떤지! 그녀가 나한테 그런 얘길 했다고. 산 채 매장되었다고. 하지만 아담은 그걸 알아채지 못한다고. 아니면 일부러 모르는 척했던가. 적어도 이젠 난 그를 안 봐도 돼! 적어도 그는!"

"아담은 자기 삶에 있는 그대로 만족하는 거야. 그렇게 소박한 사람들도 있으니까."

"소박!? 그가 소박하다고?! 그녀한테 다 들켰는데도? 그녀가 엉엉 울면서 왔을 때 나도 그 자리에 있었어. 그가 어떤 요물스럽고 늙은 여자와 놀아나는 바람에. 그것도 처음도 아니고. 그것도 나한테 다 얘기해 줬어. 그래서 그럼 모두 다 같이 떠나자고 하니까 그녀가 단번에 우리 목을 끌어안았던 거고……."

미하엘은 바르트부르크 한 대를 추월했고 차들이 마주 오는데도 동독 자동차들을 다 지나칠 때까지 중앙선 위를 달렸다.

"걱정 마. 이 도로는 차 세 대가 나란히 달릴 수 있을 만큼 넓어."

"그다음은?"

"그녀가 갑자기 나한테 왔어. 난 처음에 그녀가 그저 잠깐 재미를 보려고 그러는가 보다 하고 생각했지. 하지만 그러기에 그녀는 너무 소극적이었어. 적어도 처음엔 그랬지. 난 일단 일이 빨리 진행되어야겠다고 생각했고. 모나가 알면 안 되니까. 하지만 그녀가, 뭐랄까, 잘은 모르겠지만 아주 긍정적인 이야기를 했어. 그렇게 예쁜 여자가 그럴 수도 있다는 걸 꿈꾼 적도 없어."

"뭐가?"

"솔직히 누구나 바라는 거지. 난 그런 건 영화에서나 볼 수 있는 일이라고 생각했거든. 아이도 없고, 이혼한 적도 없고, 아주 젊고, 그런데도 어쩐지 뭔가 좀 색다른. 아무튼 난 그렇게 생각했지. 순전히 내 실수였어. 메르드!"

미하엘이 또 한 번 운전대를 내리쳤다.

"'색다르다'는 게 뭐지?"

"어떤 여자가 나 한 사람 때문에 모든 것을 다 놔두고 떠난다면 그건 진짜 믿을 수 없는 일 아닌가?"

"그래."

"그게 나한테 그토록 확신을 줬던 거야. 그래서 난 그 여자와 모든 일을 다 함께한 거고. 그녀는 자꾸만 미안하다고 했어. 언젤 가족도 물론 그의 편이었으니까. 그들에게 난 그저 나쁜 서쪽 사람일 뿐이었잖아. 에브가 굉장히 괴로워했어."

"미하엘 씨도 괴로웠겠지."

"그런 여자가 갑자기 끝장을 선고하면 도대체 무슨 생각을 더 할 수 있겠어?"

"그녀는 끝내자고 하지 않았어."

"그녀는 내가 더 머물기를 바랐어. 한 주 더."

"그리고?"

"그 후라면 그녀 역시 함께 갈지도 모르겠단 거야. 어쩌면 그럴 수도 있다는 거야. 난 그녀에게 사람들이 나를 기다린다, 벌써 이 주째 나를 기다린다고 설명했어. 기다린다는 표현은 전혀 적합하지가 않아! 내가 없으면 그들은 아무것도 할 수가 없다고."

"그녀는 계속 벌러톤 호수에 머물려고 했고?"

"그럼."

"그게 다야?"

"'그게 다야?'라니?"

"그러니까, 만약 그녀가……."

"난 일을 해야 해. 원, 빌어먹을. 일해야 된다고. 왜 아무도 이해하지 못하는 거지?"

그 후 차를 달리는 내내 두 사람은 거의 아무 말도 나누지 않았다.

그들이 쇼프론을 지나 국경 역에 다 왔을 때 카탸는 머리에 감은 티셔츠를 끌어 내리고 손가방에서 임시 여권을 꺼냈다.

"그들이 날 돌려보내면 어떻게 하지?"

"도장이든, 이 종이쪽지든 하여간 이제 아무 관심도 없을 거야."

그들 뒤에 있는 트라반트에서 자동차가 퉁퉁대는 소리와 흥분한 목소리가 들려왔다. 국경 검문소에 다다르기 직전에야 그들은 도로 변의 사람들을 보았다. 스무 명이 채 되지 않았다. 그들이 너무도 요 란하게 떠들어 댔으므로 카탸는 그들을 향해 미소를 지으며 손을 흔들었다.

하지만 그들은 빨간 파사트와 그 안에 탄 사람들에게 전혀 주의 를 기울이지 않았다. 사람들은 드레스덴 번호판을 달고 그들 앞에 있는 흰색 라다와 그 안에 탄 두 남자, 그리고 그들 뒤에 있는 트라 반트를 보며 환호성을 질렀다. 트라반트는 너무 바싹 붙어 있었기 때문에 조수석에 앉은 여자의 뺨에 흘러내리는 눈물을 알아볼 수 있을 정도였다.

"저 앞에 카메라가 있네."라고 미하엘이 말했다. "마음의 준비를 단단히 하라고."

39
오해

"그건 당신이 알아야 할 문제야."라고 에블린이 말했다.

"알잖아, 내가 뭘 원하는지. 하지만 그가 갑자기 여기 또 나타나면 어떡해?"

"그런 일로 당신이 골머리 썩일 필요 없어."

"그래도 머리가 아픈걸."

"그는 다시 오지 않을 거야. 이건 그와는 아무 상관도 없는 문제야."

"아하."

"이젠 나한테로 올 거야 아니면 페피네서 머물 거야?"

"내가 왜 페피네서 머물러?"

"아담, 제발! 나도 두 눈 똑바로 잘 달렸거든."

"난 그저 가봉 때문에 딱 한 번……."

"나 아무것도 알고 싶지 않아. 나를 좀 보호해 줘."

"보호한다는 말 한번 잘한다. 당신은 나를 보호해 주기나 한 것처럼."

"지금 싸우자는 거야? 페피 치마가 예쁘게 되었더라. 나도 그런 거 하나 가지고 싶어."

"물론 가질 수 있지. 옷감이 아직도 남았으니까." 아담이 빈 물병으로 손을 뻗었다. 그는 물병을 높이 쳐들고 종업원 여자가 그를 쳐다볼 때까지 기다렸다.

"둘이서 여기 자주 왔어?"라고 그가 물었다.

"딱 한 번. 춤추러. 그들이 우리 물건을 다 훔쳐간 날."

"기분 좋은 추억이 아니겠군."

"어떻게 생각하느냐에 따라 다르지. 정신이 하나도 없는 날이었어." 에블린은 커다란 안경을 쓴 검은 머리 남자를 건너다보지 않으려고 애썼다. 그는 아담으로부터 탁자 세 개 뒤에 앉아 있었는데 끊임없이 그녀를 쳐다보았다.

"우리 편 사람들이 그랬다고 믿어?"라고 아담이 물었다.

"뭐라고?"

"이제 우리 진짜 반대에 부딪히겠군."

"그만둬. 모레면 다 끝날 거야. 두고 봐. 사람들이 얼마나 빨리 서쪽에 도착하는지."

"그래도. 헝가린 이제 서쪽 진영 여행지나 다름없어. 그리고 이젠 폴란드 역시 동참하지 않아."

"물어뜯을 게 없으면 없을수록 그들은 아가리를 크게 벌릴 거야. 곧 헝가리로도 사람들을 못 가게 하겠지." 그녀는 담배를 눌러 껐다.

"돈은 좀 남았어?"

"거의 전부 다. 2500, 뭐, 그 정도."

"코루나를 환전했어. 기름 탱크는 꽉 찼어." 아담은 빈 커피 잔들과 물병을 가리켰다.

"이걸 지불할 정도로는 충분해."

"여기서 돈 좀 못 벌었어?"

"나한텐 여기 무기한 숙소가 있어. 적어도 성탄절까지는."

"안 돌아갈 거야?"

"당신이 안 가면 나도 안 가. 나 여기서 일 같은 건 구할 수 있어. 언제든지, 얼마든지."

"페피가 나더러 여기서 독일어 가르칠 생각 없냐고 묻더라. 여자 러시아어 교사 둘을 아는데 이제부터 독일어를 가르쳐야 한대. 하루 아침에 갑자기."

"얼마나 더 있을 생각인데?"

"날이 좋은 한 며칠 더. 하인리히는 어떻게 됐지?"

"시동 장치 제어기가 필요해. 새 제어기만 있으면 돼. 언절 씨가 구할 수 있기를."

"언절 씨는 손재주가 뛰어나. 그가 엘프리데를 위해 만든 상자, 당신도 봤지?"

"거북이를 위한 최고급 아파트지. 엘피는 분명 여기 남고 싶을걸."

종업원이 계산서를 들고 왔다. 에블린이 아담에게 지갑을 건네주었다.

"당신, 뭐 더 주문한 거 없었어?"

"밖에 나가서 뭘 좀 더 마실래."라고 아담이 말하며 돈을 냈다.

그녀가 그에게 반쯤 찬 잔을 내밀었다. 아담이 그것을 받아 다 마셨다. 검은 머리 남자도 계산을 했다. 그들은 자리에서 일어나 레스토랑을 떠났다.

"사실은 절망적이지만." 아담이 에블린을 쳐다보며 말했다. "하지만 당신을 위해서 이 청바지보다 훨씬 더 좋은 바지를 구해 줄 순 없을 거야."

"나 여기서 진짜로 살이 쪘어. 이제 당신 마음에 들어?"

에블린은 걸어가며 밀짚모자를 썼다. 그녀는 주위를 두리번거리지는 않았지만 검은 머리가 그들을 뒤쫓는다는 느낌을 받았다.

방파제처럼 호수 안으로 들어간 선착장 앞에서 한 노인이 그녀에게 독일어로 말을 걸었다. 그의 바구니 안에는 커다랗고 진한 초록색 나뭇잎 위에 무화과가 놓여 있었다.

"한번 먹어 봐요, 한번 먹어 봐요."라고 그가 말했다. "얼마든지 많이 가져가요."

에블린은 손가락으로 조심스럽게 무화과를 문지른 다음 한 입 베어 물었다. 아담이 그녀의 지갑에서 돈을 꺼냈다.

"아주 싱싱하지. 내 정원에서 나온 거라오."라고 노인이 말했다. 에블린이 고개를 끄덕이며 노인의 울퉁불퉁한 손을 응시했다. 노인의 손이 바구니에 든 가장 좋은 무화과를 집어내고 있었다. "가져요, 여기. 다 가져요."

아담이 돈을 냈고 그들은 계속해서 걸었다. 검은 머리 남자는 정말로 그들 뒤를 따라오고 있었다. 작고 마른 체구였다.

"아까 그 노인 손 봤어? 꼭 나무뿌리 같지?" 에블린이 물으며 팔을 아담의 어깨 위에 걸쳤다. "판때기처럼 굵은 상처가 팬 엄지랑."

"난 예전에는 전혀 이해할 수가 없었어. 벌러톤 호수를 왜 우리 동독 사람들이 플라텐 호수라고 부르는지."라고 아담이 말했다.

"뒤돌아보지 마."라고 에블린이 말했다. "어떤 놈이 몰래 우리를 미행하고 있어. 혹시 아는 사람이야?"

배의 출발을 지켜보던 몇 사람이 그들 쪽을 향해 마주 걸어오고 있었다. 선착장 가장자리에는 낚시꾼들이 앉아 있었다.

"안녕하세요."라고 검은 머리 남자가 말하며 그들 앞에서 아담에게 손을 내밀었다. "바르네뮌데에서 별 볼일이 없으셨나요? 아니면 우리가 여기 지금 발트 해에 와 있는 건가요?"

에블린은 그의 키득거리는 웃음소리를 들으며 그저 미친 남자려니 하고 생각했다. 양손에 각각 무화과를 든 아담은 팔 아래쪽을 그에게 내밀었고 그 남자는 아담의 팔을 잡았다. "전혀 못 알아 봤네요. 형씨 역시 이 곳에서 휴가를 즐기십니까?"

"글쎄, 뭐. 꼭 휴가라고는 할 수 없죠. 출장이라고 해야 하나요." 그가 또 한 번 키득거렸다. "아, 그냥 농담입니다. 비자를 받았으니 한번 여행도 하긴 해야겠다고 생각했어요."

"애석하게도 성함을 모르는군요."라고 아담이 말하며 에블린을 향해 몸을 돌리고 말했다. "주유소에서 일하시는 분이야. 저 아래, 종합진료소 앞에. 이분한테서 내가 바퀴 덮개를 얻었지."

"참, 세상 한번 좁지요. 우리들 세상은 특히 더 그래요. 어쩔 수 없지요."라고 주유소 직원이 말하며 또 한 번 웃음을 터뜨렸다. "제가 두 분을 알아봤으니, 그냥 인사나 하려고요. 또 뵙죠. 또 뵙겠습니다!"

"네."라고 아담이 말했다. "안녕히 가세요. 또 뵙죠."

에블린 역시 그에게 고개를 끄덕여 인사했다.

얼마간 더 걸어간 후 그녀가 "후우."라고 말했다. "뭔가 좀 섬뜩한 남자야."

"나도 그렇게 생각해."라고 아담이 말했다. "그래도 해로운 사람은 전혀 아니야."

"당신, 국경을 넘을 때 겁났어?"

"이상하게도 전혀 안 그랬어."

"정말이야?"

"당신만 생각했어. 내내."

"카탸를 트렁크에 숨겨 놓고도?"

"응, 당신하고 관계된 일이었는걸. 왜 그런지 이유를 댈 수는 없지만 아무튼 그랬어."

에블린은 다시 한 번 팔로 아담을 감쌌다. "나 이젠 진짜 엄마한테 전화해야 해. 엄마는 아직 아무것도 모르셔."

"엽서를 쓰기에는 다행히도 너무 늦었지."라고 아담이 말했다.

"그렇게 말할 수만은 없지. 아직 시간 있어."

"우리 내일 페리를 탈까? 티허니에서부터? 거기 굉장히 좋은 케이크 집이 있어. 당신도 알아?"

"아니, 몰라."라고 에블린이 말했다. "오늘 저녁에 책 읽어 줄래? 페피 방에 구스타프 슈바프* 책이 있어. 구식 알파벳으로 인쇄된 책한 권이 더 있고."

그들은 선착장 끝에 도착했고 두 낚시꾼 사이에 멈춰 섰다. 물은죽은 듯 조용했다. 오직 배 갑판 좌우로부터 작은 물결이 일어 호수너머로 넓게 퍼져 나갈 뿐이었다. 그들은 말없이 마지막 남은 무화과 두 개를 먹었다. 에블린이 아담에게 머리를 기댔다. 그 바람에 그

---

* 독일의 시인이자 작가(1792~1850).

녀의 밀짚모자가 약간 미끄러져 내렸다. 잠시 동안 마치 두 사람이
모자 하나를 함께 쓰고 있는 것처럼 보였다.

40
침대맡 독서

"하지만 그 상황을 잘 알았을 거 아니야. 늦어도 프라하에서부터는!"

"프라하에서부터란 게 무슨 말이야?"

"아니면 벌써 그 전부터. 내 가방을 가지고 있었으니까!"

"그래서?" 아담은 펼쳐진 책을 배 위에 올렸다.

"그 안에 전부 다 들어 있었는데. 서류들이랑 출생증명서, 예방접종 기록, 내 세례증까지도."

"내가 그걸 어떻게 알았겠어?"

"안 열어 봤어?"

"응."

"그럼 장신구는? 왜 나한테 장신구를 갖다 준 거지?"

"내가 말했잖아. 집에 두기가 불안해서 그랬다고."

"그 말을 하는 당신은 묘하게 웃고 있었어. 나한테 그건 어떤 징조같이 보였다고."

"드디어 당신 옆에 앉게 되었으니까 좋아서 웃었던 거지."

"그리고 오늘은…… 내가 말했잖아. 이젠 정말 엄마한테 알려 드려야겠다고!"

"당신이 어머니께 전화하려던 건 어머니가 당신이 어디 있는지 모르시기 때문이잖아. 난 당신이 동쪽 진영에 머물 줄 알았어. 나 때문에 머물 줄 알았지. 그러곤 우리 둘이 함께 집으로 돌아갈 거고. 정말로 서쪽 편으로 넘어가고 싶은 거야?"

"난 당신도 함께 가면 좋겠다고 생각했어." 에블린이 베개를 두드린 다음 양팔로 감싸 안고 그 위에 엎드렸다.

"내가 모든 걸 버릴 거라고 생각해? 집이며 정원, 무덤들, 전부 다? 도대체 무슨 상상을 한 거지?"

"당신을 기다리는 사람은 아무도 없잖아. 그러니 당신 같은 사람이라면 훨씬 쉽지!"

에블린이 일어나 창문을 닫았다.

"내가 늘 말했잖아. 돌아갈 거라고. 서쪽에 가서 나더러 뭘 하란 말이야?"

"그런데 왜 말과는 다른 행동을 보이는 거냐고. 왜 전부 다 가지고 따라온 거지? 서류며 장신구, 엘프리데. 당신이야 어디서든지 일자리를 찾을 수 있을 거고. 게다가 돈도 백배는 더 받을 거고. 왜 미하엘한테 물어봤지? 난 당신이 진지하게 생각해 보는 줄 알았어!"

에블린은 잠옷 바람으로 창턱에 기대고 팔짱을 꼈다.

"나야말로 당신이 여기 머물면 서쪽으로는 갈 생각이 없는 거라고 생각했지. 그럼 왜 미하엘의 차를 타고 떠나지 않았어?"

"그런 멍청한 질문이 어디 있어, 정말로. 그런 질문을 하는 당신한테는. 참, 그만두자."

아담은 일어나 그녀 앞에 서 있었다.

"내가 당신을 사랑하지 않았더라도 그 모든 일을 함께했을 거라고 생각해?"

"그렇다면 그런 멍청한 질문 좀 하지 마. 나 역시 가만히만 있었던 건 아니니까."

"그래, 좋아. 그렇다면 우린 비긴 셈이야."

"그게 무슨 뜻인데?"

"내가 당신을 비난하지 않겠다는 뜻이고 당신 역시 나를 비난하지 말란 거지."

"마치 이혼 계약서 문구처럼 들리는군." 에블린이 침대에 털썩 누웠다.

"언제부터 당신은 떠나겠다고 결심한 거야?"

"정말로 확실히 그래야겠다고 생각한 건 오늘 아침부터야." 그녀가 천장을 쳐다보았다.

"그 말이 진심이야? 그가 떠난 뒤부터란 게?"

"내가 아는 건 오로지 내가 돌아가지 않을 거란 사실뿐이야."

"그런데 왜?"

"왜 내가 그걸 오늘 아침에야 아는 거냐고?"

"왜 자기 나라를 버리고 떠나려는 거냐고."

"돌아가고 싶지 않으니까. 난 다시 식당 종업원 일을 하고 싶지도 않고, 또 한 번 대학에 자리가 나기를 고대하며 신청했다가 거절당하고 싶지도 않아. 나더러 왜 평화를 위해 일하지 않느냐는 등, 그런 빌어먹을 질문을 던지는 그 모든 낯짝들을 다시는 보고 싶지도 않고."

"달라질 거야. 삼세번이라고 하잖아. 그들이 당신을 받아 줄 거야."

"싫어. 이곳에선 자유를 마음껏 누렸어. 난 이제 거기에 너무나 익숙해졌단 말이야."

"익숙해졌다고? 무엇에?" 아담이 침대 모서리에 앉았다.

"계속 가겠다는 생각에. 난 계속해서 갈 거야."

"무슨 그런 이유가 다 있어?"

"나도 잘 몰라. 국경 너머 무엇이 그렇게 내 마음에 드는지. 하지만 한번 시험은 해 보고 싶어."

"시험을 한다라. 참 훌륭하네. 나중에 가서 결국 실수라고 판명되면? 우린 오직 한 번밖에 살지 못해."

"그래, 바로 그렇기 때문인 거야."

"당신은 한 번도 그런 얘길 한 적 없잖아!"

"물론 얘기했지. 당신이 직접 그 이론을 내놓고도 그러네. 제3국 통과며 여러 가지 탑승권이며. 당신 아이디어였어."

"그냥 놀이였을 뿐이야. 우리가 직접 시도할 거라고 얘기한 적은 한 번도 없어."

"난 항상 그 생각을 했어. 항상."

"난 그 말 안 믿어."

"어떻게 그런 말을 할 수가 있지? 모나와 난 그 얘기만 했어. 모나의 마음은 이미 더 이상 그곳에 있지 않았다고!"

"그녀는 결국 돌아갔잖아."

"그게 뭐? 그게 뭘 증명한다는 거지?"

"그녀가 그를 사랑했다는 걸."

"그렇지 않아. 전혀 그렇지 않다고. 그녀가 흥미를 잃은 이유를 당신이 어떻게 알아. 가브리엘이 뭘 말하면 그녀는 웃기만 했어. 그냥 웃기만 했다고. 그녀에게 미케는 그저 서쪽 편으로 가는 티켓이었어. 그것만이 문제였다고."

"그랬다면 여기 머무를 수도 있었을 거 아냐."

"지금 우리가 무슨 얘길 하고 있는 거야?"

"당신도 역시 일을 그만뒀잖아. 그게 탈출하고 관계 있는 거야?"

"어떤 면으론 그래."

"뭔데?"

"모나는 언제나 그건 젖니 시절이라고 말했어. 우리의 진짜 치아는 이제부터 나는 거라면서."

"웃기는 말이야. 얼마나 웃긴 소린지 잘 모르겠어? 젖니라니……."

"나한텐 그 말이 뭔가 해방감을 줬다고. 언제나 그랬어. 난 그들과 상관하고 싶지 않아. 그래서 떠나는 거고."

"너무 유치해, 에비."

"어째서?"

"'뭔가 해방감'!"

"자유가 유치하다면 그렇다고 쳐. 난 유치해. 하지만 난 그렇게 느끼는걸."

"생각이 훨씬 나아."

"난 더 이상 생각할 필요 없어. 이미 너무나도 오래 생각했던 일인걸. 왜 당신은 넘어가려고 하지 않는 거야?"

"왜 내가 그래야 하는데?"

"당신이야말로 생각을 하지 않는 거야! 나 역시 그렇게 말할 수 있겠네. 넘어가려고 하지 않는 사람은 생각을 하지 않은 자라고."

"전혀 넘어가고 싶지 않은데 왜 내가 생각을 해야 돼?"

"그럼 난 전혀 머물고 싶지 않은데 왜 생각을 해 봐야 한다는 거야? 당신이 얼마나 거만한지 잘 모르겠어? 얼마나 편협한지?"

"난 그런 질문 자체를 던질 필요가 없단 말이야. 내가 왜 떠나야 하냐고?"

"어쨌든 당신은 미하엘한테 물었어······."

"말도 안 되는 소리! 우린 그것에 관해 이야길 나눴을 뿐이야. 무엇에 관해서든 얘길 나눠야 할 거 아니냐고."

"누구나 그 문제에 관해 생각해. 그리고 당신 역시 그 문제를 생각하고. 그것에 관해 생각하지 않는 사람은 아무도 없어."

"그 말은, 내가 같이 가지 않으면 그걸로 우리 사이도 끝이라는 거야?"

"모든 게 점점 더 나빠지기만 할 테니까." 에블린이 옆으로 돌아 누워 아담을 건너다보았다. "건국 사십 주년 기념일이 지나면 본격적으로 시작되겠지. 그런 일에는 나보다 당신이 늘 훨씬 더 흥분하곤 했잖아. 당신 잊어 먹었어? 중국인들이 어떤 일을 했는지? 왜 그걸 모르는 거야?"

"달라질 거야. 폴란드만 보더라도 그렇잖아. 그리고 이제 헝가리조차 국경을 여는 마당에······."

"말해 두겠는데, 그들은 우리를 더 이상 내보내 주지 않을 거야. 뚜껑 닫고 그 안에 있는 것들이야 죽든지 살든지 알게 뭐냐. 그렇게 될 거라고!"

"그렇게는 할 수 없을 거야!"

"그런 일이라면 이미 예전에도 얼마든지 자행할 수 있었던 자들이었는데, 뭘."

"그럼 이젠 어떻게 된단 말이야?"라고 아담이 에블린을 보지 않은 채 물었다. "이미 너무나 많은 신세를 졌는데."

"언절 씨 가족 말이야?"

"그가 돈은 다 냈어?"

"왜 안 냈겠어?!"

"페피가 그 얘길 비치더라고. 아무튼 그가 돈을 다 내진 않았어."

"참, 그들이 우리 걸 다 훔쳐갔으니 그가 뭘 어쩌겠어."

"언절 씨 가족들도 어떻게 할 수 없긴 마찬가지야."

"그가 진짜로 돈을 안 낸 게 있다면 나중에 보낼 거야. 언절 씨네는 돈을 받게 될 거라고. 그래서 당신이 양심의 가책을 받는다는 거야?"

"그게 왜 양심의 가책이야?"

"설거지 안 해도 돼. 그들은 그런 거 싫어한다고. 그들은 당신에 대해서 감탄이나 하고, 심지어는 사윗감으로 생각하지. 하지만 분명 설거지나 하는 남자를 원하는 건 아니라고."

"설거지하는 남자가 뭐 어때서?"

"아무렇지도 않지. 하지만 당신은 지금 집에 있는 게 아니라고."

"난 내가 뭘 하고 있는지 잘 알아."

"뭐 하나 물어봐도 돼? 순수한 호기심에서 묻는 거야. 비난하려는 게 아니라. 페피 엄마하고도 관계를 가진 적 있어?"

"왜 그런 생각을 하는 거지?"

"맞아, 아니야?"

"아니야. 왜 그러는 건데?"

"좀 어째 약하게 들려."

"에비, 제발! 그만 좀 해 둬!"

"난 그저 당신이 어떤 여자를 좋아하는지 알아내고 싶을 뿐이야."

"당신의 고운 님, 미헬이 이미 그런 소릴 한 적 있어. 나라면 무슨 짓이라도 할 수 있다고 생각한다나."

"그녀가 변덕을 부리잖아! 처음엔 내가 그와 함께 찾아왔다고 화가 무지 났다가……."

"난 이해할 수 있어."

"그러더니 갑자기 또 전과 다름없이 굴면서 나를 둘째 딸처럼 대하더니, 이젠 또 미소 한번 지으려면 오만상을 하는 거지."

"뭘 바라는 거지? 그 사람들이 우리를 위해서 뭘 더 해야 한다는 거야?"

"그들은 당신이 계속 여기 머물기를 바랄 거야."

"아, 그래?"

"재단사로서, 사위로서, 애인으로서. 웃을 필요 전혀 없어!"

"그럼 우리 그들한테 뭐라고 할까? 우린 영원히 휴가 중이라고?"

"영원히는 아니지."

"우리 내일까지 있을까? 사흘 아니면 일주일 더?"

"당신 마음대로 해. 아담 씨 원하는 대로 하시라고."

"우리가 지금 무슨 얘길 나누는지 알기나 해?"

아담은 책을 덮은 다음 침대 옆 탁자 위로 밀었다.

"나한테 라오콘 얘길 읽어 주겠다며."라고 에블린이 말했다.

"내일." 아담은 그렇게 대답하며 불을 끄고 똑바로 누웠다. 그는 이불을 목까지 끌어당긴 뒤 숨을 길게 내쉬었다.

어둠에 익숙해지자 에블린은 그의 얼굴 윤곽을 알아보았다. 그녀는 그가 여전히 눈을 뜨고 있는지 보기 위해 조심스럽게 머리를 들었다. 가로등으로부터 들어오는 불빛 속에서 그녀는 길게 말려 올라간 아담의 속눈썹을 보았다. 그의 오른손은 그들 베개 사이에 있었고 왼손은 가슴 위에 놓여 있었다. 그녀는 상자 속 거북이 소리를 들었다.

서로 싸울 때라도 아담은 그녀에게 친밀하게 느껴졌다. 그녀는 이런 관계를 원하지 않았다. 그녀는 적어도 자신을 속이고 바람을 피우는 남자보다는 나은 사람을 만나야 마땅했다. 그렇지만 그녀는 얼굴을 아담의 오른손에 묻었다. 그녀는 그의 팔을 쓰다듬으며 손을 그의 티셔츠 소매 안으로 넣었다. 그녀는 손바닥으로 어깨를 쓰다듬으며 목까지 올라가 손가락 끝으로 그의 목젖을 만졌다. 그의 목젖은 마치 동물처럼 이리저리 도망을 가다가도 이내 다음 순간에는 언제나 그녀에게로 돌아왔다.

41
작별

"그동안 내내 뭘 한 거야?"라고 아담이 외치며 요란하게 시동을 걸었다. 자동차가 덜커덕대며 진입로를 내려갔다. "빨리 차에 타라고 말했잖아."

에블린이 차창을 내리고 머리를 밖으로 내밀어 뒤를 돌아보았다. 그녀의 오른손에서 손수건이 펄럭였다. 자동차 매연 속에서 언젤 가족이 뿌옇게 보였다. 그녀는 또다시 새 블라우스를 입었고 언젤 씨는 무엇인가를 더 고치려는 듯 연장을 든 손을 흔들었다. 페피는 집 안으로 들어갔다. 아담은 좌회전하며 로머이 거리로 향했다.

"무슨 일 있었어?"

"난 또 한 번 화장실에 가야 했고 두 사람은 샌드위치를 만들었어. 자꾸자꾸."

"그걸 누가 다 먹어? 일주일 내내 샌드위치!"

"사과도 있고, 자두랑 오이, 와인, 모스트,* 물, 케이크. 우리가 가져온 체코슬로바키아 겨자 병까지도 도로 돌려주던걸."

"왜?"

"'잃어버린 아이들을 위해서'라고 그녀가 말하던걸. '그리고 귀여운 엘프리데를 위해서'라고도 했고. 엘프리데는 어디 있지? 트렁크에?"

"상자 크기가 마침 꼭 맞더라."

"그럼 바람도 안 들겠네."라고 에블린이 말했다. "치즈 케이크가 아직도 따뜻해. 여기서 우리 다시 또 만나겠지?"

"난 일단 여길 떠나는 기쁨을 먼저 느끼고 싶어!"

그는 계기판을 세 번 두드렸다. "하인리히, 이제 집으로 가는 거야!"

"이렇게 하는 게 좋은 건지 난 잘 모르겠어, 아담. 날 역에 내려 줘도 돼. 나 아직 카탸가 적어 놓은 그 시간대 기차를 탈 수 있어."

"멀리 돌아가는 길도 아니야."

"그들이 당신을 귀찮게 한다면?"

"당신 말은 그들이 날 도로 통과시켜 주지 않을 거란 말이야? 손에 입을 맞추고 장미를 뿌리며 나를 환영해 줄 거야."

"납치되었다고 말할 수도 있겠네. 내가 차에 수면제를 탔고 당신이 깨어났을 땐 서쪽 편이더라. 다행히 당신은 피신할 수 있었다. 노동자와 농민이 단결하여 인간에 의한 인간의 착취를 단번에 없애버린 국가로 도로 돌아갈 수 있으니…… 미안, 미안. 한심한 농담이지." 그녀는 잠시 아담의 어깨를 쓸었다. "나는 다만 우리가 빨리 서로 떨어지는 편이 더 나을 거라고 말하고 싶었어."

---

* 포도를 짜 발효시킨 음료.

"당신을 데려다 주겠다고 말했잖아. 당신도 찬성했고."

"나, 화장실에 가고 싶으면 어떻게 하지?"

"방금 갔다 왔잖아."

"그러니까 내가 또 화장실에 가고 싶을 경우에, 만일 그렇다면 말이야. 아니면 당신이나."

"자동차 시동을 절대 끄면 안 돼. 아니면 오로지 위에서만. 산 위에서."

"이 길을 쉬지 않고 끝까지 곧장 달릴 작정이야?"

"여긴 산길이 많은 관광지야. 위에서는 멈출 수 있어."

"솔직히 말하면, 난 우리 이별을 좀 다르게 상상했어."

"어떻게? 눈물을 뿌리며 오래 포옹하는 거?"

"아무튼 가속페달에 발을 올린 모습으론 아니야."

"당신은 그냥 앉아 있기만 하면 되는데 뭘. 내 말은, 내리지 않아도 된다고. 오늘 밤이면 우린 집에 도착해. 전부 다 당신이 결정할 문제야."

"또 똑같은 말을 하지 마. 게다가 그들이 당신 집에 이미 못질을 했을 거야. 더 이상 들어가지도 못할 거야."

"그런 못질 같은 것 때문에 내가 방해를 받을 거라고 생각해?"

"이젠 아무도 당신 방해할 사람 없을 거야."

"그게 무슨 말이야?"

"말 그대로야."

"말도 안 되는 소리 좀 그만둬!"

"그게 왜 말도 안 되는 소리야? 당신이 돌아가면 무슨 일이 일어날까? 나한테 연애편지라도 쓰면서 정조를 지키면서 나를 기다릴 참이야?"

"그게 뭐 그렇게 이상한가?"

"내기를 해도 좋아, 아담. 늦어도 모레면 당신 창조물들 중 하나가 나타나서 당신을 위로할 테니까. 어련히 잘 위로하겠어. 모두가 앞다투어 위로를 하려고 각축전을 벌일 건데 뭘."

"당신 그 미헬한테 아주 어울리지 않는 짝도 아니었어. 그는 언제나 나에 대해서도 잘 알았지. 그는 심지어 미래까지도 알았거든."

"모든 게 지금까지처럼 계속될 거야."

"어째서 계속된다는 거지? 네가 없는데 뭐가 계속되겠어? 아무것도 계속되지 않는다고!"

"이제 당신 집엔 여자들이 맘대로 드나들 수 있고, 지루함도 곧 막을 내리겠지. 지구상의 하렘. 매일 밤 다른 여자와."

"내시만 빠졌구나."

"난 진지해. 당신과 사는 동안 어차피 난 내가 당신에게 왜 필요한 건지 궁금했지. 난 사실 당신 파라다이스에서 방해꾼이었을 뿐이잖아. 당신이 날 좋아하지 않았다는 말이 아니야. 나 역시 아주 그렇게 못생긴 여잔 아니니까."

"하지만 음식 솜씨는 별로였어."

"당신도 마찬가지야. 그리고 당신한텐 요리 배울 수 있는 시간이 십이 년이나 더 있었잖아."

"좋은 시간이 아니었단 거야?"

"가끔은 좋았지. 가끔은 아주 좋았어."

"저길 봐, 호수야."

"엘프리데를 데려갈 거지?"

"당신 거북인데."

"그래도. 당신한테서 더 호강할 거야. 겨울잠을 자기 위해서는 조용한 곳이 필요하니까. 게다가 난 저렇게 커다란 상자를 들고 내릴 순 없거든." 에블린은 창문을 올렸다.

"그거 참 나쁘지 않겠다. 지금부터 겨울잠이라도 한숨 잘 수 있다면."이라고 아담이 말했다.

그들은 케스트헬리와 절러에게르세그, 쾨르멘드 방향으로 갔다.

"배고파? 아직 아무것도 안 먹었잖아." 에블린이 치즈 케이크를 앞으로 가져와 무릎에 놓고 포장을 풀어 한 조각을 떼어 아담의 입으로 집어넣었다.

에블린은 손수건을 찾느라 서랍을 열었다.

"그녀가 이걸 잊어 먹었나 봐?" 에블린이 루빅큐브를 손에 들었다.

"나한테 준 거야. 자긴 더 이상 필요 없다고."

새 바르트부르크 한 대가 경적을 울리며 그들을 추월했다. 하지만 에블린도 아담도 손을 흔들지 않았다.

라버퓌제시 국경 역에서 헝가리인들은 도장을 찍는 절차 없이 그들을 통과시켜 주었고 오스트리아인들 역시 손을 흔들며 그들을 보내 주었다.

"당신은 전혀 기쁘지 않아?" 그들이 벌써 그라츠 근처 퓌르스텐펠트에 가까이 갔을 때 에블린이 물었다.

"아니, 내가 왜 기뻐." 하지만 잠시 후 그가 말했다. "좀 이상한 기분이 들긴 해. 여기 글씨를 다 읽을 수 있는데도 우리나라에 있는 건 아니니까. 마치 대목 장터에라도 온 기분이야. 커다란 회전 바퀴랑 사격장만 없다 뿐이지."

"비슷한 느낌이야. 어쩐지 색칠한 것 같아."

"포템킨 마을* 같아."

"그러게."라고 에블린이 말했다. "진짜가 아닌 것 같아."

---

* 제정 러시아 때 예카테리나 2세가 지방을 순회하던 상황에서 그레고리 포템킨이란 지방 사령관이 빈곤하고 초라한 마을 모습을 감추기 위해 급조한 가짜 마을.

42
인식

"그들이 돈을 바란다고 생각하지 않아. 그건 일종의 서비스고, 우리로서도 어쩔 수 없지. 기름을 공짜로 넣었잖아."

"당신은 속도 참 편하군. 동독이었어도 돈을 내야 했을 텐데. 어딜 가도 기름 값은 내야 돼."라고 에블린이 말했다. 그녀는 거북이를 향해 적외선 전등을 조준했다.

"난 돈이 없다고 말했단 말이야. 이젠 몇 실링 남았을 뿐이라고."

"200서독마르크는?"

"비상금인걸."

에블린이 그를 쳐다보았다.

"그렇다고 내가 사기꾼이란 말이야? 그들한테 이런 자동차는 특별하단 말이야. 그들이 차를 본격적으로 고치고 조립할 수도 있고. 거기다가 자매와 형제 동포들을 위해 뭔가를 한다는 느낌까지 합쳐지지."

"너무 추해, 아담. 루돌프가 없었다면 우리가 지금 어디에 쪼그리고 앉아 있을지 누가 알겠어. 뭐 따뜻한 걸 먹지도 못했을 거야."

"그렇게 예민하게 굴지 마."

"내 말은 단지, 그가 자동차 창문 밖으로 호수를 보여 주기까지 했단 거야."

"이걸 봐. 언절 가족이 이런 데까지 다 신경을 썼어.

에블린은 적외선 등을 무릎 사이에 끼우고서 조그만 소금 통과 후추 통을 싼 비닐을 풀었다."

"그들에게 적어도 100이라도 줄 수 없어? 고맙다는 뜻으로?" 그녀가 절인 오이 몇 개를 잘랐다.

"수리 공장에?"

"견인 때문에도 그렇고."

"그들이 해낼 수 있을지도 아직 잘 모르는데."

아담은 소프트 치즈를 끼운 빵을 한 입 베어 물고 오이 조각 하나를 입에 넣은 뒤 와인 병의 코르크 마개를 뽑고 에블린을 향해 병을 들어 올려 보였다. "언절 가족을 위하여!" 그가 와인을 마시고 나서 병을 그녀에게 건넸다. 그녀도 와인을 마셨다.

"적어도 내일까지는 걱정할 필요 없어."라고 아담이 말하며 또 한 모금을 마셨고 침대 위로 풀쩍 몸을 던졌다.

"벌써 다 먹었어?"

"난 충분해."

"난 계속해서 먹을 수 있을 거 같아."

"여기서 언제 또 먹을 걸 얻을 수 있을지 그걸 누가 알겠어."

"난 진짜 살쪘어. 온갖 일이 있었는데도."

"'온갖 일이 있었는데도'라는 건 무슨 뜻이지?"

"편안한 휴가랄 순 없었잖아."

"어쨌거나 우린 여기까지 왔고, 여긴 아름다운 곳이야. 엘피한테 너무 더운 거 아닐까?"

"좋아하는데 뭘. 이곳이라면 정말로 휴가를 즐길 수 있을 것 같아."

아담은 침대 옆 탁자 서랍을 열었다. "진짜 목재 가구라면 전혀 다르게 보일 텐데……. 어, 누군가 뭘 놓고 갔네. 성경이네. 이거 묘하군."

"우리 때문에 그걸 거기다 둔 건가?"

"우리가 일종의 피난민이라서?"

"뭐, 용기를 내라 그런 뜻이겠지. 여기 사람들 진지하게 그뤼스 고트*라면서 종교적인 뜻이 담긴 인사말을 주고받곤 하잖아."

"그들은 우리가 여기 올 줄도 몰랐는데 뭘."

"우리가 아까 호수에 있을 때 넣어 둔 건지도 모르지."

아담은 침대 옆 전등을 켜고 에블린의 베개까지도 목 아래로 밀어 넣었다. "이름을 또 잊어 먹었네."

"루돌프, 그리고 무슨무슨 둥켈이라고 했지, 아마."라고 에블린이 말했다.

"호수 말이야. 킴 호수가 그 유명한 호수고, 여기 있는 거, 이 작은 호수는 뭐라고 그랬지?"

"나 역시 킴 호수라는 이름밖에는 기억을 못 하겠어. 정말로 더 안 먹을 거야? 배가 맛있는데."

"'그때 여호와 하나님이 흙으로 사람을 지으시고 생기를 그 코에

---

* Grüß Gott, 남부 독일과 오스트리아의 인사말. '신의 은총을 기원한다.'라는 뜻이다.

불어넣으시니 사람이 생령이 된지라.'"

"코에다가?"

"당신은 아마 입이라고 생각했나 보지, 응급처치를 할 때처럼? '여호와 하나님이 동방의 에덴에 동산을 창설하시고 그 지으신 사람을 거기 두셨다. 여호와 하나님이 그 땅에서 보기에 아름답고 먹기에 좋은 온갖 나무가 나게 하시니 동산 한가운데에는 생명나무와, 선악을 알게 하는 나무도 있더라.'"

"나 그거 읽은 적 있어. 라이프치히 대학에서 그 부분에 관해서 물을 거라고 생각했거든."

"예술사학과에서?"

"응, 적성검사 면접 때."

"생명나무, 이것도 알았어?" 아담이 펼쳐진 성경을 배 위에 올렸다.

"아주 정확히는 몰랐지."

"난 그게 인식, 선과 악에 관한 나무라고 생각했는데! 생명나무란 말은 한 번도 들어 본 적이 없어."

"당신 말은, 그러니까 원래 나무가 두 그루란 거야?"

"내가 방금 읽어 줬잖아."라고 그가 말하며 책을 다시 들었다. "'……동산 한가운데에는 생명나무와 선악을 알게 하는 나무도 있더라. 강 하나가 에덴에서 흘러나와 동산을 적시고 그곳에서 갈려 네 근원이 되었다. 첫째 강의 이름은 비손이라 금이 나는 하윌라 온 땅을 둘렀으며 그 땅의 금은 정금이요 그곳에는 베델리엄과 호마노도 있었다. 둘째 강의 이름은 기혼이라 구스 온 땅을 둘렀다. 셋째 강의 이름은 힛데겔이라 앗수르 동쪽으로 흘렀다. 그리고 넷째 강은 유브라데더라…….'"

"코슈트 방패 문양처럼."이라고 에블린이 말했다. "미안해. 계속 읽어."

"'여호와 하나님이 그 사람을 데려다 에덴동산에 두시고 그곳을 다스리고 지키게 하시니라. 그리고 여호와 하나님이 사람에게 명하여 가라사대 동산 각종 나무의 실과는 네가 임의로 먹되 선악을 알게 하는 나무의 실과는 먹지 말라. 네가 먹는 날에는 정녕 죽으리라 하시니라.'"

"죽는다고?"

"이미 다 읽어 봤다며?"

"아니, 그런데 왜 죽어? 그들은 파라다이스를 떠나게 될 뿐이잖아?"

"그거나 저거나 마찬가지지."

"파라다이스에 있으면 그들이 죽지 않으니까?"

"그럼, 물론 그렇지. '여호와 하나님이 가라사대 사람이 혼자 있는 것은 좋지 않으니 내가 그를 위하여 돕는 배필을 지으리라 하시니라. 그래서 여호와 하나님이 흙으로 온갖 들짐승과 하늘의 온갖 새를 지으시고 사람에게 데려가시어 그가 어떻게 이름을 짓나 보시니 사람이 생물 하나하나를 부르는 그대로 그 이름이라. 이렇게 사람은 모든 집짐승과 하늘의 새와 모든 들짐승에게 이름을 주니라. 그러나 사람이 돕는 배필이 없으므로 여호와 하나님이 사람을 깊이 잠들게 하시니 잠들매 그가 그 갈빗대 하나를 취하고 살로 대신 채우시니라. 여호와 하나님이 사람에게서 취하신 갈빗대로 여자를 만드시고……'"

"여자나 남자나 갈비뼈 수가 똑같잖아!?"

"'……갈빗대로 여자를 만드시고 그를 사람에게로 데려오시니 사람이 가로되 이는 내 뼈에서 나온 뼈요 내 살에서 나온 살이라 이것을 남자에게서 취하였은즉 여자라 칭하리라 하니라. 그러므로 남자가 부모를 떠나 아내와 결합하여 둘이 한 몸을 이룰지니라. 사람과 그 아내는 둘 다 알몸이면서도 부끄러워 아니하니라.'"

아담은 재채기를 해야 했다. "휴대용 휴지 있어?"

"자동차에. 여긴 화장실 휴지밖에 없어." 에블린은 욕실에서 새 화장지 두루마리를 꺼내 왔다. "하얗고 부드러워. 그 사포 같은 종이 두루마리가 아니라."

"굉장히 비논리적이네."라고 아담이 말하며 코를 풀었다.

"아마 부모는 신을 두고 한 말이 아닐까?"

"하지만 왜 어머니야?"

"당신, 그 얘기 알아? 여호와 하나님이 하와*에게 말하길, 너 사과 하나 먹을래? 그거 제가 먹으면 안 된다고 금지하셨잖아요라고 하와가 말했다. 먹어, 굉장히 맛있으니까 후회하지 않을 거야. 정말요? 하와가 물었지. 그럼 하고 하나님이 대답했어. 하지만 이거 우리 여자끼리만 아는 비밀이다! 카탸가 해 준 얘기야. 재밌지?!"

"카탸가 당신한테 그런 우스운 이야길 해 줬어?"

"어쩌면 카탸를 다시 만날 수 있을지도 몰라."

"'뱀은 여호와 하나님이 만드신 모든 들짐승 가운데에서 가장 간교하더라. 뱀이…….'"

"우리 카탸를 정말 다시 만나게 될까?"

---

* 독일어로는 에바(Eva). 에블린을 연상시킨다.

"내가 그걸 어떻게 알아? '뱀이 여자에게 물어 가로되 하나님이 참으로 너희더러 동산 모든 나무의 실과를 먹지 말라 하시더냐? 여자가 뱀에게 말하되 우리는 동산 나무의 실과를 먹을 수 있으나 동산 한가운데에 있는 나무의 실과는 하나님의 말씀에 너희가 죽지 않으려거든 먹지도 만지지도 말라 하셨느니라. 그러자 뱀이 여자에게 이르되 너희는 결코 죽지 아니하리라. 너희가 그것을 먹는 날 너희 눈이 열려 하나님처럼 되어 선악을 알게 될 줄을 하나님이 아심이니라. 여자가 쳐다보니 그 나무가 먹음 직도 하고 봄 직도 하고 지혜롭게 할 만큼 탐스럽기도 한 나무인지라.'"

"정말 거기 봄 직도 하고 탐스럽다고 나와?"

"'……탐스럽기도 한 나무인지라. 그래서 여자가 그 실과를 따서 먹고 자기와 함께 있는 남편에게도 주매 그도 먹은지라. 그러자 그 둘은 눈이 열려 자기들이 알몸인 것을 알고 무화과나무 잎을 엮어서 치마를 하였더라. 그들은 날이 서늘할 때에 동산에 거니시는 여호와 하나님의 음성을 들은지라. 아담과 그 아내는 여호와 하나님의 낯을 피하여 동산 나무 사이에 숨은지라. 여호와 하나님이 아담을 부르시며 너 어디 있느냐 하고 이르시니라. 가로되 내가 동산에서 하나님의 소리를 듣고 내가 알몸이기 때문에 두려워 숨었나이다. 가라사대 네가 알몸이라고 누가 일러 주더냐? 내가 너에게 따 먹지 말라고 명령한 그 나무 실과를 네가 따 먹었느냐? 아담이 가로되 하나님이 나와 함께 살라고 주신 여자가 그 나무 실과를 주므로 내가 먹었나이다.' 하!" 아담이 외쳤다. "멋진 비난이군. '여호와 하나님이 여자에게 너는 어찌하여 이런 일을 저질렀느냐? 하고 물으시자 여자가 가로되 뱀이 나를 꾀어서 내가 따 먹었나이다. 여호와 하나

님이 뱀에게 이르시되 네가 이런 일을 저질렀으니 너는 모든 집짐
승과 들짐승보다 더욱 저주를 받아 배로 기어 다니며 종신토록 흙
을 먹을지니라. 나는 너와 그 여자 사이에, 네 후손과 그 여자의 후
손 사이에 적개심을 일으키리니 여자의 후손은 너의 머리에 상처를
입히고 너는 그의 발꿈치에 상처를 입히리라. 그리고 여자에게 이르
시되 나는 네게 잉태하는 고통을 크게 더하리니 네가…….'"

"들어오세요!"라고 에블린이 외쳤다. 아담은 침대에서 벌떡 일어
났다. 또 한 번 문을 두드리는 소리가 났다. 에블린은 적외선 전등을
의자에 놓고 걸어가 문을 열었다.

"먹을 걸 좀 서둘러 만들어 보았어요."라고 여관 주인 여자가 말
했다. 그녀는 문 안으로 밀어 넣기 위해 쟁반을 돌렸다. 에블린이 탁
자 위 물건들을 벽 쪽으로 밀었다.

"레버케제*입니다. 자, 드세요. 출출하시다면요. 많이 있으니까 맛
있게 많이 드세요. 제게 뭐 청할 일이라도 있으면……. 언제든지 말
씀하시고요. 거북이도 잘 있나요?"

"네, 고맙습니다. 네, 잘 있어요."라고 에블린이 말했다.

"아, 네. 그럼 안녕히 주무세요."라고 여자 주인이 말했다.

에블린과 아담은 탁자를 거의 다 덮은 커다란 쟁반을 가운데 두
고 마주 섰다.

"좀 일찍 가져왔더라면 좋았을 텐데."라고 에블린이 말했다. "지
금은 배가 부른걸." 그녀가 샌드위치와 과일이 든 봉지를 창턱 위
치즈 케이크 옆에 놓았다.

---

* 다진 고기와 간, 향료, 달걀 등으로 만든 요리.

"그녀가 엿들은 게 아닐까?"라고 아담이 물었다. 그는 다시 침대로 몸을 던지고 바닥에 떨어진 성경을 집어 들었다.

"그러라지. 그렇다면 우리한테서 좋은 인상을 받았겠네."라고 에블린이 말하며 적외선 전등을 다시 거북이에게 조준했다.

"'그리고 여자에게 이르시되 나는 네가 잉태하는 고통을 더하리니 네가 수고하고 자식을 낳을 것이며 너는 네 남편을 사모하고 그는 너의 주인이 되리라 하시니라. 그리고 사람에게 이르시되 네가 아내의 말을 듣고 내가 너에게 따 먹지 말라고 명령한 나무에서 실과를 먹었은즉 땅은 너 때문에 저주를 받으리라. 너는 종신토록 수고하여야 그 소산을 먹으리라. 땅은 네 앞에 가시덤불과 엉경퀴를 돋게 하고 너는 들의 채소를 먹으리라. 네가 얼굴에 땀이 흘러야 식물을 먹고 필경은 흙으로 돌아가리니 그 속에서 네가 취함을 입었음이라. 너는 흙이니 흙으로 돌아가리라.'"

"그게 끝이야?"라고 에블린이 물었다. 그녀는 레버케제 한 조각을 포크에 꽂아 잠시 쳐다본 다음 입안으로 넣었다. "이젠 당신이 제일 좋아하는 주제에 관해 생각하는 거지?"라고 그녀가 고기를 씹으며 말했다. "그 신화 알아? 신이 물러나는 얘기, 무엇인가가 생성되도록 하기 위해서 신이 자리를 비워 주는 얘기. 그거야말로 한번 읽어 봐야 해."

"'아담은 자기 아내의 이름을 하와라 하였으니 그가 모든 산 자의 어머니가 됨이더라. 여호와 하나님이 아담과 그의 아내에게 가죽옷을 지어 입히시니라.'"

"그렇다면 신도 재단사였네!" 에블린이 중간에 끼어들며 말했다.

"좀 더 듣고 싶어?"

에블린은 고개를 끄덕이고 적외선 전등을 껐다.

"'여호와 하나님이 가라사대 보라 사람이 선악을 알아 우리 가운데 하나처럼 되었으니 이제 그가 손을 내밀어 생명나무 열매까지 따 먹고 영생할까 하노라. 그래서 여호와 하나님이 그를 에덴동산에서 내치시어 그가 생겨 나온 흙을 일구게 하시니라. 이렇게 하나님이 사람을 내쫓으신 다음 에덴동산 동쪽에 그룹들과 번쩍이는 화염검을 두어 생명나무에 이르는 길을 지키게 하시니라.'"

아담이 너무나 요란한 소리로 책을 닫는 바람에 에블린이 깜짝 놀라 몸을 움츠렸다.

"믿을 수 없는 이야기야, 안 그래!? 우린 단지 무엇이 좋고 나쁜지를 안다는 이유로 파라다이스로 돌아가면 안 된다잖아. 이젠 완전해지기 위해 영원한 생명을 바라서도 안 되는 거고. 신은 자신과 같은 존재를 원하지 않는다는 거 아냐. 이거 정말 기분 나쁜데. 왜 아직 아무도 그런 말을 하지 않는 거지. 게다가 사과 얘긴 어디에도 없군그래. 아니면 내가 뭘 빼먹고 읽었나?"

"이거 좀 먹어 볼래?"라고 에블린이 물었다. "맛있어. 먹어 봐, 이건 단 겨자야!" 그녀는 레버케제 껍질 부분을 한 조각 잘라 그 위에 겨자를 바른 다음 아담 옆 침대 모서리에 걸터앉았다.

"정말로 개 같은 경우잖아."라고 아담이 말했다.

"그렇게 흥분할 일이 뭐가 있어. 이거나 좀 먹어 봐." 에블린은 그의 입 앞에 레버케제 조각이 꽂힌 포크를 고집스럽게 들고 있었다.

"당신은 흥분도 안 돼?"라고 아담이 물었다.

"이거나 좀 먹어 보라니까."라고 에블린이 말하며 포크 아래 손을 받쳤다. "굉장히 맛있어."

43
두 가지 제안

"그뤼스 고트. 손님, 안녕히 주무셨어요?"

아담이 고개를 끄덕였다. "아침 식사를 좀 하려고요."

"네, 물론 그러셔야죠. 자, 저쪽 식당에 뷔페가 차려져 있어요. 커피를 원하세요, 아니면 차를?"

"숙박료에 포함되는 겁니까?"라고 아담이 물었다. 그의 손가락이 원 두 개를 그렸다.

"그럼요, 당연하죠. 자리에 앉으세요. 뭘 드릴까요?"

"그럼 커피를 마시겠습니다. 커피 두 잔."

"달걀도 드릴까요?"

"좋죠."

"어떻게 삶아 드릴까요? 반숙 아니면 완숙?"

"반숙."

"사 분 삼십 초 동안 삶아 드릴까요?"

"네, 그렇습니다."

"어디에 앉으시겠습니까?"

"아무 데나 상관없습니다."

"손님, 어디든 원하시는 자리에 앉으십시오."

"안녕히 주무셨어요."라고 계단을 내려온 에블린이 말했다.

"그뤼스 고트. 간밤에는 편히 주무셨나요?"

"네, 고맙습니다."라고 에블린이 말했다.

"네, 그럼 저도 기쁩니다. 남자 분께서 커피를 주문하셨는데요, 괜찮으십니까?"

"네, 좋아요."

"달걀도요?"

"네, 좋죠."

"남자 분처럼 사 분 삼십 초 반숙으로 삶아 드릴까요?"

"네."

"고맙습니다."라고 종업원이 말하곤 주방으로 갔다.

"식사 기도라도 읊조릴 참이야?" 그들이 뷔페 앞에 나란히 섰을 때 아담이 소곤거렸다. "그걸 왜 여기까지 끌고 왔어?"

"당신 생각이잖아. 돌려주고 싶다며."

아담은 성경을 겨드랑이에 끼우고 에블린에게 접시를 건네준 다음 소시지 코너를 덮고 있는 종 모양의 투명한 플라스틱 뚜껑을 열었다. "기분이 썩 좋지 않아."

"응?"

"그들이 뭔가 대가를 바랄 거 같아."

"그들이 도대체 뭘 바랄 거란 말이야?"

"지나치게 친절하잖아. 우리를 잘 알지도 못하는데!"

"나도 그거 먹을래. 조금만 더 줘. 그리고 저기 저 빨간 생선 조각도 좀 줘."

두 사람은 가득 찬 접시를 들고 구석 탁자로 갔다. 아담은 성경을 옆에 놓고 앉았고 아래로 늘어진 식탁보로 그것을 가렸다.

여자 종업원이 번쩍거리는 은빛 커피 주전자를 나르는 동안, 운동화를 신은 한 남자가 들어왔다.

"우리를 구하러 나타난 기사님!"이라고 에블린이 외쳤다.

"그뤼스 고트, 루디!"라고 여종업원이 말했다.

"그래, 좀 성사가 되겠습니까?"라고 아담이 물었고 루돌프에게 의자 하나를 내밀었다.

"우린 최선을 다 했습니다. 제어 장치도 여러 개나 시험해 봤고요. 하지만 아무것도 작동하지 않았어요. 외부에서 작동시키는 건 물론 가능합니다. 그건 문제가 아니죠. 하지만 그 경우 멈추지 말고 계속 달리셔야 합니다."

"어차피 그럴 생각입니다."

"미안합니다. 우리 공장에 그런 자동차가 들어온 적은 한 번도 없었거든요."

"1961년도에 생산된 거니까요."라고 아담이 말했다.

"그럼, 우리 이제 어떻게 하지?"

"뭘 하긴, 어제랑 똑같이 하는 거지."

"그럼 왜 우리가 여기 머물렀던 거야?"

"미안합니다. 전 우리가 고칠 수 있을 거라고 생각했어요."라고 루돌프가 말했다.

"그런 말이 아니에요."라고 에블린이 말했다. "난 다만, 우리 차가 가다가 또 서 버리면…….”

“그럼 제가 견인하러 갈 수 있습니다. 그건 아무 문제가 안 됩니다.” 그가 그녀에게 명함을 주었다.

“위험을 감수하고 갈 수밖에.”라고 아담이 말했다.

“어디로 가시는데요?”

“트로스트베르크로요. 아주 가까운 곳이죠. 거기 피난민 천막촌이 있다고 하니까요.”

“이곳에는 아무도 아는 사람이 없나요?”

에블린이 아담을 바라보았다. “제가 아는 사람은 없어요.”

“트로스트베르크에선 천막을 치고 지내야 해요. 1400명 혹은 그보다 더 많다고 합니다. 그들이 당신들을 계속해서 다른 데로 보내기만 할 거예요.”

“그렇다면 어디로 가는 게 제일 좋죠?”라고 아담이 물었다.

“제가 그걸 어떻게 알겠습니까. 저 같으면 좀 더 확실한 숙소를 찾겠어요. 이렇게 두 분뿐이세요?”

여자 종업원이 달걀을 들고 왔고 루돌프 앞에 커피 한 잔을 놓았다. “맛있게 드세요.”

“그건 진짜 엉뚱한 생각이었던 거 같아.”라고 에블린이 소곤거렸다. “나 그냥 기차나 버스를 타고 난민촌으로 갈게. 그중에서도 좀 좋은 데로.”

“글쎄요. 전부 다 헛소문일지도 모릅니다.”라고 루돌프가 말하곤 두 사람을 이쪽저쪽으로 번갈아 가며 바라보았다. “혹시라도, 네, 우선 사과를 해야겠군요. 그냥 제안일 뿐입니다. 두 분 일에 너무 깊이 간섭할 생각은 없습니다.”

"무슨 일이죠?"라고 아담이 물었다.

"이미 말씀 드렸듯이, 제안일 뿐이에요. 글쎄요, 선생님의 자동차가 얼마나 가치가 나가는지는 모르겠습니다만. 그래도 그게 골동품이지 않습니까. 제 말은 다만……."

"골동품 아닙니다!"

"3000. 네, 3000 정도는 제가 드릴 수 있겠습니다만. 글쎄요, 그게 너무 많은 액수인지 너무 적은 액수인지. 제안일 뿐이에요. 제 마음에 들거든요. 품격을 갖춘 차인 데다가, 운전대도 그렇고, 계기판, 흙받기도 달렸고. 아무튼 진짜로 미적 품격을 갖춘 차예요."

"3000요?"라고 에블린이 물었다.

"제안이라니까요. 말씀드렸다시피, 전 잘 모르겠습니다."

"이건 버젓이 차고에 들었던 차인데요!"라고 에블린이 말했다.

"맞습니다. 누구나 알아볼 수 있죠. 녹이 슨 곳도 없고. 정말 잘 가꾼 느낌이 나죠."

"지금 그 말씀은, 3000서독마르크란 거지요?"라고 아담이 물었다.

"그럼요, 물론이죠. 3000, 현금으로."

"현금요?"

"삼십 분 후에 손에 쥐어 드릴 수 있습니다."

"손에요?"

"네, 제안일 뿐입니다. 제안이에요. 관심 있으신가요?"

"이론상으론 그렇습니다만. 그래요. 그게 제일 좋은 해결책일지도 모르겠군요. 제 말은, 우리 상황에서 그렇단 거죠." 그는 자신을 바라보고 있는 에블린을 쳐다보았다.

"두 분 상황을 제가 이용한다고는 생각하지 마시기 바랍니다."

"이미 그러고 계시는데요, 뭘."이라고 에블린이 조용히 말했다.

"에비, 무슨 짓이야?"

"두 분을 제가 데려다 드릴 수 있습니다. 어디든지 말만 하시면. 문제없어요."

"물론 나하곤 상관없는 일이지만." 에블린이 말했다. "그런 자동차를 3000에 팔다니. 공짜나 다름없어."

"에비, 이건 제안이야."

"당신 자동차는 팔 수 없는 물건이라고 생각해. 당신이 늘 그렇게 말했잖아! 그 자동차 때문에 차고를 하나 더 만들 생각까지 했으면서!"

"이야기를 해 볼 수도 있지 뭘."

"왜 갑자기 지금, 그것도 첫 제안에 당장?"

"정말로 미안합니다. 전 정말 두 분을……."

"거래 조건이 좋아."

"그렇지 않아, 아담. 그렇지 않다는 걸 잘 알면서." 에블린이 웃음을 터뜨렸다. "이 사람은 이 자동차하고 결혼한 남자예요, 루돌프. 그거 아세요? 자동차는 이 사람 거란 말이에요!"

"저는……. 그냥 생각을 해 본 것뿐이에요. 잠깐 주방에 가 보고 오겠습니다."라고 루돌프가 말하며 일어나 커피 잔을 들고 밖으로 나갔다.

"3000이면 아주 좋은 가격이야, 에비. 그걸 일 대 팔이나 구로 바꿀 수 있고 그 돈이면 라다를 한 대 살 수도 있다고."

"3000서독마르크 때문에 당신, 정신이 나간 거야?"

"난 내가 무슨 일을 하는지 잘 알아."라고 아담이 말하며 달걀을 들어 끝부분을 잘라 낸 다음, 빵을 반으로 갈라 버터를 발라 먹기 시작했다. 에블린은 그가 빵을 삼키고 서둘러 또 한 입 베어 무는 것을 지켜보았다.

"마음대로 해. 어차피 당신이야 늘 하고 싶은 대로 하잖아."

그녀가 담배를 물었다.

"이거 더 안 먹어?"

"당신이 먹어."

"내 말은 단지, 이게 없어진다면 애석하단 거지."

아담은 그녀가 먹다 만 빵을 들어 자신의 접시에 놓았다. "도시락 삼아 빵 몇 개로 샌드위치나 만들지그래. 아니면 그렇게 할 자신 없는 거야?"

에블린은 재떨이를 가까이 끌어당겼다. "기차를 타고 갈걸 그랬어. 그 편이 훨씬 간단했을 거야."

"그랬다면 그들이 당신을 어느 천막촌으로 밀어 넣었을걸. 여기 밤 되면 진짜로 추워."

"그거나 도로 안으로 집어넣어."라고 에블린이 말했다. "모든 게 충분히 무안하니까."

"좋은 커피네. 언절 가족 것보다 더 나은 거 같아."

"내가 가길 바라?"라고 에블린이 물었다.

"차근차근 해. 서두를 것 없어."라고 아담이 말하며 계속해서 음식을 씹었다.

에블린은 담배를 눌러 끄곤 포도 몇 알을 입에 넣었다. 그녀는 방 열쇠를 집어 들더니 자리에서 일어났다.

"에비, 좀 기다려. 제발."

그녀가 반쯤 몸을 돌렸다.

"에비."라고 말하며 그는 냅킨으로 입가를 닦고 탁자 뒤에서 미끄러지며 나왔다. 그 바람에 성경이 바닥으로 떨어졌다.

"이게 뭐야?"

아담이 상체를 숙였다. 그는 성경을 금방 발견하지 못했다. "나 당신한테 묻고 싶은 게 있는데."라고 그가 말하고는 성경을 가슴에 꼭 안은 채 몸을 일으켰다. "당신한테 묻고 싶은 게 있는데, 나하고 결혼해 주지 않겠어?" 그는 그녀를 향해 한 발자국을 더 떼었다. "진지하게 하는 말이야. 결혼해 줄래?" 그가 그녀의 오른손을 잡더니 엄지로 그녀의 손가락과 홍옥색 반지를 매만졌다. "당신 너무나 아름다워."라고 아담이 말하며 미소를 지었다.

"왜 갑자기 지금 그런 생각을 한 거야?"

"손님, 뭐 더 원하시는 거라도?"라고 여자 종업원이 물으며 아담이 손에 든 성경을 쳐다보았다.

에블린과 아담은 동시에 머리를 흔들었다. "아니, 실은 있어요." 라고 아담이 그녀 뒤에다 대고 말했다. "커피 두 잔요. 되겠지요? 루디 아직 거기 있습니까?"

44
공중전화 부스 안에서

"여기 있어."

"너무 좁잖아."

"같이 듣지 않을래?"

"이 안에서 고약한 냄새가 나."

"그럼 문을 열어 놔."

에블린은 등을 문에 기대고 섰다. 아담은 수화기와 주소록을 손에 들었다.

"번호를 누르려니 기분이 이상하네."

"왜?"

"너무 빨리 연결돼."

그는 마르크 동전 몇 개를 전화기 위에 올려놓고 에블린을 쳐다보았다.

"여보세요?"라고 그가 말하며 몸을 돌렸다. "네, 안녕하세요. 저 루츠예요. 발트라우트와 만프레트의 아들 루츠요. 기젤라 아주머니

와 통화를 할 수 있을까요? 기젤라 리폴트요. ……루츠예요. 네. 저희 바이에른에 와 있어요. ……바이에른요!……로젠하임에서 멀지 않은 곳이에요. 하이트홀첸, 그러니까 슈테판스키르헨요. ……에블린이랑 같이요. 여기 같이 있어요. ……네, 헝가리에서요. 자동차로. 여기까지는요. ……만나 뵐 수 있지 않을까 싶어서, 여쭤 보려고 전화했어요. 한번 뵈면 어떨까 해서요…….”

아담은 손을 수화기에 갖다 댔다. “남편 분요. 기젤라 아주머니? 여보세요. 네, 저 루츠입니다. ……아담요, 네 맞아요. 아담이에요. ……아담이란 이름이 더 좋으시다면. ……로젠하임이에요, 로젠하임 근처요. ……계획한 건 아니었어요. 우린 단지 사람들이 국경을 연다면 그 기회를 이용할 수 있겠다 그렇게 생각한 거예요. 기회란 게 그렇게 또 빨리 찾아오는 건 아니니까요. ……아무 문제도 없었어요. 자동차로요, 그냥요. ……닷새 전부터요. 우린 여기 어느 가족 집에 있어요. 그 댁 아이들 방에서요. 루돌프, 바로 그 사람 집에 우리가 묵고 있는데요, 우릴 여기저기 데려다 줘요. 트로스트베르크로요, 통행증 때문에요. ……통행증요. 등록하고 보험 같은 거든 뭐든, 전부 다요. 그런 일로 관공서에 가야 하거든요. 나중에는 조사도 받아야 해요. 저만 받으면 될 거예요. 우린 그런 일들을 다 여기서 처리해야 돼요. ……저도 잘 모르겠네요. 글쎄요. 그들은 내가 어디에서 군 생활을 했는지 뭐 그런 걸 조사해요. ……다행히 아니에요. 밤기온 때문에요! 우린 정말 큰 행운을 잡은 셈이에요. 정말이에요. 얼마나 다행인지 몰라요. ……에블린요. 이름이 에블린이에요. 아니요, 아직이에요. 우린 같이 있어요. 우린, 여기까지 해냈으니 다른 것도 다 할 수 있을 거다, 그렇게 생각하는 거죠. ……아직 없어요.

하지만 곧 생길지도 모르죠."

그가 에블린에게로 돌아서서 고개를 끄덕여 보였다.

"저도 잘 모르겠어요. 모든 일이 갑작스럽게 일어나서요. 지금 아니면 영영 아니라는 식으로. ……물론 일을 해야죠. 일도 하고. 에블린은 대학에 들어가고 싶대요. 아마 뮌헨에서 할 것 같아요. ……스물한 살이요. 우리 쪽에선 대학 입학 허가가 안 났어요. 대학에 들여보내 주지 않은 거죠. 아무튼 그녀가 원하는 학과로는 안 됐어요. ……네. ……그럼요, 기꺼이. ……기꺼이 뵈야죠. ……더 물을 것도 없죠. ……어떤 경우라도 그렇죠. ……아주머니도, 참. 그건 상관없어요. 아무래도 좋아요……."

아담이 동전을 던져 넣었다. 에블린은 문을 밀고 밖으로 나갔다. 그녀는 상점을 지나 버스 정류장 벤치에 앉았다. 저축은행에서 나온 두 남자가 손짓 발짓을 하며 이야기를 나누더니 악수를 한 후 서로 다른 방향으로 헤어져 걸어갔다. 키가 더 큰 남자가 몇 발자국 후에 뒤를 돌아보며 무어라고 소리를 치자 키가 작은 남자 역시 외투에 손을 찔러 넣은 채 뒤를 돌아보았다. 그는 대답을 하는 대신 왼팔을 번쩍 들고 잠시 흔들었다. 그 근처에 있던 참새들이 푸드덕 날아올랐고 동시에 비둘기 몇 마리도 날아올랐다. 에블린은 눈을 감고 얼굴을 햇빛 쪽으로 향했다. 그녀는 솜을 넣은 파란 점퍼의 칼라 감촉을 느낄 때까지 머리를 옆으로 기울였다. 점퍼에선 가루 세제 냄새가 났고 그 외에도 뭔가 낯선 냄새가 났다.

"뭐하고 있어?"라고 아담이 외쳤다. "어디 갔나 하고 찾았잖아!"

에블린은 화들짝 놀랐다. 그녀는 곧 다시금 몸을 뒤로 기댔다.

"앉아."라고 말하며 그녀가 또 한 번 눈을 감았다.

"무슨 일이야?"

"무슨 일이긴."

"날 보지 못했어?"

"좀 전에 남자 두 명이 여기 있었는데, 난 처음에 그들이 농아가 아닐까 생각했어. 손짓 발짓을 너무나 많이 주고받았거든."

"왜 나를 안 기다렸어?"

"기다렸어."

아담이 그녀 옆에 앉았다. "우리, 그 집으로 들어가도 돼. 그 집에 손님방 같은 게 있어. 따로 욕실과 화장실도 딸려 있고. 우리만 쓰는 거지. 돈도 안 받으실 거야. 우리를 초대하셨어."

"좋네."

"뭐야?"

"아무것도 아니야, 훌륭해."

"아주머니가 정말로 친절하게 대해 주셨어. 난 길게 설명할 필요도 없었다고. 아주머니가 바로 선뜻 우리더러 오라고 그러시는 거야."

에블린은 고개를 끄덕이며 입이 칼라 속으로 사라질 때까지 점퍼 지퍼를 끌어 올렸다.

"당신은 가고 싶지 않은 거야? 여기 있고 싶어?"

"전화 거는 건 정말 당신의 강점은 아니지."

"이게 또 무슨 소리야."

"나보고 옆에 있으라며."

"그래. 같이 듣자고 했잖아."

"하지만 당신은 내가 같이 듣도록 해 주지 않았어."

"신호를 줬어야지."

"됐어."

"나 역시 좋아서 한 짓이 아니란 말이야. 아주 빌어먹을 상황이잖아. 그러니 난 당신 얘길 듣고 싶어."

"당신은 너무나 낯설어. 진짜로 무서울 정도로."

"당신은 여기 있고 싶다는 거야?"

"아니야, 물론 아니지."

"그럼 그런 얼굴 좀 하지 마."

"나도 어쩔 수 없어. 난 당신이라는 사람한테 처음부터 다시 적응을 해야 한다고."

"이미 그 얘기 다 끝낸 줄 알았는데?"

"나도 그런 줄 알았어."라고 에블린이 말했다. "당신, 아주머니께 우리가 엘프리데하고 같이 간다는 것도 말씀드렸어?"

"그런 게 뭐가 중요해?"

"난 어쩐지 예전 같은 생각이……."

"'어쩐지'라고?"

"긴 방학이 끝난 때처럼."

"난 늘 학교 가는 첫날을 좋아했어. 그때까진 양심의 가책을 느끼지 않아도 되었거든."

"난 요즘 내내 생각해. 모나한테 여벌 열쇠를 보낸 게 진짜 잘한 일인지."

"누군가 그곳에서 우리 상황을 잘 아는 사람이 있으면 좋지, 뭘. 당신 어머니 말고도."

"내가 직접 말씀드리고 싶었는데."

"이러나저러나 충격이긴 마찬가지일 거야."

"엄마는 심지어 어디다가 서명을 한 적도 있어. 서독과 연락을 취하면 절대 안 돼."

"당신은 그분 딸일 뿐인데 뭘. 그건 좀 다른 얘기야."

"오히려 그 반대일걸. 엄마는 일자리에서 쫓겨날지도 몰라."

그들은 아무 말 없이 한동안 우두커니 앉아 있었다.

"지금 무슨 생각해?"라고 에블린이 물었다.

"아, 아무것도."

"아무 생각 안 했다니, 말도 안 돼!"

"드레스덴 역 승강장에서 너희가 탄 기차가 떠날 때, 한 남자를 도와줬어. 그는 여행 가방을 두 개나 들고 있었지. 그가 당신과 미하엘이 묵었던 호텔 수위인 것 같다는 생각이 들어서."

"'얄타' 호텔 말이야?"

"그래. 그 남자 양복도 가벼운 여름 모직이었거든. 아주 보기 드문 옷감이야. 우리 쪽엔 그런 거 없어."

"그렇다면 그게 무슨 의미인데?"

"아무 의미도 아니지. 전혀 아무것도."

"당신, 적어도 오늘 아침엔 뭘 좀 먹었어?"라고 에블린이 물었다.

"당신한테서 좋은 냄새가 나."

"당신 턱은 까칠까칠해."라고 에블린이 말했다. 그녀는 그에게 몸을 기댄 후 양손으로 그의 팔을 꼭 붙잡았다.

45
스파이

"서식 못 받으셨습니까?"

"네."

"그럴 리가 없는데요. 보세요. 이렇게 생겼습니다."

그녀 맞은편에 앉은 남자가 종이를 여러 장 들어 보였다. 그는 자리에서 일어나 인사를 하고 그녀에게 손을 내밀어 악수를 청한 바 있었다. "다른 사람들과 함께 작성하지 않았어요? 지시에 따라?"

"우린 친구 집에 머물고 있거든요. 그런 거 난 못 받았어요."

"그럴 리가. 말씀드렸듯이, 분명 받으셨을 텐데……."

그는 설문지를 탁자 위에 똑바로 놓고 두꺼운 테두리 안에 숫자 몇 개를 적어 넣었다.

"이곳에 무슨 일이 일어나고 있는지 보셨을 텐데요."라고 그가 혼잣말하듯 중얼거렸다. 그녀 앞에 앉은 남자는 피곤해 보였다. 에블린은 마치 예전에 만난 적이 있는 듯 그가 친숙하게 느껴졌다. 그녀는 쉰 살 쯤 되어 보이고 얇은 겨자 색 풀오버 안에 밝은 색 셔츠를 받쳐 입은 이 남자가 어쩐지 좋았다.

"성과 이름이 어떻게 됩니까?"

"슈만, 에블린."

"생년월일?"

"1968년 5월 19일."

"출생지는요?"

"토르가우."

"토르가우? 작센요?"

"네. 엘베 강가요. 라이프치히 구역이에요."

"부모님은요?"

"그런 게 왜 필요하죠?" 그녀가 미소를 지은 채 말했다. 그는 무뚝뚝했다. 한번 미소를 지어도 좋으련만.

"여기 들어 있는 사항이라 그렇습니다. 부모님은요?"

"생년월일과 태어난 곳도요? 난 어머니가 대학을 마칠 때까지 조부모님한테서 자랐어요."

"그렇다면 어머니부터."

"1946년 11월 23일, 비텐베르크."

"어머니 직업은?"

"관리인."

"관리인, 무슨 분야?"

"일반적인 관리죠. 생산 관리. 볼펜에서 일하세요."

"거기서 맡은 일은?"

그는 글씨를 천천히 썼고 이따금씩 마치 그림을 그리듯 볼펜 끝을 종이에 갖다 대기를 망설였다.

"아버지는?"

"아버지는 터키 사람이에요. 예전에 벌써 떠나고 없었고요. 양육비를 낸 적도 한 번도 없었어요."

"터키인요? 동독에서?"

"서베를린에서 오신 분이거든요. 어머니가 베를린에서 대학을 다니셨으니까요."

"아버지에 대해 아는 게 없단 말입니까?"

"두 분이 그 후에 다시 만난 적이 없는걸요."

"형제는?"

"남자 동생이 있어요. 이복동생. 이름은 자샤. 열두 살이에요."

"학력은 어떻게 되죠?"

"고등학교 졸업. 예나 대학교에서 일 년 반 동안 교육학 전공. 1988년부터 식당 종업원 수련생."

에블린은 담배에 불을 붙였다. 남자가 이마에 주름을 짓자 그녀가 "피워도 되나요?"라고 물었다. 그녀는 미소를 지었다.

"여기선 원래 흔한 일이 아니에요."라고 말하며 그가 빈 재떨이를 그녀 쪽으로 밀어 주었다.

"혼자 왔나요?"

"아니요. 제 반려자와 같이 왔어요. 우린 결혼할 사이예요."

"반려자 이름은?"

"군대에 있던 남자들에 관해서만 질문을 하시지 않나요?"

"서류 작성을 위해서 꼭 필요한 사항입니다. 두 분이 같이 왔단 말이죠."

"프렌첼."

"이름은?"

"프렌첼……."

"성 말고 이름!? 설마……."

"루츠. 루츠 프렌첼이에요."

"생년월일?"

"1956년 12월 6일."

"어디서 태어났죠?"

"그 사람한테 직접 물어보세요. 전 몰라요."

"두 분이 언제부터 아는 사이죠?"

"1987년부터요."

"같이 살았나요?"

"그의 집에서요. 그의 부모님 집이죠. 아버지가 돌아가신 후로 그는 거기서 혼자 살았어요."

"그의 어머니는?"

"그가 아주 어렸을 때였어요. 사고였죠. 모페드 사고. 내가 아는 건 그게 전부에요."

"그의 직업은?"

"여성복 재단사. 재단 마이스터, 자영업자예요. 밑에 견습공을 둘 수도 있을 거예요."

"언제부터 동독을 떠나고 싶다는 생각을 한 겁니까?"

"언제나요."

"그런데 교육학을 전공했다고요?"

"교육학밖에는 자리가 나지 않았거든요. 예술사학과에서는 나를 받아 주지 않았어요. 전 독문과도 가고 싶었고 아니면 프랑스어 학과도 좋았는데요."

"프랑스어 할 줄 알아요?"

"학교에서 배운 정도죠. 7학년부터 배우니까요. 고등학교 졸업
시험 때 최고점을 받았죠."

"자유독일청년단* 단원이었나요?"

"네."

"독일 사회주의통일당**이나 연합정당*** 당원이었나요?"

"아니요."

"그리고 당신과 프렌첼 씨는 기회를 노리고 헝가리로 떠났단 말
이죠?"

"제가 떠나려고 했거든요."

"그는 아니었나요?"

"그가 뒤따라온 거예요."

"두 분이 거기서 만난 거군요?"

"네."

"두 사람이 함께 있으면 통과시켜 주지 않을지도 모른다고 걱정
을 했기 때문인가요?"

"우리 싸웠거든요."

"그가 함께 가려고 하지 않던가요?"

"그 문제에 관해서는 말씀 드리고 싶지 않아요. 개인적인 일이라
서. 우린 아주 개인적인 일로 싸웠어요."

---

* Freie Deutsche Jugend, 동독의 사회주의 청년단체.
** Sozialistische Einheitspartei Deutschlands, 통일 이전 동독을 이끈 정당.
*** 사회주의 국가에서 집권당과 공존하거나 연합하는 정당들을 일컬음.

"그가 가지 말라고 붙들었나요?"

"꼭 그런 건 아니고요."

"그는 왜 그런 거죠?"

"인간관계 문제였다니까요. 말하자면."

"프렌첼 씨가 봉사를 했던가요?"

"봉사라니요?"

"동독인민군에 복무했느냐고요."

"네, 그럼요. 십팔 개월 동안."

"확실합니까?"

"그가 늘 말했어요. 더도 덜도 아닌 딱 십팔 개월이었다고."

"계급을 아나요? 무슨 계급으로 제대했는지?"

"보통 병사죠. 그것도 계급이라고 부를 수 있는 거라면요."

"상병이나 하사로 재대하는 사람도 있잖아요."

"그건 그에게 직접 물어보세요."

"국경 수비대에 있었나요?"

"아니요. 아주 단순한 거였어요. 보병."

"그러면 왜 당신이 자유로운 세상으로 탈출하는 걸 반대한 거죠?"

에블린은 담배를 눌러 껐다. 그녀는 그를 바라보며 미소를 지으려고 애썼다.

"그게 아니에요. 그는 나하고 함께 머물고 싶었던 거죠. 그래서 결국 따라온 것이기도 하고요."

"확실합니까?"

"내 생각엔, 그이에게도 서독이 더 좋을 거예요. 정말로 황금 손재주를 가진 사람이거든요. 이제 여기서 본격적으로 무언가를 시작할 수 있고 성공할 수도 있을 테니까요."

"한 번 더 묻겠습니다. 왜 그는 당신과 즉시 함께 가려고 하지 않
았던 겁니까? 아니면 말을 바꿀까요? 당신은 반려자가 그런 판단을
내린 이유를 잘 안다고 생각하나요?"

"그렇다면 혹시 아담이 스파이라도 된다는 말씀이세요?"

"아담? 갑자기 아담이라니요, 그게 도대체 누구죠?"

"프렌첼 말이에요. 모두들 그를 아담이라고 부르니까요."

남자가 바둑판 무늬 종이 위에 무엇인가를 적어 넣었다.

"성은 프렌첼이 맞는 겁니까?"

"네, 루츠 프렌첼. 별명은 아담."

"이 질문은 당신을 위해서도 중요한 겁니다."

"우습네요, 정말. 아담이야말로 선거에 참여하지 않은 유일한 사
람이었는걸요. 그들이 매번 아버지의 친구들을 보냈어요. 독일자유
민주당* 당원들이었는데, 그들이 그에게 왜 선거를 하지 않느냐고
물었어요. 아담은 동독에 대해서라면 오직 비웃기만 했어요. 그 정
권이라면 전혀 진지하게 받아들이지 않았어요."

"그런데도 거기 머물려고 했다는 건가요?"

"태평하니까요."

"자영업자가?! 일을 굉장히 많이 해야 했을 텐데요?"

"쉬지 않고 일을 하긴 했죠."

"태평하단 말은 그러니까 게으르단 뜻은 아니란 겁니까?"

"그의 처지라면 그런 식으로 살다가 연금 수령자가 될 수도 있었

---

* Liberal-Demokratische Partei Deutschlands, 동독 연합정당 중 하나.

을 거예요. 여름이면 이 주일 동안 발트 해나 불가리아로 휴가를 가고. 나머지는 언제나 앉아서 재봉틀을 돌리거나 견본을 그리거나 사진을 찍었으니까요."

"헝가리에 있는 동안 그가 동독으로 전화를 건 적이 있습니까?"

"여자 고객 두 명인가 세 명한테 알려 줘야 했으니까요."

"돌아가지 않는다고요?"

"계획보다 오래 걸릴 거라고요."

"그가 누군가와 접촉한 적이 있나요? 여자든 남자든 누군가 도로 돌아간 사람 중에서?"

"우리들 여자 친구 한 명이 부다페스트로 돌아갈 때 그가 역까지 데려다 준 적이 있죠."

"그 여자 친구란 사람은 동독으로 도로 돌아갔단 말이고요?"

"네, 개인적인 이유에서요."

"아주 개인적이지만은 않을 수도 있잖아요?"

"남자 때문이었어요. 알고 싶으시다면요. 서독에서 온 남자였어요. 함부르크!"

"그의 이름을 아나요?"

"네. 그래도 말하지 않겠어요."

"프렌첼 씨는 동독 대사관과 접촉했나요?"

"그가 왜 접촉을 했을 거라 생각하죠?"

"그냥 으레 묻는 질문이에요."

"우리 거기 갔었어요."

"대사관에 갔었다고요?"

"누군가 우리 신분증을 훔쳐 가서요. 지갑이랑 통째로 다."

"당신과 프렌첼 씨 지갑을요?"

"나와 내가 아는 사람 지갑을요."

"서독에서 왔다는 남자 말인가요?"

"네."

"그때 프렌첼 씨가 어떤 행동을 보였나요?"

"어떤 행동을 보여야 한다는 거죠? 그가 우리를 도와줬죠."

"그가 그런 상황을 유도했을 수도 있지 않나요? 동독 대사관으로 당신을 데려가기 위한 구실을 만들기 위해."

"아담이 우리 신분증을 훔쳤다고 생각하시는 거예요!? 기가 막혀! 우린 결국 아무 일 없이 나왔고 심지어 돈까지 받았는데요."

"하지만 프렌첼 씨 지갑은 훔쳐 가지 않았다면서요. 그런데 그는 왜 함께 대사관에 갔던 겁니까?"

"그는 그냥 그런 척했어요. 우리를 데려다 주느라고."

"여기서 '우리'란 갑자기 또 누구죠?"

"여자 친구 한 명. 그녀가 도나우 강을 헤엄쳐서 건너려고 하다가 중요한 서류를 몽땅 다 잃어버렸거든요."

"그가 당신에게 그렇게 말했나요?"

"네. 하지만 그녀 역시 나한테 그 말을 했어요."

"그 여자 친구의 이름은요?"

"말하고 싶지 않네요."

"꽤 많은 미지수가 들어간 방정식이네요. 그렇게 생각하지 않아요?"

"그가 그녀를 고속도로에서 만났고 신분증도 돈도 없는 그녀를 데리고 몰래 국경을 넘었던 거예요."

"어떻게 국경을 넘었단 말이죠?"

"트렁크에 숨겨서요. 내 장신구와 거북이도 함께 차 안에 있었던 걸요."

남자는 잠시 눈살을 찌푸리며 오른쪽 입가를 씰룩거렸다.

"그러니까, 그가 사람을 트렁크에 싣고 국경을 넘어 헝가리로 데려다 줬다는 말입니까?"

"네."

"그가 그렇게 말했어요?"

"그녀한테도 들어서 아는 사실인걸요."

"그러면 서독에서 왔다는 남자와 프렌첼 씨는 예전부터 아는 사이였나요?"

"딱 한 번 봤을 뿐이에요. 아담이 질투를 했거든요. 남자들이나 여자들 사이 이야기일 뿐, 다른 의미는 전혀 없어요."

"당신이 안다는 남자와 프렌첼 씨 사이에서 그랬다는 거죠?"

"네."

"그 남자를 언제 알게 된 거죠?"

"난 그와 그의 여자 친구와 함께 헝가리로 갔거든요."

"프렌첼 씨가 그 뒤를 따라간 거고요?"

"네. 하지만 정치적인 이유 때문에 그런 건 아니에요. 아담은 저를 사랑한다고요. 그게 그렇게도 이해가 안 되세요?"

"이해합니다. 하지만, 그래도. 이게 우리 임무인걸요. 이것저것 물어보는 거."

"아담은, 그러니까 프렌첼은 동독을 별로 신뢰하지 않았어요. 그리고 저와 함께 달아난 거고요. 이게 다라고요. 그가 스파이라면 도대체 뭘 알아내겠어요? 재단용 견본?"

"몇 가지 특징이 있긴 합니다. 우리가 그걸……."

"지금 우리 두 사람이 여기 있는 걸 보시면서 그러세요!"

"네, 이 정도면 된 것도 같습니다. 고맙습니다."

"그럼 이제 전 돌아가도 되나요?"

"네, 물론이죠."

"그렇다면."

"서식 용지를 나중에라도 어디선가 발견하시면 반드시 꼭 가져다주세요. 용지가 서서히 떨어져 가니까."

에블린이 고개를 끄덕였다. 그녀는 자리에서 일어나 의자를 탁자로 밀어 넣고 남자를 쳐다보았다. 그 역시 자리에서 일어났고 뒤쪽에 있는 상자 안에서 무엇인가를 찾는 것처럼 보였다. 그녀는 그가 한 번 더 몸을 돌리기를 기다렸지만 결국 인사 없이 그대로 방을 나왔다.

46
스파이, 두 번째 의심

"이 사람들, 정말로 아름다운 자연경관을 보존하고 있네."라고 에블린이 말했다. 그녀의 검지 손톱이 밖을 가리키느라 여러 번 기차 창문을 짚었다. 그녀는 신발을 벗고 다리를 반대편 자리에 올리고서 거북이가 든 상자를 열었다. "그거 오래된 책이잖아? 너무 이상한 냄새가 나네." 그녀는 그의 옆에 있는 책 두 권을 가리켰다.

"우리 동식물 분류 도감이잖아. 이 책들은 항상 차 안에 있었어. 언제나 함께 다녔다고."

"엘프리데도 자신의 예쁜 상자를 그리워하고 있을 거야."

"그런 걸 어떻게 들고 다닐 수 있겠어? 그 집에 그런 상자를 가지고 들어갈 순 없어."

"저것 좀 봐. 알프스 산맥이 또 한 번 나타났어. 그 뒤엔 이탈리아가 있을 거야⋯⋯."

"그 뒤엔 오스트리아야⋯⋯."

"알프스는 오스트리아에 있지만, 알프스 뒤에는 이탈리아가 있단 말이야. 엘프리데야, 우리 곧 저기로 간단다."

"엘피는 못 가." 그가 신문을 접었다.

"그럴 수도. 엘프리데야. 그럼 넌 집에 남아야 해." 에블린은 상자 덮개를 닫았다. "당신은 뭐든지 다 잘 안다는 듯 행동하네!"

"내가 뭘 또 잘못한 거야?"라고 그가 그녀를 쳐다보지 않은 채 물었다.

"당신은 전혀 흥분되지 않아?"

"물론 흥분되지. 내가 또 뭘 잘못했다든가 뭘 잘못 말했다든가 하는 경우엔 더더욱 그렇지."

"나한테 화풀이 좀 하지 마. 그가 나 역시 굉장히 괴롭혔다고."

"그런 사람이라면 우리 쪽이라 해도 반드시 그런 고약한 일을 맡겼을 거야."

"그래도 예의 바른 사람이었잖아. 우리 쪽이었다면 그들이 당신을 협박했을 거야. 당신은 도로 풀려나게 될지 아닐지도 알 수 없었을 거야."

"그놈처럼 나를 짓밟은 자는 평생 한 명도 없었어."

"당신을 짓밟지는 않았겠지."

"당신도 아니지."

"당신이 너무 예민한 거야."

"당신은 그 미하엘한테 전화를 걸었느냐고 내가 좀 묻기만 해도 기분이 상하잖아."

"날 믿지 않으니까 그런 거지. 설령 내가 그에게 전화를 걸었다 해도 그렇지. 그게 뭐 어째서? 그러면서도 당신이 날 믿는다고 생각하란 말이야?"

"당신 역시 나를 믿지 못하기는 마찬가지잖아."

"난 미하엘이 트로스트베르크에 있었다는 걸 믿을 수가 없단 말이야! 그랬다면 우리한테 연락을 했을 거야. 우린 등록이 되어 있었으니까."

"왜 그가 연락을 했을 거라고 생각해? 그는 군복을 입고 있었고 할 일도 많았을 텐데."

"바로 그래서 난 당신이 착각했다고 생각하는 거야. 미하엘이 그런 바라크에서 또 그런 군복을 입고 뭔가를 했을 거란 말이야?!"

"내가 그를 똑똑히 봤다니까. 물론 봤지. 그가 문을 황급히 닫기는 했지만. 깜짝 놀랐을 테니까……."

"깜짝 놀랐다니. 그건 또 새로운 사실이네. 당신은 문이 금세 닫혔다고만 말했지 깜짝 놀라더라는 말은 하지 않았어."

"깜짝 놀랐어. 그가 나를 보았고 흠칫 놀라 뒤로 물러났다고. 진짜로 흠칫 물러났다니까."

"그가 왜 거짓말을 하겠어?"

"그야 나도 모르지. 영원성을 연구한다고 하는 편이 정보국 장교라거나 뭐 그런 것보다는 듣기에 더 낫잖아."

"우리가 그 사람한테 전화해 보면 되겠네."

"그게 뭘 증명해 준다는 거야?"

"그가 함부르크에 산다는 거."

"그렇게 순진한 말 좀 하지 마."

"그러니까 당신은, 그가 나한테 엉뚱한 번호를 줬을 거란 말이야?"

"어디서 전화벨이 울릴지 그걸 당신이 어떻게 알아?"

"그렇다면 왜 그런 연극을 하는 건데?"

"이곳 사람들이라고 스파이가 없는 줄 알아? 그렇게 웃을 필요 전혀 없어."

"당신네들 제정신이 아니야!"

"왜 당신네들이라고 말하는 거야?"

"늘 누군가를 의심하는 사람들을 말한 거야."

"왜 늘이라는 것이며, 그리고 도대체 무슨 사람들 말이야?"

"그냥 막연하게 그렇단 말이야. 아주 막연하게."

"난 막연하게 의심을 하는 게 아니잖아."

"이제 좀 그만두자. 응? 제발!"

에블린은 등을 뒤로 기대며 또 한 번 창문 밖을 내다보았다.

"미하엘이 나를 의심했어? 말 좀 해 봐. 내가 비밀경찰 요원일 거라고 그가 말한 적 있어? 그냥 맞다 아니다 그것만 말하라고."

"아니야." 그녀는 고개를 돌리지 않은 채 대답했다. "우린 당신에 관해서는 전혀 얘기를 나눈 적 없어."

"당신들 두 사람한테 나라는 사람은 아예 존재하지도 않았다는 거로군."

"난 당신에 관해서 말하고 싶지 않았어. 그가 당신 얘길 물어봤는데, 난 그가 상관할 문제가 아니라고 생각했어. 못 알아듣겠어? 당신은 릴리와 데스데모나, 이름이 어떻든 간에 그 여자들이랑 나에 관해 이야기했어? 그러지 않았기를 바라. 만일 그랬다면 굉장히 화나는 일이야."

"그런 적 없어. 하지만 난 헤어질 생각도 없었으니까."

"당신은 사실은 전혀 다른 걸 원했지만 영혼만은 나한테 있었다는 거군. 참 고맙네."

"당신이 웃을지도 모르지만 내 영혼은 진짜로 늘 당신한테 있었어."

아담은 다리를 포개고서 다시 신문을 읽으려는 듯했다.

"정말로 믿을 수 있는 말이면 좋겠네."라고 에블린이 말했다.

"믿어, 그럼."

"애쓰고 있어. 벌써 이 주째 애쓰고 있다고."

"그런데 뭐가 문젠데?"

"아무것도. 그냥 애를 쓰고 있다는 거지."

"애를 쓰는데도 결국 안 된다면?"

그들은 서로 마주 보았다.

"당신은 어쩐지 기분이 안 좋은 거 같아. 다른 때라면 언제나 기분이 좋았던 거 같은데. 헝가리에서조차. 어쩌면 별로 좋은 생각이 아닌지도 몰라. 이렇게 나하고만 있는 거."

"어쩐지, 노상 그놈의 어쩐지."

"당신은 늘 주위에 여자가 많이 필요한 거야?"

"일단 결혼이나 하자고. 그러고 나면 알겠지. 내게 여자 하나가 더 필요한가 아니면 둘이 더 있어야 하는지."

"곧장 또 우스갯소리로 빠져들지 마. 남자들이란 하여간 늘 다 저래. 적어도 많은 남자들은. 우리가 그 문제를 이리저리 회피하는 것보다는 툭 터놓고 대화를 하는 편이 난 더 낫단 말이야."

"나 릴리 보고 싶지 않고 보고 싶어 한 적도 없어. 그걸로 끝이야. 나더러 뭘 더 말해야 된다는 거야?"

"그럼 페피는?"

"페피는 예쁜 아가씨지. 분명 좋은 대학 강사일 거고. 나 역시 그녀를 다시 만나고 싶어. 하지만 당신이 생각하는 그런 건 아니야."

"그럼 어떤 건데?"

"뭐가?"

"당신, 아무튼 뭔가 이상해."

"당신 참 똑똑하다. 우린 지금 예전에 소유했던 모든 것들을 버렸어. 난 이제부터 어떻게 벌어먹어야 할지도 모르는 판인데, 당신은 나한테 무슨 일이 일어난 거냐고 묻다니."

"도로 동독으로 돌아가고 싶어?"

"난 모나가 우리 집에 들어가고 당신 어머니나 다른 이들이 우리 물건을 마구 집어 가 버리면 어쩌나 뭐 그런 상상을 해. 그런 생각이 떠오르는 게 인지상정이지. 난 도저히 그런 생각을 떨쳐 낼 수가 없단 말이야."

"우린 이제 그런 물건들 다 필요 없는걸."

"월요일에는 라이프치히에 만 명이 모였어. 상상을 좀 해 보라고. 만 명!"

"아담, 우린 해냈어. 우린 서쪽 진영에 왔다고. 이젠 모든 서류를 갖췄고 여권도 받을 거고 3000서독마르크가 수중에 있어. 난 대학에서 뭐든지 내가 원하는 학과에서 공부할 수도 있어. 우린 공짜로 지낼 수도 있고. 그런데도 당신은 그렇게 얼굴을 잔뜩 찌푸리다니."

"지금까지 모든 게 그리 유쾌하지만은 않았어."

"이제 다 지나갔잖아. 우린 지금 뮌헨으로 가고 있어."

"글쎄, 딱 뮌헨이라고 할 수는 없어."

"당신은 그저 텔레비전이나 보며 그 한심한 주사위 놀이나 했지!"

"동독에 있는 우리 형제 자매들이 하는 일이 흥미롭기도 하잖아. 그들이 계속해서 그런 일을 벌일 수 있을 동안만큼은 적어도 우리가 지켜봐 주기라도 해야지."

"그런 일에는 통 관심도 없잖아."

"우린 호수며 마을이며 도시를 실컷 구경했어. 당신 마음에 위로가 된다면 말해 주지. 난 이걸 거의 반이나 읽었다고." 아담은 옆에 있는 성경을 집어 높이 들어 올렸다. 중간에 종이가 몇 장 끼워져 있었다. "한참은 읽어야 여기까지 도달한다고!"

"재단사가 있는 양장점이나 옷감 파는 상점 같은 데라도 들어가 봤으면 좋았을 거야."

"'안녕하세요, 전 아담이라고 합니다. 전 동독에서 왔습니다.' 이러란 말이야? 그러면 그들이 나한테 뭔가를 가르쳐 줄 거라고?"

"내 말은 그냥 사업적인 걸 배우란 거지. 거래를 어떻게 하는지, 어디 가서 등록을 해야 되는지 등등. 공짜로 주어진 시간이니까."

"하나씩 하나씩 차차 하자고. 여기 사람들은 재단사가 뭐하는 사람인지도 몰라. 다 기성복을 산단 말이야."

에블린은 발가락으로 신발을 끌어당긴 다음 그 안으로 발을 밀어 넣었다. "안타깝게도 거의 다 왔네. 난 좀 더 가도 좋을 것 같은데." 그녀는 무릎을 살짝 굽히고 거울을 들여다보며 머리를 빗었다. "이런 거 물어봐도 되는지 모르겠는데, 성경에 꽂힌 그 쪽지 뭐야? 지혜의 말씀을 적어 두는 종이야?"

"무슨 쪽지? 이 서식 용지 말이야? 내가 책갈피로 사용하는 거야."

"웬 서식 용지?"

"여기." 그가 그녀에게 종이를 내밀었다.

"아이고, 아담. 이럴 수가!"

"뭘? 이 따위 허튼 종이 나부랭이들. 그들이 알고자 하는 것들. 이거 다 동독이랑 다를 게 없잖아!"

"하지만 우린 더 이상 동독에 있는 게 아니야!"

"아, 그래."

"당신 왜 말하지 않았어! 그걸 작성했어야 하는데. 그 작자가 나더러 서식 용지를 달라고 했어. 그게 어디 있느냐고 물었다고."

"그들이 내 얘기도 물었어?"

"아니야."

"전혀 아무것도?"

"내가 혼자 떠난 건지 다른 사람하고 같이 있는지만 물었어."

"그놈이 나한테도 그걸 물었어. 난 당신한테 물어보라고 했지."

"나도 그 사람한테 그렇게 말했는데." 에블린이 점퍼를 입었다. "얼른, 내릴 준비해."

"이게 다 뭐하는 짓인지 알고 싶어."라고 아담이 말했다.

"그들은 스파이를 찾고 있는 거야."

"내가 스파이라면 그들한테 들려줄 좋은 이야깃거리가 있는데."

"난 모르겠어. 진짜로 모르겠어."라고 에블린이 말하며 자리에 도로 앉았다. 그녀는 거북이가 든 상자를 무릎 위에 올리고 창밖을 내다보았다.

47
부엌 대화

"뭐 특별히 찾는 거라도 있는 거니?" 기젤라 아주머니가 물었다. 에블린이 개수대 아래 수납장 문을 열었다. 그러자 즉시 쓰레기통이 나타나며 뚜껑이 열렸다.

"어머, 이거 너무 실용적이네요."라고 에블린이 말했다. "어쩐지 재밌어요. 쓰레기통 뚜껑이 열리는 모양이 마치 모자를 벗는 거 같잖아요."

"애벌 설거지를 할 필요가 없어. 그냥 이렇게 집어넣어. 옆으로, 아니면 이렇게. 봐, 여기 이 사이에." 기젤라는 그녀에게서 커다란 접시를 받아 식기세척기 안에 있는 다른 접시들 사이에 비스듬히 끼워 넣었다. "잔이랑 받침이랑 그런 작은 것들은 전부 이 위에. 수저는 여기 이 안에. 큰 칼만 빼고. 여길 봐. 그건 나무 손잡이가 달렸어. 나무 제품은 언제나 손으로 씻어야 해. 열쇠를 좀 건네줄래?"

"어쩐지 엄청나게 크네요."

"아니, 그게 아니고. 이것 봐. 그냥 이 위에. 그건 이게 다 알아서

해. 잔들도 마찬가지야. 여기에 더 들어갈 수 있지. 이렇게 비스듬히. 진짜로 꽉 찼다 싶을 때가 제일 좋은 거야. 숟가락만은 합치지 말고. 서로 겹치기 쉽거든." 기젤라는 찻숟가락 몇 개를 수저통에 골고루 넣었다. "문을 한 번만 더 열어 봐. 개수대 밑에. 그냥 열기만 해. 거기 가루 세제와 헹굼 보조제가 있지. 이 가루는 여기 넣고, 이건 헹굼 보조제 칸에. 지금은 필요 없어. 아직은 충분해. 네 번 혹은 다섯 번까지도 충분하겠는걸. 이젠 눌러. 더 꽉. 세게 눌러. 이젠 전원을 켜. 그래. 매번 따로 조정할 필요는 없어. 그냥 전원을 켜기만 하면 그걸로 끝이야. 난 늘 55도로 씻어. 꽉 찼다 싶으면 그냥 켜기만 해. 중간에 자꾸 열어 보면 안 돼. 그러면 기계가 망가지니까. 벌써 좀 오래된 기계라서."

"행주로 닦을 필요도 없어요?"

"응, 내일 아침에 번쩍번쩍 깨끗한 그릇들을 꺼내기만 하면 돼."

"잔은요?"

"잔은 위를 한 번 더 살펴보곤 하지. 잔이 정확히 수직으로 서 있지 않으면……."

"뭐라도 좀 돕고 싶어요. 장이라도 봐 올까요?"

"아니, 에바. 너희들이 여기 있는 것만으로도 난 기쁘단다. 장 보는 건 차로 한단다. 소소한 물건들은 내가 퇴근하면서 사 가지고 들어오면 되고."

"그럼 청소는요?"

"모니카가 한단다. 월요일과 금요일마다. 난 집에 드디어 생기가 넘치는 것 같아서 기쁜걸. 요하네스는 성탄절에조차 오지 않았어. 물론 이해는 하지. 과테말라가 아이헤나우보다야 더 흥미로운 곳이겠지. 그리고 비르기트는 한 번씩 오면 어차피 거실에서 자는 걸 더 좋아해. 거기선 텔레비전을 볼 수 있으니까."

"곧 돈이 좀 생길 거예요. 그럼 살림에 조금 보탤 수 있을 거고. 그렇게 되면 아저씨도 좋아하실 거예요."

"그렇게 해도 된다, 그럼. 하지만 말 한마디마다 다 저울질을 할 필요는 없어. 원래는 다정한 사람이란다. 이리 와. 앉아라. 나하고 베일리스* 한 잔 마실래? 리큐어 좋아하니?"

"네, 좋아요."

기젤라는 행주로 식탁을 닦았다.

"나하고 술 한잔 같이 나눌 사람도 없는걸." 그녀가 그렇게 말하며 에블린 맞은편에 앉아 술병을 돌려 열었다.

"그들이 우리를 기다릴까요?"

"내버려 둬. 남자끼리 얘길 좀 하도록 내버려 둬. 에버하르트는 지나치달 정도로 정의의 사도야. 자기보다 적게 일하는 사람은 돈도 더 적게 벌어야 한다는 주장이지. 그는 사람들이 하는 일로 그들을 평가한단다. 그건 나조차도 바꿀 수 없었어. 가족 내력이야. 죽어라 일만 하는 사람들이라니까. 전부들 미련한 곰 같은 일꾼들이지."

"아담도 긴 휴가를 늘 못 견뎌 했어요."

"건배, 에바. 너를 위해, 너희들을 위해. 너희들이 여기 와서 새로운 삶을 꾸리기를 바라며."

그들은 잔을 부딪친 다음 마셨다.

"어때, 괜찮지?"

---

* 아일랜드 리큐어 상표.

"아, 네."

"그럼 빨리 나머지도 꿀꺽 마셔."

"혀에 착 달라붙는데요."라고 에블린이 말했다. "즉시 중독될 것 같아요."

기젤라가 또 한 잔 따라 주었다.

"한쪽 다리로는 서 있기가 어려운 법이지. 너희들이 젊었을 때 함께 즐겨야 해."

"바로 그래서 제가 그곳을 떠나온 거예요. 인생이 좀 달라져야 한다고 생각했거든요."

"그래. 더 달라져야지. 건배, 에바. 미래를 위하여."

"기젤라 아주머니를 위해!"

"아주머니라고 부르지 좀 마!"

"죄송해요, 전 아담이⋯⋯."

"건배, 에바!"

"건배, 기젤라!"

거실에서 웃음소리가 들려왔다.

"내일은 산책을 나가자. 고층습원*에 가자. 너희들 마음에도 들 거야. 바이에른에선 산책을 해야 해. 너희도 같이 갈 거지? 너희들이 나머지 관공서 일을 다 마치면 그때부터 시작하는 거야. 그럼 내가 여자들한테 아담을 재봉 강사로 소개할 거야. 운이 조금 따라 주기만 하면 금방 강좌를 이어받을 수 있어. 지금 강좌를 맡은 여자는 전혀 재단사가 아니니까. 그 여자 맞춤 재단이라면 손을 부들부들

---

* 산비탈이나 배수가 나쁜 평지에 발달하는 물이끼가 많은 습원의 한 형태.

떨기만 할걸."

"아담은 옷을 지을 수도 있어요. 그것도 그냥 아무렇게나 맞추는 건가요, 어디! 진짜 작품이에요. 모두들 좋다고 야단이었어요."

"네 일이라면 난 걱정 안 한다. 너처럼 생긴 아가씨는, 나쁜 길로 빠지지만 않는다면⋯⋯." 기젤라는 검지를 들어 경고했다. "곧 보게 될 거야. 모두들 널 좋아할 거야. 어딜 가나. 이 머리카락은 누구한 테 물려받은 거니?"

"아버지한테서요. 엄마는 금발이에요."

"거기다가 파란 눈동자라니. 남자들이 떼로 몰려와 네 발치에 무릎을 꿇게 생겼구나."

"뭐, 그럭저럭요. 전 대학에 가고 싶어요. 어찌 되었든 공부만은 할 거예요."

"아담은 좀 작게 시작해야 할 뿐이야. 하지만 그가 팔을 걷어붙인 다면⋯⋯. 건배!"

"네. 일단 작게 시작해야죠."라고 에블린이 말하며 두 번째 잔을 비웠다.

"한 모금 더 마실래?"

"술 마신 지 너무 오래 됐어요. 더 못 마셔요."

"자, 그러지 말고. 다리가 세 개면 더 잘 서는 법이야."

에블린이 갑자기 웃음을 터뜨리며 손등으로 입을 가렸다. "죄송해요."

"자, 이제 그렇게 놀란 얼굴 하지 말고!" 기젤라가 키득거리며 웃기 시작했다. 병 입구가 잔 가장자리에서 미끄러졌다. 그녀는 떨어진 베일리 술 방울을 응시했다. 잠시 동안 그녀는 아주 말짱한 것처럼 보였지만 곧 또다시 키득거리며 병을 두 손으로 꼭 쥐었다.

"그거 아세요? 나한텐 이 모든 게 꿈 같아요."라고 에블린이 말했다. "다음 주에 뮌헨으로 가서 뭘 전공할지 직접 학과를 선택한다니. 정말 믿기 어려운 일 아닌가요!? 상상조차 할 수가 없어요……." 에블린이 깜짝 놀라 벌떡 일어났다. "지금 방금 그게 무슨 소리죠?"

"기계 안에서 나는 소리야. 틈이 벌어지면서 딱 하는 소리를 낸단다." 기젤라가 또 한 번 키득거렸다. "네가 방금 네 모습을 보지 못했다는 게 애석하구나! 그렇게 깜짝 놀랐으니 한 잔 더 마셔야지. 그렇게 빼지만 말고. 우리 이것도 마실 수 있어."

에블린이 손을 잔 위에 올렸다. "못 마시겠어요."라고 에블린이 말했다. "속이 안 좋아지려고 해요."

"그렇게 조금밖에 안 마시고서? 뭐야? 참, 에바. 이럴 수가. 너 정말 아주 창백해졌구나!" 기젤라가 에블린의 이마에 손을 올렸다. "아가, 이를 어째."

그건 에블린이 나중에 기억할 수 있었던 마지막 말이었다. 바로 다음 순간 자신이 "네."라고 말하려고 했다는 것은 기억할 수 있었다.

48
전화 통화 후

"이젠 나하고 더 이상 말도 안 할 작정이야? 당신, 꼭 어린애같이 굴고 있어."라고 에블린이 소곤거렸다. 그녀는 침대에 앉아 빨래를 갰다. 아담은 반대편 침대에 길게 누워 있었다. "내가 당신한테 아예 이야기해 주지 않았더라면 지금 아무 일도 안 일어났겠지."

"그럼 모든 잘못을 나한테 돌려."라고 그가 작은 목소리로 말했다.

"당신은 아무것도 아닌 일을 항상 대사건으로 만드는 경향이 있어." 그녀는 난방기에서 아담의 양말을 주워 올린 뒤 품에 안은 채 다시 침대에 걸터앉았다.

"대사건?"

"국가적 대사건."

"당신, 적어도 사과 정도는 할 수 있을 텐데."

"사과를 왜, 아담?! 당신이 유령을 본 것에 대해서?"

"그럼 왜 나한테 미리 말해 주지 않았던 거지? 우리 둘이서 함께 전화를 걸 수도 있었잖아."

"그런다고 뭐가 달라졌을까?"

"전부 다."

"전부 다?"

"그래."

"어째서? 이런 질문을 해도 되는 거라면 말이지."

"그럼 공동 행동이 되는 거지."

"'공동 행동'이라니. 난 여기 이 모든 일들이 다 공동 행동이라고 생각했는데."

"나도 그러길 바랐어."

"아이고, 가여워라……."

아담이 단번에 일어나 그녀의 손목을 붙잡았다.

"당신이 그 역겨운 놈에게 전화를 걸어서."라고 그가 신경질적으로 내뱉었다. "얼마나 자주 거는지야 난 알 수 없지만, 당신은 우리 번호를 그놈에게 줬고, 나한텐 일언반구도 없었어. 카탸가 전화를 걸어 오지 않았더라면 난 전혀 모르고 지나갔겠지. 그런 상황이란 거지. 그러니 이젠 허튼 농담 따위는 집어치워."

"카탸가 전화를 걸었다는 건 누구한테서 들은 건데?" 에블린은 양손으로 양말을 낚아채 아담의 침대에 던졌다. 차곡차곡 갠 빨래를 들고 그녀는 문 옆 옷장을 연 다음 칸마다 분류해 챙겨 넣었다. "사람이 어떻게 그렇게 멍청할 수가 있을까!"라고 그녀가 중얼거렸다. "정말 한심해서, 참!"

아담은 양말을 자신 옆에 펼쳐 놓았다. 에블린은 스웨터를 꺼내 입고 자기 침대 위에 누웠다. 그리고 아담의 베개로 손을 뻗어 성경을 집어 들었다.

"당신, 적어도 물어는 봐야 하지 않을까."라고 그가 말했다.

"왜, 이거 당신 것도 아니잖아. 우리 둘이 함께 훔친 건데, 뭘."

에블린은 성경을 열어 그가 서식 용지를 꽂아 놓은 쪽을 펼쳤다.

"카탸가 우리 전화번호를 알고 싶어 한다면서 그가 우리 번호를 묻는데 당신이라면 어떻게 했을 건데?"

"난 그와 이야기를 나누지 않았을 거야."

"그럼 그가 장교인지 아닌지 어떻게 알아낼 수가 있어."

"당신은 뭐라고 말했는데? 아담이 미쳐서 유령을 봤다고?"

"난 우리가 잘 도착했다고 말했어. 그렇게 하기로 약속했다고. 적어도 소식 정도는 알려 주기로."

"당신하고 그가 그렇게 하기로 약속했어? 알려 주기로?"

"그가 나한테 부탁했단 말이야."

"아이고, 훌륭하군. 어쩌면 당신은 함부르크 대학에 다니고 싶은지도 모르겠네?"

"헤어지고 싶은 거야?"

"그가 무슨 일을 하든 상관없어. 그는 분명 내가 앞으로 버는 것보다 돈도 훨씬 더 많이 벌 거야."

"두말하면 잔소리지."

"그럼 모든 문제가 해결됐네. 순식간에 깨끗이."

"아, 그래? 난 카탸 생각을 한 거란 말이야."

"카탸?"

"그래. 그게 아니면 뭐란 말이야. 우린 여기 친구들이 하도 많아서 누구를 먼저 방문해야 좋을지 모르잖아."

"몰랐네. 카탸와 당신이 그렇게 우정이 두터운 사이인 줄."

"두텁다는 게 무슨 말이야. 카탸는 내 마음에 꼭 들었어."

"헤엄쳐 건너가려다 실패해서?"

"자신이 뭘 원하는지 아는 여자라서. 단호히 해냈잖아, 자신을 위해서."

"그녀가 나한텐 일본 남자 얘길 했어."

"일본 남자? 무슨 일본 남자? 당신이 그녀의 영웅이었는데. 당신이 없었다면 그녀가 지금 어디로 굴러떨어졌을지 누가 알겠어?"

"카탸는 내가 아니라도 어차피 해냈을 거야."

"그럴지도 모르지. 하지만 아닐 수도 있고. 아무튼 그건 영웅적인 행동이었어. 그 점을 항상 기억하라고. 당신한테도 좋을 거야."

"그게 왜 나한테 좋을 거란 말이지!? 당신은 내가 오로지 미래를 생각하기만을 바란다며."

"난 그저 그 재봉 강좌며 방이랑 에버하르트 아저씨, 그게 세상 전부는 아니란 말을 하고 싶었을 뿐이야. 곧 다 끝날 일이니까."

"난 그렇게 생각 안 해."

"뮌헨에서 뭔가 발견할 수 있을 거야. 도심 어디선가……."

"정원이랑 마루 장식. 이상적인 공간 활용. 쾌적한 주거 환경!"

"좀 작아도 괜찮아, 뭐. 나는 아주 작아도 상관없어. 나 다시 식당 종업원으로 일할 수도 있어."

"대학에 들어가야 해. 식당 종업원이 아니라!"

"나한테는 맨 처음부터 다시 시작하는 게 훨씬 더 좋아. 당신하고 함께. 당신 가족들 냄새가 곳곳에 배지 않은 집에 사는 것. 베개 하나 내 것은 없었잖아. 당신 같은 사람은 뮌헨에서 아주 인기가 많을 거라잖아. 누구나 그렇게 말해."

"성경에 나와 있어?"

에블린은 페이지를 넘겼다.

"맞춤옷을 지을 수 있는 당신 같은 사람은, 당신처럼 잘하는 사람은, 당신 같이 아이디어가 넘치는 사람이라면! 그런 사람을 어떻게 그냥 놔두겠어? 일단은 보조 역할뿐이라 하더라도, 일 년, 혹은 이 년 정도일 뿐이야. 그게 뭐가 그리 나빠. 그러면서 당신은 기술을 배우는 거지. 사업 수완 말이야. 그 상점 고객 반을 당신이 확보하는 거야. 한 번만이라도 당신한테 왔던 사람은 다른 곳으론 절대 가려고 하지 않을 테니까. 당신이 더 잘 알잖아. 믿음, 사랑, 희망. 여기 어딘가에 있다고. 사랑, 그건 우리한테 이미 있고. 당신을 믿는 마음도 있고. 희망만 빠졌네. 오로지 희망만. 하지만 그거라면 당신한테 내가 있잖아. 내가 희망이거든. 난 장신구도 팔 거야."

"그거 가만히 둬. 절대 팔면 안 돼."

"할머니도 잘했다고 하실 거야. 할머니도 그중 몇 개만 착용했어. 나머지는 늘 함에 넣어 두시고, 언젠가 꼭 필요한 때 파시려고. 지금이 바로 그때라고."

"내가 뭐든 일자리를 찾아볼 거야, 에비. 그 재봉 강좌만 빼고. 그 난리를 피운 다음이니, 이제 더 이상 안 돼."

"난리? 무슨 난리?" 에블린이 일어나 앉았다.

"기젤라 아주머니가 말 안 했어?"

"응. 아주머니가 좀 무뚝뚝하다고 생각했지. 어쩐지 좀 이상하더라."

"제발 어쩐지라는 말 좀 하지 마. 어쩐지라는 말 너무 싫어."

"무슨 일이 있었던 거지?"

"아무 일도 아니야. 난 평소처럼 했을 뿐이야. 내가 옳다고 여기는 대로, 뭐가 더 좋은지 내가 아는 대로."

"그래서?"

"아주머니 친구 가비가 리본을 두 개, 혹은 작은 레이스나 뭐 그런 걸 원했어. 왼쪽과 오른쪽에. 믿을 수가 없더라. 그러면 조그만 날개를 단 뚱뚱한 벌같이 보일 텐데."

"그녀에게 그렇게 말했어?"

"당신이었다 해도 도저히 믿을 수가 없었을 거야. 난 처음에 그 여자가 농담하는 줄 알았어."

에블린이 침대 모서리를 꼭 쥐었다.

"난 그저 그렇게 하지 않겠다고만 말했을 뿐이야. 그런 시시한 수다를 듣는 게 내 의무는 아니라고 생각해."

에블린이 깊게 한숨을 쉬었다. "하지만 그녀가 그렇게 하고 싶다는데도?!"

"그럼 직접 하라지. 내가 왜 필요한 거지? 난 뭘 하든가 아니면 안 하든가 둘 중 하나라고. 그런 시시한 건 만들고 싶지 않아. 아주 간단한 문제라고."

"아, 아담……."

"난 언제나 그걸 지켜 왔어. 지금까지 그런 식으로 잘해 왔고. 다른 사람들 역시 마찬가지고."

에블린은 양말 한 켤레를 들어 올려 거꾸로 뒤집은 다음 합쳐서 공처럼 만들었다. 갑자기 그녀가 움직임을 멈추었고 아담 역시 그 자리에서 꼼짝하지 않았다. 아래층에서 현관문이 닫히는 소리가 났다.

"두 분인가?" 에블린이 중얼거렸다.

"아닌 것 같은데. 기젤라 아주머니 혼자야. 아저씨는 항상 문을 잠그거든."

"아주머니 생각을 해서라도 그냥 했으면 좋았잖아. 기젤라 아주머니를 생각해서. 아주머니가 당신을 얼마나 자랑스러워하셨는데. 당신이 옷을 재단하고 그녀가 옆에서 그걸 지켜봤더라면 분명 이해를 했을 텐데……."

"두 짝이 빠졌어."라고 아담이 말했다.

"두 짝?"

"서로 다른 양말 두 짝이 남았어."

"그건 원래 늘 그랬어."

"뭐라고? 내가 이렇게 짝이 안 맞는 양말을 신었단 말이야?"

"나란히 놓을 때만 차이가 분명히 보이니까."

"그래도 난 기분 나빠."

"그럼 내다 버려."라고 에블린이 말하며 자리에서 일어났다.

"당신, 정말 확실해? 나머지 두 짝이 어딘가에 있는 게 아닐까?"

"어딘가에 있겠지. 하지만 여긴 아니야." 에블린은 방 옆 욕실로 들어갔다.

그녀가 도로 방 안으로 들어왔을 때 아담은 침대에 앉아 있었다. 양말이 든 주머니는 이미 치운 뒤였다. 다만 양말 두 짝만이 마치 아직도 다 마르지 않았다는 듯, 난방기 위에 나란히 놓여 있을 뿐이었다.

49
두 여자

"자, 이젠 칠 분간 더 끓어야 해."

"난 이제 막 세상에 중국이란 나라가 있구나 하고 알게 됐는데."

"그게 뭐 어때서?"

"그런데 이렇게 금방 학문이라니."

"모든 게 학문이지."

"『중국 그리고 성공에 대한 희망』, 너 이걸 읽는 거야?"

"강의 교재거든."

"난 단 한마디도 못하는데!"

"나도 이제 시작한걸. 본관 바로 옆이야. 이 년 후면 우린 일 년 동안 중국이나 대만에 머물게 될 거야."

"중국학은 예술사하고는 안 어울려."

"그냥 상상을 좀 해 봤을 뿐인데. 네가 언어 얘길 꺼내는 바람에. 우리 함께 가도 좋겠다고 생각했어."

"이 글자들. 나한텐 너무 벅차."

"어떤 일이든 배우려면 열심히 파고들어야지."

"그래도."

"우리 점심시간이나 아침 식사 때마다 만날 수 있어. 어쩌면 너도 이 근처에서 뭔가 발견할지도 몰라."

"천장 장식에 마루가 깔린 이런 집을? 나라면 이런 부엌만 하나 있어도 감지덕지겠다. 이렇게 큰 부엌은 생전 처음 봤어. 두 사람도 와?"

"미하엘라는 대학에 있고, 가브리엘라는 운전면허 학원에 갔어. 운전을 잘하는 것 같진 않더라. 너희 두 사람은 방이 두 개 이상 필요하니?"

"그럼 더 좋겠지."

"난 아담이 여기 함께 와 있다는 걸 여전히 믿을 수가 없어. 그는 진짜 널 사랑하는 거야."

"너, 그 말 전에도 한 적 있어."

"난 그이라면 희망이 없다고 생각했거든. 서독으로 망명하는 거라면 전혀 희망이 없다고. 왜 그래?"

"너, 참 보기 좋다."

"아, 에비. 넌 참 다정한 애야."

"다정한 거랑은 상관없는 문제야."

"너한테 무슨 말을 해야 할까? 너한텐 거울만 있으면 돼."

"난 그 얘길 하는 게 아니야. 누구라도 널 본다면 아무도 네가 막 몇 주 전에 이곳에 온 사람이라고는 생각하지 않을 거야. 너는 모든 게 다 익숙해 보여. 여기서 태어난 사람처럼. 반대로 아담을 보자면, 그는 무슨 위조지폐 같은 행색으로 여기서 빙빙 겉돌아. 거의 먹지도 않아.”

“그럼 넌?”

“난 중간쯤. 너하고 그의 중간.”

“영 희망 없는 경우는 아니란 말이구나?” 카탸가 웃었다. “에비, 얘. 그냥 농담이야!”

“난 농담하는 게 아니야.”

“너무 걱정을 많이 하는 거야.”

“넌 듬직한 가문이 뒤를 받쳐 주니까, 내가 너라도 걱정 안 하겠다!”

“가문 사람들이 날 가끔 식사에 초대하지. 클라우스 삼촌이 이 방을 구해 줬고. 사실 난 그들한테서 아무 도움도 받고 싶지 않아.”

“내 말이 바로 그거야. 그들이 아니었다면 넌 이런 걸 구하지 못했을 거라고!”

“그 대신에 난 그들에게 러시아어를 가르쳐 줘야 돼. 나도 이제 다 까먹었는데. 하지만 내가 그러겠다고 했어.”

“거봐, 나라면 안 한다고 했을 거야. 거기서 바로 차이가 난다니까. 넌 여기 친척도 있고, 정말 진짜 가족. 그건 정말 좋은 거야.”

“그 대신에 너한텐 아담이 있고 서독에서 밀월여행을 즐기잖아.”

“그걸 밀월여행이라고 부르다니.”

“아무튼 짐스 호숫가에서. 결혼식은 언제 올릴 건데?”

에블린은 어깨를 들어 올려 보였다.

“너희들 거기서 행복했다고 네가 그랬잖아.”

“찾자마자 잃은 행운인걸.”

카탸가 얼굴을 찡그렸다.

"미안해."라고 에블린이 말했다. "나한텐 이런 속담밖에 안 떠올라. '나를 죽이지 않는 것은 나를 강하게 할 뿐이다.' 뭐 그런 것들. 듣기에 안 좋다는 걸 나도 알지만."

"난 하마터면 아담을 사랑할 뻔했어."

"나도 눈치챘어."

"언제?"

"내 밀짚모자를 쓴 너를 천막촌에서 봤을 때, 네가 우리를 기다리고 있었을 때, 그런 생각을 했어. 두 사람 사이에 무슨 일 있었니?"

"아니."

"어째 설득력 없이 들리는데."

"하마터면 거의 사랑에 빠질 뻔했다고 말했잖니. 그러니 아주 아무것도 아니라고는 말할 수 없지. 하지만 아담한테 난 정말 아무것도 아니었어."

"난 이미 한 번 바란 적이 있어. 그가 죽었으면 좋겠다고."

"죽었으면 좋겠다고?"

"넌 그런 적 없어? 누군가 더 이상 이 세상에 없었으면 좋겠다고? 그럼 깨끗이 헤어지는 거잖아. 더 이상 그 사람을 생각할 필요도 없고."

"그런 적 없는데."

"그는 하루 종일 텔레비전 앞에 앉아 네가 준 루빅큐브만 돌리고 있어. 그러지 않는 시간에는 엘프리데 옆에 엎드려서 엘프리데를 관찰하거나. 에버하르트 아저씨는 하루에도 다섯 번씩 말하지. 저 너머에서 저렇게 투쟁하는 사람들이야말로 영웅이라고. 탈출한 사람들이 아니라 바로 그들만이 영웅이란 거야."

"그 역시 탈출 망명자인 줄 알았는데."

"감옥에 있었어. 바우첸에서, 거의 일 년이나. 그들한테 우린 경제 망명자야. 바로 지금, 지금은 투쟁을 해야 하는 거래. 여기 가만히 앉아 있을 게 아니라. 아담 역시 결국은 그렇게 생각하니까."

"원, 말도 안 돼. 소용없어. 몇 주만 지나면 모든 게 전과 똑같을걸. 크렌츠*고 호네커**고 간에 아무런 차이도 없을걸."

"나도 늘 그렇게 말하지. 하지만 아담은 X 시점 운운하면서, 그가 자신의 X 시점을 놓칠 거라나."

"X 시점이란 말이 여기서 왜 나와? 누군가 진정으로 무엇을 이룬 사람이 있다면 바로 우리야. 우리가 없다면 거기서 아무 일도 일어날 수가 없다고." 카탸가 스파게티 냄비를 저었다. "그가 일자리를 얻도록 해 줘."

"여기 사람들한텐 맞춤 재단사 같은 게 필요 없어. 모두들 기성복을 사니까. 기젤라조차도 그의 옷을 입으려고 하지 않아. 공짜로 해준대도 싫대. 방세 대신에 그렇게 한다는데도. 나 역시 모르겠어. 왜 여기 여자들은 자신들한테 진짜로 딱 맞는 옷을 원하지 않는 건지. 정말로 몸에 착 붙는 옷을. 아담 말로는 그들이 맞춤옷이 뭘 의미하는지, 바로 그 감각을 잃어버려서 그런 거래. 우리가 낸 광고에도 아직 아무도 연락해 오지 않았어."

"하지만 그들은 어디에서나 사람을 찾고 있어. 심지어 망명자 수

---

* 에곤 크렌츠(1937~), 동독 정치가로 1989년 10월 호네커가 물러난 뒤 당 제1서기 및 국가평의회 의장 자리를 이었다.
** 에리히 호네커(1912~1994), 동독 정치가로 당 제1서기와 국가평의회 의장을 지냈다. 동독 주민의 서독 집단이주 등 민주화 시위가 격화되자 해임되었다.

용소에서도 쪽지를 나눠 줬어. 전문 인력을 찾는다면서!"

"그래도 맞춤 재단사를 찾지는 않거든."

"물론 찾지. 그들은 맞춤 재단사도 찾는다고."

"너 예전에 그를 알았더라면 좋았을 거야. 그는 휴가 한번 즐긴 적 없어. 아무것도 안 하고 쉬는 거, 그런 거 그 사람은 전혀 못 참아."

"그게 어때서?"

"그에게 일은 사실 일이 아니었어."

"네 말은, 오히려 예술가였다는 거지?"

"여자들이 그에게 오면, 그가 그들을 아름답게 만들었어. 아름답게 만들면 성관계를 가졌고."

"그거 그냥 헛소문 아니야?"

"내가 직접 목격한 사실이야. 하지만 우리 그 얘기 이미 한 번 했지."

"네 말은, 그는 지금 여자가 없어서 아쉬워하는 거다?"

"그것뿐이면 괜찮게! 우린 늘 싸우기는 하지만 그는 사실 강아지같이 늘 붙어 있고 싶어 해. 난 다른 남자들을 보면서 왜 하필 내가 아담과 함께 있는 걸까 자문하게 돼. 웬만큼 친절한 남자라면 난 누구와도 잘 지낼 수 있을 거 같아."

"그게 그리 간단해야 말이지."

"왜 하필 아담이냐고?"

"아, 이제 그만, 에비. 넌 네가 그에게 과분한 여자라고 생각해?"

"말도 안 돼! 그런 말이 아니야. 마레크는?"

"조금만 기다려 봐. 우리 사이가 어떻게 될지 그건 나도 잘 모르겠어. 납작한 접시가 좋을까 아니면 오목한 거?"

에블린이 고개를 끄덕였다.

"뭐가 좋으냐니까? 납작한 거야, 오목한 거야?"

"상관없어. 남자들 중엔 말하는 방식이며 몸짓이 날렵한 사람들
이 있어. 그들은 언제나 깨어 있다고. 난 그런 남자들이 좋아. 깨어
있는 사람들. 그런 이들은 벌써 걸음걸이부터 다르다니까. 걷는 것
만 봐도 다 알 수 있지. 거의 다 안다고."

"운도 조금은 따라야지."

"너한테도 운이 따라서 그렇게 된 건가, 뭐?"

"그럼! 처음엔 아담. 그리고 너희들. 미하엘이 나한테 돈을 꿔 줬
어. 여기 보증금 내라고."

"뭐? 너 감옥에 있었던 거야?"

"감옥?"

"그래. 보증금 내야 했다면서."

"아니, 아니, 그게 아니고. 집주인한테 말이야. 세 달치 집세를 보
증금으로 내야 돼. 뭔가가 고장 나서 고쳐야 할 때를 위해서."

"세 달치나? 이 사람들 미친 거 아니야?!"

"아, 너희들도 그 돈 어떻게든 마련할 수 있을 거야. 최악의 경우
엔 미하엘한테 물어봐. 아담한테는 알릴 필요 없지."

"아담은 미하엘이 장교라고 생각해. 아니면 뭐 그 비슷한 거. 트
로스트베르크에서 그를 봤다는 거야."

"웬 장교야? 내가 그 남자 집에 묵었는데 뭘."

"망명자 수용소에 들어가기 전에?"

"거기 미하엘이 아는 사람이 있어서 난 아예 수용소로 가지 않아도

되었어. 난 거기서 서식만 작성했고. 고르곤촐라 치즈 좀 이리 줘."

"통째로?"

"그래." 그녀는 치즈를 프라이팬에 올렸다. "미하엘은 자동차를 타고 가는 내내 네 얘기만 하더라. 자꾸만 네 얘길 꺼냈어."

"그가 화를 냈니?"

"그는 도무지 이해할 수 없었던 거지. 내가 돌아가자고 말했는데도 그가 고집을 부렸어."

"그가 나한테 시간을 조금만 더 줬더라도."

"너 후회하니?"

"몰라."

"어머, 에비. 그거 눈물이야?" 카탸가 냄비를 들어 스파게티를 따라 냈다. "무슨 일이야? 기분 상해서 그래?"

"너한테 할 말이 있어."

"아이고. 빨리 말해. 뭐니? 얼른!"

"나 임신했어."

"아, 저런. 에비!" 채에 받친 스파게티를 양손에 든 채 카탸가 그녀를 응시했다.

"나도 알아. 이보다 더 한심한 경우는 있을 수 없다는 거."

"그런 일인 줄은 전혀 생각도 못 했네. 미하엘 아이야?"

"나도 몰라. 어쩌면. 어쩌면 아닌지도 모르고."

"알아낼 방법 없니?"

"어떻게?"

"아담은?"

"아담일지도 몰라."

"그가 알아?"

"아니."

"낳을 거야?"

"나도 몰라. 여기도 우리 쪽처럼 돌아갈까?"

"몰라. 아마 그렇겠지. 최악의 경우 뭔가를 생각해 봐야지."

카탸는 스파게티를 고르곤촐라 치즈와 함께 프라이팬에 넣었다. 그러곤 식탁을 돌아 에블린을 안았다.

"아, 나 이 향기 알아."라고 에블린이 말했다. "나도 이 향수 쓴 적 있어."

"미하엘이 준 거지?"

"응."

"이제 실망했어?"

"너도 그렇잖아, 안 그래?"

"아, 그만둬. 그가 애를 좀 썼던 것뿐이야. 넌 아담한테 말해야 돼. 어쩌면 그가 깨어날지도 몰라. 그는 늘 아이를 원했어. 미안, 나 이제 저걸 저어야 해." 카탸는 도로 레인지로 돌아갔다. "거기 그 배 좀 줄래? 정말 충격적인 소식이야. 난 이제부터 비밀경찰이나 뭐 그런 이야기가 나올 줄 알았어."

"그래, 고맙다."

"네가 그런 식으로 서두를 꺼냈는데, 누가 아이 이야기인 줄 알았 겠니?"

"그냥, 이야기를 털어놓을 사람이 아무도 없으면, 그럼 이렇게 다 갑자기 한꺼번에 터져 나오는 거야."

"나도 그래."

"이제 끝났어?" 에블린은 프라이팬을 가리켰다.

"배를 달라니까. 배고프니?"

"아니."

"이리 와."라고 캬탸가 말했다. "시도라도 해 보자. 아니면 너 배 먹을래? 한 조각이라도?"

"그래. 배 한 조각."

캬탸가 가스 불을 껐다. 그녀가 배를 네 조각으로 자르는 동안 에블린은 손가방에서 작은 선물 꾸러미를 꺼냈다.

"이거, 널 위한 선물이야."라고 그녀가 말했다.

캬탸가 그녀를 보며 잠깐 망설이다가 에블린의 손에서 선물을 받아 들었다. 그러곤 접착테이프를 벗기고 종이 냅킨을 풀었다.

"뭐? 나를 위한 거야?"

"나도 하나 있어." 에블린이 홍옥빛 반지를 낀 오른손을 보여 주었다.

"에비……."

"우리 자매나 다름없는 친구잖아. 안 그래?" 에블린이 반지를 손에 들고 물었다. "어디에다 낄 거야? 왼쪽 아니면 오른쪽?"

"아무 데나."

"거봐. 잘 맞네."

"너 미쳤구나. 완전히 미쳤어."라고 캬탸가 말했다. 두 사람은 식탁을 가운데 두고 마주 앉아 배를 먹었다.

50
보석

에블린은 아이혜나우에 도착해 전철 마지막 객차에서 내려 출구 쪽을 향했다. 갑자기 누군가가 그녀 손을 잡았다. 그녀는 깜짝 놀라 몸을 돌렸다.

"아담! 무슨 일 있었어?"

"당신, 점심시간에 오기로 했잖아."

"내가 말했잖아. 언제 올지 잘 모르겠다고. 당신 손 얼음장같이 차가워!"

에블린이 목에서 목도리를 벗어 아담 목에 감은 뒤 턱 아래에서 매듭을 지어 주었다.

"내가 당신을 초대하려고 했는데."라고 아담이 말했다. "점심식 사에. 당신 뭐 먹었어?"

"아침 겸 점심 먹었어."

"그런데 되게 오래 걸렸네."

"이제 좀 괜찮아?"

"밖에 나와 있을 정도니까 괜찮아. 난 의사한테 갔다 왔어. 의사가 병가 진단서를 끊어 주더라."

"어디가 아픈데?"

"아, 뭐 '이주 증후군'이라나, '적응 장애'라나. 그런 걸 그들이 인정할 거래. 돈도 더 많이 받을 거래." 아담은 에블린의 손을 잡으려고 했다. "나쁜 짓 하는 거 아니야. 나 병가 받은 적 한 번도 없잖아. 이번이 처음이라고. 뭐 별로 달라질 것도 없지. 돈이 조금 많아진다는 것 외에는. 하지 말았어야 했을까? 결국은 다 맞는 말이잖아. 당신은 어땠어?"

"아주 좋지는 않았어."

"카탸하고?"

"아, 카탸. 그녀는 처음부터 끝까지 엄마처럼 나를 보살펴 줬어. 심지어 뭘 싸 주기까지 했는걸." 에블린이 아담의 팔에 자신의 팔을 꼈다. 그들은 중얼중얼 욕을 하며 자전거 자물쇠를 흔들어 대는 한 청년을 지나쳐 훤히 트이기 시작하는 넓은 길로 접어 들었다.

"카탸는 꿈같이 예쁜 집에서 살아. 복도에서부터 거울이랑 샹들리에가 걸려 있고, 전부 다 고급스러운 집이야. 진짜 서독 집."

"방은 몇 갠데?"

"카탸가 쓰는 방은 하나뿐이야. 하지만 굉장히 커. 그 집에는 여학생 둘이 더 사는데, 각자 자기 방이 있어. 부엌도 굉장히 커. 거기서 파티도 연대. 굉장히 큰 욕조를 둔 고풍스러운 욕실도 있어. 당신이 봤더라면 여기 이 모든 게 얼마나 속된지 대충 알 거야. 휴대용 휴지를 사 왔어. 여기."

아담이 멈춰 서더니 코를 풀었다.

"안 좋은 일이라도 있었어?"

"아무 일도 없었어."

"아무 일도?"

"에버하르프 아저씨의 새 격언은 '나를 죽이지 않는 것은 나를 강하게 할 뿐이다.'야."

"나도 그 속담 알아."

"현관 열쇠를 못 찾겠어."

"아담……."

"난 그냥 찾을 수가 없다고 말했을 뿐이야. 당신이 실수로 가져가지 않았을까 생각했는데."

"난 실수로 당신 열쇠를 가지고 나오지 않았어."

"에버하르트 아저씨는 나더러 그 상점으로 가라고 하셨어. 병 나르는 사람을 구하는데, 반나절만 일하는 자리야."

"텡엘만 슈퍼마켓?"

"그래, 뭐 그런 이름이었어."

"그래서?"

"'그래서?'라니?"

"거기 갔어?"

아담이 멈춰 섰다. "내가 병이나 분류해야겠어?"

"나라면 할 거야."

"그런 말은 누구나 할 수 있어."

"나라면 정말로 할 거야."

"난 하지 않을 거야. 당신, 학교에는 갔었어?"

"일단 서류를 공증 사무실에 갖다 줘야 해."

“뭐?”

“내 고등학교 졸업 시험 증명서.”

“공증할 게 뭐가 있다는 거지?”

“몰라. 꼭 그래야 한대. 그럼 난 예술사와 로만어학을 공부하게 되는 거야.”

“오후에는 병 나르는 아르바이트를 하고.”

“모두가 보증금을 원해. 보증금 없이는 아무것도 빌릴 수가 없어. 난 보석상에도 갔었어.”

아담이 멈춰 섰다. “나랑 약속해 놓고서…….”

“보석상에서 받으려고 하지 않았어.”

“뭐?”

“보석상이 원하지 않았다고.”

“미쳤대?”

“보석들 중에 진짜가 하나도 없대.”

“흥정하려고 일부러 그런 거지.”

“절대 아니야. 안 그랬어. 그가 장신구를 나한테 그대로 밀어냈어. 아예 관심도 보이지 않았다고.”

“내가 말했잖아, 그런 짓 하지 말라고. 벌 받은 거야. 가족들한테 물려받은 건 꼭 가지고 있어야 해.”

“당신 역시 기회가 오기가 무섭게 하인리히를 팔았잖아.”

“물려받은 보석은 비상금이란 말이지.”

“우리가 그 비상금을 쓰면 좋잖아. 난 늘 구걸하며 살기 싫어.”

“에버하르트 아저씨 마음에 들 만한 말이네. 소매를 걷어붙이지 않는 사람은 쓰레기만도 못한 인간이라잖아.”

"그만 좀 해."

"다른 사람한테도 장신구를 보여 봤어?"

"아니, 그걸로도 충분했어."

"그래도 여전히 예쁘잖아. 나한테는 전부 다 진짜야."

"할머니도 그걸 아셨는지, 그게 궁금해."

"물론 아셨지."

"엄마는 몰랐어. 엄마가 아니라 내가 물려받았을 때 펄펄 뛰셨어. 난 반지 하나를 카탸한테 선물하기까지 했다고!"

"아주 손이 크시군."

"이제 날 뭐라고 생각하겠어!"

"당신은 그녀가 그걸 들고 전당포로 뛰어갈 거라고 생각해?"

"그래도."

"어떻게 그녀는 그렇게 빨리 그런 집을 얻었대?"

"친척이 있잖아. 그들이 전부 다 도와줘. 남자 친구도 있어. 폴란드 사람이야."

"그 나라 친구라면 좀 더 간단하게 사귈 수도 있었을 텐데."

"이미 여기 서독에 오래 있던 남자야. 원예랑 또 뭔가를 전공했다는데, 이제 곧 디플롬*을 딸 거래. 카탸와 그는 이 주 후에 취리히에 갈 거라면서 우리도 같이 가자고 하더라."

"당신은 그게 좋은 생각이라고 여겨?"

"그럼, 좋은 생각이지. 그가 거기서 무슨 볼일이 있대. 그동안 우린 도시를 돌아보고. 아침에 갔다가 저녁에 오는 거야."

---

* 독일 대학의 졸업증, 학위.

그들 뒤에서 따르릉대는 소리가 들렸다. 조금 전에 본 청년이 자전거를 타고 그들 옆을 지나갔다. 그가 다 지나갔을 때 뭐라고 그들을 향해 외쳤는데 두 사람은 알아듣지 못했다.

"나도 의사한테 갔어."라고 에블린이 말했다.

"산부인과에?"

"응."

"그래서? 괜찮대?"

"응."

"카탸가 뭘 싸 줬다고?"

"마르모르쿠헨."*

아담이 에블린을 버스 정류장 벤치로 끌어당겼다. "이리 와, 우리 여기서 소풍을 하면 되겠네."

"여긴 안 돼. 너무 춥잖아. 감기에 걸렸으면서."

"왜 소풍에 반대하는 거야?"

"억지로 병이라도 나고 싶은 거야?" 에블린이 몇 발자국 갔다가 뒤로 돌아 아담을 보았다. "당신 겨울 점퍼는 어디 갔어?"

"그거 내 점퍼 아니야. 나 그거 안 입어."

"그럼 한 벌 새로 사자. 이래 가지고는 안 되겠어. 이제 빨리 와!"

"싫어."

"에버하르트 아저씨 격언도 잘 참으면서 왜 그래. 그럼 그 아저씨 점퍼도 입을 수 있겠네."

"어젠 라이프치히에 20만 명도 넘게 모였어. 베를린에서 아주 큰

---

* 카카오가 섞인 어두운 부분과 밝은 부분을 섞어 잘랐을 때 대리석 무늬가 보이도록 만든 케이크.

데모가 열릴 거래. 지극히 합법적인 데모래."

"그게 점퍼와 무슨 상관이 있다는 거야?"

"맞아, 우린 그들이 해내지 못할 거라고 기대해야 되는 거겠지?"

"그런 한심한 말 좀 하지 마."

"아니, 내 말이 맞잖아. 우리는 그들이 못 해낼 거라고 기대하지. 에버하르트는 그들이 해내길 바라고. 그런 말이지."

"정말이지 그것 말고 다른 문제도 많아. 빨리 가자. 제발!"

"동쪽의 자매와 형제들에게 성스러운 에버하르트가 기꺼이 그의 점퍼를 선물한다네."

"빨리 와!"

아담이 방향을 돌렸다. 그녀는 그의 뒷모습을 보았다. 버스 정류장 쓰레기통에서 그는 신문지 한 장을 꺼내 벤치 위에 놓고 그 위에 앉았다. 그러곤 다리를 뻗고 마치 휘파람이라도 불려는 듯 입술을 쫑긋 모았다.

천천히, 아주 천천히 에블린이 벤치로 돌아왔다. 그녀는 넓게 넓게 발자국을 떼었다. 숨을 몇 번만 더 고르고 나면, 그러면 그녀는 결국 그의 앞에 서 있을 터였다. 그녀는 그의 눈을 똑바로 보며 익숙한 말을 할 것이다. 너무나 익숙한 나머지 그 말을 입 밖에 내는 것이 갑자기 의미 없어 보일지도 모를 그런 말을.

51
취리히 호수와 초록색 빛

"그렇게 뿔뿔이 흩어지면 안 되는 거였어. 잘 안될 줄 알았다니까."

"마레크도 아직 안 왔네."

"배를 타고 갔어야 해. 그럼 되는 거였어. 이젠 여기 이렇게 우중충하게 서서 아무것도 못 하고 있잖아!"

"이미 구경도 많이 했는데 뭘. 그 벌로 이걸 다 먹어야 해."

"이름이 뭐랬지?"

카탸는 작고 하얀 종이 상자를 열고 높이 들어 올려 파란 글씨를 읽었다. "룩-셈-부-르-걸-리.* 슈-프-링-리.**"

"이게 뭐지?"

"슈프링리라잖아. 슈프링이라는 말이 들어간 걸 보면 그게 입안으로 풀쩍 뛰어드나 보지."

"빨간색이 제일 맛있어."

---

* 스위스의 단 과자 종류, 여러 가지 맛과 모양이 있음.

** 스위스 초콜릿 상표.

"하나 더 먹어 봐."

"종류마다 하나씩 남겨 둬야 하지 않을까?"

"아, 한 봉지 더 사면 되지."

"넌 돈이 그렇게 많아?"

"몇 프랑켄 안 되는데 뭘. 오늘은 돈 생각 좀 하지 말자."

"이상하다, 안 그래?"

"뭐가?"

"우리가 이제 뭐든지 할 수 있을 만큼 돈이 있다니. 너한테는 이게 이미 보통 일이 된 거야?"

"여기 이 슈프링리." 카탸가 초콜릿을 씹으며 말을 이었다. "넌 도저히 정확히 묘사할 수 없을 거야. 안은 얼음처럼 차고 살살 녹지. 그러다 갑자기, 다 흘러내렸다 싶을 때 뭔가 딱딱한 것에 부딪친단 말이지. 세상에서 제일 멋진 순간이야."

"이 꼭대기 부분, 눈이 하얗게 쌓인 이 부분. 하늘을 향해 나아가는 듯한 이 반짝임. 난 가끔씩 생각해. 아담은 다른 행성에서 사는 게 아닐까! 난 여기서 이렇게 행복한데, 그는, 그는 그걸 전혀 보지 못하거든."

"네가 아담을 곤란한 상황에 처하게 했으니까 그렇겠지."

"그는 세상 최초의 인간인 양 굴어."

"너희들 두 사람, 그 후로 정말 서로 아무 말도 안 했어?"

"응."

"한마디도?"

"그래, 단 한마디도."

"그는 아이를 낳고 싶다는 거야, 아니야? 뭔가 말을 하긴 했을 거 아냐?"

"그는 누가 애 아버지냐고 물었어. 이제부터 생각을 좀 해야겠다고 말했어."

"그리고 열흘간이나 대화 단절이란 말이야?"

"닷새. 차마 말을 할 수가 없어서 닷새를 그냥 보냈거든. 도저히 입이 떨어지지가 않았어."

"어떻게 닷새 동안이나 서로 아무 말도 하지 않을 수가 있지?! 조금 전에 그도 기분이 좋았잖아. 그도 그렇고 마레크도 그렇고."

"그런 말을 하기에 적당한 순간이 아니었나 봐. 그는 지원서를 썼어. 무진장 많이. 하지만 누구나 이렇게 말하는 거야. 여기선 일이 그렇게 돌아가지 않는다고. 모두가 말하기를 직접 가야 한다고, 무엇을 할 수 있는지 보여 줘야 하고, 사람들을 사귀어야 한다는 거야. 난 그에게 말했지. 애를 좀 써 보라고, 평소 성격을 좀 극복해 보라고. 우린 곧 아이를 낳을 거니까. 아이 얘기가 그나마 남은 그의 힘을 소진했나 봐."

"유감이네. 내가 바란 건……."

"그는 매일 밤 사라져. 거의 매일. 누군가 계단을 내려가면 소리가 심하게 나거든. 그 바로 아래에는 물론 주인 내외가 쿠션 위에 똑바로 앉아 있지. 도대체 무슨 일이 벌어지려나 하면서. 에버하르트는 아담이 집에 불을 지르려고 한다고까지 생각했어. 그는 벌써 두 번이나 잠옷 바람으로 내 침대 앞에 와 서 있었어. 에이, 쳇. 우리 이렇게 좋은 데 와 있는데, 그 사람이 이 아름다운 여행까지 다 망쳐 놓네."

"그래, 정말 믿을 수 없이 아름답다. 너 초록색 빛에 관해서 들어

본 적 있어? 세상에서 보기 드문 빛인데, 공기가 아주아주 맑을 때에만 보인대. 태양이 바다에 잠기고 나면 갑자기 청록색 빛줄기가 뿜어져 나오는 거야. 찰나 동안만 나타나는 천상의 빛이야. 우리 팔짱 끼자. 어쩌면 무슨 일이 생길지도 모르지.”

“마레크가 온 다음에도 그가 여전히 안 온다면?”

“그럼 뭔가 좋은 생각이 떠오를 거야. 목도리를 잘 감아야겠다. 너 굉장히 추워 보여. 아담이 계산서를 보고 진짜로 충격을 받은 거 같아.”

“그에겐 꼭 필요한 경험이야. 다른 사람을 대접할 수 있다는 거.”

“하지만 그 ‘테라스’ 아니면 뭐 그걸 뭐라고 부르든지 간에. 우리가 반반 나눠서 내는 편이 더 좋았을지도 몰라.”

“내버려 둬. 이게 그에게도 좋아. 너희들이 여행 경비를 대잖아. 그건 그가 자동차를 팔고 받은 돈이야. 그 돈은 빨리 쓰면 쓸수록 더 좋아. 제일 좋은 건, 우리한테 돈이 더 이상 하나도 없는 거겠지. 그럼 그가 사태를 파악할지도 모르니까.”

“그의 손이 약간 축축하더라.”

“냄새도 어쩐지 달라졌는걸. 그가 있으면 ‘어쩐지’라는 말은 입 밖에도 못 내. 하지만 사실이 그런 걸 어떡해.”

“임신부의 후각은 예민해.”

“아니야. 정말로 전과는 다른 냄새가 난다니까.”

“아담이 난처한 역할을 맡았구나.”

“그만둬. 그는 마레크를 좀 본받아야 해. 마레크는 어려움을 다 이겨 냈고, 심지어 독일어도 새로 배워야 했고, 이젠 어엿한 디플롬까지 따잖아. 마레크는 진짜 남자야. 난 그런 사람을 위해서라면 가톨릭으로 개종할 수도 있을 거 같아."

"그는 절대 가톨릭이 아닐걸. 적어도 난 이제까지 그런 눈치는 채지 못했거든."

"아담은 자꾸만 그 낡아 빠진 동식물 도감을 읽어. 자동차 안에 있던 거야. 최근에는 동물원에까지 가더라. 내가 거기 가서 뭘 하느냐고 물으면 그는 '산책'을 한다는 거야. 적어도 나를 위해 옷이라도 한 벌 지어 줄 수 있잖아. 임신부 옷으로. 원피스나 바지. 여기 물 참 맑다."

"여기선 단지 아이디어가 필요해. 그러면 아주 쉽게 올라갈 수 있어. 마레크한테 여자 친구가 한 명 있는데, 취리히 벼룩시장에서 멋진 옷들을 사서 뮌헨에서 내다 팔아. 수입이 아주 짭짤한가 봐."

"난 여기가 뭐든지 더 비싼 줄 알았는데?"

"여기 사람들은 옷을 두 번인가 입고 나서 청소부한테 그냥 줘 버리거나, 몇 프랑켄 받고 그냥 다 갖다 버리거든."

"아, 난 모든 게 정상적으로 되면 좋겠어. 여기 상점에 들어가 이런 슈프링리를 사는 게 너무도 당연한 날이 왔으면 좋겠어. 우리도 언젠가 그렇게 될까? 이 길을 따라 걸으며 저기 저 모자, 저걸 사야지라고 말할 수 있는 날이 올까?"

카탸가 팔을 풀고 다리를 향해 뛰어갔다. 마레크가 팔을 활짝 벌렸다. 에블린은 몸을 돌렸다. 퀴스나흐트 행 버스가 다시 한 번 문을 열고 여자 한 명을 태웠다. 곧 그녀는 다시 호수 위를 쳐다보았다. 푸르스름한 구름 사이로 빛이 주황색 실핏줄같이 비치고 있었다. 그녀는 카탸의 웃음소리를 들었다. 카탸가 그녀를 불렀다.

"마레크가 할 얘기가 있대. 빨리 와!"

두 사람이 또 한 번 끌어안았을 때 에블린은 발걸음을 늦췄다.

"너희들도 그거 알아?"라고 마레크가 물었다. "정말 몰라? 신문에 나온 것도 못 봤어? 모두가 그 얘기뿐인데. 쉴 새 없이 말이야."

"그래, 뭔데?"라고 카탸가 물었다. "빨리 말 좀 해 봐!"

"아담 못 봤어?"라고 에블린이 물었다.

"너희들 다 함께 배 타러 간 게 아니었어?"

"우리 벌써 여기서 사십오 분 기다렸어."

"이것 좀 봐. 여기 '즉시 드십시오.'라고 되어 있어. 그래서 우린 물론 그렇게 했지. 자긴 너무 늦게 왔어." 카탸가 빈 슈프링리 상자를 열었다.

"장벽이 무너졌어."라고 마레크가 말했다.

"누가 그런 헛소리를 해?"라고 에블린이 물었다.

"모두 다! 텔레비전은 베를린만 보여 주고 있어. 모두가 다 뛰어넘어 갔어. 지난밤부터 벌써. 너희들 말고 그걸 아직까지도 모르는 사람은 없을 거야! 내가 맹세한다니까!" 마레크가 손을 번쩍 들었다.

"기다려 봐!"

"마레크, 그러지 마. 제발!"

마레크가 나이 지긋한 부부에게로 다가갔다. "실례합니다. 제 여자 친구가 제 말을 믿지 않네요. 베를린 장벽이 없어졌다는 걸요."

"이 사람 말이 맞아요." 하고 남자가 말했다. 여자는 고개를 끄덕였다. 남자가 모자를 집었고 부부는 갈 길을 갔다.

에블린과 카탸는 이미 몸을 돌렸다. 그들은 물을 지나 산 위로 온 하늘을 물들이는 저녁노을을 보았다.

52
형제와 자매

라디오에서 흘러나오는 음악이 그녀를 조금 안심시켰다. 삼십 분, 이십팔 분 동안 그녀는 음악에 몸을 맡겼다. 아담이 그때까지도 여전히 오지 않았더라면 그녀는 공중전화 부스로 가 카탸에게 전화를 걸 참이었다. 그녀는 10시 정각에 갔을 것이다. 10시면 아주 늦은 시간은 아니었다. 그가 혹시 너희 집에 있니 하고 그녀는 카탸에게 물었을 것이다. 그럼, 아담 말이지. 아니면 또 누구겠어? 그가 또 없어졌거든. 지난밤부터. 말 한마디 없이. 한밤중에 나가 버렸어. 나한테는 아무 말을 안 하잖니. 너희들하고만 말하잖아. 그가 어딜 갔는지 내가 어떻게 알겠어? 에블린은 모든 게 다 아름답고 정성스럽고 가지런히 놓인 그 커다란 공간에서 카탸의 목소리가 어떻게 울릴지 잘 알았다. 카탸는 그녀의 친구였다. 그녀의 유일한 친구였다. 그녀라면 절대 아담한테 무슨 일이 일어나도록 하지는 않을 것이다. 카탸가 말한 적이 있었다. 아담을 위해서라면 뭐든지 다 하겠다고. 하지만 다른 말도 했다. 아담이 그렇게 그녀를 짓밟아서도 안 된다고. 그냥 그렇게 아무 말 없이 사라져서는 안 된다고. 에블린은 다시금 아담을 눈앞에 그려 보았다. 아담은 여기 창가에 서서 꼼짝도 하지 않은 채 숨도 안 쉬고, 숨쉬는 것마저도 그에겐 벅찬 일이라는 듯 그렇게 서 있었다. 그러고 나서 그는 숨을 깊이 들이마시고 한숨쉬듯 도로 내뱉으며 가슴을 쓸었다. 그녀는 그의 목젖, 아담의 사과를 보았다. 마치 삼키지 못한 것이 목에 걸려서 그를 짓누르는 것처럼 보였다. 어쩌면 바로 그 때문에 그는 병원 진단서를 받았는지도 모른다. 그녀는 그런 사람을 처음 보았다. 그런 사람을 안 적도 없었다. 그렇게 죽음에 적응하려고 애쓰는 사람을. 하지만 그런 얘긴 절대 하지 않을 작정이었다. 다른 사람들에게, 카탸한테조차 그런 말을 할 수는 없는 노릇이었다. 그건 배반일 테니까. 그녀는 어제 저녁 그들이 다시 한 번 밖에 나갔을 때의 일을 이야기할 것이다. 에버하르트 아저씨를 피해, 그 꺼림칙한 존재를 피해. 1957년 바우첸 수감자. 피난민이 아니라 정치범이었고, 책임을 회피하지 않았던 그 남자를 피해. 에버하르트, 그 꺼림칙한 남자는 아담이 식기세척기를 고장 냈다고 주장했다. 아담이 술을 마시며 당구를 치기도 하는 '푸른 천사'에서 그들은 맥주를 딱 한 잔만 마시기로 했다. 그녀는 카탸에게 술집에서 그들 탁자에 와 앉았던 화가, 드레스덴 출신이라는 그 화가 이야기를 해 줄 작정이었다. 그녀는 즉시 눈치를 챘다. 그가 이곳 사람이 아니라는 것을. 그는 바이에른 사람이 아니었고 혼자 우두커니 앉아 있었다. 하지만 그는 동독을 떠난 것을 한 번도 후회하지 않았다, 벌써 사 년 혹은 오 년 전에 떠나왔다, 이제 모두가 이쪽으로 넘어와서 다시는 보고 싶지 않았던 사람들을 보게 될 것만을 걱정한다고 말했다. 그녀는 그런 걱정이야 하지 않았다. 하지만 이제는 저쪽에 있는 사람들에게 그냥 호박이 넝쿨째 굴러떨어진 셈이었다. 탈출을 감행할 필요도 없이 그냥 그렇게 공짜로, 집에 가만히 웅크리고 있다가 위험을 감수하지도 않고……. 어쩐지 좀 불공평한 일이라는 생각이 들었다. 그와는 말이 통했다. 그의 이름은 프랑크였고 아주 무명은 아닌 모양이었는데 성이 뭐였는지는 그새 잊어버렸다. 프랑크는 그녀를 초대한다면서 그냥 한번 들러서 아틀리에나 구경하며 먹고, 마시고, 대화를 나누자고 말했다. 그가 말하기를 화가들 대부분은 우수한 요리사라는 것이었다. 그는 그녀를 진짜로 초대했다. 맥주잔 받침에 주소를 적어 주며. 그런데 아담이 뭐라고 말했는지 너 알아? 네가 생각하는 그런 말은 한마디도 없었어. 누구나 예상할 수 있는 말 같은 건 하지 않았어. 고마워요 하고 아담이 말했지. 그러죠, 꼭 그렇게 하죠. 이제부터가 중요해. 여동생과 함께 기꺼이 그를 한번 찾아가겠다는 거야. 여동생이랑! 상상을 좀 해 보라고! 여동생이란 나를 가리키는 거였어. 그와 나를 맺어 주려는 거였어! 내가 도대체 뭐라고 말했어야 하는 걸까? 난 그에게 창피를 톡톡히 줬어야 했어. 화가는 물론 즉각 반응을 보였지. 갑자기 딴사람이 된 것마냥, 즉시 마음이 움직여서 내 무릎에 자기 무릎을 갖다 대고, 뭐, 그다음은 누구나 다 아는 상황이었던 거지. 내가 자기 그림을 좀 봐야 한다나, 정말이지. 하지만 지금은……. 그렇다고 난 거짓 연극을 하지 않아. 게다가 아담은 어차피 같이 가지 않을 거라면서. 그의 모든 게 엉망진창이야. 그의 그 호흡. 난 늘 그가 어딘가에 쓰러져 누워 있을 거라고 생각해. 난 울지 않아. 이미 너무 많이 울었거든. 난 내가 왜 우는지조차 모르고 우는걸. 정말 모르겠어. 그는 나를 사랑해. 그래. 그는 나를 사랑해. 그는 나를 사랑하고 미워해.

그가 나를 사랑하기 시작했을 때부터 나를 미워하기도 해. 그렇지 않았다면 그가 여기 오지 않았을 테니까. 그건 사실이야. 거부할 수 없는 사실이니까. 에블린은 코를 풀었다. 하루에도 다섯 번씩 난 그와 헤어지겠다고 생각해. 그러나 그다음 순간……. 그가 취리히에서 어디에 있었는지 너 알아? 그가 진짜로 어디 있었는지? 난 믿을 수가 없었어. 난 전혀 몰랐어. 우리가 베젠동크 빌라에서 돌아왔을 때 그가 사진기를 전차에 두고 내렸던 거야. 시가 전차 안에. 그가 사진기를 찾으러 정류장으로, 경찰서로, 분실물 보관소로 갔던 거지. 내가 그걸 눈치챈 건 아담이 계속해서 스위스에 전화를 걸었기 때문이야. 난 그가 인맥을 만드는 줄 알았지. 스위스 사람들의 옷차림이라면 그의 마음에 들었으니까. 스위스는 그에게는 서쪽 진영을 대표하는 나라였으니까. 난 생각했지. 어쩌면 그는 스위스에서는 해낼지도 모른다고. 하지만 그가 전화 통화를 했던 곳은 단지 분실물 센터였을 뿐이야. 모든 게 다 날아갔어. 사진기만이 아니라 벌러톤 호수랑 짐스 호수에서 찍은 사진들도 몽땅 다. 그것들 모두 다 여전히 사진기 안 필름 상태였거든. 모든 게 다 휙, 휙, 휙 다 날아가 버린 거지. 아무것도 없었다는 듯이 말이야. 그는 괴로웠던 거야. 자기 자신에게 화가 나서 절망한 나머지. 그래, 절망했던 거야. 아담은 갑자기 어린아이같이 되어 버렸어. 하지만 다음 순간 그는 또 그놈의 잔소리를 늘어놓지. 에버하르트처럼, 그 꺼림칙한 사람처럼. 내용만 정반대일 뿐. 그가 말하길, 뭐든지 너무 많대. 말도 너무 많고, 옷도 너무 많고, 바지도 너무 많고, 초콜릿도 너무 많고, 자동차도 너무 많다면서. 그러더니 모든 것이 넘치도록 많은 걸 기뻐하기는커녕 이렇게 말하는 거야. 너무 많다, 너무 많아. 모든 것을 매장하는 인플

레이션. 본연의 사물을, 진짜 사물의 가치를 매장한다면서. 그런 식으로 그는 말해. 그는 심지어 원죄에 관해 언급한 적도 있어. 정말이야, 원죄! 그는 원죄란 점점 더 많이, 점점 더 많은 돈을 원하는 욕망이라는 거야. 그게 모든 것을 파괴할 거라면서. 스위스뿐만 아니라 그는 일반적인 이야길 하는 거야. 모두가 점점 더 많이, 점점 더 많은 것을 원하니까. 다른 식의 사고방식은 전혀 알지도 못하고, 언제나 오로지 많이 더 많이. 그래서 정말로 그런 원죄 같은 게 있다면 그건 하나님 잘못이라고 내가 말했어. 하나님이 사람들에게 뭐든지 너무 적게 줘서 그런 거 아니냐고. 적게 가진 사람은…….하지만 내가 그렇게 말했을 때 그는 즉시 기분이 상했어. 그는 내가 농담을 한다고 생각했어. 그러면서도 정작 그는 자동차를 원하거든. 아무튼 그는 하인리히를 그리워해. 어쩌면 그는 성경을 너무 많이 읽은 건지도 몰라. 난 도저히 그와 더 이상 못 살 거 같아! 그가 하는 말을 더 이상 들어 줄 수가 없어! 당장에라도 난 너희 집으로 이사를 가고 싶은 심정이야. 자리가 생기면, 네 옆방이라든가 똑같이 그렇게 예쁜 방이 있다면. 내가 너한테 가서 징징 울거나 너무 많은 말을 늘어놓거나 할까 봐 걱정할 필요 없어. 그런 걱정은 전혀 하지 않아도 된단다. 단지 더 이상 여기 혼자 있지 않고, 외출할 때마다 에버하르트를 지나가지 않는 걸로 충분해. 아니면 네가 와도 돼. 그것도 좋을 거야. 하지만 네가 오라고 말하면 내가 갈게. 이리 와, 그러면 내가 갈게. 하룻밤만이라도. 이리로 와, 이리로. 그게 다만 몇 시간뿐일지라도. 이리 와, 여기서 넌 편히 잘 수 있어. 이십 분 남았네, 십구 분…….'

53
실패한 귀환

"세상에."라고 카탸가 말하며 작은 접이식 탁자를 가리켰다. "이게 뭐야?"

"그게 다가 아니야. 저기, 저 침대에도 온통. 저기 저 상자도 그렇고."

"누가 이런 거야?"

"누군지 모르지만 미친놈들이거나 아니면 비밀경찰 요원들 아닐까? 나도 잘 모르지. 마레크는 같이 안 왔어?"

"지금 교수 연구실에 있어. 그러니 그냥 막 자리를 뜰 수는 없겠지. 사진들이 전부 다 찢어졌니?"

"보면서도 그래. 외투를 좀 벗지그래."

"사진들을 다시 붙일 거니?"

"이틀 전부터 그 일 말고는 아무것도 안 하는걸."

에블린은 카탸의 외투를 받아 들어 옷걸이에 걸고 그 옷걸이를 옷장 맨 위 모서리에 걸었다.

"앨범에 잘 넣으면 사진이 찢어졌는지 못 알아볼 거야."

"안 그래도 그렇게 하고 있어. 그의 모든 창조물을 담은 앨범. 적어도 반쯤은 건질 만해. 그가 어딘가에 지원서를 넣는다면 이것들을 함께 내면 좋을 테니까."

"너 아주 헌신적이구나."

"내가 지금 내 연적들을 복원한다고 말하지 그러니."

"적어도 그네들 사진을 복원하니까."

"물론 이건 다 내 연적들이지. 사진과 여자들. 사진이 조금 더 강한 연적이라고 할 수 있겠지."

"다 흑백이네?"

"그는 언제나 흑백사진만 찍었어."

"그런데 말이지……." 카탸가 앨범을 넘겼다. "정말 멋지다. 그 여자도 여기 있니?"

"네 말은……."

에블린은 고개를 끄덕이며 카탸에게서 앨범을 전해 받아 페이지를 넘겼다. "이 여자야. 릴리 원, 릴리 투. 뒤에 가면 그 여자가 드레스 입고 어깨를 다 드러낸 사진이 또 한 번 나와." 그녀가 앨범을 카탸에게 도로 주었다.

카탸가 미소를 지었다. "취향이 이상하네. 그가 이런 토실토실한 여자를 좋아한단 말이야?"

"전부 다 그런 건 아니야."

"젊은 여자도 아니고."

"나이 같은 데 방해받지 않으니까."

"정말 소질이 대단하네, 너의 아담."이라고 카탸가 말하며 앨범을 달았다.

"뭣 좀 마실래?"

"어머, 이거 정말 미치겠다." 카탸가 위쪽 반만 남은 사진 한 장을 보느라 허리를 굽혔다. "그가 머리랑 수염을 이렇게 했을 때도 있어?"

"날 만나기 전 사진이야. 그가 금방 올 거야. 뭘 사러 급히 상가에 갔어."

"끔찍하다."라고 카탸가 말하며 침대 모서리에 앉아 뒷면에 투명 접착테이프가 붙은 사진 한 장을 탁자에서 집어 올려 손바닥에 놓았다. "이런 야만인들 같으니라고!"

"그러게 말이야."

"이분들 아담 부모님이야?"

"그럴 거야."

"너희 두 사람 이제 다시 말하니?"

"가끔. 꼭 필요한 말만 해. 차 마실래?" 에블린이 매트리스 아래에서 커다란 타일 한 장을 꺼내 전기 콘센트 밑 카펫 바닥에 놓았다. 그녀는 냄비에 물을 담아 타일 위에 놓았다. 그러곤 세면대 옆 고리에 걸린 물 끓이는 기계를 집어 들었다.

"부엌도 이제 못 쓰게 된 거니?"

"아니, 쓸 수 있어. 하지만 난 여기 위층에 있는 게 더 좋아."

"너희들을 위해 열쇠를 주문했어. 보증금은 내가 냈던 돈을 물려받으면 돼. 마하엘도 좋다고 그랬어."

"하지만 아담이 반대할 거야."

"그가 꼭 알 필요 없잖아. 마레크가 돈을 낸다고 하거나 아니면 우리 집에서 낼 거라고 말해.”

“아담한테 자동차 판 돈이 있잖아.”

“사진기 한 대를 새로 사는 게 나을 거야. 그런데 말이야, 이거 우리 겨자 병 맞니? 천막촌에서 먹던 거?”

“언절 부인이 그에게 도로 줬거든.”

“이거 비면 내가 좀 가져도 될까?”

에블린이 고개를 끄덕였다. “미하엘한테는 아이 생겼단 얘기 하면 안 된다. 알았지?”

“안 해. 하지만 언젠가 그도 알게 될걸! 만약 그의 아이라면?”

“지금부터 벌써 그 생각을 하고 싶지는 않아. 수선집 재단사 여자 한 명이 연락을 해 왔어. 아담이 거기서 일할 수 있을 거야. 하루 반나절 근무.”

“그걸 그렇게 아무렇지도 않게 말하는 거야?”

“두고 봐야지.”

“그래서, 그가 하겠대?”

“그를 합해 모두 세 명이 근무하는 곳이야. 사장은 테헤란 출신이야. 페르시아인이지.”

“아담은 사람들과 좀 섞여야 해. 그가 이걸 아직도 가지고 놀아?”

그녀는 양말 두 짝과 루빅큐브가 놓인 창턱을 보았다.

“계속해서 맞춰 보려고 노력하지. 넌 저거 다 맞춘 적 있니?”

“아니. 하지만 난 특별히 애써 본 적도 없는걸. 엘피는 어디 간 거야?”

“난방기 밑에 있어. 엘프리데도 이곳이 별로 맘에 안 드는 거지.”

카탸는 셋으로 찢어진 사진을 한데 모았다.

"아담은 참 잘생겼어. 키는 작지만 잘생겼어."

"요즘 거의 아무것도 안 먹는다는 게 문제지."

"내가 이해할 수 없는 건, 그들이 아담을 그냥 여기 이렇게 들어오게 했다는 거야."

"그들은 그가 지난밤 서쪽으로 잠깐 넘어갔다가 지금에서야 돌아오는 거라고 생각했던 모양이야. 객차 안에서 그들이 아담에게 어땠냐고 물었거든."

"장벽 붕괴 말이야?"

"그래. 어디에 있었으며 무엇을 했는지 물었어."

"마레크가 말하길 그들이 장벽을 금세 다시 쌓을 수도 있대."

"나도 아담한테 그렇게 말했는데. 하지만 그들은 점점 통제력을 잃고 있어."

"그래, 어떤 풍경이었어?"

"완전히 황폐한 상태지. 너도 보고 있잖아!"

"내 말은 동독 말이야. 전체적으로."

"뭐, 별거 없었지. 특별한 점 없었어."

"그가 너한테 책을 가져다 줬니?"

"책은 왜?"

"글쎄, 뭐. 넌 책벌레잖아."

"그는 사진만 챙겼어. 9월 29일에 라다를 찾아가라는 편지하고 빨간 점이 찍힌 내 치마에 맞는 머리끈이랑. 신발조차 가지고 오지 않았더라. 외투고 뭐고 아무것도."

아담이 방으로 들어오자 카탸가 일어났다. 그들은 잠시 포옹했다.

"내가 방해하는 거 아닌가?"라고 그가 물었다.

"우리가 뭐 방해를 받을 사람들인가. 그렇지, 에비? 여기 이거, 작은 선물이야. 좋은 거래."

"시가릴로*네? 고급 제품인 것 같네!"

"마레크가 암스테르담에 갔다가 아담 씨를 위해 사 왔어. 그리고 전에 줬던 손수건도 받아. 깨끗이 빨아서 다렸어. 약속한 대로."

"아직도 파란 체크무늬가 선명하군." 아담이 말했다.

"카탸가 무슨 일이 있었는지 물었어." 에블린이 장바구니에 든 풀과 접착테이프를 꺼냈다.

"이 놀라운 광경을 보고 있잖아."

"그들이 침입한 거야?"

"그렇게도 말할 수 있겠네. 문으로도 들어오고 창문으로도 들어왔으니까. 유유자적 제 마음대로들 들락날락한 거지."

"돼지 같은 놈들!" 카탸가 말했다. "뭐, 그래도 다시 웃는구나."

"난 잘 모르겠어."라고 에블린이 말했다. "넌 웃는다고 하지만."

아담은 침대와 접이용 탁자 사이로 들어가 창문을 열었다. "반대하지 않겠지?" 그는 조심스럽게 갑을 열고 시가릴로 한 개비를 꺼내 냄새를 맡았다. "고상한 척하다가 세상이 다 망하는 줄도 모른다."라고 그가 말했다. "이거 에버하르트 아저씨한테 하나 권해 봐야겠네. 평가를 제대로 하는지 한번 봐야겠어."

"적어도 우편함만은 모나가 좀 돌봐야 했어. 열쇠가 없었다 하더라도."라고 에블린이 말하며 물 끓이는 기계의 전기 코드를 뽑았다.

"무슨 말이야?"

---

* 작은 여송연.

"그녀 말이, 우리가 열쇠를 넣어 보냈던 편지를 못 받았다는 거야. 적어도 아담한테는 그렇게 말했어."

"네 어머니는?"

"어머니는 전화를 안 받으셔. 무슨 일이 일어난 건지 몰라." 에블린은 버터와 훈연 소시지를 장바구니에서 꺼내 쟁반 위에 놓았다.

"그래서 어땠는데?"

"훌륭했지. 잎사귀들로 잔뜩 뒤덮여서, 잔디며 화단이며 길이며. 모과에는 윤기가 흘렀고 다른 것들은 죄다 앙상했어. 차양 아래 벽감에는 내 정원용 신발이 예전 그대로 나란히 놓여 있더라……."

에블린은 한데 모아 붙인 사진과 나머지 부분들을 마분지 위에 밀어 놓은 다음 빈 침대 발치에 놓았다. 그녀는 일단 아담이 전해 주는 이야기를 들은 적 있었는데 묘사가 너무도 생생해서 직접 본 것처럼 느껴질 지경이었다. 다시는 돌아오지 않을 거라고 생각한 때문에 더 이상 한 번도 생각하지 않았던 모든 것들을 그녀는 다시 보았다. 정문, 정원, 집, 문으로 오르는 계단 세 개. 그녀는 빗장의 접착용 테이프가 떨어져 나가는 소리를 들었고 아담에게 밀려든 한기를 느꼈다. 그녀 역시 그 한기에 깜짝 놀랐다. 손님용 화장실 안에 있던 세탁기가 없어졌다. 복도로 가는 문 유리에는 금이 가 있었다. 그가 현관문을 닫자 갑자기 집 안이 너무나도 어둡게 느껴졌다. 사람들이 냉장고와 레인지를 뜯어 갔고 깨진 그릇 파편이 결혼 전야제 때 그런 것처럼 타일 바닥에 흩어져 있었다. 그래서 그들은 부엌 문 앞에서 멈춰 설 수밖에 없었다. 개수대의 냉온수 조절 수도꼭지 조차 다 뜯겨 나갔다.

에블린이 빵에 버터를 발랐다. 버터가 부드러웠다. 거실에 들어

가기 위해 그녀는 문을 힘껏 몸으로 밀어붙여야 했다. 마룻바닥에서 무엇인가 육중한 것이 질질 끌렸다. 그녀가 문틈을 비집고 억지로 들어갔을 때 그녀는 이미 예견하던 광경을 목격했다. 아무것도 손대지 않은 것이 없었다. 처음에 그녀는 레코드판 진열장을 도로 뒤로 밀고 문을 좀 더 활짝 열려고 애썼다. 하지만 진열장은 넘어진 서류장에 걸려 더 이상 밀리지 않았다. 그들은 서류장의 내용물도 다 빼내 버렸다. 찢어진 사진들이 여기저기 널부러져 있었고 구겨진 편지와 계산서 들이 흩어져 있었다. 그녀는 즉시 그것들을 주워 모으기 시작했다. 깨진 레코드판 파편들은 그 위에 뭐라고 적혀 있는지 읽을 수 있는 경우에만 집어 들었다.

반대편 벽까지 다다라 창문을 열려고 했을 때에야 그녀는 십자 모양 창틀이 부러져 아래로 떨어진 것을 발견했다. 사진과 사진 조각들을 모두 거둬들이는 데는 수 시간이 걸렸다. 그녀는 심지어 쓰러진 서류장도 다시 세워 벽으로 밀어 놓았다.

이제 그녀는 티백이 든 유리 주전자에 뜨거운 물을 부었다. 그녀는 복도로 도로 나가서 지하실 문을 열고 문 뒤편 구석으로 손을 뻗어 휴대용 전등을 찾아냈다. 그녀는 그것을 가지고 내려가 암실을 비추어 보았다. 암실은 비어 있었다. 폐허 한가운데서 발견한 그 빈 공간은 어쩐지 그녀를 위로하는 것같이 보였다. 과일 병조림이 있던 암실 앞방 선반에는 먼지가 껴 있었고 병 자국만 남아 있었다.

아담은 웃었다. 카탸가 뭐라고 말을 했다. 에블린은 빵을 준비했고 네 조각으로 잘라 실파와 고추냉이와 겨자로 장식했다. 그 사이사이에는 양념에 절인 오이와 겨자에 절인 오이를 골고루 놓았다. 그녀는 마치 자신이 일을 하는 동안만 아담이 말을 할 것이라는 듯 충분히 시간을 끌며 정성스레 공을 들였다.

욕실과 다른 방들에는 그냥 한 번씩 눈길만 던졌을 뿐이었다. 어딜 가나 똑같은 상태였다. 그녀는 아틀리에로 올라가기가 두려웠다.

에블린은 카탸와 아담에게 접시를 건네주었다.

열린 문 사이로 그녀는 두 마네킹 중 작은 것을 보았는데, 성탄절 별을 다는 고리에 걸려 있었다. 큰 마네킹은 갈라진 채 바닥에 널부러져 있었다. 옷감들은 무엇인가 악취 나는 액체에 젖어 있었다. 다시 아래층으로 내려오기 위해 몸을 돌렸을 때 그녀는 그것을 보지 않을 수 없었다. 커다랗고 눈처럼 하얀 브래지어가 문손잡이에 걸려 있었다. 당시 그것을 거기 걸어둔 사람은 바로 그녀였다. 그녀는 브래지어가 실제로 하얀 빛을 뿜고 있음을, 그 폐허 한가운데서 정원의 모과처럼 반짝반짝 빛나고 있음을 알았다. 그녀가 손을 뻗어 브래지어를 집었다.

그녀는 정말로 그 물건으로 무엇을 해야 할지 몰랐던 것일까? 그녀는 라이터를 들어 불꽃을 브래지어 아래에 댄 다음 브래지어가 관솔불이라도 되는 양 거실로 던졌다.

아담이 또 한 번 웃었다. 아니, 그건 웃음이 아니었다. 하지만 에블린은 웃음이라는 단어 외에 다른 정확한 표현을 찾을 수 없었다.

아담은 시가릴로 꽁초를 정원에 던지고 창문을 닫았다. 에블린은 아담의 말을 좀 더 듣고 싶었다. 그녀는 새 샌드위치를 만들고 설거지를 하고 행주로 그릇을 닦을 용의가 있었다. 그가 말을 계속하기만 한다면 설거지만이 아니라 무엇이든 다 할 작정이었다. 그때 에블린은 자신이 다시 아담을 믿는다는 것을 깨달았다.

54
마지막 남은 일

에블린은 함께 지하철에서 내린 사람들이 옆으로 다 지나가도록 내버려 두었다. 그녀는 계단에 도착하기 직전에 멈춰 섰다. 잠깐 동안 그녀는 승강장에 혼자 서 있었다. 대학에서 돌아오는 길에서 그 승강장은 이제 그녀만의 것이었고 그녀만의 길이었다. 아직은 걱정으로 물들지 않았고 나쁜 추억이 따라 붙지도 않은 길이었다. 그녀는 이제까지 스스로 알던 그 여자가 아니며, 미래를 생각할 때마다 늘 상상하곤 했던 바로 그 여자가 되어 있었다.

아담이 계단 위에 서 있는 것을 보자 그녀는 깜짝 놀라 멈춰 섰다. 그래도 그가 그녀를 기다렸다는 것을 생각하니 기뻤다.

"거기서 뭐 해?" 그와 그녀 사이에 계단이 몇 개 남지 않았을 때 그가 외쳤다. 그는 시계를 보고 카탸와 마레크에게 손짓을 보냈다.

"내가 너무 늦게 왔나?"

"우린 사실 콘디에 가려고 했어. 빈손으로 그냥 갈 수는 없으니까."

"가브리엘라와 미하엘라가 우리를 위해서 빵을 굽는 줄 알았는데?”

“누가?”

“우리하고 같이 살 친구들 말이야.”

“늦었지만 신참 대학생을 위해.”라고 마레크가 말하며 에블린에게 작은 사탕 봉지를 내밀었다.

“축하해.”라고 카탸가 말하며 그녀를 안았다.

“고마워.”라고 에블린이 말했다. “난 너희들에게 줄 게 이것밖에는 없는데.” 그녀는 반쯤 찬 겨자 병을 가방에서 꺼냈다.

“무슨 소릴.”이라고 카탸가 말하며 홍옥색 반지를 낀 손을 들어 올렸다. “이건 세상에서도 단 하나뿐인 물건인걸.” 그녀가 병을 퉁기자 둔탁하면서도 밝은 소리가 났다.

에블린이 아담과 팔짱을 꼈다. 그들은 도로를 건너가 너도밤나무 길을 걸었다.

“미하엘라와 가브리엘라.”라고 아담이 말했다.

“흔한 이름은 아냐.”라고 마레크가 말했다.

“좋은 집안 출신이야.”라고 카탸가 말했다.

“‘좋은 집안 출신’이라는 게 무슨 뜻이지? 무슨 말을 그렇게 해?”라고 아담이 물었다.

“사실이 그런걸. 두 사람은 완전히 고급스러운 공동 자취 집으로 들어가는 거라고.”

“그런 자취를 전에는 코뮤날카*라고 불렀지.”

“맞아!”라고 마레크가 외쳤다. “코뮤날카.”

---

* 러시아 및 소련 공화국에서 나타난 주거 형태. 여러 사람 혹은 여러 가족이 한 집을 공유하는 형태.

"우리들만 쓸 수 있는 것들이 있으면 더 좋을 텐데. 특별한 건 필요 없어. 하지만 욕실이 따로, 화장실도 따로. 아이 때문에라도 그래."

"이곳 사정이라면 그렇게 따로 된 건 구할 수가 없어."

"아니면 지하 방이거나."라고 마레크가 말했다. "난 지하 방에서 산 적 있어."

"그게 오히려 더 낫겠다."

"하지만 임신부랑은 안 돼, 아담. 같이 살 두 사람을 아이의 대모로 삼으면 되겠네."

"거기 정말 정원도 있어?"

"방이 정원을 보도록 나 있어. 하지만 1층에 사는 사람들 거야. 그들이 집 주인이거든. 유모차를 가끔 잔디밭에 둔다든가 엘피가 기어 다닌다든가 해도 뭐라고 하지는 않을 거야."

"보증금은? 돈이 그렇게 많아?"라고 아담이 물었다.

"우리가 되도록 빠른 시일 내에 분할 지불할게. 가능한 대로……."

"분할한다고?"라고 마레크가 물으며 미소를 지었다.

"나눠서 지불한다고. 조금씩 조금씩 나눠서. 문제없어. 정말 괜찮아."라고 카탸가 말하며 에블린의 팔에 자신의 팔을 끼웠다. 그 바람에 네 사람이 인도를 꽉 채우며 모두 나란히 걷게 되었다.

에블린은 꿈속에서처럼 움직였다. 그녀는 다른 사람들의 말소리를 듣기는 했지만 이 새로운 인생에서 누구의 방해도 받고 싶지 않았다. 마루가 깔리고 천장 장식이 있고 커다란 부엌이 있는 자신만의 방을 향해 떼는 발걸음마다 그녀의 마음은 점점 더 안정되었다.

"그런데 왜 그런 궁전이 이렇게 싼 거지?"라고 아담이 물었다.

"싼 건 아니야. 그들 부모님 덕분이야. 그분들은 좀 단정한 사람들이 딸들과 함께 살기를 바라시거든."이라고 카탸가 말했다.

"우리가 단정한 사람들인가?"

"그럼. 마약도 안 하고, 보헤미안도 아니고, 공산주의로부터 탈출했고, 대학생이고, 근면하고, 잘생겼고. 그런 사람들을 도와야지 누굴 돕겠어. 에블린이 그분들에게 러시아어도 가르쳐 줄 거고."

"당신이?" 아담이 멈춰 섰다.

에블린이 어깨를 들어 올려 보이고는 그를 다시 앞으로 끌었다.

"운이 좋은 거야."라고 마레크가 말했다. "모두들 다 운이 좋은 거야. 그러니까 아무한테도 나쁜 일은 일어나지 않을 거야!"

"걔네들 몇 살이나 됐는데?"

"스물둘, 스물셋, 뭐 그 정도. 아직 학생이야. 미하엘라는 음악에 대해서 모르는 게 없고, 가브리엘라는 정치학에 해박하지. 명석한 사람이 둘이나 되는 거지. 가브리엘라는 벌써 박사 논문을 시작하기까지 했고. 근동 아시아, 뭐 그런 주제로. 그녀는 언젠가 외교관이 될 거야. 내기해도 좋아. 아담 씨하고 내기했을 때도 내가 이겼잖아." 그녀는 아담을 쳐다보기 위해 몸을 굽혔다.

"그런 것도 전공을 할 수 있는 건가? 정치를?" 아담이 물었다.

"그럼, 여기선 뭐든지 전공할 수 있어."라고 마레크가 말했다. "그래도 다들 고등학교 졸업반 학생들처럼 보여. 여기 여자들이 몇 살이나 먹었는지 난 어차피 전혀 모르겠는걸."

그들은 제과점 앞에서 멈춰 섰다. 긴 줄이 입구까지 늘어서 있었다.

"여기서 매일 아침 브룃헨*이나 바닐라 소스를 끼얹은 사과 슈트

---

* 작은 빵, 롤빵.

루델*을 살 수 있어."라고 카탸가 말했다.

"매일 신선한 만나**를." 아담이 말했다.

"하지만 그들이 빵을 굽겠다고 약속했어."라고 에블린이 말했다. 그녀는 멈춰 서고 싶지 않았다. 그녀는 걷는 동안만큼은 안정감을 느꼈다.

"내가 아직 이 얘기 안 했지? 언절 부인이 전화했었어." 카탸가 말했다.

"언절 부인이?"라고 아담이 외쳤다. "어디서 전화번호를 알아낸 거지?"

"미하엘한테서겠지."

"아주 훌륭하군. 그가 돈을 내지 않았나?"

"우리가 어떻게 지내는지 알고 싶어 하셨을 뿐이야."

"그래서 뭐라고 했지?"

"뭐 별다른 얘기는 없었어. 다만 아담 씨더러 연락 한번 달라고."

아담은 커다란 케이크 상자를 든 여자 둘이 지나가도록 길을 비켜 줘야 했다.

"우리 그냥 가자. 너무 오래 걸리네."라고 에블린이 말했다.

"그럼 우린 아무것도 가져갈 게 없는데."라고 카탸가 말했다.

"그게 뭐 어때서? 그 대신 시간에 딱 맞춰 갈 수 있잖아." 에블린이 아담을 잡아끌었다. 나머지 둘도 그들을 따랐다.

---

* 사과 파이 일종.

** 이스라엘 민족이 모세의 인도로 이집트에서 탈출하여 가나안 땅으로 가던 중, 광야에서 먹을 음식과 마실 물이 없어 방황할 때 여호와가 하늘에서 날마다 내려 주었다고 하는 기적의 음식.

"카탸가 이 빌라로 다시 돌아오고 싶어지면 어쩌지?" 아담은 그렇게 물으며 카탸가 다시 에블린과 팔짱을 낄 때까지 기다렸다.

"안 그러고 싶은걸."이라고 말하며 그녀가 마레크에게 입을 맞췄다.

"좀 빨리들 가자고!"라고 에블린이 말했다.

"아담 씨가 본격적으로 시작하기만 하면."이라고 카탸가 말했다. "정말로 본격적으로 일을 시작하면 두 사람은 어디서든지 살 수 있어. 거의 어디에서라도."

"그런 말 하지 마. 나더러 도대체 어디서 본격적으로 시작을 하란 말이야? 여긴 일이 좀 다르게 돌아가. 아주 달라. 며칠 전까지만 해도 난 우리에게 선택의 여지가 있다고 생각했는데, 하지만 다 지난 일이야. 모르겠어?"

"아니, 왜?"라고 카탸가 말했다.

"아담 씨가 파악한 건." 마레크가 말했다. "이곳에서는 모든 것이 똑같은 소스가 된다, 그 말이지. 뭐 그런 표현을 쓰는 거 맞지?"

"그래, 다 똑같은 소스."라고 아담이 말했다.

"아담 씨가 폴란드로 간다 해도 역시 전혀 도움이 못 될 거야."라고 마레크가 말했다. "하지만 그래도 거기보다는 여기서 숟가락으로 소스를 퍼먹는 게 나아."

"퍼먹을 소스가 있는 한은 그렇겠지."라고 아담이 말했다.

"아, 이제 그만해."라고 카탸가 말했다. "무슨 장례식같이 들리네. 혹시 신앙 있어?"

"집 번지수가 13인 게 우리한테 문제되느냐 그건가?"라고 아담이 물었다.

"아니. 믿는 게 있느냐고. 신이라든가 뭐 그런."

"왜 그런 말을 하는 건데?"

"그냥 한번 물어보는 거야."

"카탸는?"

카탸는 고개를 좌우로 흔들었다. "여기에서 누군가 나한테 그걸 물은 적이 있어. 가톨릭인지 개신교인지. 적어도 내겐 가톨릭 남자친구는 있지."

"아, 아니야, 아니야. 난 이제 그런 거 안 믿어. 정말 아니야."라고 마레크가 말하며 뭔가 막으려는 듯 팔짱을 끼지 않은 팔을 높이 들어 올렸다.

"나를 고용한 페르시아 남자가 나한테 그런 걸 묻지 않기를." 하고 아담이 말했다.

"아, 문제없어."

"에비는 세례까지 받았는걸. 고상한 할머니 덕분에. 그렇지?"

"맞아."라고 에블린이 말했다. "하지만 그게 단걸."

"그럼 나도 이 참에 받아야겠네. 어차피 이제 곧 집단 세례식이 있을 테니까."라고 아담이 말했다.

"아, 아예 이런 얘길 꺼내질 말걸."

"한번 좀 생각해 보라고. 이천 년 동안 그들이 무슨 짓을 했는지. 그들은 우리 돌머리 정치가들 때문에 흥분하지. 그 돌머리들은 생산 수단의 개인 소유를 허락해서는 안 된다고 믿으니까……."

"제발 그만해."라고 카탸가 말하며 갑자기 심각한 표정을 지었다. "바로 그 소리 정말 듣기 싫어."

"그게 문제가 아니야. 하지만 어쨌든 난 이해할 수가 있어! 하지만 또 다른 하나, 그건 이해를 못 하겠어. 성인으로서 어떻게 영원성, 원죄, 지옥 같은 헛소리들을 믿을 수 있는 건지."

"일찍부터 주입식 교육을 받으면 당신도 믿게 된다고."

"그건 진정한 이유가 못 돼."라고 마레크가 말했다.

"내 말을 들어 보라고. 내 외삼촌도 당에 가입했고 그걸 믿었거든. 하지만 예순여덟 살로 그만 손을 씻었단 말이지. 둡체크* 말마따나 단번에 끝장이 난 거야."라고 아담이 말했다.

이제 에블린은 그 집 건물을 알아볼 수 있었다. 창문 대부분에 불이 켜져 있었고 축제 분위기가 연상되었다.

"그렇게 비교할 순 없지."라고 카탸가 말했다. "종교적인 요소는 어쨌든 인간 내부 어딘가에 들어 있거든. 그걸 부정할 순 없을걸."

"내가 한 말이 틀려? 말해 봐, 틀려?"

"아담 씨, 그렇게 흥분하지 마."라고 카탸가 말했다. "여기서 누가 뭘 믿든 그게 무슨 대수로운 일인가."

"대수로운 일."이라고 마레크가 반복했다. "대수로운 일!"

"저기 2층에 창문 두 개 보이지? 그게 너희 방이야."

"저건 성탄절 장식인가?"라고 아담이 물었다.

"다음 주가 강림절이니까. 곧 생일이네. 우리를 초대할 거야?"

"그때까지 저기 사는 천사들이 나를 내쫓지 않는다면……. 아니면 에비가."

"그럼 대수로운 일이 일어나는 거군."이라고 마레크가 말했다.

"네가 열어."라고 말하며 카탸가 에블린에게 열쇠 꾸러미를 건네

---

* 체코슬로바키아 정치가(1921~1992). 공산당 제1서기로 재직하며 민주화를 추진하다 '프라하의 봄' 이후 해임되었다. 1989년 복권되었다.

주었다.

"큰 지그재그 모양 열쇠야."

이 열쇠의 의미에 비한다면 그 얼마나 불필요한 대화란 말인가 하고 에블린은 생각했다. 딸깍하는 소리와 함께 정문이 가볍게 열렸다.

55
불

　"저 사람들 진짜 친절해. 친절하고 재밌고."라고 에블린이 방에 들어서며 말했다. 그녀는 폴라로이드 사진을 흔들었다. "작은 화장실, 그거 사실상 우리만 쓰는 거야." 그녀는 아담에게로 다가갔다. 그는 창문 손잡이를 움켜쥔 채 유리에 이마를 대고 있었다. 그의 옆에는 루빅큐브가 놓여 있었는데 여섯 면이 각각 이젠 다 한 가지 색이었다.

　"그 사람들이랑 지금까지 뭐 했어?"

　"엘프리데를 위해서 야채 칸을 치워 줬어. 완벽해. 정확히 6도거든."

　"엘프리데가 죽지 않은 게 확실해?"

　"가브리엘라가 이쑤시개로 다리를 살짝 건드려 봤는데 반응을 보였어. 깨어나진 않았지만. 걱정하지 마. 그리고 죽었다면 바싹 말라서 훨씬 가벼웠을 거야."

　"야채 칸이라면 안정을 취하지 못할 거야!"

"왜? 3월이나 4월에 도로 꺼내면 돼. 시디 모아 놓은 거 봤어? 미하엘라는 하이든의 「천지창조」에 대해서 글을 써."

"그 곡 나도 알아. 아주 잘 알지."

"우리한테도 있나?"

"우리한테도 있었지. 슈라이어랑 아담*이 공연한 걸로."

"모레 이 시간이면."이라고 에블린이 말하고 팔을 아담의 어깨에 올렸다. "당신은 이미 첫날 일을 마치고 난 후야."

"수선 일."

"자기가 직접 말해 놓고서 그러네. 수선이 제일 어려운 일이라며."

그녀가 그의 어깨에 올린 팔을 도로 거뒀다. "카탸가 당신한테 뭔가 한 벌 지어 달라고 할 모양이던걸. 미하엘라도 생각 중이고……."

바람이 너도밤나무에 달린 마지막 이파리들을 당겼다. 한자리에 모아 놓은 낙엽들도 어느새 다시 풀밭으로 흩어져 장미 덤불과 울타리에 걸렸다.

"경치가 정말 꿈처럼 아름답다. 이 초봄의……."

"그 풀오버 어디서 났어?"

"거의 새 거야."

"그 색깔하며, 산악 구조대 주려고 짠 모양이네"

"주황색이 나한테 잘 어울려. 이거 봐. 이게 나야." 에블린은 아담에게 폴라로이드 사진을 보여 주었다. "당신 아내 예쁘지? 그렇게 생각하지 않아? 지금까진 아직 아무도 눈치채지 못했어." 그녀가 배를 쓸었다.

---

* 둘 다 독일의 가수.

"그러기엔 아직 좀 일러."

"그래도. 이 얼굴도 그렇고 전반적으로. 어떤 여자들한테서는 금방 알아보잖아. 이거 당신 줄게."

"고마워."라고 아담이 말하며 사진을 받았다.

까치 한 마리가 창문 앞 나뭇가지에 앉았다.

"여기, 당신 마음에 안 들어?"

"마음에 든다는 게 뭔데……."

"지금 몇 시지?"

"4시 3분."

"차를 만들어 올까? 아니면 커피? 우리 돈이 좀 생기면 일단 제대로 된 찻잔 세트 한 벌 사자. 중국제가 어떨까? 카탸가 마레크한테 받은 거랑 비슷한 걸로." 에블린은 아담의 뺨에 입을 맞추고 탁자에 앉았다. "앨범을 몇 개 더 사야겠어."

"왜?"

"언제까지 그게 그렇게 쌀지 누가 알아? 가브리엘라가 우리한테 사진기를 빌려 줄 거야. 사진이 아주 선명하게 나와. 우리 꼬마가 나오면……."

"제발 그 꼬마라는 소리 좀 하지 마. 꼬마라는 말 아주 끔찍해."

"우리 아이가 태어나면 앨범을 채우기 시작할 거야. 매년 한 권씩 말이야."

"아직 시간도 많이 남았잖아. 그보다는 대학 공부에나 신경을 더 써. 숙제 같은 것도 없어?"

"도서관에서 다 하는걸." 에블린은 아담의 모델들이 담긴 앨범을 넘겼다. "당신이 사진들을 다 모은 건 아주 훌륭한 일이야. 나라면 아마 못 했을 거야. 도중에 도망갔을지도 몰라. 그들이 왜 그걸 찢기까지 했는지. 그런 쓸데없는 수고가 웬 말이냐고! 난 그들을 흠씬 때려 주고 싶어. 돼지 같은 것들! 그 생각만 하면 눈앞에서 불이 난다니까. 하지만 그들이 거기 우리 집을 다시 원상복구하면, 몇 년쯤 지나서 다시 돌아갈 수도……."

"돌아가? 내 자전거를 훔치고 모든 걸 다 훔치고도 모자라 다 산산조각을 내 놓은 이웃들한테로 돌아가!?"

"이웃들? 왜 그게 이웃들이란 말이야?"

"내가 다 봤어. 카우프만 집에 기대어 있는 걸. 내 자전거였어."

"그들이 사진을 다 찢어 놨단 말이야? 난 못 믿겠어!"

"아니면 그냥 쳐다만 보고 아무 짓도 안 했을까."

"그럼 팔 거야?"

"집을? 그게 뭐 얼마나 할 거라고. 가치가 없는걸. 당신도 봤잖아. 일 대 십, 두 주 후에는 일 대 십오가 된대. 그런 식으로 계속될 거야. 돈을 지금 당장 바꾸지 않으면 곧 아무 가치가 없어."

"거기서 뭔가를 사서 여기서 팔면 어때. 장신구나 사기그릇, 동전이나 궤나. 골동품 아무거나."

"장신구라니. 축하해. 그런 일이라면 다른 남자를 골라 보라고."

"그렇게 비용도 많이 안 들 거야."

"나 그냥 수선하러 간다."

아담은 다시 정원을 향해 시선을 옮겼다. 에블린은 사진을 들여다보았다.

"당신은 이제부터 차차 나를 모델로 삼으면 돼. 내가 다 입어 줄게. 내가 당신 마네킹이 돼 줄게. 그들이 내 사진을 한번 보기만 하면 일이 다 잘될 거야."

"체형에 따라 달라. 걸음걸이며, 몸매며……."

"그래도. 당신이 그걸로 선을 보이면 내가 따라갈게. 아니면 당신이 나를 위해 컬렉션을 만들어. 배 나온 임신부를 위한 걸로. 그런 건 해 본 적 한 번도 없잖아, 안 그래?"

"아, 에비. 무슨 얘길 하는 거야."

"상상을 좀 해 보라고. 6월 초, 태양, 파란 하늘, 모든 게 초록색으로 변하고, 산. 우리 아이가 전에는 한 번도 존재한 적 없는 가장 아름다운 세상으로 나온단 말이야."

"그렇게 생각해?"

"그렇다면 말해 봐. 언제가 더 나은 때였던 건지!? 당신은 그럼 언제로 돌아가고 싶어?"

"그러면 미하엘이 우선 우리를 이백 살이 되도록 해 주겠지. 불멸성을 얻기 전에 우선 그거라도."

"그럼 좋겠네! 더 이상 아무도 전쟁에 대한 두려움 때문에 떨지 않겠네. 이젠 사람들이 의미 있는 일에 돈 전부를 쓸 수 있고. 이곳뿐만 아니라 세계 도처에서. 곧 인간은 일주일에 서른 시간만 일하게 될 거고 일 년 육 개월이나 군대에 가는 대신 일 년 동안 유익한 일을 하게 될 거고."

"늑대가 양 가운데 벌렁 드러눕고."

"왜 그런 말을 하는 거야?" 그녀는 유리에 반사된 그의 얼굴을 보려고 했다. 하지만 그는 거울 앞에 너무 바짝 다가서 있었다. "당신은 정말로 모든 게 지금까지처럼 되어 갈 거라고 생각해? 말도 안 돼!"

아담은 어깨를 들어 올려 보였다. 폴라로이드 사진이 창턱에서 미끄러져 난방기 아래에 뒤집힌 채 떨어졌다. 에블린이 접착테이프 한 쪽을 떼어 사진을 유리창에 붙였다.

"당신이 다시 내 얼굴을 좀 보도록 하기 위해서야. 차야, 커피야?"

"아무거나."

"차 아니면 커피?"

"당신이 좋은 걸로 해."

"그럼 차."라고 에블린이 말했다.

부엌에서는 가브리엘라가 서서 사과를 깎고 있었다. 그녀의 손톱에 반죽이 묻어 있었다. "내일을 위한 거야."라고 그녀가 말했다. "일요일 아침 식사."

"내가 이거 긁어도 돼?"라고 에블린이 말했다. "이거 해 본 지 너무 오래됐어."

가브리엘라가 그녀에게 파란 플라스틱 그릇을 식탁 위로 밀어 주었다. 그리고 새끼손가락으로 수저통을 열어 그녀에게 찻숟가락을 꺼내 주었다.

"고마워." 에블린이 그릇 바닥을 긁기 시작했다. 가브리엘라는 사과 조각이 담긴 판에 반죽을 눌러 넣었다.

"이거 먹을래?"라고 물으며 그녀는 손등으로 이마에 흘러내린 머리카락을 쓸어 넘기고 에블린에게 남은 사과 두 조각을 내밀었다. "껍질 까는 것 좀 도와줄래?"

"더 깎아야 돼?"

"빵 다 구운 뒤에 오븐에 들어가는 거야."

"구운 사과?"

"비슷한 거지. 계핏가루와 바닐라 소스를 곁들인 수플레*."

"아."라고 에블린이 말했다. 그녀는 바닥을 깨끗이 닦은 그릇을 개수대에 놓고 수도꼭지 아래 주전자를 갖다 댔다.

사과를 다 깎고 찻주전자가 유리그릇들과 함께 쟁반에 놓이자 가브리엘라가 앞치마를 벗고 에블린에게 담배를 하나 건네주었다. 그들은 식탁에 앉아 담배를 피웠다.

"넌 모를 거야. 내가 여기 이 모든 것을 얼마나 만끽하고 있는지."라고 에블린이 말했다. "다른 데서 살아 본 적은 한 번도 없었던 느낌이야."

몇 모금 뺀 후 그녀는 담배를 눌러 껐다.

아담은 방에 없었다. 에블린은 찻상을 차리고 설탕 통과 사과 조각이 담긴 받침 접시를 가운데 놓은 다음 차를 따랐다. 정원으로부터 아담의 목소리와 웃음소리가 들렸을 때에야 그녀는 창문 하나가 약간 열린 것을 보았다. 불을 지피는 냄새가 났다.

처음에 그녀는 그가 쓴 자신의 밀짚모자를 보았다. 아담은 펼쳐진 앨범을 악보처럼 들고서 거기 붙은 커다란 여자 사진들을 찢어 내 불꽃 속으로 던져 넣었다. 서두르는 기색이라곤 없었다. 그는 페이지를 넘겨 다음 사진을 꺼내 불 속으로 던졌다. 사진 한 장이 다 타지 않고 펄럭거리며 위쪽으로 날아오르다가 이내 오그라들며 열기 속으로 사라졌다. 에블린을 가장 무섭게 한 건 그의 행동이 보여 주는 규칙성과 차분함이었다.

---

* 거품을 낸 계란 흰자에 치즈와 감자 따위를 섞어 틀에 넣고 오븐으로 구워 크게 부풀린 요리.

여자 둘이 울타리에 멈춰 서서 아담 쪽을 보며 서로 몸짓을 주고받았다. 오른쪽 택지에서 이웃집 남자는 울타리를 타 넘으려고 애쓰고 있었다. 그는 삽을 무기마냥 머리 위로 치켜들고서 무언가 외쳤다. 맨 아래층에서도 남자들의 목소리가 들려왔고 창문 하나가 닫혔다.

아담은 계속해서 페이지를 넘기며 사진을 뽑아냈고 불 속으로 던지며 웃었다. 아담의 발치에 있는 병에는 파란 체크무늬 천 조각이 꽂혀 있었다.

순식간에 불이 주저앉았다. 불꽃은 바닥으로 기어들었다. 아담이 앨범을 닫았다.

삽을 든 남자는 병을 들어 그녀의 시야 밖으로 가지고 갔다. 하지만 금세 다시 돌아와 삽으로 눌러 불을 껐다. 불꽃이 번쩍거리며 흩날렸다. 아담은 두 번째로 온 남자에게 자리를 내주느라 뒤로 물러났다. 두 남자는 젖은 잎사귀를 긁어 와 마지막 불씨를 끄고 무엇인가 고래고래 소리를 질렀다.

갑자기 아담은 마치 그녀가 거기 서 있다는 것을 내내 알았다는 듯 고개를 들어 그들의 어깨 너머로 그녀를 보았다. 그가 모자를 벗고 미소를 지으며 그녀를 향해 고개를 끄덕인 다음 모자를 도로 썼다. 에블린의 몸에 식은땀이 흘렀다.

그녀는 창문을 닫고 울타리에 여자들만 보일 때까지, 그리고 이윽고 그들마저도 안 보일 때까지 방 안쪽으로 몸을 피했다. 그녀는 탁자에 부딪쳐 멈춰 섰다. 까치 한 마리가 앙상한 너도밤나무 가지 위를 껑충껑충 뛰어다니며 흔들거렸다. 마치 매 순간 균형을 잃기라도 한 듯 보였다. 전등 빛이 유리창에 비쳤다. 유리창 가운데에서 에블린은 자기 자신과 주위의 방을 보았다. 방은 실제 크기보다도 훨씬 더 커 보였다. 아니, 실로 거대해 보였다. 그녀는 방 한가운데 선 작고 알록달록한 자기 자신의 모습을 보았다.

감사의 말

내가 재단사와 그 반려자를 1989년 여름 동독의 작은 시골마을으로부터 벌러톤 호수로 보내게 된 것은 페테르 버초의 아이디어 덕분이었다. 내게 자극을 준 영화와 책 목록은 다음과 같다.

요아힘 치르너 · 레프 호만, 「작별이 아니라, 단지 떠나는 것뿐」, 1991년.

헤르만 초헤, 「내년은 벌러톤 호수에서」, 1979/1980년.

주저 방크, 『헤엄치는 사람』, 프랑크푸르트, 2002년.

이네스 가이펠, 『홈 경기』, 베를린, 2005년.

최르지 델로시, 『벌러톤 여단』, 베를린, 2006년.

책의 많은 부분이 2007년 로마의 마시모 빌라 내 독일 아카데미에서 탄생했다. 그야말로 파라다이스 같은 곳이었다. 예술 후원자의 역할은 독일연방공화국이 맡았고, 천사 케루빔은 빌라의 직원들이었다. 나와 함께 장학금을 받았던 작가들은 이제 모두 파라다이스에서 쫓겨난 자들이다.

그들 모두에게, 특별히 내 가족에게 진심으로 감사한다.

옮긴이의 말

1970년대만 해도 서울 곳곳 동네 어귀에는 '양장점'이라는 게 있었다. 초등학교 다닐 무렵, 여자들이 '미장원'에 가서 머리를 맥주 거품처럼 한껏 부풀려 올리는 게 유행이던 그 시절, 어머니는 옷장에 소중히 보관했던 옷감을 양장점에 들고 가 원피스를 맞추셨다. 양장점에 가서 옷을 맞추려는 사람은 그곳에서 정확한 신체 치수를 재야 하고, 양장점 주인(맞춤 재단사)과 한참 동안 이야기를 나눈다. 이렇게 좋은 실크가 어디서 났느냐, 원피스에 주름을 넣을까 말까, 치마 길이는 어느 정도가 좋은가, 목선은 어떻게 처리하며, 더 날씬하게 보이기 위해서는 어떤 처리를 할 것이며, 옷감 색이 피부색과 참 잘 어울린다, 이 단추 색이 옷감에 잘 어울리겠다 등등. 이후 몇 주가 지나야 가봉한(임시로 시침질해 지은) 옷을 입어 보게 되고, 그때 또 한 번 긴 토론이 오고 간다. 여기저기를 고쳐 달라는 주문이나 개선 사항을 제안하고 나서도 또 며칠 혹은 몇 주가 지나야 마침내 완성된 원피스를 받게 된다. 그러한 과정 속에서 어머니는 돈을 주고 순식간에 기성복을 사 가는 익명의 고객이 아니라, 재단사의 작품을 입는 모델이며 옷을 둘러싼 모든 상황 속의 멋진 주인공이셨다. 또한 그렇게 정성과 시간을 들여 마침내 내 것이 된 옷은 참으로 의미 있고 소중한 물건이었다.

『아담과 에블린』의 아담이라는 인물은 바로 이렇게 여성들의 옷을 지어 주는 재단사다. 1989년 베를린 장벽 철폐 이전 동독에서 그는 재단사로서 기능인이자 어엿한 자영업자이다. 그에게는 정원 딸린 집도 있고, 결혼할 애인도 있다. 공산당 체제 내의 정치적인 지위 같은 것이 아니라, 오로지 옷을 짓는 솜씨와 직업 덕분에 그는 소위 '삶의 질'을 갖춘 만족스러운 세상에서 산다. 시간은 서두르지 않고 천천히 지나가며, 그가 만드는 옷을 입은 고객은 그의 상품을 사가는 익명의 '고객'이 아니라, 그가 특별히 아름다움을 선사한 여성 '릴리'다. 여긴 공장에서 대량생산으로 찍어 내는 상품처럼 모든 여성이 똑같이 날씬하기 위해 다이어트를 하고 성형수술을 받아야 하는 세상이 아니다. 아담은 통통하고 나이가 지긋한 여성에게도 그 여성만의 개성과 아름다움을 돋보이게 하며, 또 그렇게 자신이 공을 들여 창조한 아름다움을 사랑한다. 자동차 같은 물건조차 단지 성능 좋은 이동 수단이거나, 구매 가격에 따라 남에게 부를 과시하는 재산이 아니다. 아담은 자동차를 가족이나 친구처럼 '하인리히'라고 부른다.

물론 동독이라는 사회는, 즉 옛 공산주의 사회는 일반적으로 주민들에게 훌륭한 삶의 질을 누리게 했거나 자유와 평등을 보장했던 곳이 아니다. 오히려 아담의 만족스러운 삶은 예외에 속할 것이다. 사실 아담을 제외하면 소설에 등장하는 인물들은 대개 서쪽 진영으

로 탈출하길 원한다. 아담의 애인 에블린은 동독의 정치적이고 관료
주의적인 통제와 전횡 때문에 대학에 갈 기회를 박탈당한다. 가슴속
에 품은 미래의 꿈을 이루고 자유롭게 주체적으로 살아가려는 젊은
이라면 누구나 서쪽 진영으로 가지 않으면 안 된다고 여긴다. 1989
년 헝가리 국경이 열리고 베를린 장벽이 무너지면서 냉전이 종식되
었던 것도 사실은 공산 진영 주민들이 여행의 자유와 보다 더 나은
삶을 달라고 외치던 시위가 그 첫 발단이었다. 독일 통일은 심각한
물자난과 부패하고 무능한 공산당의 정치권력, 구속과 억압과 통제
를 더 이상 참지 못한 사람들이 거리로 뛰어나와 정권에 변혁을 요
구하며 베를린 장벽을 허문 것으로부터 시작되었다. 이 소설의 시간
적 배경은 바로 그러한 격변의 1989년이다.

그래서 변혁의 시대에 걸맞게(느긋한 아담의 정서와는 반대로) 이
소설의 호흡은 무척 빠르다. 아담과 아담의 고객인 릴리가 벌거벗
은 몸으로 함께 욕실에 있는 장면을 목격한 에블린은 즉시 친구 지
모네와 서쪽 진영으로 떠난다. 그들은 지모네의 친척이며 서독 주
민인 미하엘이 모는 서독제 자동차 파사트를 타고 간다. 아담은 '하
인리히'를 타고 그들을 뒤따라간다. 아담은 에블린을 사랑하므로 세
상 어디까지라도 따라갈 용의가 있다. 인물들은 그렇게 도망가고 뒤
따라가며 소설 내내 계속해서 이동한다. 그들이 만나는 사람들 역시
대개는 젊은이들이며 모두 서쪽으로 향하고 있다. 개인의 꿈을 이룰
자유가 있는 곳으로, '식기세척기'가 그릇을 말끔히 씻어 주고 집 안
"복도에서부터 거울이랑 샹들리에가 걸려 있는" 곳으로, 대학에 가
서 원하는 전공 분야를 맘껏 공부할 수 있는 곳으로.

잉고 슐체는 『심플 스토리』나 『핸드폰』에서와 마찬가지로 이 소

설에서도 그 특유의 초절약형 대화문을 사용했다. 소설 대부분은 인물들이 나누는 대화로 채워져 있다. 아담과 에블린, 두 사람을 둘러싼 모든 사람들의 바쁘고 빠르면서도 지극히 개인적이기도 한 대화들 속에서 독자는 독일 전체에서, 아니 전 세계에서 일어난 사건들까지도 엿듣게 된다. 어리둥절하리만치 짧은 상황이 거의 대화를 통해서만 전개되므로, 독자는 마치 한 편의 연극을 보는 것 같은 기분이 들지도 모른다. 실제로 2009년 율리아 횔셔(Julia Hölscher)라는 연극 감독은 옛 동독 지역인 드레스덴에서 『아담과 에블린』을 무대에 올려 큰 주목을 받았다.

또한 주의 깊은 독자들은 아담과 에블린이라는 주인공들의 이름에서 이미 성경의 아담과 하와를 떠올렸으리라. 여행 시작부터 끝까지 아담과 에블린을 동행하는 거북이 '엘프리데'를 두고 성경에서 에바를 유혹하는 뱀을 작가가 변용한 것이 아닐까 하는 의문도 품게 될 것이다. 하지만 독자는 작가가 성경의 종교적이거나 도덕적인 색채와는 큰 관련 없이, 아담과 에블린의 운명에 '낙원'과 '실낙원'이라는 문학적이면서도 실존적인 요소를 부여하고 있음을 알아볼 수 있을 것이다.

소설의 마지막에 이르면, 동독에서 어느 정도 만족한 삶을 누렸던 아담은 서쪽 진영에 도착한 이후 불행의 나락으로 떨어진다. 서독, 즉 자본주의 세상에는 '맞춤 재단사' 같은 당당한 직업 자체가 없다. 아무도 시간과 정성을 들여 가며 재단사에게서 옷을 맞추지 않기 때문이다. 몸에 딱 맞는 자신만의 옷을 사는 것이 아니라 전혀 개성 같은 것이 고려될 수 없이 일률적으로 대량생산된 옷을 사므로, 기장을 줄이거나 늘리는 수선공이 필요할 뿐이다. 그리하여 자본주의 세상에서 아담은 실업자가 되고, 남의 집에 얹혀살며 눈칫밥을 먹어야 하고, 자신의 재능이나 행복과는 전혀 거리가 먼 일자리를 거절한다는 이유로 게으른 놈이란 욕을 먹고, 식기세척기를 고장 내는 촌스러운 동독인이며, 살기 위해서는 마치 한 식구같이 대하던 '하인리히'마저 돈과 바꾸지 않으면 안 된다. 아담은 낙원을 잃고 방황하는 불행한 낙오자가 된다. 또한 베를린 장벽이 철폐된 후 다시 돌아간 동독에도 예전에 그가 살던 정든 집은 남아 있지 않다. 아담이 없는 사이 누군가 빈집에 들어와 소중한 것들을 파괴하고 망가뜨려 놓았다. 아담에게 낙원은 이제 어디에도 존재하지 않는 듯 보인다. 하지만 아담은 왜 만족하지 못할까? 왜 기왕에 도착한 서독에서 열심히 살며 긍정적인 인생을 도모하지 못하는 걸까? 왜 자본주의에서 사는 법을 배우려고 하지 않을까?

반면 결과적으로 아담을 서쪽 세상으로 유혹한 인물인 하와, 즉 에블린은 이제부터야말로 모든 것을 시작하고 출발할 수 있는 기회를 누린다. 곧 대학에서 예술사와 로만어학을 전공할 것이고, 자유와 물질의 풍요가 넘치는 곳에서 새 친구들과 행복한 미래를 꿈꾼다. 하지만 에블린은 서쪽 자본주의 진영에서, 아니 통일이 되어 공산 체제가 사라지고 자본주의만 남은 곳에서 정말로 참다운 행복을 찾을 수 있을까?

『아담과 에블린』은 우리 인생에 관한 실존적인 질문을 던진다. 우리는 어떤 낙원을 혹은 어떤 행복을 추구할 것인가? 공산주의니 자본주의니 하는 정치적 개념은 우리의 개인적 행복과 무관한 것일까? 공산주의 체제가 무너졌고, 자본주의 국가들은 무탈하다고 해서 과연 공산주의는 무조건 모든 면에서 잘못된 사회였고, 자본주의 진영 사람들은 좋은 가치와 제도 아래 살고 있는 걸까?

잉고 슐체는 언론과의 인터뷰에서 "동독에서는 의미와 언어가 중요했지만, 재통일 이후에는 숫자만이 중요한 사회가 되었다."라고 언급했다. 공산 사회를 부정적으로만 보자면, 이 말은 물론 "동독에서는 이데올로기나 선전 선동만 중요했고, 서독에서는 개인의 성장과 발전이 중요했다."라고 해석할 수도 있을 것이다. 하지만 정말 그런가? 아니면 공산주의 체제도 자본주의 체제도 둘 다 부족한 점과 장점을 모두 가진 건 아닐까?

어쩌면 재통일을 눈앞에 두고 있을지 모르는 한국의 독자에게, 자본주의가 날마다 만들어 내는 엄청난 숫자와 도표 들, 그리고 그 분배의 불균형 앞에서 자괴감과 소외를 느낄지도 모르는 세계 모든 독자들에게 『아담과 에블린』은 이런 실존적인 질문을 던지고 있다.

2012년 6월

노선정

옮긴이 **노선정** 숙명여자대학교 국어국문학과를 졸업한 뒤 독일 마인츠 대학교, 베를린 자유 대학교, 콘스탄츠 대학교에서 고전어학과 철학을 전공했다. 현재 베를린에서 통번역가로 활동 중이다. 옮긴 책으로『새로운 인생』,『심플 스토리』,『핸드폰』,『우리 아이 마음은 건강할까요?』,『청소년을 위한 언어란 무엇인가』,『천재가 될 수밖에 없는 아이들의 드라마』,『제로 배럴』,『통찰력』등이 있다.

모던 클래식
057

아담과
에블린

1판 1쇄 찍음 2012년 6월 8일
1판 1쇄 펴냄 2012년 6월 15일

지은이   잉고 슐체
옮긴이   노선정
발행인   박근섭·박상준
편집인   장은수
펴낸곳   (주)민음사

출판등록   1966. 5. 19. 제16-490호
주소   (135-887) 서울시 강남구 신사동 506번지
            강남출판문화센터 5층
대표전화   515-2000 | 팩시밀리   515-2007
홈페이지   www.minumsa.com

한국어 판 ⓒ (주)민음사, 2012. Printed in Seoul, Korea

ISBN 978-89-374-9057-6 (04800)
      978-89-374-9000-2 (세트)

이 책은 독일문화원 번역 지원 프로그램의 후원을 받았습니다.

모던 클래식